RELEVÉ DE TERRE

JOSÉ SARAMAGO
prix Nobel de littérature

RELEVÉ DE TERRE

r o m a n

TRADUIT DU PORTUGAIS
PAR GENEVIÈVE LEIBRICH

ÉDITIONS DU SEUIL
25, bd Romain-Rolland, Paris XIVe

Titre original : *Levantado do Chão*
Éditeur original : Editorial Caminho, SA, Lisbonne
© José Saramago & Editorial Caminho, SA, Lisbonne – 1980
ISBN original : 972-21-0277-X

ISBN 978-2-02-014046-1

Les droits français ont été négociés par la Literarische Agentur Mertin,
Francfort-sur-le-Main, Allemagne

© Éditions du Seuil, septembre 2012, pour la traduction française

www.seuil.com

À la mémoire de Germano Vidigal
et de José Adelino dos Santos, assassinés.

Et je demande aux économistes politiques, aux moralistes, s'ils ont déjà calculé le nombre d'individus qu'il est nécessaire de condamner à la misère, à un travail disproportionné, au découragement, à l'infantilisation, à une ignorance crapuleuse, à une détresse invincible, à la pénurie absolue, pour produire un riche ?

ALMEIDA GARRET

Ce qui abonde le plus sur terre, c'est le paysage. Le reste a beau manquer, le paysage a toujours été généreusement présent, abondance que seul un infatigable miracle explique, dans la mesure où le paysage est sûrement antérieur à l'homme, et pourtant, malgré sa longue existence, il ne touche pas encore à sa fin. Peut-être parce qu'il change constamment : à certaines époques de l'année le sol est vert, à d'autres, jaune, puis brun ou noir. Et aussi, à certains endroits, rouge, couleur d'argile ou de sang versé. Mais cela dépend de ce qu'on y a planté et de ce qu'on y cultive, ou pas encore, ou déjà plus, ou de ce qui y a poussé naturellement, sans la main de l'homme, et qui meurt uniquement parce que sa dernière heure est venue. Ce n'est pas le cas du blé, qui est coupé alors qu'il lui reste un soupçon de vie. Ni du chêne-liège, auquel on arrache la peau alors qu'il est encore bien vivant, même s'il n'en a pas l'air en raison de son apparence sévère. Dans les hurlements.

Les couleurs ne manquent pas à ce paysage-ci. D'ailleurs, pas seulement les couleurs. Il est des jours aussi rudes que le froid qui leur est inhérent, d'autres où la chaleur est si forte que l'air semble avoir disparu : le monde n'est jamais content, et comment pourrait-il l'être tant il est sûr de mourir. Et le monde ne manque pas d'odeurs, cette terre-ci non plus, qui en fait partie et qui est fort bien lotie en matière de paysages. Si une quelconque bestiole meurt dans les bois, elle prendra immanquablement l'odeur de pourriture propre à ce qui est mort. Quand il n'y a pas de vent, personne ne s'aperçoit de rien, même en passant tout près. Ensuite les os sont nettoyés, peu leur importe que la pluie les lave ou que le soleil les recuise, et si la bête était petite cela n'aura même pas lieu, car vers et insectes fossoyeurs se chargent de les enterrer.

C'est pourtant une terre assez grande, si nous nous mettions à comparer, d'abord ses bosses, puis l'eau de ses rivières, car celle du ciel peut aussi bien venir à manquer qu'être excessive, et, plus bas, cette terre s'affaisse en glèbe épaisse, lisse comme la paume de n'importe quelle main, encore qu'en raison du destin de la vie nombre de ces mains, habituées à serrer un manche de houe, de faucille ou de faux, aient tendance à se recroqueviller avec le temps. La terre. Couverte elle aussi comme la paume de la main de lignes et de chemins, routes royales, plus tard nationales, ou simplement la propriété de madame la municipalité, et ici il y en a manifestement trois, car trois est un nombre poétique, magique et religieux, et le reste du destin se lit dans les lignes des allées et venues, ornières tracées par des pieds nus ou mal chaussés parmi les mottes de terre ou les broussailles, les chaumes et les fleurs sauvages, entre le mur et le désert. Un paysage si vaste. Un homme peut y cheminer durant sa vie entière et ne pas s'y retrouver, s'il est né perdu. Et l'heure venue, il lui sera égal de mourir. Il n'est ni lapin ni genette pour pourrir au soleil, mais si nous imaginons que la faim ou le froid ou la canicule l'abattent sur ce sol où personne ne l'a aperçu, ou une de ces maladies qui ne laissent même pas le temps de réfléchir et encore moins d'appeler au secours, il finira tôt ou tard par être découvert.

À cet endroit-ci du paysage comme ailleurs, bien des gens sont morts de la guerre et d'autres pestes, et pourtant les êtres qu'on y aperçoit sont vivants : d'aucuns prétendent que c'est uniquement à cause d'un mystère insondable, mais les vraies raisons sont inhérentes à ce sol, à ce latifundium hérissé de bosses en haut et plat en bas qui s'étend à perte de vue. Et s'il n'appartient pas à tel homme, il appartiendra à un autre, la différence n'importe qu'à tous les deux, une fois tranchée la question du tien et du mien : tout ayant été enregistré au cadastre en temps voulu et opportun, après délimitations au nord et au sud, au levant et au ponant, comme s'il en avait été décidé ainsi depuis l'origine du monde, quand tout était paysage, avec quelques très grandes bêtes et de rares hommes de loin en loin, et tous vivant dans la peur. C'est en ce temps-là, et par la suite, que fut décidé ce que serait l'avenir, et par quelles lignes tortueuses de la main, ce présent actuel d'une terre partagée entre les maîtres du couteau et en fonction de la taille du fer ou du tranchant de la lame. Par exemple : seigneur roi ou duc, ou duc et ensuite personne royale, évêque ou maître d'un ordre, fils légitime ou d'une savoureuse bâtardise, ou fruit d'un concubinage, tache ainsi lavée et honorée, compère par l'intermédiaire d'une fille nubile, et aussi un autre connétable, un demi-royaume au comptant, et parfois, mes amis, ceci est ma terre, prenez-la, peuplez-la pour mon service et votre profit, préservez-la des infidèles et d'autres déviations. Livre de très saintes et magnifiques heures et de rosaires très sacrés, apportés au palais et au monastère, récités dans de séculières demeures princières ou dans des donjons, pour chaque pièce de monnaie un notre père, dix je vous salue marie, arrivé à cent salve regina, marie devient roi. Des coffres profonds, des huches abyssales, des greniers comme des caravelles des Indes, des cuves et des barriques, des arches gigantesques, le tout mesuré en coudées, pieds et boisseaux, muids et canons, chaque terre ayant ses us et coutumes.

Ainsi s'écoulèrent les rivières, quatre saisons ponctuelles par an, car bien qu'avec des variations les saisons sont assurées. La grande patience du temps et celle, non moindre, de l'argent qui, à l'exception de l'homme, est la plus constante de toutes les mesures, encore que variant à l'instar des saisons. À chaque occasion, nous le savons, l'homme a été acheté et vendu. Chaque siècle a eu sa monnaie, chaque royaume son homme à acheter et à vendre en échange de maravédis, de marcs d'or ou d'argent, de réaux, de doublons et de florins de l'étranger. Volatils métaux divers, aussi aériens que l'esprit de la fleur ou l'esprit-de-vin : l'argent grimpe, il n'a d'ailes que pour grimper, pas pour descendre. Le lieu de l'argent est un ciel, un haut lieu où les saints changent de nom quand il le faut, mais pas le latifundium.

Mère aux tétons abondants pour de grandes bouches avides, matrice, terre divisée, de très grande à grande, ou plus volontiers remembrée de grande à plus grande, à la suite d'une acquisition, disons-nous, ou d'une alliance, ou d'un vol habile, ou d'un crime horrifiant, héritage de mes grands-parents et de mon bon père, que Dieu les accueille tous en sa sainte gloire. Il a fallu des siècles pour en arriver là, qui doutera qu'il n'en soit pas ainsi jusqu'à la consommation des siècles ?

Et ces autres gens qui sont-ils, ces petites gens isolés, venus avec la terre, bien qu'ils ne soient pas consignés dans les écritures, sont-ce des âmes mortes ou encore vivantes ? Mes enfants bien-aimés, la sagesse de Dieu est infinie : voici la terre et voici ceux qui devront la travailler, croissez et multipliez-vous. Croissez et multipliez-moi, dit le latifundium. Mais tout ceci peut être raconté d'une autre manière.

Il commença à pleuvoir sur eux vers la fin de l'après-midi, alors que le soleil se trouvait à un demi-empan au-dessus des collines basses à main droite, les sorcières étaient donc en train de peigner leur chevelure car c'est leur temps de prédilection. L'homme arrêta l'âne et, pour le soulager de son fardeau sur la brève pente escarpée, il poussa une pierre avec le pied jusqu'à la roue de la charrette. Quelle idée aura pris le régisseur des eaux célestes, cette pluie n'est pas de saison. C'est d'ailleurs pourquoi il y a tant de poussière sur le chemin et un peu de bouse séchée ou de crottin de cheval si loin des endroits habités que personne n'était venu les ramasser jusqu'ici. Aucun gamin ne s'était aventuré aussi loin, panier au bras, pour recueillir le fumier naturel, saisissant soigneusement du bout des doigts la sphère friable, parfois fendue comme un fruit mûr. Sous la pluie, le sol pâle et chaud se parsema d'étoiles sombres, inattendues, tombant avec un bruit sourd dans la poussière molle, puis une averse s'abattit avec violence et inonda tout. Mais la femme avait eu le temps de retirer l'enfant de la charrette, du creux formé par la paillasse rayée entre deux huches. Elle le tint blotti contre sa poitrine, lui recouvrit le visage avec une pointe de son fichu dénoué et dit, Il ne s'est pas réveillé. Ce fut là son premier souci, remplacé aussitôt par un autre, Il va être tout mouillé. L'homme scrutait les hauts nuages en fronçant le nez et conclut dans son savoir d'homme, Ça va passer, c'est une averse, mais à tout hasard il déroula une des couvertures et l'étendit sur les meubles, Il fallait vraiment qu'il pleuve aujourd'hui, que le diable emporte ce temps de merde.

Une rafale de vent précipita les gouttes à présent éparses. L'âne secoua les oreilles avec vigueur quand l'homme lui asséna une claque sur l'échine, il imprima une saccade aux brancards et l'homme offrit son aide en poussant la roue. Ils se remirent à escalader le raidillon. La femme marchait derrière, l'enfant dans les bras et, heureuse de le voir aussi calme, elle observa son visage en murmurant, Mon petit garçon. De part et d'autre du chemin charretier la terre était couverte de broussailles avec quelques chênes verts perdus et étouffés jusqu'à mi-tronc, laissés à l'abandon ou ayant peut-être poussé là spontanément. Les roues de la charrette écrasaient la terre mouillée avec un bruit âpre de trituration et de temps à autre cahotaient brutalement, comme prises d'un sursaut, quand une pierre relevait l'épaule. Les meubles grinçaient sous la couverture. L'homme, à côté de l'âne, main droite posée sur le brancard, avançait en silence. Ils arrivèrent ainsi en haut de la côte.

Une masse énorme de nuages, dense et enroulée, venait du sud à leur rencontre au-dessus de la plaine couleur de paille. Le chemin disparaissait à droite, mal défini entre des fossés qui s'éboulaient, balayés par les vents sur cette rase campagne. Il rejoignait plus loin une route large, manière ambitieuse de s'exprimer sur des terres aussi ingrates. Sur la gauche, presque à l'orée de l'horizon en contrebas, un petit village tournait ses murs blancs vers le ponant. La plaine était immense, ainsi qu'il fut déjà dit, nue, pelée, avec de rares yeuses isolées ou deux par deux, et quasiment rien d'autre. De ce petit mamelon, on pouvait croire aisément que le monde n'avait pas de fin connue. Et le village, lieu de destination, vu de là, dans la lumière jaunâtre et sous la grande plaque plombée des nuages, paraissait hors d'atteinte. São Cristovão, dit l'homme. Et la femme, qui n'était jamais allée aussi loin vers le sud, dit, Monte Lavre est plus grand, cela sembla simplement une façon de comparer les lieux, peut-être était-ce de la nostalgie.

Ils étaient descendus à mi-côte lorsque la pluie reprit. De grosses gouttes tombèrent d'abord, menace de cordes d'eau, où donc était passée l'averse. Puis le vent ratissa la plaine, la balaya entièrement, souleva paille et poussière, et la pluie s'avança depuis l'horizon, rideau gris qui très vite occulta le paysage au loin. C'était une pluie régulière, une de ces pluies qui durent des heures, qui tombent et inondent, une pluie qui arrive et ne repart plus, et quand la terre n'en peut plus de tant d'eau, plus personne ne se soucie de savoir si c'est le ciel qui nous mouille ou la terre qui nous trempe. L'homme répéta, Quel temps de merde, telles sont les exclamations de l'humanité quand elle n'en a pas acquis d'autres moins malsonnantes. Les abris sont loin, même sans jardin derrière soi, il n'y a pas d'autre solution que de recevoir sur le dos toute la pluie qui se déverse. D'ici au village, avec le pas de cet âne fourbu et avançant à contrecœur, il y a au moins une heure de marche et entre-temps il fera nuit. La couverture, qui protège à peine les meubles, glisse, lourde d'une eau qui dégouline le long des fils blancs, dans quel état seront par-dessous les vêtements dans les huches, les maigres biens transhumants de cette famille qui pour des raisons bien à elle traverse le latifundium. La femme regarde le ciel, c'est un ancien réflexe rural que de lire cette page ouverte au-dessus de la tête, à présent pour voir si l'atmosphère s'éclaircissait et ce n'était pas le cas, au contraire elle s'était encore assombrie, nous n'avons pas d'autre après-midi. La charrette avance devant, navire tanguant dans le déluge, tout va dégringoler, on dirait que l'homme fait exprès de rosser le bourricot, c'est juste l'impatience d'atteindre cette yeuse là-bas qui nous protégera du plus gros de la pluie. Ils y sont parvenus, homme, charrette et âne, la femme avance encore, patinant dans la boue, elle ne peut pas courir, elle réveillerait l'enfant, le monde est ainsi fait que les uns ne s'aperçoivent pas du malheur des autres, même quand ils sont aussi proches que cette mère et son fils.

Sous le chêne vert, impatient, l'homme faisait de grands gestes avec les bras, on voit bien qu'il ne sait pas ce que c'est que de porter un enfant sur son sein, il ferait mieux d'ajuster plus étroitement les cordes car avec cette précipitation les nœuds se sont sûrement relâchés ou les meubles ont glissé, il ne manquerait plus que le peu que nous possédons se casse. Sous l'arbre il pleut moins, mais de grosses gouttes tombent des feuilles, ce n'est pas le feuillage d'un oranger avec ses énormes bras écartés, c'est comme se trouver sous un auvent plein de trous, on ne sait pas où se tenir et heureusement que l'enfant s'est mis à pleurer, c'est encore la tâche la plus urgente, déboutonner la blouse, lui donner un sein qui n'a déjà plus beaucoup de lait, juste assez pour tromper la bouche. Ses pleurs se sont interrompus brusquement et mère et fils se sont emplis d'une bonne paix, entourés de la vaste rumeur de la pluie, pendant que le père tournait autour de la charrette, défaisant et refaisant les nœuds, un genou appuyé contre les ridelles pour tirer sur les cordes pendant que l'âne, pensif, secouait vigoureusement les oreilles et contemplait les flaques d'eau et le torrent qu'était devenu le chemin. Alors l'homme dit, On était presque arrivés et il a fallu que cette pluie tombe, paroles de colère modérée, lancées d'un ton mécontent mais sans espoir, ce n'est pas parce que je me fâcherai que la pluie s'arrêtera, réflexion du narrateur dont on eût pu fort bien se passer. Observons plutôt le geste du père qui demande enfin, Et le petit, et qui s'approche, jette un coup d'œil sous le repli du châle, ce sont là libertés de mari, mais la femme s'était si vite recouverte pudiquement qu'il ne put savoir s'il voulait vraiment voir son fils ou le sein exposé. Il avait cependant aperçu dans la pénombre tiède, dans la chaleur odorante du vêtement froissé, en le regardant enfoui dans cette intimité, le regard très bleu de l'enfant, insolite lumière claire, transparente et sévère, qui le fixait souvent du fond du berceau, comme s'il se sentait en exil parmi tant d'yeux noirs ou marron, dans quelle famille suis-je donc né.

L'épais nuage s'était quelque peu désagrégé, le premier élan de la pluie avait faibli. L'homme s'avança vers le chemin, interrogea l'air, se tourna vers les quatre points cardinaux et dit à la femme, Il faut qu'on y aille, on ne peut pas rester ici jusqu'à la nuit. Et la femme répondit, Allons-y. Elle retira le mamelon de la bouche de l'enfant qui téta l'air, parut sur le point de pleurer, mais y renonça, se frotta le visage contre le sein à nouveau recouvert et s'endormit avec un soupir. C'était un enfant tranquille, de bonne composition, ami de sa maman.

Ils marchaient à présent ensemble, muets sous la pluie, si trempés que même un pailler confortable ne les inciterait pas à s'arrêter, ils ne le feront qu'arrivés chez eux. La nuit tombait très vite. Vers le ponant il n'y avait plus qu'une ultime lueur terne qui rougeoyait enfin et, à peine rouge, déjà s'éteignait, la terre silencieuse et emplie d'échos se transforma en un puits noir, comme le monde devient vaste quand tombe la nuit. Le crissement des roues s'entendit mieux, la respiration irrégulière de la bête était aussi inattendue qu'un secret soudain confié à voix haute et même le froissement des vêtements mouillés ressemblait à une conversation suivie, murmurée sans pause, un parler entre gens de bonne compagnie. Pas une lumière n'était visible à des lieues à la ronde. La femme se signa, traça un signe de croix au-dessus du visage de l'enfant. À ces heures-là, il vaut mieux que le corps se défende et que l'âme se protège, les revenants se mettent à hanter les chemins, ils passent dans un tourbillon ou s'asseyent sur une pierre dans l'attente d'un voyageur à qui ils poseront les trois questions auxquelles il n'y a pas de réponse, qui es-tu, d'où viens-tu, où vas-tu. L'homme qui avance à côté de la charrette aimerait chanter, mais il en est incapable, toutes ses forces lui servent à feindre que la nuit ne lui fait pas peur. On est bientôt arrivés, dit-il, une fois sur la route ça sera tout droit et le chemin sera meilleur.

Devant eux, très loin, un éclair illumina les nuages, personne n'aurait deviné qu'ils étaient si bas. Puis il y eut une pause et enfin le grondement sourd du tonnerre. Il ne manquait plus que cela. La femme dit, Que sainte Barbe nous protège, mais le coup de tonnerre, s'il n'était pas le vestige d'un orage qui avait éclaté très loin, semblait suivre un autre itinéraire ou alors sainte Barbe, ici invoquée, l'avait chassé vers des lieux de moindre foi. Ils se trouvaient déjà sur la route, ils le savaient parce que le chemin était plus large, car les autres différences n'étaient décelables qu'avec beaucoup de patience et à la lumière du jour, ils avaient laissé derrière eux des fondrières et de la boue, ils cheminaient dans des fondrières et de la boue et à présent il faisait si noir qu'ils ne voyaient même pas où ils mettaient les pieds. L'âne avançait instinctivement, longeant le fossé. L'homme et la femme patinaient derrière lui. De temps à autre, l'homme se mettait à courir un peu à l'aveuglette quand la route tournait, pour repérer São Cristovão. Et ce ne fut que lorsque les premiers murs blancs se dressèrent dans l'obscurité que la pluie s'arrêta subitement, si brusquement qu'ils s'en aperçurent à peine. Il pleuvait et il avait cessé de pleuvoir. Comme si une immense toiture s'étendait au-dessus de la route.

Il est juste que la femme demande, Où est notre maison, ce sont des angoisses propres à qui a hâte de s'occuper de son enfant et également, si possible, de mettre les meubles en place avant d'étendre son corps las sur un lit. Et l'homme répond, De l'autre côté. Toutes les portes sont closes, seule par quelques fentes une lumière blafarde annonce la présence d'habitants. Dans un potager un chien a aboyé. C'est normal, il y a toujours un chien qui aboie au passage de quelqu'un et les autres, peut-être trop confiants, reprennent l'avertissement de la sentinelle et chacun fait son devoir de chien. Un volet s'est ouvert et aussitôt refermé. Et maintenant que la pluie a cessé et que la maison est proche, on sentait plus distinctement ce vent froid qui balayait toute la rue, s'engouffrait dans les ruelles latérales, secouait les branches qui passaient par-dessus les toitures basses. Sous l'effet du vent, la nuit était devenue plus claire. Le grand nuage était en train de s'éloigner et à présent le ciel brillait ici et là. Il ne pleut plus, dit la femme à l'enfant qui dormait et qui, des quatre, était le seul à ne pas être encore au courant de la bonne nouvelle.

Il y avait une place et des arbres dont brusquement le feuillage bruissait. L'homme arrêta la charrette et dit à la femme, Attends ici, et il se dirigea sous les arbres vers une porte éclairée. C'était une taverne où trois hommes étaient assis sur un banc, un autre buvait au comptoir en tenant son verre entre le pouce et l'index, comme s'il posait pour un portrait. Et derrière le comptoir, un vieux maigre et sec tourna les yeux vers la porte, l'homme à la charrette entra et dit, Bonsoir à toute la compagnie, salutation de l'homme qui arrive et recherche l'amitié des personnes présentes, par fraternité ou intérêt commercial. Je m'en viens vivre ici à São Cristovão, je m'appelle Domingos Mau-Tempo et je suis cordonnier. Un des hommes assis lâcha une plaisanterie, Vous avez apporté le mauvais temps, celui qui buvait venait de finir son verre, il clappa de la langue et emboîta le pas au premier, Pourvu qu'il ne nous apporte pas de mauvaises semelles, et les autres rirent car il y avait de quoi et la blague était à propos. Ce ne sont sûrement pas des paroles discourtoises ni inhospitalières, il fait nuit à São Cristovão, toutes les portes sont fermées et si arrive un étranger portant le nom de Mauvais-Temps, seul un imbécile ne profiterait pas de l'occasion, d'autant qu'il a plu. Domingos Mau-Tempo joignit aux rires son sourire contraint, mais sourire quand même. Heureusement, le vieux ouvrit un tiroir d'où il sortit une grosse clé. Voici la clé, je pensais que vous ne viendriez plus, tous dévisagent Domingos Mau-Tempo, soupesant le nouveau voisin, un cordonnier est toujours utile et São Cristovão en avait justement besoin. Domingos Mau-Tempo donna son explication, Ça fait loin de Monte Lavre à ici, la pluie m'a surpris en chemin, il n'avait pas à rendre compte de ses faits et gestes, mais il fallait se montrer affable et il dit, Je paie une tournée à tous, bonne et notoire façon d'accéder aux bourses du cœur. Ceux qui sont assis se lèvent, assistent au remplissage des verres, c'est une cérémonie, puis, sans précipitation, chacun prend le sien d'un geste lent et précautionneux, c'est du vin, pas de l'eau-de-vie qu'on se jette dans le gosier. Buvez vous aussi, mon propriétaire, dit Domingos Mau-Tempo, et le vieux répond, À votre santé, mon locataire, c'est un tavernier qui connaît les usages des grandes bourgades. Et ils en sont à ces civilités quand la femme s'approche de la porte, elle n'entre pas, la taverne est le lieu des hommes, et elle dit doucement, comme à son habitude, Domingos, le petit est inquiet, et les affaires sont toutes mouillées, il faut les décharger.

Ce sont de bonnes raisons, mais Domingos Mau-Tempo n'a pas apprécié d'être apostrophé par sa femme devant des hommes, qu'iront-ils penser, et pendant qu'il traversait la place il la morigéna, Si tu me refais ça, je me fâche. La femme ne répondit pas, occupée

21

à calmer l'enfant. La charrette avança lentement devant eux, en cahotant. L'âne, à cause du froid, était engourdi. Ils s'engagèrent dans une ruelle où maisons et potagers alternaient et ils s'arrêtèrent devant une masure basse. C'est ici, demanda la femme, et le mari répondit, Oui.

Domingos Mau-Tempo ouvrit la porte avec la grosse clé. Ils durent se courber pour entrer, ceci n'est pas un palais avec de hautes portes. La maison n'avait pas de fenêtres. La cheminée était à gauche, avec un âtre à même le sol. Domingos Mau-Tempo battit son briquet, souffla sur une poignée de paille et se mit à faire tourner la torche éphémère pour que la femme voie la nouvelle demeure. Il y avait du bois à côté de la cheminée. Cela suffisait. En quelques minutes, la femme coucha l'enfant dans un coin, rassembla brindilles et bûchettes et le feu prit, s'étala sur le mur chaulé. Alors la maison fut habitée.

Domingos Mau-Tempo fit entrer l'âne et la charrette par la grille du potager et commença à décharger le mobilier, à le transporter dans la maison, sans le mettre encore en place, attendant que sa femme puisse l'aider. La paillasse était mouillée d'un côté. L'eau avait pénétré dans la huche contenant les vêtements, un pied de la table de cuisine était cassé. Mais il y avait une marmite sur le feu avec des feuilles de chou et quelques grains de riz, l'enfant avait de nouveau tété et s'était endormi sur la face sèche de la paillasse. Domingos Mau-Tempo sortit dans le potager faire ses besoins. Et au milieu de la pièce, Sara da Conceição, épouse de Domingos, mère de João, resta aux aguets, regardant le feu, comme si elle attendait qu'un message incertain soit répété. Un petit mouvement s'esquissa dans son ventre. Puis un autre. Mais quand son mari rentra, elle ne lui dit rien. Ils avaient bien autre chose en tête.

Domingos Mau-Tempo ne fera pas de vieux os. Un jour, quand il aura engrossé cinq fois sa femme, mais pas pour cette raison si banale, il passera une corde autour d'une branche d'arbre en rase campagne, presque en vue de Monte Lavre, et il se pendra. Entre-temps, il aura transporté ailleurs sa maison sur son dos, quittant son foyer trois fois et la troisième il n'aura pu y revenir paisiblement parce que son heure était venue. Une fin malheureuse lui avait été prédite par son beau-père Laureano Carranca qui avait dû s'incliner devant l'obstination de Sara, si entichée de Domingos Mau-Tempo qu'elle avait juré que si elle ne l'épousait pas elle ne se marierait avec personne. Laureano Carranca avait eu beau tempêter, C'est un vaurien dissolu, avec une réputation d'ivrogne, et qui finira mal. La guerre familiale continuait quand Sara da Conceição apparut enceinte, argument suprême et en général efficace lorsque persua-sion et supplications s'avèrent vaines. Un beau matin, au mois de mai, Sara da Conceição était sortie de chez elle et s'était dirigée à travers champs jusqu'à l'endroit où elle devait retrouver Domingos Mau-Tempo. Ils y restèrent à peine une demi-heure, couchés dans le blé déjà haut, et quand Domingos retourna à ses formes de souliers et Sara chez son père, il sifflotait de satisfaction et elle tremblait comme si les rayons du soleil n'étaient pas encore assez brûlants. Lorsqu'elle traversa la rivière à gué, elle dut aller

23

s'accroupir et se laver sous les saules car le sang n'arrêtait pas de couler entre ses jambes.

João fut fabriqué ou, pour parler bibliquement, conçu ce même jour, ce qui apparemment est rare, car la première fois, à cause du bouleversement propre à l'événement, la semence, d'habitude, ne prend pas, elle ne le fait que plus tard. Et il est vrai que ses yeux bleus, que personne n'avait dans la famille, ni ne se souvenait d'avoir jamais vus chez un parent, proche ou éloigné, suscitèrent une grande stupéfaction, pour ne pas parler de soupçon, injuste, comme nous le savons, à l'égard d'une femme qui, dans le seul but de se marier honnêtement, s'était égarée du droit chemin des vierges en allant s'étendre au beau milieu d'un champ de blé avec ce seul homme-là, écartant les jambes de son plein gré, au prix d'une grande souffrance. Une autre jeune fille, presque cinq cents ans plus tôt, ne l'avait pas fait de son plein gré le jour où, se trouvant seule à la source pour y remplir sa cruche, elle vit s'approcher un des étrangers arrivés avec Lamberto Horques l'Allemand, gouverneur de Monte Lavre par la grâce du roi Dom João le Premier, des gens au langage incompréhensible, et qui, sans prêter attention aux cris et aux implorations de la jouvencelle, l'entraîna dans d'épaisses fougères où il la violenta à plaisir. C'était un solide gaillard à la peau blanche et aux yeux bleus, qui n'avait commis d'autre faute que celle provoquée par la chaleur du sang, mais la jeune fille ne fut pas capable de l'aimer et le moment venu elle accoucha toute seule comme elle le put. Ainsi, pendant quatre siècles, ces yeux bleus venus de la Germanie apparurent et disparurent, telles les comètes qui s'égarent en chemin et reviennent quand on ne s'y attend plus, ou simplement parce que personne ne s'est donné la peine de consigner leur passage et d'en noter la périodicité.

La famille en est à son premier déménagement. Elle avait parcouru le chemin de Monte Lavre à São Cristovão un jour d'été qui avait fini dans la pluie. Elle traversa tout le district du nord au sud, quelle idée aura eue Domingos Mau-Tempo d'aller aussi loin, cet homme est un cordonnier, un vaurien dissolu, mais à Monte Lavre la vie devenait de plus en plus difficile pour lui, le vin plus quelques affaires louches, Monsieur mon beau-père, prêtez-moi votre charrette et votre bourricot, car je m'en vais vivre à São Cristovão, Eh bien, vas-y et tâche de te mettre un peu de plomb dans la cervelle, pour ton bien et celui de ta femme et de ton fils, et ramène-moi dare-dare l'âne et la charrette car j'en ai besoin. Ils empruntèrent des raccourcis, des chemins charretiers, profitant de la route royale quand ils le pouvaient, mais aussitôt, pour abréger, prenant à travers champs au pied des mamelons. Ils déjeunèrent à l'ombre d'un arbre et Domingos Mau-Tempo lampa une bouteille de vin qui s'évapora dans la sueur du voyage. Ils aperçurent Montemor de loin, sur la gauche, et poursuivirent vers le sud. La pluie tomba à une heure de São Cristovão, déluge de mauvais augure, mais aujourd'hui la journée est ensoleillée et Sara da Conceição, assise dans le potager, faufile une jupe pendant que son enfant, encore mal assuré sur ses jambes, avance en tâtonnant le long du mur de la maison. Domingos Mau-Tempo est allé à Monte Lavre rendre l'âne et la charrette à son beau-père et lui dire qu'ils habitent dans une belle maison, que déjà des clients viennent frapper à sa porte, l'ouvrage ne manquera pas. Il reviendra à pied le lendemain, Dieu veuille qu'il ne se saoule pas, ce n'est pas un mauvais homme, il a ce défaut de la boisson, mais, avec l'aide de Dieu, il s'engagera sur une autre voie, on a déjà vu des cas pires qui se sont amendés, il faut qu'il en soit ainsi s'il y a une justice sur cette terre, avec ce petit et un autre en route, un père qui se respecte, car de mon côté je fais de mon mieux pour que nous vivions décemment.

João a atteint l'extrémité du mur où commence la clôture d'échalas. Il s'y cramponne avec vigueur, ses bras sont plus solides que ses jambes, et il épie dehors. Son horizon est proche, un tronçon de rue boueuse, avec des flaques d'eau qui reflètent le ciel et un chat jaune affalé sur le seuil en face, qui se chauffe le ventre au soleil. Un coq chante quelque part. On entend une voix de femme crier, Maria, et une autre voix, presque enfantine, répondre, Mère. Puis le silence de la grande chaleur se réinstalle, bientôt la boue séchera et retournera à sa poussière originelle. João se décolle de la clôture, saturé de paysage pour le moment, il fait péniblement demi-tour et reprend son long cheminement vers sa mère. Sara da Conceição l'aperçoit, pose son ouvrage sur ses genoux et tend les bras à son fils, Viens, mon petit, viens. Ses bras sont comme deux haies protectrices. Entre João et eux il y a un monde confus, incertain, sans commencement ni fin. Le soleil dessine sur le sol une ombre hésitante, une heure tremblante qui avance. Aiguille minuscule dans le latifundium.

Quand Lamberto Horques l'Allemand montait sur la terrasse de son château, il n'avait pas assez d'yeux pour un paysage aussi vaste. Il était le seigneur du bourg et de sa région, dix lieues de long et trois de large, avec franchise et liberté de lever tribut et bien qu'il eût reçu la mission de peupler cette terre, ce ne fut pas dans le cadre de ce mandat que la jeune fille fut violée à la source, mais les choses s'étant passées ainsi, tant mieux. Lui-même, pourvu d'une honorable épouse et déjà d'enfants, répandra sa semence où bon lui semblera, sous l'impulsion vagabonde de ses sens, Impossible de laisser cette terre aussi inhabitée, d'un bout à l'autre de mon domaine les hameaux se comptent sur les doigts de la main alors qu'arbres et broussailles sauvages y sont plus nombreux que les cheveux sur la tête, Sachez, seigneur, que les femmes de cette contrée sont noiraudes, résidus damnés de la population mauresque, et les hommes silencieux et parfois vindicatifs, en outre le roi notre seigneur ne vous a pas mandé de féconder et de procréer comme Salomon, mais enjoint de prendre soin de la terre et de la gouverner en sorte d'y attirer des habitants qui viendront s'y installer, C'est ce que je fais et ferai, et tout ce que bon me semblera, car cette terre est mienne ainsi que tout ce qui s'y trouve, mais il ne faut pas que les gens y soient trop nombreux et causent embarras et troubles, comme on a pu le voir par le passé, Vous avez raison, seigneur, et combien, une raison acquise en ces terres froides d'où vous venez et où l'on sait beaucoup plus de choses qu'en ce lieu occidental d'exil, Puisque vous êtes enfin d'accord avec moi, parlons donc à présent du tribut qu'il faut lever sur les terres de mon domaine et de mon fief. Épisode mineur de l'histoire du latifundium.

Ce cordonnier est savetier. Il applique des pièces de cuir, les cloue, abandonne son ouvrage lorsque l'appétit du travail lui fait défaut, plante là formes, alêne et tranchet pour s'en aller à la taverne, se querelle avec les clients impatients et pour toutes ces raisons bat sa femme. Aussi parce qu'il applique des pièces et les cloue, car il ne parvient pas à trouver la paix en son for intérieur, c'est un homme frénétique qui, à peine assis, déjà pense à se lever, qui, à peine arrivé dans un endroit, déjà songe à aller ailleurs. C'est un fils du vent, un vagabond, que ce Domingos du mauvais temps qui s'en revient de la taverne et entre chez lui en titubant d'un mur à l'autre, regarde son fils avec rancœur, et pour un oui pour un non, Attrape donc ça, méchante femme, et que ça te serve de leçon. Et il ressort se soûler au vin avec ses compères, comme cul et chemise avec eux, Mettez-moi ça sur l'ardoise, monsieur mon propriétaire, Je le fais, monsieur mon locataire, mais dites-vous bien qu'elle est déjà sacrément pleine, Et alors quoi, je suis homme à payer mes dettes, j'ai toujours remboursé le moindre petit sou. Et ce ne fut ni une fois, ni deux fois que Sara da Conceição laissa son enfant chez une voisine pour s'élancer dans la nuit à la recherche de son mari, cachant ses larmes dans son mouchoir et dans l'obscurité, de taverne en taverne, lesquelles n'étaient pas nombreuses à São Cristovão, mais l'étaient encore trop, et sans entrer elle le cherchait du regard, de loin, et si son mari se trouvait là, elle se postait dans l'ombre, se bornant à attendre, telle une autre ombre. Il lui arriva aussi de tomber sur lui en chemin, perdu, sans plus savoir où était sa maison, abandonné par ses amis, et alors, soudain, le monde redevenait beau, car Domingos Mau-Tempo, plein de gratitude d'avoir été retrouvé dans des déserts effrayants, au milieu de rangées de fantômes, jetait un bras sur l'épaule de sa femme et se laissait emmener comme l'enfant qu'il continuait probablement à être.

Un jour, parce que le travail se multipliait et que ses bras ne suffisaient plus à l'ouvrage, Domingos Mau-Tempo engagea un assistant, s'offrant ainsi davantage de loisir pour satisfaire son goût pour le vagabondage, mais ensuite, lors d'un autre jour de sinistre mémoire, il se mit en tête que sa femme, la pauvre et innocente Sara da Conceição, le trompait pendant ses absences et ce fut un tel sabbat de fin du monde à São Cristovão que l'assistant irréprochable dut s'enfuir sous la menace d'un couteau, et Sara, en fin de grossesse, une grossesse légitime, subit toutes les vexations du chemin de croix, et la charrette fut de nouveau chargée, encore un voyage à Monte Lavre, la route est si longue, Monsieur mon beau-père, nous sommes en bonne santé, votre fille et votre petit-fils sont heureux, et un autre va bientôt naître, mais je me suis débrouillé à présent pour que nous ayons une vie meilleure à Torre da Gadanha où habite mon père, qui nous aidera. Et de nouveau, ils prirent le chemin du nord, mais leur propriétaire les attendait à la sortie de São Cristovão, Halte là, Mau-Tempo, tu me dois pour la maison et pour le vin que tu as bu, et si tu ne paies pas, moi-même et mes deux fils que tu vois ici t'obligeront à le faire, ou alors tu peux dire adieu à la vie.

Le voyage fut bref, heureusement, car à peine Sara da Conceição mit-elle le pied dans la maison que son fils y naquit et reçut le nom d'Anselmo, on ne sait pourquoi. L'enfantelet fut bien pourvu en berceau car son grand-père du côté paternel était menuisier de son état et se sentit fort aise que son petit-fils fût venu naître là, presque à sa porte. C'était un artisan rustique, sans ouvrier ni apprenti, sans femme non plus, vivant au milieu de chevrons et de planches, fleurant la sciure, pratiquant un vocabulaire particulier fait de poutres,

28

tenons et lattes, de maillets et d'herminettes. Homme grave et peu loquace, il ne s'adonnait pas au vin et regardait donc d'un mauvais œil ce fils qui déshonorait son nom. Comme il fallait s'y attendre, vu les antécédents de Domingos Mau-Tempo, il n'eut guère le loisir d'être grand-père. Il eut cependant le temps d'apprendre à son premier petit-fils que tel marteau était pourvu d'oreilles et que ceci était un rabot et cela un ciseau de menuisier, mais Domingos Mau-Tempo ne supportait ni ses paroles ni son silence, et en route, il se fait tard, allons à Landeira, à l'extrémité le plus à l'ouest du district, comme un oiseau qui se précipite, jabot en avant, contre les barreaux de fer de sa cage, quelle est donc cette prison dans mon âme, peuplée de trente démons. Et une autre charrette, tirée à présent par un mulet, mais cette fois louée avec du bon argent, car le beau-père pourrait s'étonner de tant de déplacements et de si peu de certitudes, mieux valait se taire et avertir ensuite. Mon mari, nous n'avons ni tranquillité ni logis, à toujours aller d'un côté et de l'autre comme le juif errant, avec ces enfants en bas âge ça me tracasse, Tais-toi, femme, je sais très bien ce que je fais, à Landeira les gens sont braves, le travail sera bien payé, moi je suis un artisan, je ne me cramponne pas à un manche de houe comme ton père et tes frères, j'ai appris un métier et j'ai des compétences, Je ne dis pas le contraire, mon mari, je ne dis pas le contraire, tu étais cordonnier quand je me suis mariée avec toi et c'est comme ça que je t'ai voulu, mais j'aimerais tant que nous ayons la paix et que cette agitation prenne fin. Sara da Conceição ne parla pas des mauvais traitements et il n'aurait pas été juste qu'elle le fasse car Domingos Mau-Tempo se dirigeait vers Landeira comme vers le paradis et portait son fils aîné à califourchon sur ses épaules, il le tenait par ses tendres chevilles, sales, évidemment, mais quelle importance cela avait-il. Il en sentait à peine le poids sur ses épaules renforcées de muscles et de tendons de fer à force de tirer sur le fil de chanvre. Avec le mulet derrière, trotte, trotte, sous un petit soleil de couverture douillette, même Sara da Conceição avait trouvé une place sur la charrette. Mais en arrivant à la nouvelle maison ils s'aperçurent que leur saint-frusquin présentait des dommages plus graves, À cette cadence, Domingos, nous finirons sans meubles.

À Landeira, João, déjà pourvu de parrains à Monte Lavre, fut gratifié d'un parrain jeune et plus acceptable. C'était le père Agamedes, qui du fait qu'il vivait avec une femme qu'il disait être sa nièce, la lui prêta aussi en guise de marraine. L'enfant ne manqua donc pas de largesses et fut dorénavant aussi protégé au ciel qu'il avait été défendu jusqu'alors sur terre. Et encore plus quand Domingos Mau-Tempo, appâté par le père Agamedes, accepta la fonction de sacristain, aidant à la messe et aux enterrements, car ce fut grâce à cela que le curé devint son compère et le parrain de son fils. En se réfugiant dans le sein de l'église, Domingos Mau-Tempo n'eut d'autre but que de trouver un prétexte respectable pour interrompre son travail et adoucir son agitation persistante de vagabond. Mais Dieu le récompensa dès qu'il l'aperçut à l'autel en train d'exécuter maladroitement les gestes appris du rituel, et comme il se trouva que le père Agamedes était un fameux amateur de vin, officiant et acolyte se retrouvèrent dans cet autre sacrifice. Le père Agamedes possédait non loin de l'église un commerce qu'il gérait pendant les heures creuses que lui laissaient ses fonctions sacerdotales et, durant les autres, la nièce descendait au rez-de-chaussée pour diriger derrière le comptoir les affaires séculières de la famille. Domingos Mau-Tempo passait et buvait un verre, repassait et en éclusait un autre en attendant que le curé rapplique pour qu'ils lèvent le coude ensemble. Dieu vivait avec les anges.

Mais tous les cieux ont leurs lucifers et tous les paradis leurs tentations. Domingos Mau-Tempo commença à jeter des regards de convoitise sur sa commère, laquelle, offensée dans son honneur de nièce, en toucha un mot à peine voilé à son oncle, ce qui suffit à installer une atmosphère délétère entre les deux serviteurs de notre sainte mère l'église, l'un de plein droit, l'autre de passage. Le père Agamedes n'osa pas user d'une franchise susceptible de justifier les vilaines pensées habituelles de ses paroissiens qui doutaient de la parenté, mais il s'appuya sur l'état d'homme marié de l'offenseur pour éloigner la menace pesant sur son honneur. Privé de son pinard facile, échaudé dans ses manœuvres de coq de village et de poseur d'empeignes, Domingos Mau-Tempo annonça chez lui qu'il se vengerait du curé. Se venger de quoi, il ne le précisa pas et Sara da Conceição ne le lui demanda pas. Elle était résignée et se taisait.

L'église avait peu de paroissiens et tous n'étaient pas assidus. Elle n'apportait pas de remède aux maux, ce qu'après tout elle n'était pas obligée de faire dès lors qu'elle ne les aggravait pas non plus visiblement. Le défaut ne résidait pas là. La faiblesse de l'action apostolique n'incitait pas à la dévotion, non pas tellement parce que le père Agamedes vivait avec une nièce ou parce qu'il faisait l'épicier, car seul celui qui n'est pas issu du peuple ignore ce qu'est le besoin, mais parce qu'il maltraitait le missel, expédiait néophytes, fiancés et défunts avec la même férocité que celle avec laquelle il tuait et dévorait son cochon et en prêtant bien moins d'attention à la lettre et à l'esprit du temple. Ce sont là des scrupules populaires. Domingos sut donc comment remplir glorieusement l'église. Il déclara que la prochaine messe serait du jamais-vu, que le père Agamedes avait annoncé que désormais il se surpasserait en matière de préceptes sacrés, de pauses sublimes et de vocalises, bien bête serait celui qui raterait l'office, qu'il ne vienne pas se plaindre ensuite. Le père Agamedes fut ébahi en voyant la nef pleine. Ce n'était pas le jour du saint patron et la sécheresse n'était pas non plus telle qu'elle exigeât une intervention céleste. Mais il se tut. Si ses ouailles venaient spontanément au bercail, leur pasteur présenterait à son maître des comptes plus substantiels. Cependant, afin de ne point paraître ingrat, il s'appliqua et confirma à son insu ce que Domingos Mau-Tempo avait annoncé. Mais le savetier érigé en sacristain, avec déjà un autre voyage en tête, avait bien préparé son coup. Au moment du sanctus, dans la célébration de la messe, il éleva sereinement sa clochette et l'agita. Ce fut comme s'il avait brandi une plume de poule. Les fidèles avaient cru tout d'abord qu'une surdité générale s'était installée, certains, ayant l'habitude du geste, s'inclinèrent, d'autres regardaient avec méfiance, pendant que Domingos Mau-Tempo, dans un silence total, dramatique, continuait à agiter sa clochette d'un air innocent. Le curé était stupéfait, les fidèles murmuraient, les plus jeunes allaient jusqu'à rire. Une honte, avec tous les saints qui regardaient et Dieu qui voit tout. Alors le père Agamedes n'y tint plus et, face à ce cas de force majeure, interrompit le sacrifice, s'empara de la clochette, glissa une main à l'intérieur, palpa. Le battant avait disparu. Et la foudre ne s'abattait pas pour châtier l'impiété. Terrible dans sa sainte fureur, le père Agamedes asséna de sa lourde main une torgnole à Domingos Mau-Tempo, là, dans l'enceinte sacrée, comment est-ce possible. Mais Domingos Mau-Tempo lui rendit aussitôt la monnaie de sa pièce, comme s'il continuait à servir la messe. Et bientôt parements de curé et surplis de sacristain s'emmêlèrent dans un tourbillon confus, qui dessus, qui dessous, dégringolant de sacrilège façon le long des marches de l'autel dans un grand froissement de côtes sous le regard circulaire de la custode. L'assistance gravit les marches pour séparer les puissances en désaccord et d'aucuns profitèrent de l'embrouillamini de jambes et de bras pour étancher une vieille soif d'un côté ou de l'autre. Les vieilles s'étaient regroupées dans un coin, adressant leurs prières à toute la cour céleste et, ayant enfin retrouvé forces physiques et courage spirituel, elles s'avancèrent vers l'autel pour sauver leur curé, bien qu'indigne. Bref, en un mot comme en cent, la foi triompha.

Le lendemain, Domingos Mau-Tempo quittait le village, lui et sa famille, accompagnés par un cortège bruyant de gamins jusqu'en rase campagne. Honteuse, Sara da Conceição baissait la tête. João regardait le monde de son œil bleu sévère. L'autre enfant dormait.

C'est alors qu'on proclama la république. Les hommes gagnaient douze ou treize sous et les femmes moins de la moitié, comme d'habitude. Hommes et femmes mangeaient le même pain fait de marc d'olive, les mêmes lambeaux de feuilles de chou, les mêmes trognons. La république arriva, envoyée par Lisbonne, elle voyagea de village en village par le télégraphe, lorsqu'il existait, elle fut vantée dans la presse, quand on savait la lire, et en passant de bouche en bouche, ce qui a toujours été la voie la plus facile. Le trône était tombé, l'autel disait que pour le moment ce royaume n'était pas son monde, le latifundium comprit tout et ne bougea pas, et un litre d'huile coûta plus de deux mille réis, dix fois le salaire journalier d'un homme.

Vive la république, Vive. Patron, à combien est la paie journalière à présent, Voyons voir, ce que les autres paient, je le paierai aussi, parle au régisseur, Alors, elle est à combien la paie, Un sou de plus, Ça ne suffit pas à mes besoins, Si toi tu ne veux pas, d'autres voudront, ils ne manqueront pas, Hélas, ma sainte mère, on va crever de faim, et mes gosses, qu'est-ce que je vais leur donner à manger, Mets-les à travailler, Et s'il n'y a pas de travail, Ne fais pas autant d'enfants, Femme, envoie les garçons chercher du bois et les filles glaner dans la paille, et viens au lit, Je suis l'esclave du seigneur, faites en moi votre volonté, aussitôt dit aussitôt fait, mon mari, me voilà enceinte, grosse, en cloque, je vais avoir un enfant, tu vas être père, je n'ai pas eu mes règles, Ça ne fait rien, là où sept ne mangent pas, huit ne mangent pas non plus.

Alors pourquoi entre le latifundium monarchique et le latifundium républicain ne voyait-on pas de différences et seulement des ressemblances en tous points, car les salaires, pour le peu qu'ils permettaient d'acheter, servaient seulement à éveiller la faim, il y eut par là des travailleurs qui s'assemblèrent innocemment et s'en furent voir l'administrateur du district pour demander de meilleures conditions de vie. Quelqu'un doué d'une bonne écriture rédigea leur pétition, faisant état des nouvelles joies portugaises et des espérances populaires filles de la république, nous vous souhaitons beaucoup de santé et de fraternité, monsieur l'administrateur, et nous attendons votre réponse. Après avoir congédié les requérants, Lamberto Horques s'assit dans son grand fauteuil hanséatique, réfléchit profondément à ce qui conviendrait le mieux à ses fermes, la sienne et celle administrée publiquement, et ayant parcouru du regard les cartes sur lesquelles les propriétés étaient marquées, il plaça le doigt sur celle qui était la mieux pourvue en gens et appela le commandant de la garde. Celui-ci avait appartenu à la police civile et avait une allure martiale dans son uniforme flambant neuf, de mémoire courte il avait donc déjà oublié le temps où il portait un ruban bleu et blanc sur la manche gauche. Grâce à son zèle et à sa vigilance, Lamberto avait appris que les paysans s'agitaient, protestaient contre les corvées et autres servitudes, se plaignaient de la maigre pitance à laquelle ils étaient condamnés du fait des impôts et des divers tributs, bref de ce qui transparaissait plus ou moins dans la pétition sur un ton mesuré, peut-être pour dissimuler des intentions plus pernicieuses. Un vent malsain d'insurrection soufflait sur toutes les propriétés agricoles, un grondement de loup acculé et famélique, susceptible de causer de graves dommages s'il parvenait à se transformer en un exercice de mâchoires. Il fallait donc faire un exemple, donner une leçon. L'entretien terminé, ayant reçu ses ordres, le lieutenant Contente se retira, fit le salut militaire, claqua des talons et ordonna de sonner le boute-selle sur l'esplanade. La garde nationale républicaine redressa l'échine, sabre au côté, rênes tendues, harnachements luisants, de même que moustaches et crinières, et comme Lamberto s'était approché de la fenêtre de l'hôtel de ville, la garde salua le dignitaire qui lui adressa un petit signe d'adieu du bout des doigts, réunissant ainsi en un geste unique affection et discipline. Après quoi il se retira dans ses appartements où il fit appeler son épouse avec qui il batifola.

Et voilà la garde nationale républicaine qui vole à travers champs. Elle avance au trot, au galop, le soleil se réverbère sur les armures, les housses battent les genoux des montures, ô chevalerie, ô Roland, Olivier et Fier-à-Bras, heureuse patrie qui donna le jour à pareils fils. La propriété choisie est en vue, le lieutenant Contente ordonne à l'escadron de se déployer en ligne avant de charger et sur ordre du cornet à pistons la troupe avance, lyrique et guerrière, sabre au clair, la patrie est venue sur le balcon assister à l'événement et lorsque les paysans sortent des maisons, des paillers, des abris pour le bétail, ils reçoivent en pleine poitrine le poitrail des chevaux et sur le dos pour l'instant des coups du plat des épées, jusqu'au moment où Fier-à-Bras, excité comme un bœuf piqué par un taon, fait tournoyer la poignée de son sabre et taillade net, enfonce, larde de coups, aveuglé par la rage, il ne sait pourquoi. Les paysans sont étendus par terre, gémissant de douleur, et, de retour dans leurs masures, ils ne batifolèrent pas, ils soignèrent plutôt leurs blessures du mieux qu'ils purent, à grand renfort d'eau, de sel et de toiles d'araignées. Il aurait mieux valu mourir, déclara l'un d'eux. Seulement quand l'heure sera venue, rétorqua un autre.

L'escadron de la garde, gracieuse fille de cette république, se remet en route, les chevaux frémissent encore et l'air est tout parsemé de flocons d'écume, l'on passe maintenant au deuxième volet du plan de bataille consistant à s'élancer par monts et par vaux à la poursuite des travailleurs qui incitent les autres à la rébellion et à la grève, paralysant les travaux des champs et privant le bétail de ses pasteurs, trente-trois d'entre eux furent ainsi appréhendés avec les principaux instigateurs et incarcérés dans les prisons militaires. Ils furent emmenés telle une ribambelle d'ânes bâtés, à coups de fouet, de rossées et d'insultes diverses, fils de pute, cornard, te voilà bien avancé, vive la garde de la république, vive la république de la garde. Les paysans étaient attachés, chacun à sa propre corde et tous à une unique corde, comme des galériens, il faut bien le comprendre car ce sont des histoires remontant à des époques barbares, au temps de Lamberto Horques l'Allemand, au quinzième siècle, pas plus tard.

Et à Lisbonne, qui conduira les meneurs de la mutinerie à Lisbonne ? Le dix-septième d'infanterie, un lieutenant, à nouveau Contente, et dix-huit soldats, part dans le silence du train de nuit, trente-huit yeux pour surveiller cinq travailleurs ruraux accusés de sédition et d'incitation à la grève. Ils vont être livrés au gouvernement, informe notre obligeant correspondant, un gouvernement bien miséricordieux, aux mains trop généreuses pour pareille livraison. Et de nouveau c'est le mois de mai, messieurs. Le train avance, avance, avance en sifflant, les cinq paysans à bord vont purger leur peine dans la prison du Limoeiro. En ces époques barbares les trains avancent lentement, ils s'arrêtent sans raison connue en rase campagne, peut-être une halte due à une embuscade ou à une mort subite, et dans le wagon fermé où sont transportés les malfaiteurs les rideaux sont tirés, si tant est qu'il y ait des rideaux au temps de Lamberto Horques, si tant est que les wagons de troisième classe soient équipés de pareille extravagance, et les fusils des soldats du dix-septième d'infanterie sont chargés, peut-être munis d'une baïonnette, que les voyageurs passent leur chemin, chaque fois que le train s'arrête une dizaine d'hommes de troupe descend afin de prévenir toute attaque et tentative de libération des prisonniers. Les pauvres soldats n'ont pas le droit de dormir, nerveux ils ne détachent pas le regard des visages durs et sales des cinq gredins qui te ressemblent tellement. Quand mon temps dans l'armée s'achèvera, est-ce que je sais, mon frère, si un autre soldat ne m'arrêtera pas pour me conduire de la même façon à Lisbonne, par le train de nuit, dans l'obscurité de ce pays, Aujourd'hui nous savons ce que le jour nous réserve, mais demain qui peut le dire, On te prête un fusil, mais on ne t'a jamais dit de le braquer sur le latifundium, Toute ton instruction de visée et de tir est dirigée contre ton camp, c'est vers ton propre cœur trompé qu'est tourné l'œil du canon de ton arme, tu ne comprends pas ce que tu fais et un jour on t'ordonne de tirer et tu te tues, Taisez-vous, séditieux, à Lisbonne vous allez voir ce que vous allez voir, vous n'avez pas idée du nombre d'années que vous passerez à l'ombre, Oui, Lisbonne est une grande ville, la plus grande du monde, nous a-t-on dit, et c'est là qu'habite la république, on nous relâchera forcément, Il y a des lois.

Deux groupes de travailleurs se trouvent maintenant face à face, dix petits pas les séparent. Ceux du nord disent, Il y a des lois, nous avons été engagés et nous voulons travailler. Ceux du sud disent, Vous acceptez de gagner moins, vous venez ici nous causer du tort, retournez chez vous, petits rats. Ceux du nord disent, Chez nous il n'y a pas de travail, tout n'est que pierraille et genêt épineux, nous sommes de Beira, ne nous traitez pas de petits rats, c'est injurieux. Ceux du sud disent, Vous êtes des petits rats, vous êtes des rats, vous venez ici pour ronger notre pain. Ceux du nord disent, Nous avons faim. Ceux du sud disent, Nous aussi, mais nous refusons de nous assujettir à cette misère, si vous acceptez de travailler pour ce salaire, nous ne gagnerons pas un seul sou. Ceux du nord disent, C'est votre faute, ne soyez pas arrogants, acceptez ce qu'offre le patron, mieux vaut avoir moins que rien du tout, et il y aura du travail pour tous car vous êtes peu nombreux et nous sommes venus pour aider. Ceux du sud disent, C'est un attrape-nigaud, ils cherchent à nous tromper tous, nous n'avons pas à accepter ce salaire, unissez-vous à nous et le patron devra payer un salaire meilleur à tout le monde. Ceux du nord disent, Chacun pour soi et Dieu pour tous, nous ne voulons pas d'alliances, nous sommes venus de loin, nous ne pouvons pas nous lancer ici dans des guerres avec le patron, nous voulons travailler. Ceux du sud disent, Vous ne travaillerez pas ici. Ceux du nord disent, Nous travaillerons, Ceux du sud disent, Cette terre est à nous. Ceux du nord disent, Mais vous ne voulez pas la travailler. Ceux du sud disent, Non, pas pour ce salaire. Ceux du nord disent, Nous, ce salaire, nous l'acceptons. Le régisseur dit, Ça suffit, trêve de bavardages, reculez et laissez les hommes se mettre au travail, Ceux du sud disent, N'obéissez pas. Le régisseur dit, Obéissez, c'est moi qui commande, ou alors j'appelle la garde. Ceux du sud disent, Avant que la garde n'arrive, le sang coulera ici. Le régisseur dit, Si la garde arrive, il coulera encore plus de sang, ensuite ne venez pas vous plaindre. Ceux du sud disent, Frères, écoutez ce que nous disons, unissez-vous à nous, par votre âme si vous en avez une. Ceux du nord disent, Nous l'avons déjà dit, nous voulons travailler.

Alors le premier du nord s'avança vers le blé avec sa faucille, et le premier du sud lui posa la main sur le bras, ils s'empoignèrent maladroitement, raides, rudes, brutaux, faim contre faim, misère sur misère, pain tu nous coûtes si cher. La garde vint et sépara les combattants, elle frappa uniquement ceux d'un camp, elle repoussa à coups de sabre ceux du sud et les parqua dans un coin comme du bétail. Le sergent dit, Vous voulez que je les emmène tous en prison. Le régisseur dit, Ça n'en vaut pas la peine, ce sont des malheureux, retenez-les ici un petit bout de temps, jusqu'à ce qu'ils se découragent. Le sergent dit, Mais un petit rat a la tête fracassée, il y a eu agression, la loi est la loi. Le régisseur dit, Ça n'en vaut pas la peine, mon sergent, c'est du sang de bêtes de somme, qu'ils soient du nord ou du sud, c'est la pisse du patron. Le sergent dit, À propos de patron, j'aurais bien besoin d'un peu de bois. Le régisseur dit, Je vous ferai porter un chargement. Le sergent dit, Et de quelques tuiles. Le régisseur dit, Ne vous en faites pas, vous ne dormirez pas à la belle étoile. Le sergent dit, La vie est chère. Le régisseur dit, Je vous envoie quelques saucissons.

Les petits rats avaient déjà pénétré dans le champ de blé. Les épis blonds tombent sur la terre brune, comme c'est beau, cela sent les corps qui ne se sont pas lavés depuis on ne sait combien de temps, un tilbury passe au loin et s'arrête. Le régisseur dit, C'est le patron. Le sergent dit, Remerciez-le pour moi, je suis toujours à ses ordres. Le régisseur dit, Gardez-moi ces gredins à l'œil. Le sergent dit, Allez sans crainte, je sais comment m'y prendre avec eux. Certains du sud disent, Boutons le feu à la récolte. D'autres disent, Ça serait à fendre le cœur. Tous disent, Ces cœurs-là, rien ne les fend.

Ils allèrent à Landeira, à Santana do Mato, à l'extérieur et à l'intérieur du district, à Tarrafeiro et à Afeiteira, et le troisième enfant naquit au milieu de ces voyages, une fille, Maria da Conceição, et un autre, encore un fils, prénommé Domingos, comme son père. Que Dieu lui accorde un meilleur sort, car de son géniteur il n'y avait que du mal à dire, entre le vin et l'eau-de-vie, entre le marteau et le clou à ferrer, ça allait de mal en pis. Et mieux valait ne pas parler du mobilier, de la maison à la charrette, de la charrette à la maison, et entre-temps les cahots sur les collines et dans les ruisseaux, de village en village, un nouveau savetier est arrivé, il s'appelle Mau-Tempo, on va voir ce qu'il vaut comme ouvrier, mais ce diable de bonhomme boit du vin toute l'année comme toi tu bois de l'eau au mois d'août, il pourrait être meilleur artisan. Sara da Conceição, qui vit maintenant à Canha avec son mari et ses enfants, fut prise d'accès de paludisme pendant deux ans, de fièvre quarte, c'est-à-dire un jour sur deux, pour ceux qui ne le sauraient pas. Voilà pourquoi, les jours où sa mère était alitée, João Mau-Tempo, le garçon aux yeux bleus, l'anomalie ne s'étant pas répétée chez les autres enfants, João Mau-Tempo allait à la source et un jour, en y plongeant la petite cruche, ses pieds glissèrent, qui portera secours à cet innocent, et il tomba dans l'eau, profonde vu la taille de l'enfant, avec ses sept petites années. Il revint chez lui dans les bras de la femme qui l'avait sauvé et son père le rossa

39

pendant que sa mère tremblait si fort de fièvre dans le lit que les boules de laiton des montants en étaient toutes secouées, Ne frappe pas l'enfant, Domingos, mais c'était comme parler à un sourd.

Vint le jour où Sara da Conceição appela son mari et il ne répondit pas. Ce fut la première fois que Domingos tourna le dos à sa famille et déguerpit au loin. Alors, Sara da Conceição, qui avait si longtemps gardé le silence sur sa vie, demanda à une voisine qui savait lire et écrire de lui rédiger une lettre et ce fut comme si on lui arrachait l'âme, ce n'était pas pour ça qu'elle avait voulu son homme, Père, pour l'amour de Dieu, je vous demande de venir me chercher avec vos ânons et la charrette, afin que je sois auprès de vous dans mon village, et de me pardonner la peine et le chagrin que je vous ai causés, et aussi votre résignation, je me repens grandement de ne pas avoir écouté les conseils que vous m'avez donnés si souvent de ne pas faire ce mariage malheureux, un homme qui ne m'a apporté que de l'amertume, de la souffrance, de la misère et de la tristesse et des coups, vous m'aviez avertie, j'ai dédaigné ces avertissements, phrase finale ajoutée par la voisine et tirée de son fonds littéraire, conciliant classicisme et modernité avec une louable hardiesse.

Que ferait un père méritant ce nom, même sans oublier les scandales, que fit donc Laureano Carranca ? Il envoya son fils Joaquim, homme renfermé et pas très bien disposé, il l'envoya à Canha chercher sa sœur et tous les petits-fils se trouvant là-bas. Non pas qu'il les appréciât beaucoup, tous étaient les enfants du savetier ivrogne, il ne les aimait pas, enfants soucis, petits-enfants boulets, surtout quand il y en a d'autres, mieux aimés. Tristes et abandonnés par leur père ils arrivèrent à Monte Lavre, de nouveau avec un tas de pauvres ustensiles domestiques qui n'étaient plus que ruines, dont quelques-uns restèrent par pitié et à contrecœur dans la maison des parents et des grands-parents, les autres étant jetés pêle-mêle dans un pailler en attendant qu'un endroit approprié leur soit déniché. Et quand il fallut trouver où se loger, des nattes par terre firent office de chambre à coucher et pour pouvoir manger les aînés allèrent demander l'aumône, car Notre Seigneur lui aussi quémanda, ce qui est honteux c'est de voler. Sara da Conceição travaillait comme de juste, car il ne s'agissait pas simplement de mettre des enfants au monde, et ses parents partageaient quelques miettes avec elle, la mère avec davantage de générosité, comme c'est naturel pour une mère. Et ils vivotèrent ainsi. Mais quelques semaines seulement s'étaient écoulées lorsque Domingos Mau-Tempo reparut et se mit à rôder à Monte Lavre, à suivre de loin femme et enfants, puis allant à leur rencontre, contrit et repentant, selon ses propres paroles, probablement apprises par cœur au temps où il était sacristain. Laureano Carranca fut pris d'une grande colère, il ne voulait plus jamais revoir sa fille si elle se remettait avec son sacripant de dégénéré de gendre, qu'elle n'y songe surtout pas. Domingos Mau-Tempo aborda le sujet avec d'infinies précautions, il protesta et jura qu'il s'était amendé de ses erreurs et de ses péchés, que cette absence lui avait permis de se rendre compte combien il aimait sa femme et ses chers enfants, Monsieur mon beau-père, je le jure ici et à genoux s'il le faut. La colère s'atténua un tant soit peu, adoucie par tant de larmes répandues, et la famille se transporta dans un hameau proche, à Cortiçadas de Monte Lavre, presque en vue de la demeure paternelle. Ayant perdu ce qui lui aurait permis de se mettre à son compte, comme il aimait à le faire, Domingos Mau-Tempo dut accepter de servir dans la cordonnerie de maître Gramicho, et Sara da Conceição travaillait à plein temps à coudre des souliers pour aider son mari et nourrir ses marmots. Et le destin ? Domingos Mau-Tempo commença à sombrer dans la tristesse comme un monstre en exil, ce qui est la pire de toutes les tristesses, comme on peut le voir dans l'histoire de la belle et la bête, et il ne tarda pas à déclarer à sa femme, Nous devons partir d'ici et aller ailleurs, ici ça ne va plus, reste encore ici pendant quelques jours avec nos enfants en attendant que je trouve du travail dans un autre village. Sara da Conceição n'eut pas le choix, doutant que son mari lui revienne, elle attendit deux mois et se voyait déjà de nouveau veuve abandonnée lorsque Domingos Mau-Tempo reparut, gai comme un pinson, la bouche pleine de paroles enjôleuses, Sara, j'ai déniché un travail et un logis agréable, allons à Ciborro. Ils allèrent à Ciborro et bien leur en prit car les gens là-bas étaient paisibles et

41

bons payeurs. L'ouvrage ne manquait pas et le savetier semblait avoir perdu son obsession de la taverne, sinon complètement, car on ne lui en demandait pas tant, du moins suffisamment pour qu'on le prenne pour un homme respectable. Et tout cela se produisit à point nommé car entre-temps on avait inauguré là-bas une école primaire et João Mau-Tempo, qui avait l'âge voulu, apprit à lire, à écrire et à compter.

Et le destin ? Les loups-garous vivent leurs délires aux croisées des chemins, c'est un mauvais sort qui leur est jeté, messieurs, je ne sais par quel mystère ils sont ensorcelés, un certain jour de la semaine ils sortent de chez eux et à la première croisée des chemins ils se déshabillent, se jettent par terre, se vautrent sur le sol, se transformant en ce qui est à l'origine de la trace qui se trouve par terre, N'importe quelle trace, ou seulement celle d'un mammifère, N'importe quelle trace, monsieur, même qu'une fois il y eut un homme qui se changeait en roue de charrette et avançait en tournant, tournant, ça vous serrait le cœur, mais le plus souvent ils se changent en bêtes, comme dans l'histoire véridique et célèbre de cet homme, je ne me rappelle plus son nom, qui habitait avec sa femme à Monte do Curral da Legua, du côté de Pedra Grande, son destin était de sortir la nuit tous les mardis, mais lui était au courant de son état et donc il prévenait sa femme de ne jamais ouvrir la porte quand il était dehors, quoi qu'elle entende, car dans ces moments-là c'étaient des cris et un vacarme à glacer le sang dans les veines d'un chrétien, personne ne pouvait fermer l'œil, mais un jour la femme a pris son courage à deux mains, c'est que les femmes sont très curieuses, elles veulent tout vérifier, et elle a décidé d'ouvrir la porte, Qu'a-t-elle vu, Ah, doux Jésus, elle a vu devant elle un cochon énorme, comme un verrat reproducteur, avec une tête grosse comme ça, et ne voilà-t-il pas qu'il se jette sur elle comme un lion pour la dévorer, elle a eu de la chance de pouvoir refermer la porte, mais pas assez vite car en essayant de la mordre le porc a arraché un pan de sa jupe, imaginez maintenant l'horreur de la malheureuse quand son mari est rentré à la maison au petit matin, avec dans la bouche ce morceau de tissu arraché, ce qui a fait que tout a été ainsi expliqué, il lui a raconté que chaque fois qu'il sortait il se transformait en un animal et cette fois-là ç'avait été en un porc et qu'il aurait pu lui faire très mal, que la prochaine fois elle n'ouvre pas la porte, qu'il ne pouvait répondre de lui-même, Quelle histoire extraordinaire, La femme est allée parler à ses beaux-parents qui ont été très gênés que leur fils se soit transformé en loup-garou, il était le seul dans la famille, alors ils se sont rendus chez une désenvoûteuse qui a prononcé les prières et les conjurations propres à ce genre d'accidents et qui leur a dit de brûler son chapeau quand il se changerait en loup-garou, il ne le ferait plus jamais, et ça a été le cas, un remède souverain, ils ont brûlé le chapeau et l'homme a été guéri, Était-ce parce que le mal résidant dans la tête, l'homme guérissait si on brûlait son chapeau, Ça, je ne le sais pas, la sorcière ne l'a pas dit, mais je peux vous raconter encore une autre histoire, ici, tout près de Ciborro, un couple habitait depuis peu dans une ferme, ça se passe toujours entre mari et femme, on se demande bien pourquoi, ceux-là élevaient des poules et d'autres volailles, et toutes les nuits, le mari, celui-là c'était toutes les nuits, le mari se levait du lit, allait dans le potager et se mettait à caqueter, imaginez l'effet que ça faisait à sa femme quand elle l'épiait par le volet et le voyait changé en une immense poule, De la taille du cochon, Ah, vous ne me croyez pas, eh bien écoutez la suite, ce couple avait une fille et comme la fille allait se marier, ils ont tué beaucoup de poules pour la noce, c'était leur richesse, mais cette nuit-là la femme n'a pas senti son mari se lever et elle ne l'a pas entendu caqueter, vous n'imaginez pas ce qui était arrivé, l'homme était allé à l'endroit où les poules avaient été tuées, il avait pris un couteau, s'était agenouillé à côté de la bassine et s'était planté le couteau dans la gorge, il est resté là, quand sa femme s'est aperçue que le lit était vide et s'est mise en quête de son mari, elle l'a trouvé sans vie, avec le sang jaillissant encore à gros bouillons, c'est le destin, je vous dis.

Domingos Mau-Tempo reprit ses mauvaises habitudes, vin, laisser-aller, coups, mauvais traitements en actes et en paroles. Mère, le père a l'air d'un excommunié, Ne dis pas ça, mon fils, c'est ton père. Ce sont des paroles qu'on prononce toujours dans ce genre de circonstances, il ne faut pas les prendre au sérieux, ni les unes ni les autres, tant celles qui accusent que celles qui cherchent à absoudre. Mais la misère empoussiérait le visage de ces gens et les enfants en âge de le faire demandaient l'aumône. Car il y avait encore des personnes pleines de bonté et de conscience, comme les propriétaires de la maison où habitaient les Mau-Tempo qui leur donnèrent de nombreuses rations de nourriture, mais l'enfance est cruelle, et il advenait que lorsqu'on cuisait du pain chez les propriétaires ceux-ci réservaient un petit pain pour le goûter de João Mau-Tempo, mais les garçons de la famille, qui eux aussi allaient à l'école et qui étaient tous amis, se moquaient de João Mau-Tempo, ils l'attachaient à la mangeoire avec une corde, posaient la nourriture devant lui et ne le détachaient que lorsqu'il l'avait mangée. Et on dit que Dieu existe.

Alors ce qui devait advenir advint. Domingos Mau-Tempo arriva au terme de ses mésaventures. Un après-midi qu'il était assis sur un banc en train de polir un talon, il posa soudain tout ce qu'il avait dans les mains, dénoua son tablier, rentra dans la maison, fit un rouleau de ses vêtements, tira de la huche un quart de pain, fourra le tout dans sa besace et sortit. Sa femme était au travail avec les enfants les plus jeunes, João était à l'école et l'autre paressait. Ce fut la dernière fois que Domingos Mau-Tempo sortit de chez lui. Il reparaîtra encore pour prononcer quelques paroles et en écouter d'autres, mais son histoire est terminée. Il vagabondera pendant deux ans.

La nature crée ses diverses créatures avec une brutalité admirable. Entre les morts et les estropiés, elle considère qu'un nombre suffisant en réchappera pour garantir les résultats de la gestion, façon ambivalente et donc douteuse d'assimiler gestion à gestation, avec cette confortable marge d'imprécision qui produit les mutations dans ce qu'on dit, ce qu'on fait et ce qu'on est. La nature ne délimite pas de chasses gardées, mais elle en tire profit. Et si après la récolte les mille fourmilières du champ de blé ne disposent plus d'un pareil grenier, pertes et profits sont tous inscrits dans le grand livre de comptes de la planète et aucune fourmi n'est privée de sa part statistique de nourriture. Lors de l'apurement des comptes peu importe qu'elles soient mortes par millions à cause d'une inondation naturelle, d'un chambardement dû à un coup de houe ou d'un concours de miction : qui a vécu a mangé, qui est mort a laissé à manger pour les autres. La nature ne compte pas les morts, elle compte les vivants, et quand ceux-ci sont trop nombreux, elle organise une nouvelle tuerie. Tout cela est très facile, très clair et très juste car, de mémoire de fourmi ou d'éléphant, personne ne l'a jamais contesté dans le grand royaume des animaux.

Heureusement, l'homme est leur roi. Il peut donc faire ses comptes avec du papier et un crayon, ou d'autres, plus subtils, qui s'expriment en murmures, sous-entendus, demi-mots, clins d'œil et signes de tête. À cette mimique et ces onomatopées viennent s'adjoindre, en plus grossier, danses et chants de combat, manœuvres de séduction et d'incitation auxquels certains animaux ont recours pour parvenir à leurs fins. On comprendra mieux ainsi le jeu de poids et mesures que Laureano Carranca, homme rigide et de principes, si l'on en juge d'après l'intransigeance et l'inflexibilité de sa colère devant le mariage de sa fille Sara da Conceição, pratique dans sa vie quotidienne, maintenant qu'il a chez lui son petit-fils João, à vrai dire par charité forcée, et un autre petit-fils du nom de José Nabiça, indéniablement son préféré. Expliquons pourquoi, bien que cela n'importe pas beaucoup pour la compréhension de l'histoire, juste ce qu'il faut afin que nous nous connaissions mieux les uns les autres, car c'est un précepte évangélique. Ce José Nabiça était le fils d'une sœur de Sara da Conceição et d'un père qui, d'inconnu, n'avait que le plaisir d'être tenu pour tel car de notoriété publique n'importe qui aurait pu le désigner du doigt. En pareil cas il n'est pas rare qu'une complicité générale s'établisse et repose sur l'évidence que tout le monde est au courant, sur la curiosité de voir comment se comporteront les acteurs, ce dont finalement on ne saurait les blâmer dans la mesure où les distractions n'abondent guère. Ces enfants sont fabriqués pour l'amour de Dieu et sont ensuite abandonnés, parfois par père et mère, ils sont alors déposés sur la roue à la porte des couvents, semés sur les chemins, mangés par les loups ou par les frères de la Miséricorde. Mais malgré la souillure de sa naissance le chanceux José Nabiça avait l'heur d'avoir un père qui n'était pas dépourvu de biens et des grands-parents qui convoitaient le futur héritage, probabilité lointaine, mais pas exclue, en tout cas suffisante pour garantir un bon accueil chez les Carranca. Lesquels traitaient João Mau-Tempo comme s'il n'avait aucun lien avec eux : de son côté à lui, fils de savetier et maintenant de vagabond, pas un liard ne viendrait. Mais pour l'autre, bien que fils d'une faute non rachetée par le mariage, le grand-père était aux petits soins, aveugle et sourd aux voix et aux preuves de son honneur souillé, dans l'espoir d'un profit qui finalement ne se matérialisera jamais. Afin que l'on sache qu'il y a une justice divine.

João Mau-Tempo resta encore un an à l'école, puis ses études

prirent fin. Le grand-père Carranca regarda ce petit corps de musa-
raigne, fut pris de doute pour la millième fois devant les yeux bleus
qui fixaient le sol, effrayés, et décréta, Tu iras débroussailler avec
ton oncle et tâche de bien te conduire, en cas de besoin je suis là
pour te punir. Peut-être son nom était-il venu de là, de ce mot
arranca, arrachage, débroussaillement, essartage, des travaux de
force brute qu'il ne faudrait pas infliger à un marmouset, mais ça ne
pourrait que lui être profitable de savoir quelle serait sa place dans
la vie en grandissant. Joaquim Carranca était brutal, il le laissait la
nuit dans les champs de blé, à monter la garde dans la cabane ou
sur l'aire, alors que pareille obligation n'était pas en rapport avec sa
faiblesse. Qui plus est, en pleine nuit, par taquinerie mauvaise, il
allait vérifier si son neveu n'était pas en train de dormir et il jetait
sur lui un sac de blé, le pauvre garçon se mettait à gémir et, comme
si cela ne suffisait pas et n'était pas même excessif, il lui enfonçait
dans les côtes une houlette avec un bout ferré et plus son neveu
criait et pleurait, plus le sans-cœur s'esclaffait. Ce sont là des histoires vraies que ceux qui se laissent guider par la fiction ont bien
du mal à croire. Entre-temps, Sara da Conceição avait eu une autre
fille qui mourut au bout de huit jours.

Le bruit courut à Monte Lavre qu'il y avait une guerre en Europe,
endroit dont peu de gens au village avaient entendu parler ou eu
connaissance. Des guerres il y en avait aussi chez eux, et pas des
moindres, tout le jour passé à trimer quand il y avait de l'ouvrage,
tout le jour passé à glapir de faim, qu'il y eût du travail ou pas.
Toutefois, les morts n'étaient pas si nombreuses et généralement les
corps allaient entiers dans la tombe. Cependant, une mort était en
train d'arriver à son heure, comme ce fut déjà annoncé.

Quand Sara da Conceição entendit dire que son mari était revenu à
Cortiçadas, elle rassembla les enfants qui vivaient avec elle et, peu
assurée de la protection du père Carranca, elle prit João en chemin et
alla se cacher chez des parents portant le nom de Picanço qui étaient
meuniers dans un hameau appelé Ponte Cava, à une demi-lieue du
village. Ce pont était juste ce qui en subsistait, une arche brisée et de
grandes pierres au fond du lit de la rivière, mais dans le trou d'eau en

47

amont, João Mau-Tempo se baignait nu avec des gamins de son âge et quand il faisait la planche sur l'eau et regardait le ciel, tout dans ses yeux n'était plus qu'eau et ciel. C'est là que la famille se cacha, craignant les menaces qui arrivaient de Cortiçadas par la bouche de connaissances colporteuses de nouvelles. Peut-être Domingos Mau-Tempo ne serait-il pas venu à Monte Lavre si un messager de retour de voyage ne l'avait informé de la fuite affolée de sa famille. Un jour il jeta sa besace sur son épaule, il descendit par des sentiers et des plateaux, aveuglé par le destin, et il déboucha devant le moulin pour demander des comptes et exiger les membres de sa famille. José Picanço sortit sur le chemin, pendant que sa femme veillait sur les réfugiés à l'arrière de la maison. Et Domingos Mau-Tempo dit, Bonjour, Picanço. Et José Picanço dit, Bonjour, Mau-Tempo, que veux-tu. Et Domingos Mau-Tempo dit, Je suis à la recherche des miens qui me fuient et on m'a signalé qu'ils se trouvent chez toi. Et José Picanço dit, Celui qui t'a dit ça ne t'a pas trompé, ils se trouvent chez moi. Et Domingos Mau-Tempo dit, Alors envoie-les-moi ici, mon vagabondage est terminé. Et José Picanço dit, Qui essaies-tu de tromper, Mau-Tempo, pas moi en tout cas, car je te connais bien. Et Domingos Mau-Tempo dit, C'est ma famille, pas la tienne. Et José Picanço dit, Elle serait en de meilleures mains, mais personne ne sortira d'ici, car personne ne veut t'accompagner. Et Domingos Mau-Tempo dit, Je suis le père et le mari. Et José Picanço dit, Va-t'en, l'homme, j'ai bien vu comment tu traitais ta femme quand j'étais ton voisin, elle qui travaillait honorablement, et tes enfants, pauvres gamins, et la misère qu'ils ont connue, sans moi et d'autres pour les nourrir, tu n'aurais pas besoin d'être ici, car ils seraient déjà tous décédés. Et Domingos Mau-Tempo dit, Je suis le père et le mari. Et José Picanço dit, Va-t'en, je te le répète, va où on ne t'entend pas, ne te voit pas, ne te parle pas, car tu es impardonnable.

C'est une journée magnifique. Une matinée ensoleillée, mais après une averse, nous sommes en automne. Domingos Mau-Tempo trace des traits par terre avec son bâton, c'est un défi, semble-t-il, qui annonce la bagarre, et Picanço le comprend, il se prépare, empoigne un gourdin. Ce n'est pas son affaire, mais combien de fois ne choisit-on pas et se trouve-t-on à l'endroit où il faut. Derrière lui, derrière la porte, il y a quatre enfants apeurés et une femme qui les défendrait avec son propre corps si elle le pouvait, mais les forces sont inégales et voilà pourquoi Picanço relève le défi et trace lui aussi un trait sur le sol. Cependant ce n'était pas la peine. Domingos Mau-Tempo ne prononce pas un mot, ne fait pas d'autre geste, il écoute encore ce qui vient de lui être dit et, s'il a bien tout compris, il ne peut pas rester là. Il tourne le dos, s'en retourne par où il est venu, s'engage sur le chemin le long de la rivière, passe à côté de Monte Lavre. D'aucuns le voient et s'arrêtent, mais il ne regarde pas. Peut-être murmure-t-il, Terre maudite, mais il dirait cela uniquement à cause d'une tristesse infinie, car il ne trouverait pas une seule raison particulière, ou alors toutes le sont, et dans ce cas aucune terre n'échappera à la condamnation, elles sont toutes maudites, condamnées et condamnables, douleur d'être né. Il descend un pré, traverse sur trois pierres un ruisseau affluent et se met à grimper. Il y a là une colline qui fait face à celle de Monte Lavre, chacun y a son bois d'oliviers et une raison d'y aller. Domingos Mau-Tempo s'étend sur une ombre maigre et fixe le ciel sans savoir ce qu'il regarde. Ses yeux sombres sont profonds comme les puits d'une mine. Il ne pense pas, sauf si ce lent défilé d'images, en arrière, en avant, est une pensée, et un mot isolé, indéchiffrable, de temps en temps roule comme une pierre qui se détacherait sans raison du coteau. Il s'appuie sur ses coudes, Monte Lavre est devant lui comme une crèche de Noël, au point le plus élevé, sur la tour, se dresse un homme très grand qui frappe une semelle, levant un marteau et l'abaissant avec fracas. Voir ces choses et n'être même pas saoul. Il dort simplement et rêve. Maintenant c'est une charrette qui passe, bourrée de meubles, et Sara da Conceição est assise dessus dans un équilibre précaire, c'est lui-même qui la tire, c'est si lourd, monsieur le curé Agamedes, et il porte au cou une clochette sans battant, il s'agite beaucoup pour qu'elle sonne, il faut qu'elle sonne, c'est une cloche en liège, zut pour la messe. Et le cousin Picanço s'approche, il lui retire la sonnaille et la remplace par une meule de moulin, homme impardonnable.

Ce rêve aurait pu occuper tout l'après-midi, or il n'a duré que quelques minutes. Le soleil a à peine bougé, il n'y a aucune différence dans les ombres, Monte Lavre n'a ni augmenté ni diminué. Domingos Mau-Tempo s'est levé, a passé la main droite sur sa barbe qui avait poussé et dans ce geste un brin de paille s'est collé à ses doigts. Il l'a fait rouler entre la pulpe des doigts, l'a cassé et l'a jeté par terre. Puis il a plongé la main dans la besace, en a retiré une corde et s'est enfoncé dans l'oliveraie, désormais à l'abri des regards de Monte Lavre. Il avançait, regardait, on eût dit un propriétaire évaluant la récolte, il calculait hauteurs et résistances et a choisi enfin l'endroit où il allait mourir. Il a passé la corde autour d'une branche, l'a attachée solidement, s'est assis sur elle, a fait un nœud coulant et s'est jeté en bas. Jamais personne n'est mort aussi vite de pendaison.

À présent João Mau-Tempo est l'homme de la maison, le plus âgé. Aîné sans majorat, maître de rien, l'ombre qu'il projette sur le sol est bien petite. Il traîne les sabots que sa mère lui a fait faire, mais ces lourds objets lui tombent des pieds et il invente des suspensoirs grossiers qui passent sous l'évidement et s'accrochent à des trous dans l'ourlet du pantalon. C'est un personnage grotesque, avec une grosse houe à l'épaule, plus grande que lui, qui se lève à l'aube de sa paillasse dans la lumière froide et huileuse de la chandelle, et tout est si confus, son sommeil si lourd, ses gestes si maladroits, qu'il sort probablement de sa couche avec déjà la houe à l'épaule, avec déjà ses sabots aux pieds, petite machine primitive qui en un unique mouvement soulève la houe et la laisse retomber, où sont ses forces. Sara da Conceição lui dit, Mon fils, on m'a donné ce travail pour toi par charité, afin que tu gagnes quelques sous, car la vie est d'une grande cherté et nous n'avons pas de quoi subsister. Et João Mau-Tempo, qui connaît la vie, demande, Irai-je piocher, ma mère. Si elle le pouvait, Sara da Conceição dirait, Tu n'iras pas, mon fils, tu as seulement dix ans, ce n'est pas un travail pour un enfant, mais que peut-elle faire puisque dans ce latifundium il n'existe pas d'autre façon de gagner sa vie et puisque le métier de son défunt père porte la guigne. Il fait encore nuit noire lorsque João Mau-Tempo se lève et par chance pour lui le chemin pour la ferme de Pedra Grande passe par Ponte Cava, lieu malgré tout béni,

51

comme cela fut démontré dans l'épisode précédent, quand les malheureux furent sauvés de la colère de Domingos Mau-Tempo, lieu deux fois béni car, bien que s'étant suicidé de cette façon brutale et malgré ses nombreux péchés, la miséricorde n'existe pas si le savetier n'est pas assis à cette heure à la droite de Dieu le Père. Domingos Mau-Tempo fut un pauvre malheureux, que les bonnes âmes ne le condamnent donc pas. Son fils passe dans la clarté incertaine d'un soleil encore loin de se lever, il rencontre en chemin la femme de Picanço qui lui dit, Alors, João, où vas-tu donc. Le garçon aux yeux clairs répond, Eh bien, je vais à Pedra Grande, arracher de la broussaille. Et la Picança, Ah, mon pauvre petiot, tu ne pourras pas le faire avec une houe aussi grande, et puis il y a tellement de broussailles. On comprend aisément qu'il s'agit d'une conversation de pauvres, entre une femme faite et un homme à ses débuts, ils parlent de choses sans grande substance et sans envolée spirituelle, on a déjà vu que ce sont des gens frustes, sans instruction qui les illumine, ou alors, si instruction il y a eu, elle s'efface peu à peu. João Mau-Tempo sait quelle réponse il donnera, personne ne la lui a apprise, mais toute autre serait sûrement déplacée, vu l'époque et le lieu, Il en sera ce que Dieu voudra, je vais essayer pour aider ma mère, la pauvre, car notre vie est ce que vous savez, mon frère Anselmo ira demander l'aumône pour l'amour de Dieu afin de pouvoir m'apporter ensuite un petit quelque chose à manger là où je vais travailler, car ma mère n'a pas de quoi m'acheter ma pitance. La Picança dit, Alors, tu n'as donc pas de casse-croûte, enfant de Dieu. L'enfant oublié de Dieu répond, Non, madame, je n'en ai pas.

Le moment où le chœur grec clame sa stupéfaction serait venu, afin de créer l'atmosphère dramatique propice aux grands élans de générosité. Toutefois, la meilleure aumône est encore celle du pauvre, au moins tout se passe entre égaux. Picanço travaillait au moulin à eau, sa femme l'appela, Hé, mon mari, viens donc un peu ici. Le meunier vint, Regarde João. Les paroles déjà dites furent redites, et tout bien réfléchi et pesé, João Mau-Tempo resta dans cette maison tout le temps qu'il travailla dans la ferme de Pedra

Grande, et la femme de Picanço, cette sainte créature, lui préparait son petit panier pour le casse-croûte. Elle aussi est à la droite du Père, sûrement en bonne conversation avec Domingos Mau-Tempo, tous deux s'efforçant de savoir pourquoi la misère est si grande et la récompense si maigre.

João Mau-Tempo gagnait deux sous, quatre ans auparavant le salaire d'un homme fait, mais aujourd'hui paie misérable tant la vie a renchéri. Il était dans les bonnes grâces du chef d'équipe, un parent qui faisait semblant de ne pas remarquer le combat dérisoire du garçon contre les racines des buissons, bien trop coriaces pour se laisser extirper par un être aussi chétif. Tout le jour, heure après heure, presque caché par les ronces, démolissant les racines à coups de houe, seigneur, pourquoi faites-vous tellement souffrir les enfants. Ce garçon, hé, chef d'équipe, que fait-il ici, il n'a aucun rendement, disait Lamberto en passant par là. Et l'autre, C'est une aumône qu'on lui accorde, son père était Domingos Mau-Tempo, une misère. Bon, conclut Lamberto, et il pénétra dans l'écurie pour rendre visite à ses chevaux qu'il estimait grandement. Il faisait chaud là-dedans et ça sentait bon la paille, Celui-ci s'appelle Sultan, celui-là Délicat, cet autre Tribut, cette jument Gouttelette et ce poulain, qui n'a pas encore de nom, s'appellera Bon-Temps.

Le défrichage prit fin et João retourna chez sa mère. Il était dans une période de chance car deux semaines plus tard il avait de nouveau du travail, dans la propriété d'un autre patron, appelé Norberto, et sous les ordres d'un contremaître qui se nommait Gregório et portait le surnom de Marécage, une bête féroce de la pire espèce. Pour lui, les membres d'une équipe ne différaient nullement d'une meute en révolte ne pouvant être maîtrisée qu'à coups de bâton et de fouet. Norberto ne s'occupait pas de ces choses-là, il avait vraiment la réputation d'être un excellent homme, il était déjà âgé, avait des cheveux blancs, une allure distinguée et une famille nombreuse, des gens raffinés, bien que vivant à la campagne, qui allaient aux bains de mer l'été à Figueira. Il possédait des immeubles à Lisbonne et les jeunes de la famille commençaient peu à peu à quitter Monte Lavre. Le monde avait été pour eux un vaste paysage, ils parlaient évidemment par ouï-dire, et le moment était venu de sortir les pieds de la glèbe et de partir en quête des chaussées pavées de la civilisation. Norberto ne s'y opposait pas et le goût nouveau de ses descendants et de ses collatéraux lui procurait même un contentement secret. Entre les chênes-lièges et un peu de blé, entre les glands et les porcs de chênaie, le latifundium nourrissait plus qu'abondamment la famille, les excédents se muant en bon argent sonnant et trébuchant. À condition, évidemment, que le personnel engagé, celui-ci et tous les autres, se décarcasse. Les contremaîtres étaient là pour ça, des lieutenants Contente en civil, sans droit à un cheval ou un sabre, mais avec autant d'autorité. Une houssine sous l'aisselle faisant office de cravache de cavalier, Gregório Lameirão marchait le long de la file de travailleurs, guettant d'un œil vigilant le plus léger signe de flemmardise ou d'authentique épuisement. C'était un homme féru de règles, loué soit-il, car pour donner l'exemple il se servait de ses propres enfants. Ceux-ci gémissaient et aussitôt après les autres, nous parlons des plus jeunes, car rares étaient les jours où ils n'écopaient pas d'une ou deux raclées, et même trois, lorsque les vents étaient plus troubles. Quand Gregório Lameirão sortait de chez lui ou de la caserne, il suspendait son cœur derrière la porte et partait plus léger, sans autre souci que de bien mériter la confiance de son patron et de gagner honorablement le salaire plus élevé et la meilleure pitance que lui valait sa fonction de contremaître et de bourreau de l'équipe. En tout cas, il était poltron. Un jour, il rencontra sur son chemin le père d'une de ses malheureuses victimes qui lui déclara sans ambages que s'il recommençait à punir injustement, il verrait, s'il pouvait encore voir, sa propre cervelle écrabouillée à la porte de chez lui. La menace eut de l'effet dans ce cas précis, mais le châtiment des autres redoubla.

Chez Norberto, les dames jouissaient des raffinements propres à leur sexe, elles prenaient le thé, faisaient du tricot et étaient les marraines des filles des domestiques les plus proches. Des revues de mode traînaient sur les canapés du salon, ah Paris, où il était décidé que la famille se rendrait dès que cette guerre stupide serait terminée, guerre qui entre autres dommages plus ou moins graves avait retardé leur projet. Contrariétés qu'il n'est pas en notre pouvoir d'éviter. Et le vieux Norberto, quand il entendait son contremaître le mettre au courant des différents travaux des champs, dans un mâchonnement de mots qui avaient pour objectif de mettre en valeur le surveillant, s'impatientait comme s'il était en train de lire dans la gazette les communiqués de guerre. Il était germanophile par sympathie impériale et en souvenir, inconscient, de la patrie de Lamberto Horques, lequel était peut-être son ancêtre. Et un jour, par pur divertissement de savant, il le raconta à Gregório Lameirão, qui le regarda d'un air hébété, sans comprendre son langage, lui la brute, lui l'analphabète. Par prudence, il redoubla d'humilité et de rigueur. Ses enfants les plus âgés refusaient désormais de travailler dans l'équipe de leur père, ils cherchaient d'autres exploitations, des surveillants plus humains, une sécurité accrue, ne serait-ce simplement que pour mourir un peu plus tard.

Ces temps-là étaient favorables à la discipline. Sara da Conceição, regrettant à juste titre le mauvais exemple donné par son mari et bourrelée de remords à cause de sa mort pitoyable dont elle se sentait responsable, sermonnait son fils à tout bout de champ, Fais attention, toi, si tu ne files pas doux, tu vas te choper une raclée, il faut que tu apprennes à vivre. Voilà ce que sa mère lui disait et Lameirão lui emboîtait le pas, Hé toi, Mau-Tempo, ta mère m'a dit qu'elle ne voulait de toi que les os pour en fabriquer une chaise et la peau pour en faire un tambour. Deux autorités s'unissant et se concertant pour parler ainsi, que pouvait donc faire João sinon les croire. Mais un jour, moulu de coups et d'un travail excessif, il fit face à la menace d'être écorché et désossé et s'ouvrit à sa mère, laquelle fut stupéfaite. Pauvre Sara da Conceição, si ignorante du monde. Elle se répandit en cris et malédictions, Ah, le maudit homme, je ne lui ai jamais dit ça, une mère donne-t-elle le jour à un fils pour ça, tous les riches se moquent de la misère, ce dragon n'aime même pas ses propres enfants. Mais cela a déjà été dit précédemment.

João Mau-Tempo n'a pas l'étoffe d'un héros. C'est un gringalet d'à peine dix ans, un petit bout d'homme pour qui les arbres sont encore des supports pour des nids plutôt que des producteurs de liège, de glands ou d'olives. C'est grande injustice que de le forcer à se lever encore dans la nuit noire, pour aller à moitié endormi et l'estomac vide sur le court ou long chemin qui le sépare de son lieu de travail, et ensuite tout le jour, jusqu'au coucher du soleil, pour rentrer chez lui de nouveau à la nuit tombée, recru de fatigue, si on peut encore appeler cela fatigue, si ce n'est pas déjà plutôt un avant-goût de la mort. Mais cet enfant, mot utilisé par simple commodité, car dans le latifundium on ne classe pas les populations de façon à mettre en exergue et à respecter cette catégorie, tous sont vivants et cela suffit, les morts, eux, il n'y a plus qu'à les enterrer, car on ne peut pas faire travailler les défunts, cet enfant-ci n'est qu'un parmi des milliers, tous semblables, tous souffreteux, tous ignorant le mal qu'ils ont commis pour mériter pareil châtiment. Du côté de son père, il est d'origine ouvrière, celui-ci savetier, son grand-père menuisier, mais voyez comment les destins se préparent, et ici il n'y a pas de clous ni d'alêne, tout n'est que terre âpre, une chaleur à mourir, un froid mortel, les grandes sécheresses de l'été, les froidures de l'hiver, le givre cuisant du matin, de la dentelle au fuseau, dit dona Clemência, des engelures violacées fendillées sanguinolentes, et si la main enflée effleure un tronc ou une pierre, la peau molle se déchire et en dessous, qui pourra dire cette douleur et cette misère. Il n'y aura pas d'autre vie que ce traînement de bête qui sur terre fraternise avec les autres bêtes, les domestiquées et les farouches, les utiles et les nuisibles, et lui-même, avec ses semblables humains, traités comme nuisibles ou utiles en fonction des besoins du latifundium, maintenant je te veux, maintenant je t'abhorre.

Et il y a le chômage, d'abord des plus jeunes, puis des femmes et enfin des hommes. Des caravanes se mettent en branle, en quête d'un salaire misérable. On n'aperçoit à ce stade ni surveillant, ni contremaître, ni régisseur, encore moins ne verra-t-on de patrons, tous claquemurés dans leurs maisons, ou au loin, dans la capitale et dans d'autres havres. La terre n'est que croûte desséchée ou bourbier, peu importe. On cuit des herbes, on s'en nourrit, et les yeux brûlent, l'estomac devient un tambour et surviennent les longues, les douloureuses diarrhées, la démission du corps qui se désintègre tout seul, fétide, joug insupportable. On a envie de mourir et certains meurent.

Il y a la guerre en Europe, ainsi qu'il fut déjà dit. Et la guerre aussi en Afrique. Ces choses-là, c'est comme crier sur une colline, celui qui crie sait qu'il a crié, parfois c'est la dernière chose qu'il fait, mais là, en bas, on entend de moins en moins et on finit par ne plus rien entendre du tout. À Monte Lavre, on avait des nouvelles de la guerre uniquement par les journaux, et cela pour ceux qui savaient les lire. Les autres, s'ils voyaient les prix grimper ou même si les denrées grossières de leur alimentation venaient à manquer, se demandaient pourquoi, C'est à cause de la guerre, répondaient les initiés. La guerre mangeait beaucoup, la guerre enrichissait beaucoup. La guerre est ce monstre qui avant de dévorer les hommes leur vide les poches, l'une après l'autre, piécette après piécette, afin que rien ne se perde et que tout se transforme, car telle est la première loi de la nature, dont on prend connaissance seulement plus tard. Et quand elle est repue de nourriture, quand elle régurgite à force de satiété, elle continue le geste répétitif de ses doigts habiles, prenant toujours du même côté, emplissant invariablement la même poche. Bref, c'est une habitude qui lui vient de la paix.

Dans plusieurs hameaux des environs, des gens prirent le deuil, notre parent est mort à la guerre. Le gouvernement envoyait ses condoléances, l'expression de ses regrets, et disait que la patrie. On invoqua comme d'habitude Afonso Anriques et Nuno Álvares Pereira, c'est nous qui avons découvert la voie maritime vers l'Inde, la femme française a une faiblesse pour nos soldats, de la femme africaine on n'a rien appris en plus de ce qu'on sait déjà, le tsar a été déposé, les grandes puissances sont préoccupées par ce qui se passe en Russie, grande offensive sur le front occidental, l'aviation est l'arme du futur, mais l'infanterie est la reine des batailles, rien ne se fait sans le barrage de l'artillerie, la maîtrise des mers est indispensable, révolution en Russie, bolchevisme. Adalberto lisait le journal, regardait par la fenêtre d'un œil inquiet le temps brumeux, il partagea l'indignation de la gazette et dit tout haut, Ça passera.

Tout n'est pas un lit de roses ni d'un côté ni de l'autre, encore que, comme cela a déjà été expliqué, la distribution des épines se fasse selon les règles connues de la disproportion et soit un démenti criant du précepte, peut-être vrai en matière de navigation, selon lequel à grand navire, grande tempête. À terre, c'est différent. Minuscule est la barque de la famille Mau-Tempo, plat en est le fond, et ce n'est que par hasard et pour les besoins de cette histoire que tous n'ont pas encore fait naufrage. Toutefois, l'embarcation donnait des signes incontestables qu'elle allait se briser sur le prochain récif ou la soute se vider, quand Joaquim Carranca, le frère de Sara, devint veuf. Il ne se sentait guère l'envie de se remarier, d'ailleurs aucune prétendante à sa main ne s'était manifestée, il avait trois enfants à élever, un mauvais caractère par-dessus le marché, alors la faim se conjugua au besoin de manger et poussa le frère et la sœur à unir leur vie et leur descendance. L'affaire s'avéra être équilibrée, l'un fut un nouveau père, l'autre une nouvelle mère, tous étaient cousins et cousines et oncle et tante, on verra bien ce que cela donnera. Ce ne fut pas pire que ce à quoi on pouvait s'attendre et ce fut peut-être même mieux. Les Mau-Tempo cessèrent de quémander aux portes et Joaquim Carranca eut quelqu'un pour s'occuper de son linge, ce dont un homme a du mal à se passer, et qui plus est de ses enfants. Et comme un frère n'a pas coutume de rosser sa sœur, en tout cas moins qu'un mari sa femme, une époque meilleure commença pour Sara da Conceição. Il ne manquera pas de gens pour trouver que c'était peu. Nous dirons que ce sont des gens qui ne connaissent rien de la vie.

Chaque jour a son histoire, il faudrait des années pour raconter une seule minute, le geste le plus insignifiant, le menu décorticage d'un mot, d'une syllabe, d'un son, sans parler des pensées qui sont choses fort touffues, penser à ce qu'on pense, ou on a pensé, ou on est en train de penser, quelle est donc cette pensée qui pense une autre pensée, on n'en finirait jamais. Mieux vaut déclarer que ces années de João Mau-Tempo seront celles de son éducation professionnelle au sens traditionnel et paysan qui veut qu'un travailleur ait des lumières sur tout, qu'il sache aussi bien moissonner que retirer les écorces de liège, qu'il soit aussi habile à creuser des fossés qu'à semer, aussi vigoureux d'échine pour trimballer des fardeaux que résistant des reins pour piocher. Pareil savoir se transmet de génération en génération sans examen ni discussion, c'est comme ça parce que ça a toujours été comme ça, ceci est une houe, ceci une faux et ceci une goutte de sueur. Ou un épais crachat blanc les après-midi de fournaise, ou un coup de soleil sur la nuque, ou des jarrets qui flageolent de malnutrition. Entre dix et vingt ans il nous faut apprendre tout ça, et promptement, sinon aucun patron ne voudra de nous.

Un jour Joaquim Carranca dit à sa sœur qu'il faudrait qu'ils dénichent un patron qui les prenne à sa solde et elle fut d'accord, habitude lui venant de ses années soumises de femme mariée, mais en l'occurrence elle se berça de l'espoir qu'ils seraient toute l'année à l'abri du chômage, petite ambition, mais garantissant une certaine sécurité, car ils n'aspiraient sûrement pas à autre chose. Ceci se passait à l'époque où trois frères avaient hérité du Monte de Berra Portas à la mort du vieux patron, père des trois frères qu'il avait fabriqués dans le ventre d'une concubine futée, apparemment soumise aux caprices redoutables du patriarche, lequel tonitruait et s'emportait, mais qui avait appris peu à peu à filer doux comme un agneau jusqu'à finir par accepter de déshériter des parents proches au bénéfice de ses rejetons naturels. Pedro, Paulo et Saul dirigeaient à tour de rôle la propriété, chacun durant une saison, et pendant que Pedro commandait, les autres respectaient ses décisions, c'était une gageure qui aurait pu avoir son charme, n'était le fait que chaque frère se transformait en espion des erreurs de la fratrie, Saul bramant que sans sa direction la maison irait à vau-l'eau, Paulo vociférant que lui seul s'y entendait en matière de gestion, et tous se consumant en alliances et trahisons domestiques, comme il est d'usage dans les familles. Rien que l'histoire de ce triumvirat donnerait tout un roman. Sans parler de la mère, qui hurlait qu'elle avait été spoliée par ses fils, dire volée eût été plus clair, après s'être tellement sacrifiée pour eux, à faire la boniche pour le vieux cochon et maintenant esclave de ses propres enfants, lesquels lésinaient sur chaque sou et la claquemuraient à la maison. La nuit, quand la propriété se recouvrait de silence afin de mieux se terrer dans les grands secrets de l'obscurité, on entendait des glapissements de truie égorgée et un vacarme de pas violents sur les planchers, c'était la guerre entre la mère et les fils.

Joaquim Carranca s'adapta à ces patrons, João Mau-Tempo travaillant à la journée. Tous les salaires réunis représentaient une somme ridicule qui permettait, quand elle le permettait, de cesser de gémir constamment de faim, et le seul avantage était peut-être de se trouver là ensemble et de bénéficier de jardins potagers où ils châtiaient leur corps les dimanches et les jours saints. Vers la fin de cette période, la paie de Joaquim Carranca était de soixante kilos de farine de maïs, cent escudos, trois litres d'huile, cinq litres de haricots secs, le logement, le bois de chauffage et, en fin d'année, une gratification appropriée. Quant au salaire des plus jeunes, il s'élevait à quarante kilos de farine de maïs, un litre et demi d'huile, trois litres de haricots secs et cinquante escudos. Il en était ainsi mois après mois. Ils apportaient dans le grenier des sacs, des grands et des petits, un bidon dans la cave, le régisseur mesurait les vivres, le patron payait le numéraire selon le barème et les corps devaient s'en contenter et les forces se refaire là où elles se dépensaient tous les jours. Cependant, il est clair que toutes ne se refaisaient pas, elles l'auraient bien voulu, d'autant plus que, fatalement, le temps faisait son œuvre de destruction et les crânes devenaient de plus en plus visibles sous la peau, c'est pour cela qu'on naît. Il advint que Joaquim Carranca mourut sans avoir été malade ni alité, un jour qu'il revenait après avoir travaillé dans le potager, c'était un de ces dimanches où il n'est pas difficile de croire en Dieu, le père Agamedes n'est même pas nécessaire, dommage que la houe soit si lourde, Joaquim s'assit sur une écorce de liège à la porte de chez lui, inhabituellement las, et quand Sara da Conceição vint dire à son frère que le souper était prêt, il n'y avait déjà plus aucun appétit en Joaquim Carranca. Il avait les yeux ouverts, les mains abandonnées sur les genoux, plus détendu qu'il n'avait jamais pu l'être, c'était un homme colérique, mais il n'était pas méchant, non, monsieur, bien qu'il se fût montré si brutal avec son neveu le plus âgé, on ne se refait pas. Et la mort est le grand égalisateur qui passe sur le boisseau de la vie et rejette à l'extérieur ce qui est en trop, encore que très souvent on ne sache pas quels sont ses critères, comme dans le cas de Joaquim Carranca dont la famille avait encore bien besoin.

La vie veut, ou celui qui la commande d'un commandement assuré ou indifférent, qu'éducation professionnelle et éducation sentimentale aient lieu en même temps. Il y a une erreur manifeste dans cette concomitance, probablement due à la brièveté de la vie qui ne permet pas que chaque chose s'accomplisse en son temps et à son rythme, les avantages matériels n'y gagnant rien et les sentiments ayant tout à perdre. Mais le monde ne pouvant être changé à cet égard, João Mau-Tempo, tout en se formant professionnellement, faisait la cour aux jouvencelles des villages avoisinants, gambillant là où l'on entendait des notes d'harmonica, et il était bon danseur, les filles se le disputaient, qui l'eût cru. Il avait, comme nous le savons, des yeux bleus, hérités de son aïeul quatre cents ans plus tôt, lequel, non loin de là, dans des fougères qui étaient les ancêtres de celles-ci, avait violé la jeune fille venue à la source uniquement pour y puiser de l'eau, sous les yeux d'oiseaux dont le plumage n'avait pas changé depuis lors et qui assistaient d'en haut aux ébats de ces deux-là dans la verdure, ces créatures aériennes n'en étaient pas à leur premier spectacle de ce genre depuis le commencement du monde. Et ces yeux émouvaient les entrailles des jeunes filles d'aujourd'hui qui se sentaient soudain fondre en revenant du bal lorsque le regard de João Mau-Tempo s'assombrissait, il ne se rendait pas compte que c'était l'ancienne frénésie amoureuse qui affleurait dans ses yeux, tant la force cachée des actions passées est grande. Il faut bien que jeunesse se passe. Il est vrai que João Mau-Tempo courait beaucoup la prétentaine, mais il s'aventurait peu. Tout se bornait à quelques gestes et, les jours où il avait bu trois verres, à un attouchement un peu plus audacieux ou un baiser maladroit auquel manquait encore toute la science que le siècle accumulait alors en vue d'une future utilisation générale.

Ces églogues sont ainsi. Les bergers pincent les cordes d'un luth, les bergères tressent des guirlandes de fleurs. Mais si, durant le temps d'un contrat qui le mena pendant dix semaines du côté de Salvaterra pour arracher des écorces de liège, João Mau-Tempo réussit à se libérer des moustiques et à conserver ensuite l'illusion de cette libération, il dut pour ce faire consommer un chapelet entier de gousses d'ail et empester à dix pas de distance. Il apprit le métier et aspira à gagner un jour les dix-huit escudos qu'on payait à l'époque aux arracheurs chevronnés d'écorce de liège, mais heureusement il se tint à l'écart de ses amoureuses, tolérantes en matière d'odeurs, quoique peut-être ennemies de celle-là. On sait que le bonheur des humains dépend de détails aussi infimes.

Le moment de la conscription est arrivé pour João Mau-Tempo. Il rêve éveillé, il se voit déjà loin de Monte Lavre, peut-être même à Lisbonne, et une fois le service militaire fini, il serait bien bête s'il ne parvenait pas à décrocher un emploi dans les tramways ou la police ou la garde, il a une certaine instruction, il lui faudra seulement déployer encore un petit effort, il ne serait pas le premier à le faire. C'est un grand jour de fête que celui de l'inspection, il y aura des feux d'artifice et du vin, les jeunes gens ont droit désormais au vrai nom d'homme, ils portent tous des vêtements propres et quand ils sont nus comme des vers ils débitent des plaisanteries de mâles pour déguiser leur honte et ils restent au garde-à-vous en rougissant devant le médecin qui les questionne. Puis la commission se réunit et décide. Quelques-uns furent sélectionnés et parmi les quatre exemptés, un seul fut triste. C'était João Mau-Tempo pour qui s'évanouissait dans l'irréalisable son rêve d'uniforme, d'employé des tramways se retenant aux garde-corps ou appuyant sur la sonnette avec un talon, ou de policier, poliçant les rues de la capitale, ou bien de garde, gardant, mais pour qui, les champs où il trimait actuellement, et cette éventualité le troubla tellement qu'elle l'aida à guérir de sa déception. On ne peut pas espérer penser à tout et en même temps.

À quoi donc peut bien penser João Mau-Tempo ? Il a vingt ans révolus, il a échappé à l'armée, il n'est pas très grand mais a un corps bien proportionné, depuis le temps où, petit nain, il se colletait avec les racines des arbustes à Pedra Grande et mangeait la bouillie de maïs que lui cuisait la Picança par charité de parente. Il a acheté à Salvaterra sa première capote et se balade avec elle, fier comme Artaban. Elle lui bat les talons, lui qui est plutôt trapu et court sur pattes, mais le village n'exige pas des élégances suprêmes, la plus suprême de toutes étant des vêtements neufs, quel qu'en soit le prix. Quand João Mau-Tempo enfonce sa houe dans la terre, il se souvient de la capote, des bals, de ses amoureuses, plus ou moins pour de vrai ou pour rire, et il oublie sa tristesse de vivre là, vissé à ce sol, si loin de Lisbonne, s'il a jamais aspiré un jour à autant, si tout ça ne fut pas un rêve de jeunesse, car c'est pour ça, pour rêver, que nous sommes jeunes.

Une époque de grandes tempêtes approche, les unes viendront avec leur fracas habituel, les autres tout doucement, sans tirer un seul coup de fusil, elles viendront de Braga, qui est loin, mais on ne sera vraiment au courant de celles-ci que plus tard, quand désormais elles seront sans remède. Mais comme chaque chose doit être traitée en son temps, encore que la mort de Joaquim Carranca ait déjà été annoncée de façon anticipée, alors qu'en réalité elle aura lieu quelques années plus tard et il est bon qu'il en soit ainsi afin de ne pas toujours attenter aux règles de la narration, mais comme chaque chose, quand cela convient, doit être traitée en temps voulu, parlons donc de cette grande tempête restée dans les mémoires pour des raisons de deuil et autres ravages. Et c'était l'été, messieurs, une saison où l'on ne se préoccupe pas d'orages, même si parfois de solennels coups de tonnerre éclatent au-dessus des chaumes, bada-boum, tantôt lointains et presque assoupissants, tantôt au-dessus de nos têtes, lançant des éclairs, martelant la terre sans défense, que deviendrions-nous sans sainte Barbe. Cette famille Mau-Tempo semble choisie par le destin pour de sombres histoires, mais ce serait faire preuve de peu de jugeote que de le supposer. Finalement, jus-qu'à présent, une seule personne est morte et si, compatissants, nous pensons à la faim et à la misère, n'importe quelle autre famille eût tout aussi bien fait l'affaire, tant les populations pâtissant de ces maux sont nombreuses. En outre, l'oncle en question n'est même pas du même sang. Marié à une sœur de Sara da Conceição, charre-tier par choix pendant ses heures libres et cultivateur de blé comme occupation plus permanente, Augusto Pintéu avait un rendez-vous fixé avec la mort, mais voyez comme sont les choses, cet homme simple, parlant peu et sans élever la voix, eut une fin dramatique au milieu de grandioses manifestations célestes et terrestres, tel un per-sonnage de tragédie. Lui qui était si serein n'a pas quitté la vie avec la sérénité de Joaquim Carranca. Ces contradictions font beaucoup réfléchir.

Il a déjà été dit qu'Augusto Pintéu faisait aussi le voiturier. Entre Vendas Novas et Monte Lavre, pour être tout à fait exact. De la gare de chemin de fer partaient le liège, le charbon et le bois, là arrivaient des produits d'épicerie, des semences, plus tout ce qui se présentait, avec sa paire de mules et sa charrette, rares étaient ceux qui vivaient mieux que lui. Ce jour-là, qui aurait dû être long et clair, car on était en été, un temps de nuages noirs s'installa vers le milieu de l'après-midi et aussitôt un coup de tonnerre retentissant éclata. Un déluge s'abattit du ciel et toute l'eau de Dieu se déversa. Augusto Pintéu ne s'inquiéta pas outre mesure car, à peine arrivés, les orages d'été s'en vont, et il exécuta tranquillement ses opérations de chargement et déchargement, sans se soucier de maux plus graves que de rentrer chez lui trempé comme une soupe. Quand il quitta Vendas Novas il faisait déjà nuit noire, mais une nuit si déchirée par les éclairs qu'on eût cru qu'il y avait kermesse dans le ciel et procession de Notre Seigneur. Les mules connaissaient par cœur le chemin, elles le retrouvaient et le reconnaissaient même inondé comme à présent dans ses parties basses. Protégé par deux gros sacs dans lesquels il avait glissé la tête, Pintéu se consolait de la pluie en pensant qu'au moins il ne risquait pas qu'on l'attaque en route, comme cela s'était produit jadis. Par un orage pareil, les bandits de grand chemin res-taient terrés dans leur repaire, en train de griller le filet du porc chapardé et d'approcher de leur bouche le tonnelet de vin âpre, car en général ils ne pratiquaient pas d'autres larcins, encore qu'il y eût des exceptions. Entre Vendas Novas et Monte Lavre il y a trois lieues, mais Augusto Pintéu ne franchirait pas la dernière. Ni lui ni les mules. Arrivés à la rivière, si précédemment il avait fait sombre, maintenant il faisait nuit noire et l'eau charriait des grondements et des rugissements effrayants. À cet endroit, si on le voulait, on tra-versait à gué par beau temps avec de l'eau jusqu'aux genoux, mais pour les piétons il y avait une planche de bois menant vers les berges à partir d'un frêne gigantesque qui avait poussé au milieu de la rivière et s'était affermi à une époque où le lit du cours d'eau était situé plus loin. Le frêne agitait son feuillage au-dessus de l'eau, il défendait avec ses grosses racines son terrain vital, menacé à présent par la vitesse et la force du courant. Augusto Pintéu était passé par là très souvent avec sa charrette à mules. Il ne passerait pas une autre fois. Immédiatement en amont du gué, le lit dégringolait abrupte-ment vers un gouffre très profond qui s'appelait, car il faut donner un nom à tout, le Gouffre du Roitelet. Augusto Pintéu se confia à la

Très Sainte Vierge et à l'instinct de ses mules et il put ainsi parvenir jusqu'au milieu de la rivière où l'eau léchait le bas de sa carriole. Mais là, effrayé par le courant qui clapotait contre l'obstacle et craignant d'être entraîné par l'eau, sans espoir de salut, il obligea les mules à se diriger vers le haut. Les bêtes résistèrent autant qu'elles le purent, mais, forcées à coups de fouet et de rênes, elles se soumirent. Tout à coup, le pied de la mule à droite fit un écart, la roue glissa vers le bord du gouffre et, dans un grand fracas de cris et de tonnerre, tous sombrèrent, Augusto Pintéu et les mules, la carriole, les denrées d'épicerie et les autres commandes, plongeant maintenant en silence, un silence de mort, irrémédiable, dans l'épaisse noirceur des eaux. Ils se posèrent tranquillement au fond, Augusto Pintéu attaché aux rênes et les mules à la carriole, car à cet endroit les eaux ne coulaient pas, elles étaient immobiles, comme s'il n'y en avait jamais eu d'autres depuis le commencement du monde. Le lendemain, ils furent retirés de là, au milieu des cris de la veuve et des larmes des orphelins, grâce aux efforts ardus d'hommes courageux et de cordes, pendant qu'une foule de gens accourus de partout se massait sur les deux berges de la rivière. Il ne pleuvait plus. Ce fut un été de grandes calamités. Il tonnait tellement que les hommes qui découpaient le liège tombaient des chênes et se blessaient avec leurs haches en dégringolant. On ne dira jamais assez combien la vie est remplie de tribulations.

Les Mau-Tempo habitaient en ce temps-là à Monte de Berra Portas avec leur oncle et frère Joaquim Carranca. L'année suivante, cela faisait déjà six mois que le Portugal avait emprunté le chemin de Braga[1], João Mau-Tempo alla travailler pendant l'hiver avec son frère Anselmo et sa sœur Maria da Conceição pour un patron différent dans un hameau qui s'appelait, allez savoir pourquoi, Pendão das Mulheres, Bannière des Femmes. Il était situé à quatre lieues interminables, à pied et par des chemins exécrables, et cela à partir de Monte de Berra

---

1. Le 28 mai 1926, le général Gomes da Costa se souleva à Braga et marcha sur Lisbonne. Ce fut le prélude de la dictature. *(Toutes les notes sont de la traductrice.)*

Portas, car de Monte Lavre c'eût été à une lieue et demie de distance. Il y avait là davantage de filles, et pas qu'un peu, on pourra donc imaginer le contentement des garçons, l'hiver auprès des jouvencelles, car ils ne revenaient à la maison que le samedi. Bref, ce qui abondait le plus c'étaient les jeunes. Les amourettes explosèrent et nombreux furent ceux qui y laissèrent des plumes. João Mau-Tempo avait alors une amourette en dehors de cette équipe de travailleurs, mais peu lui importait, il faisait semblant de n'avoir pas d'attache, sans parler du fait que ses talents de danseur lui étaient d'un grand secours.

Les semaines passèrent entre défrichage et toquades, jusqu'à ce qu'arrive, venue de Monte Lavre, une jeune fille qui était sa commère de par les prières du Carême plutôt que pour d'autres raisons plus personnelles, et avec qui il se sentait très en confiance, si bien que tous deux avaient dansé ensemble d'innombrables fois et chanté en se défiant. Mais il ne s'agissait nullement d'un béguin, cela ne leur serait jamais venu à l'esprit. Moitié sérieusement, moitié pour rire, ils s'appelaient compère João, commère Faustina, car tel était le nom de la jeune personne. Il semblait qu'il n'y eût rien à dire d'autre de ces deux-là. Pourtant, les choses n'en restèrent pas là. Que ce fût dû à cette bonne liberté, ou parce que était enfin arrivé le temps pour ce nœud de se nouer, João se mit à aimer Faustina et Faustina à aimer João. Car l'amour éclot aussi bien dans des solitaires en cristal derrière des vitres qu'il fleurit de façon sauvage au milieu des ronces, seul le langage est différent. L'engouement commença à prendre racine, João Mau-Tempo perdit tout intérêt pour son autre amoureuse, mais comme ce nouvel attachement était sérieux, ils décidèrent de n'en rien dire pour le moment à la famille de Faustina, car João Mau-Tempo, à qui personne n'avait rien à reprocher, avait hérité de la mauvaise réputation de son père, ces choses-là vous collent à la peau, tel père tel fils et tout ce qu'on dit habituellement dans ces cas-là. Cependant le secret ne fut pas assez bien gardé pour ne pas parvenir aux oreilles des parents de Faustina et c'est là que commencèrent les ennuis de la pauvre fille. Il ne peut pas être un bon garçon, il vient d'une mauvaise lignée, avec ces yeux bleus comme on n'en a jamais vu, et par-dessus le marché avec ce père qu'il a eu, un dégénéré d'ivrogne qui n'a fait qu'une seule chose de bien dans sa vie, se pendre. Ainsi se passent parfois les grandes veillées villageoises sous le ciel étoilé, pendant que librement la genette mâle poursuit la genette femelle et s'accouple à elle dans les fougères. La vie des humains, et c'est pourquoi nous sommes humains, est beaucoup plus compliquée.

On était en janvier, il faisait froid, le ciel n'était plus qu'un seul nuage agglutiné, l'équipe des travailleurs s'éparpillait le long du chemin en direction de Monte Lavre, pour le repos de la quinzaine, et João bavardait avec Faustina, c'était un amour très respectueux, et elle, appréhendant déjà les criailleries familiales qui l'attendaient, lui confiait son tourment. Voilà que se précipitent à leur rencontre la voix coléreuse et le geste violent d'une sœur de Faustina, conseillère de la famille en raison de l'âge avancé de leur mère à toutes deux, dans une embuscade déloyale qui fit sursauter le couple. Et Natividade, c'était là son nom, déclara, Tu es une dévergondée, Faustina, ni les conseils ni les coups ne te servent de leçon, tu t'obstines, que vas-tu devenir. Et elle continua ainsi, mais Faustina ne s'écarta pas de João. Natividade se planta devant eux pour leur barrer le chemin et le destin, si pareille chose est du pouvoir d'une sœur, et alors João Mau-Tempo prit pour ainsi dire le monde entre ses mains afin d'en soupeser le poids, car désormais, bien plus que jusqu'alors, ce serait une histoire de monde et d'homme, de maison, d'enfants, de vie dédoublée. Il posa la main sur l'épaule de Faustina, qui finalement serait le monde, et il dit, tremblant de son audace, Nous devons en terminer avec cette vie, sinon ce sera la fin de notre amour, et pour que tu cesses de souffrir tu vas aller avec moi chez ma mère jusqu'à ce que je puisse monter une maison qui soit à nous, et désormais je ferai tout ce que je pourrai pour toi. Le ciel n'était plus qu'un unique nuage agglutiné, comme ce fut déjà dit, et la situation n'avait pas changé, démontrant ainsi par des preuves naturelles que le ciel ne veut rien savoir de nous, car sinon il se serait glorieusement dégagé. Car Faustina, jeune fille courageuse et confiante dont la couleur des yeux ou l'expression du visage n'ont même pas été mentionnées, déclara d'une voix ferme et haute, João, où que tu ailles, j'irai aussi, si tu promets de me donner de la tendresse et de prendre soin de moi à tout jamais. Et Natividade dit, Ah, misérable, et d'un mouvement impétueux elle fonça tout droit comme une flèche vers la maison pour annoncer des catastrophes. Les deux amoureux restèrent seuls, ainsi que le reste de l'équipe, l'après-midi tirait déjà à sa fin, João Mau-Tempo reprit, Je ferai tout pour toi aussi longtemps que nous serons en vie, dans la santé comme dans la maladie, et maintenant séparons-nous, chacun ira de son côté et quand nous arriverons au bourg nous nous retrouverons pour décider de l'heure à laquelle nous partirons.

À Pendão das Mulheres, João Mau-Tempo avait pour compagnie son frère Anselmo et sa sœur Maria da Conceição qui n'étaient pas loin et avaient assisté à la scène. Il se dirigea vers eux et dit d'une voix ferme, Allez au village et dites à notre mère que je vais amener ma fiancée à la maison, que je compte sur sa permission et que je lui parlerai ensuite et lui expliquerai tout. Et Anselmo dit, Mon frère, réfléchis bien à ce que tu fais, c'est quand même audacieux. Et Maria da Conceição dit, Je n'ose même pas penser à ce que notre mère et notre oncle diront. Et João Mau-Tempo dit, Je suis déjà un homme, je me suis présenté à la conscription et si ma vie doit prendre un tour nouveau, mieux vaut que ce soit tôt que tard. Et Anselmo dit, Un jour, quelque chose peut passer par la tête de l'oncle Joaquim et il s'en ira, ce n'est pas un homme sûr et on a besoin de toi à la maison. Et Maria da Conceição dit, Qui sait si ce que tu veux faire n'est pas une erreur. Mais João Mau-Tempo mit fin à la conversation, Mon frère et ma sœur, soyez patients, c'est la vie. Tous deux s'éloignèrent, Maria da Conceição la larme à l'œil.

Pendant ces allées et venues hebdomadaires entre Pendão das Mulheres et Monte de Berra Portas, les Mau-Tempo avaient un point de chute chez la tante Cipriana, qui était cette femme en pleurs sur la berge de la rivière quand les eaux du Gouffre du Roitelet lui arrachèrent son mari, histoire déjà relatée. Elle porte le deuil qu'elle ne quittera plus jusqu'à sa propre mort, bien des années plus tard, quand nous l'aurons perdue de vue. Avec l'aventure de son neveu, des envies de marieuse lui étaient venues, de marieuse honnête, pas d'entremetteuse, et elle protégea les amours contrariées sans jamais s'en repentir ni encourir la réprobation publique. Mais ce serait une autre histoire. Quand João Mau-Tempo arriva, il dit à sa tante, Tante, je vous demande d'autoriser Faustina à venir avec moi chez vous, ensuite nous irons à Monte de Berra Portas chez ma mère. Et Cipriana répondit, Réfléchis bien à ce que tu es sur le point de faire, João, je ne veux pas prendre de responsabilité et ne vais pas non plus salir la mémoire de ton oncle défunt. Et João répondit, Soyez tranquille, c'est juste en attendant que la nuit tombe.

Tout cela permit à João de se mettre d'accord avec Faustina en allant à sa rencontre, car elle avait ralenti son pas à dessein, ce sont là des ruses élémentaires, il suffit d'être amoureux, mais il ne put lui faire renoncer à aller d'abord chez elle, car elle ne voulait pas s'enfuir sans avoir vu sa mère, sans même lui dire où. João Mau-Tempo décida donc d'aller chez le barbier, où il se mit en fiancé, ce qui veut dire qu'il se fit raser de près afin de ne pas aborder une vie nouvelle avec une barbe de quinze jours. Quand la lame du rasoir s'acharne sur eux, ces visages, la plupart du temps barbus, deviennent comme innocents, sans défense, d'une fragilité à vous serrer le cœur. Lorsqu'il revint chez Cipriana Pintéu, Faustina était déjà là, l'attendant, larmoyante à cause des gronderies de sa sœur, de l'emportement foudroyant de son père, de l'affliction de sa mère. Elle était partie en cachette, mais il était plus que certain que sa famille arpentait déjà tout Monte Lavre à sa recherche, et ils devaient donc s'enfuir le plus vite possible. Cipriana dit, Ce voyage sera très fatigant et la nuit sera pluvieuse et très sombre, prenez ce parapluie et un morceau de pain et du saucisson que vous mangerez en chemin, et à l'avenir faites preuve d'un peu plus de jugeote, car ce tour que vous jouez n'est pas drôle du tout, voilà ce que Cipriana leur déclarait, mais dans son for intérieur elle leur donnait sa bénédiction, heureuse de cette fougue de la jeunesse, ah, si seulement je pouvais en faire autant, moi aussi.

Deux lieues et demie les séparaient de Monte de Berra Portas, la nuit était complètement tombée et la pluie menaçait. Deux lieues et demie par des sentiers, que vont-ils devenir, tout n'est qu'ombres et frayeurs, il suffit de penser aux histoires de loup-garou qu'on raconte, et il leur faudra passer par le ponton du Gouffre du Roitelet, il n'y a pas d'autre chemin, Un notre père pour l'âme de mon oncle qui était un brave homme et qui ne méritait pas une mort aussi triste. Le frêne bruissait doucement, les eaux coulaient comme de la soie sombre et crissante, qui aurait dit qu'en pareil endroit, c'est incroyable. João Mau-Tempo conduisait Faustina en la tenant par la main, ses doigts maltraités tremblaient, il la guidait sous les arbres et le long des broussailles et des herbes mouillées et soudain, sans savoir comment c'était arrivé, peut-être à cause de la fatigue de tant de semaines de travail, peut-être à cause de ce tremblement insupportable, ils se retrouvèrent étendus par terre. Faustina ne tarda pas à perdre son pucelage et, quand ils eurent terminé, João se souvint du pain et du saucisson qu'ils se partagèrent comme mari et femme.

On a déjà vu que Lamberto, qu'il soit allemand, qu'il l'ait été ou soit à présent portugais, n'est pas homme à travailler cette grande terre de ses propres mains. Quand il en hérita, ou l'acheta à des religieux, ou la vola, profitant d'une justice aveugle, un certain nombre d'animaux pourvus de jambes et de bras vinrent avec, accrochés comme mottes de terre à des racines, car eux assurément furent créés exprès à cette fin, par le biais de la production d'enfants et de leur conservation utilitaire. Malgré tout, la pragmatique, ou la règle coutumière, ou l'étiquette, ou la simple prudence intéressée veulent qu'Adalberto ne traite pas directement avec ceux qui doivent travailler ses terres. Et il convient qu'il en soit ainsi. Si le roi, au temps de la royauté, ou le président de la république, au temps de la république, ne se promenèrent pas par là et ne s'y baladent pas pour banaliser paroles et gestes en des contacts abusifs avec la populace, il ne serait guère séant que, dans le latifundium, Floriberto, ici davantage président ou roi que les véritables détenteurs de ces titres, se laissât aller à des manifestations de familiarité. Mais, attention, cette réserve méditée admettait malgré tout des exceptions soigneusement calculées, destinées à assujettir les volontés avec un raffinement encore plus poussé et à attirer des vassaux parfaits, du genre de ces êtres serviles qui reçoivent des caresses par-dessus les coups de fouet et qui aiment autant les unes qu'ils apprécient les autres. Cette question des relations entre patron

72

et employé est fort subtile et ne se décide ni ne s'explique en une demi-douzaine de mots, il faut aller voir et écouter tel un espion caché. Cela requiert de la force brutale, de l'ignorance, de la présomption et de l'hypocrisie, le goût de la souffrance, beaucoup d'envie, de la ruse et l'art de l'intrigue, c'est une forme de diplomatie parfaite pour qui veut l'apprendre. Cependant, quelques règles empiriques et corroborées par l'expérience des siècles aident à mieux comprendre les faits.

Après la terre, la première chose dont Lamberto a besoin, c'est d'un régisseur. Le régisseur est le fouet qui met la chiennerie au pas. Il est un chien choisi parmi les chiens pour mordre les chiens. Il convient qu'il soit un chien afin de connaître les ruses et les défenses des chiens. On ne va pas chercher un régisseur parmi les fils de Norberto, Alberto et Humberto. Un régisseur est un premier serviteur, avec des privilèges et des émoluments proportionnels au travail supplémentaire qu'il est capable d'arracher à la chiennerie. Mais c'est un serviteur. Il est placé entre les premiers et les derniers, il est une manière de mule humaine, une aberration, un judas, celui qui a trahi ses semblables en échange de davantage de pouvoir et d'un peu plus de pain.

La grande arme décisive est l'ignorance. Il est bon, disait Sigisberto lors de son dîner d'anniversaire, qu'ils ne sachent rien, ni lire, ni écrire, ni compter, ni penser, qu'ils considèrent et acceptent que le monde ne peut pas être changé, que ce monde-ci est le seul possible, tel qu'il est, qu'il n'y aura un paradis qu'après la mort, le père Agamedes n'aura qu'à expliquer ça plus clairement, et que seul le travail donne dignité et argent, toutefois ils n'ont pas à savoir que je gagne plus qu'eux, la terre m'appartient, quand vient le jour de payer des impôts et des contributions ce n'est pas à eux que j'irai emprunter de l'argent, d'ailleurs il en a toujours été ainsi et il en sera toujours ainsi, si ce n'est pas moi qui leur donne du travail, qui leur en donnera, moi et eux, moi qui suis la terre, eux qui sont le travail, ce qui est bon pour moi est bon pour eux, c'est Dieu qui a voulu les choses ainsi, que le père Agamedes leur explique mieux cela, avec des mots simples qui n'ajoutent pas davantage de confusion à la confusion qu'ils ont dans la tête, et si le curé ne suffit pas, on demandera à la garde d'aller faire un tour à cheval dans les villages, simplement pour se montrer, c'est un message qu'ils comprennent aisément. Mais dites-moi, madame ma mère, est-ce que la garde rosse aussi les propriétaires du latifundium, Mon Dieu, mais cet enfant perd la tête, où a-t-on jamais vu ça, la garde, mon fils, a été créée et nourrie pour rosser le peuple, Comment est-ce possible, mère, alors on crée une garde uniquement pour qu'elle rosse le peuple, et que fait donc le peuple, Le peuple n'a personne qui rosse le propriétaire du latifundium qui envoie la garde rosser le peuple, Mais moi je pense que le peuple pourrait demander à la garde de battre le propriétaire du latifundium, Je le disais bien, Maria, ce gosse n'a pas toute sa raison, ne le laisse pas dire ce genre de choses, sinon nous aurons des ennuis avec la garde.

Le peuple est fait pour vivre sale et affamé. Un peuple qui se lave est un peuple qui ne travaille pas, peut-être qu'il le fait dans les villes, je ne dis pas non, mais ici, dans le latifundium, il est engagé pour trois ou quatre semaines loin de chez lui, et même pendant plusieurs mois, si ça convient à Alberto, et c'est un point d'honneur et une preuve de masculinité que pendant tout le temps de son contrat il ne se lave ni la figure ni les mains et ne se rase pas. Et s'il le fait, hypothèse aussi naïve qu'improbable, il peut avoir la certitude que ses patrons et ses camarades eux-mêmes se gausseront de lui. C'est ça le luxe de l'époque, que les souffrants se glorifient de leurs souffrances, que les esclaves s'enorgueillissent de leur esclavage. Il faut que cet animal de la terre soit vraiment un animal, que le matin il ajoute la chassie de la nuit à la chassie des autres nuits, que la saleté des mains, du visage, des aisselles, de l'aine, des pieds, du trou du corps, soit le halo glorieux du travail dans le latifundium, il faut que l'homme soit au-dessous de l'animal car, lui, se lèche pour se nettoyer, il faut que l'homme se dégrade afin de ne respecter ni lui-même ni son prochain.

Ce n'est pas tout. Les travailleurs se vantent des points de côté attrapés en défrichant. Chaque point de côté est une médaille pour les fanfaronnades dans la taverne, entre le tonneau et le verre. J'ai attrapé tant et tant de points de côté en débroussaillant pour Berto et Humberto. C'étaient là les bons travailleurs, ceux qui du temps du fouet exhibaient avec orgueil leurs meurtrissures violacées et si elles saignaient, tant mieux, des plastronneurs semblables à la racaille des villes qui affichaient une virilité d'autant plus grande qu'ils acquéraient quantité de tumeurs vénériennes et de chancres mous dans le commerce des lits de location. Ah, peuple conservé dans le saindoux ou le miel de l'ignorance, tu n'as jamais manqué d'offenseurs. Et travaille, tue-toi à trimer, meurs si nécessaire, car ainsi tu laisseras un bon souvenir au régisseur et au patron, malheur à toi si tu te tailles une réputation de jean-foutre, jamais plus personne ne voudra de toi. Tu peux aller te planter à la porte des tavernes avec tes compagnons d'infortune, eux-mêmes te mépriseront, et le régisseur ou le patron, si ça lui chante, te regardera avec dégoût et, pour que tu en prennes de la graine, tu seras le seul à être sans travail. Les autres ont appris la leçon, ils se tueront tous les jours dans le latifundium, et quand tu rentreras chez toi, si on peut appeler ça un chez-soi, comment expliqueras-tu que tu n'aies pas trouvé de travail, les autres oui, mais pas toi. Amende-toi, s'il en est encore temps, jure que tu as senti vingt points de côté, crucifie-toi, tends le bras pour la saignée, ouvre-toi les veines et dis, Ceci est mon sang, buvez-en, ceci est ma chair, mangez-en tous, ceci est ma vie, prenez-la avec la bénédiction de l'église, le salut au drapeau, le défilé des troupes, la remise des lettres de créance, le diplôme de l'université, faites en moi votre volonté, sur la terre comme au ciel.

Ah, mais la vie est aussi un jeu, un exercice ludique, jouer est un acte très sérieux, grave, philosophique même, pour les enfants c'est la condition de la croissance, pour les adultes c'est le lien avec l'enfance, bien utile pour d'aucuns. Des bibliothèques entières furent écrites sur ces sujets, toutes fort solides, très bien documentées, à la fin desquelles seuls les imbéciles ne seraient pas encore convaincus. Mais l'erreur serait de croire que ces transcendances ne se trouvent que dans les livres alors qu'en vérité il suffit d'un simple coup d'œil, d'une minute d'attention pour voir comment le chat joue avec la souris, comment celle-ci est mangée par celui-là. La question, la seule qui importe, c'est de savoir à qui profite réellement l'innocence première du jeu, par exemple, de ce jeu qui n'a jamais été innocent, qui consiste pour le chef d'équipe à dire aux travailleurs, Courons, pour voir qui arrivera le dernier. Et les innocents, eux, assurément, aveugles à la tromperie évidente, allaient de Monte Lavre à Vale de Cães au trot, au galop, en rampant à plat ventre, afin de conquérir la gloire d'arriver le premier ou la satisfaction résignée de ne pas être le dernier. Car le dernier, il y en a toujours un, c'est inévitable, devra entendre les huées, les gausseries des triomphateurs essoufflés, hors d'haleine, et le travail n'a toujours pas commencé, dans ces grandes salves de sarcasmes, pauvres idiots. Et ce fut là que João Mau-Tempo remporta la palme, quelle palme, personne ne le sait, une palme quelconque, signe de fourberie, de mollesse dans les jambes, tu n'es pas un homme, tu n'es rien. Car le Portugal est un pays d'hommes, les hommes n'y manquent pas, simplement n'est pas homme le dernier de chaque course, tire-toi de là, mollasson, tu ne mérites pas le pain que tu manges.

Mais les jeux ne s'arrêtent pas là. Le dernier à arriver, s'il a un peu d'amour-propre, voudra être le premier à porter les fardeaux, c'est alors une compensation. On est en train de rassembler le bois pour en faire un tas d'où sortira le charbon, et toi tu dis, après t'être placé un sac sur le dos pour ne pas sentir aussi vivement la douleur qui s'annonce, Dressez-moi donc ce tronc, c'est moi qui vais le transporter. Le contremaître regarde, il faut prouver aux camarades que tu es aussi homme qu'eux, de plus tu ne peux pas te permettre de rester sans travail la semaine prochaine, tu dois penser à tes gosses, alors ils se mettent à deux pour soulever le tronc, ce ne sont pas tes enfants mais c'est comme s'ils l'étaient, ils gémissent déjà sous l'effort et ils te le posent sur les épaules, tu t'es agenouillé comme un chameau, on dirait que tu en as déjà vu un, et quand tu sens le poids tes genoux flageolent, mais tu serres les dents, tu raidis les reins et peu à peu tu te remets d'aplomb, c'est un tronc énorme, une branche gigantesque, tu crois même avoir sur les épaules un chêne-liège centenaire, et tu fais le premier pas, comme le tas de bois est loin, les camarades regardent, le contremaître itou, Je veux voir si tu tiens le coup, si tu tiens le coup t'es un brave. C'est exactement cela, être un brave, supporter le tronc avec les omoplates qui grincent, le cœur qui flanche, pour être bien vu du contremaître qui dira à Adalberto, Ce Mau-Tempo, et il aurait pu dire n'importe quel autre nom, est un brave, on lui a posé le tronc sur les épaules et vous n'imaginez pas, patron, un homme comme un roseau, ça a été beau à voir. Peut-être, mais pour l'instant tu n'as fait que trois pas. Tu n'as qu'une seule envie, jeter le fardeau par terre, mais ça c'est ton corps violenté qui le demande. L'âme, si tu as droit à une âme, l'esprit, si tu as pu en accoucher d'un à l'intérieur de toi, te disent que tu ne peux pas, que tu préféreras crever plutôt que d'être mal considéré dans ton patelin, espèce de mauviette, tout plutôt que la honte. De grandes déclamations s'entendent depuis deux mille ans parce que le Christ a porté la croix sur le Golgotha avec l'aide du Cyrénéen, mais personne ne parle de ce crucifié-ci qui avance, lui qui a à peine soupé hier soir et presque rien mangé aujourd'hui, qui a encore la moitié du trajet à faire, déjà ses yeux se troublent, c'est une véritable agonie, messieurs, tout le monde regarde, tout le monde crie, Ah là là, t'es pas capable, ah, t'es pas capable, et tu as cessé d'être toi, mais heureusement tu n'es pas encore devenu un animal, un grand avantage, car lui s'affaisserait sur ses pattes, il resterait étendu sous le fardeau, mais pas toi, toi, tu es un homme, tu es le participant berné à un grand attrape-nigaud universel, joue, que veux-tu de plus, ton salaire ne te permet pas de bouffer, mais la vie est ce jeu amusant, Il y est presque, entends-tu dire, et tu te sens comme si tu n'étais déjà plus de ce monde, un fardeau aussi lourd, ayez pitié, donnez-moi un coup de main, camarades, tous ensemble ça sera moins pénible pour chacun, mais non, c'est impossible, c'est une question d'honneur, toi-même d'ailleurs tu n'adresserais plus jamais la parole à celui qui voudrait t'aider, l'aberration dans laquelle vous êtes tous plongés va jusque-là. Tu jettes par terre le tronc à l'endroit exact où il devait atterrir, une grande prouesse, et les camarades poussent des vivats, tu n'es plus le dernier désormais, le contremaître dit d'une voix grave, Bravo, bien joué. Tu as les jambes qui flageolent, tu es trempé comme une mule trop chargée, tu as du mal à respirer, tu as un point de côté, mon Dieu, un point de côté, tu es un ignorant, ce que tu as c'est une distension, un déchirement musculaire, tu ne connais pas les mots, pauvre bourrique.

Du travail et encore du travail. Maintenant ils partent loin de Monte Lavre, certains emmènent la famille pour aller fabriquer du charbon de bois du côté de l'Infantado, les hommes sans femme s'installent dans ce grand baraquement, et ceux qui sont venus accompagnés s'organisent dans celui-ci, ils suspendent une natte ou des rideaux en coton fin ou de la toile à sac pour séparer les couples, les enfants dorment avec le père et la mère, certains n'ont même pas tout cela. Les insectes piquent furieusement, mais pendant la journée c'est encore pire, les moustiques arrivent en nuées, ils sont si nombreux qu'ils nous brouillent la vue, ils se précipitent sur nous en bourdonnant comme une pluie de verre pilé, les grands-mères, qui connaissaient si bien la vie, avaient raison de dire, Ah, mes chers petits-enfants, je ne vous verrai plus jamais, vous allez mourir loin de la maison. Elles savent bien, ce sont des choses qu'il ne faut pas oublier, que le petit corps des enfants va devenir une plaie vive, un tourment, petits lazares couchés la nuit dans des chiffons, l'estomac criant famine, ce qu'on leur donne est trop peu, ils sont en train de grandir, sans même la consolation qu'ont leurs parents qui se palpent doucement, s'agitent et soupirent, toutes choses nécessaires pour le silence relatif des sens contentés, pendant qu'à côté un autre couple répète attouchements, mouvements et soupirs, par appétit propre ou suggestion bien accueillie, et tous les enfants dans le grand baraquement ont les yeux et les oreilles grands ouverts, expérimentant leurs propres gestes et leurres.

Du haut de ces chênes-lièges on aperçoit Lisbonne si le jour est clair, qui pourrait croire que cette ville est si proche, nous pensions vivre finalement au bout du monde, ce sont là erreurs propres à des ignorants ou à des gens qui n'ont eu personne pour leur enseigner les choses. Le serpent de la tentation est arrivé, il a grimpé jusqu'à la branche d'où João Mau-Tempo contemple Lisbonne et il lui a promis les merveilles et les richesses de la capitale en échange de la petite somme que coûte le billet, pas si petite que cela vu ce qu'il possède, toutefois, si l'on doit mourir, que ce soit du moins en étant satisfait, bien sot serait celui qui refuserait. Nous débarquerons donc sur le quai de Sodré et nous dirons, ébahis, Alors, c'est ça Lisbonne, quelle grande ville, et la mer, regarde la mer, que d'eau, puis nous nous engagerons dans cette rue sous l'Arc, c'est la rue Augusta, quelle agitation, nous n'avons pas l'habitude de ces chaussées, nous n'arrêtons pas de glisser dans cette saloperie de souliers ferrés et de nous retenir les uns aux autres par peur des tramways, et soudain vous êtes tombés tous les deux, ça a bien fait rire les lisboètes. Eh, le plouc, Eh, Manel. Et regarde donc l'avenue de la Liberté, et c'est quoi ce poteau planté au milieu, c'est le monument aux Restaurateurs, ah, je ne savais pas et je me dis en moi-même, Et je ne le sais toujours pas, la honte de l'ignorance est la plus difficile à avouer, toutefois, haut les cœurs, nous remonterons l'avenue de la Liberté et nous chercherons notre sœur qui est bonne à tout faire, c'est dans cette rue, oui, monsieur, au numéro quatre-vingt-seize, dis-moi toi qui sais lire, C'est une erreur, ce n'est pas possible, ici on saute du quatre-vingt quinze au quatre-vingt-dix-sept, il n'y a pas de quatre-vingt-seize, mais celui qui cherche trouve toujours, c'est ici, on s'est moqué de nous parce que nous ne savions pas que le quatre-vingt-seize était de ce côté-ci, les gens rient beaucoup à Lisbonne. Voici l'immeuble où travaille notre sœur, il est bien haut, le propriétaire qui habite au premier étage est monsieur Alberto, notre patron parfois, tout appartient à la même famille, Regarde qui est là, dira Maria da Conceição, quelle grande joie, et comme elle a grossi, rien de tel qu'être domestique. Nous sortirons ensuite tous ensemble, car madame est généreuse et m'a donné la permission, ça sera décompté de ma prochaine sortie, Quand as-tu des sorties, Un après-midi tous les quinze jours entre le déjeuner et le souper. Nous rendrons visite à des cousins qui vivent éparpillés par là, dans des rues et des ruelles, et partout ce sera la même fête, Regarde qui est là, et nous déciderons d'aller tous aux variétés le soir, mais avant il ne faut pas rater le jardin zoologique, les singes sont si rigolos, et ça c'est un lion, regarde l'éléphant, si un fantôme comme ça nous apparaissait dans la lande, tu ferais dans ta culotte de frayeur, et les variétés s'appellent O Burrié avec Beatriz Costa et Vasco Santana, ce diable d'homme m'a fait pleurer de rire. Nous dormirons ici dans la cuisine et dans le couloir, ne vous dérangez pas, cousine, nous sommes habitués à tout, les nuits à Lisbonne sont si différentes, c'est à cause du silence, le silence n'est pas pareil, Alors, vous avez bien dormi, personne n'ose dire qu'il a mal dormi, toute la nuit passée à se tourner et à se retourner, et maintenant nous allons prendre le café et après nous ferons un tour en ville, ce n'est pas une ville, c'est grand comme un comté, et à Alcântara nous rencontrerons un groupe d'hommes qui travaillent sur les voies ferrées et qui ont dit, Eh, les ploucs, c'est vraiment une manie, notre beau-frère a pris la mouche et est allé discuter avec eux, Répétez donc un peu ça, des coups ont été échangés, mais nous nous enfuirons en rougissant de honte, Regarde le type avec la veste, Regarde-moi ce plouc, alors que nous ne sommes pas des ploucs, et même si nous en étions, il n'y aurait aucune honte à ça. Nous retraverserons le fleuve, quelle vaste mer, et un monsieur qui voyage dans le bateau dit très aimablement, Ici c'est le Tage, la mer c'est là-bas, et il nous la montre, et nous remarquons alors qu'on ne voit plus la terre, est-ce possible. Quand nous débarquerons dans le Montijo, nous devrons encore parcourir plusieurs kilomètres, huit, jusqu'au logement sur notre lieu de travail, nous avons dépensé beaucoup d'argent, mais ça a valu la peine et quand nous retournerons à Monte Lavre nous aurons beaucoup de choses à raconter, afin qu'on ne dise pas que la vie ne réserve pas aussi des bonnes choses.

Quand ces mariages ont lieu, il y a parfois déjà un enfant dans un ventre. Le curé donne sa bénédiction à deux personnes et celle-ci tombe sur trois, comme on peut le voir au renflement de la jupe qui rebique déjà quelquefois. Mais même lorsque ce n'est pas le cas, que la fiancée soit vierge ou déflorée, il serait très étonnant qu'une année passe sans un marmot. Et quand Dieu le veut, il y a un gosse dehors et un autre dedans, à peine la femme a-t-elle accouché que de nouveau elle est grosse. Ces gens sont des brutes, des ignorants, pires que des animaux, ceux-là au moins ont leurs chaleurs et suivent les lois de la nature. Mais ces hommes reviennent du travail ou de la taverne, ils se fourrent au lit, l'odeur de la femme les échauffe, ou les vapeurs du vin, ou l'appétit que donne la fatigue, et les voilà qui sautent sur leur femme, ils ne connaissent pas d'autre manière, ils halètent, brutes sans délicatesse, et abandonnent leur sève qui abreuve les muqueuses dans cet embrouillamini d'organes féminins que ni les uns ni les autres ne comprennent. Tout cela est bel et bon et vaut mieux que de faire de même avec la femme d'autrui, mais la famille s'accroît, les enfants se multiplient, ils n'ont pas fait attention. Mère, j'ai faim, la preuve que Dieu n'existe pas c'est qu'il n'a pas fait en sorte que les hommes soient des moutons pour brouter l'herbe des fossés, ou des porcs pour se goinfrer de glands. Et s'ils mangent quand même des glands et des herbes, ils ne peuvent pas le faire tranquillement car le gardien et la garde sont là, l'œil vigilant et le fusil prêt à tirer, et si le gardien, au nom de la propriété de Norberto, n'hésite pas à envoyer une balle dans une jambe ou même une balle qui tue, la garde, qui fait de même quand on le lui ordonne ou sans attendre l'ordre, dispose de recours plus bénins comme l'emprisonnement, l'amende et la volée de bois vert entre quatre murs. Mais ceci, messieurs, est un panier de cerises, on en tire une, il en vient trois ou quatre emmêlées, et il ne manque pas de latifundium par ici qui ait sa prison privée et son code pénal personnel. Dans cette région on rend la justice tous les jours, où irions-nous si l'autorité n'était pas à la hauteur.

La famille s'accroît, bien que beaucoup d'enfants meurent de leurs maladies de chiasse liquide, les pauvres angelots se désintègrent en merde et s'éteignent comme mèches de bougie, bras et jambes davantage brindilles qu'autre chose, et le ventre tout gonflé, et ils restent ainsi jusqu'à ce que, l'heure venue, ils ouvrent pour la dernière fois les yeux rien que pour voir encore la lumière du jour, quand ils ne meurent pas dans l'obscurité, dans le silence de la masure, et lorsque la mère se réveille elle découvre son enfant mort et là les cris commencent, toujours les mêmes, car ces mères dont les enfants meurent sont incapables de rien inventer, les idiotes. Quant aux pères, ils restent insensibles, et le lendemain ils vont à la taverne avec la mine de l'homme qui va tuer quelqu'un ou quelque chose. Ils reviennent ivres et n'ont rien tué ni personne.

Les hommes vont travailler au loin, là où ils peuvent gagner quelque argent en plus. Au fond, ce sont tous des vagabonds, ils vont ici ou là et ils rentrent à la maison plusieurs semaines ou plusieurs mois plus tard pour faire un nouvel enfant. Pendant ce temps, ils débroussaillent les chênaies pour les cultivateurs de blé, chaque goutte de sueur est une goutte de sang perdue, et les malheureux triment toute la sainte journée et parfois même la nuit, ils comptent leurs heures de travail sur les doigts de trois mains, quand il ne faut pas recourir à la quatrième main de la bête pour énumérer ce qui manque, les vêtements sur leur corps ne sèchent pas de toute la quinzaine. Pour se reposer, si pareil mot est de mise, ils s'étendent sur une couche de genêt avec de la paille par-dessus et gémissent toute la nuit, sales, éreintés, ce n'est pas juste, il est impossible de croire le père Agamedes, lequel revient de son déjeuner dominical chez Floriberto, et quel déjeuner, comme on peut s'en rendre compte au rot qui retentit dans le latifundium.

Voilà le pouvoir du ciel. Vous remarquerez en outre que l'histoire se répète énormément. Les hommes sont dans une cabane, écrasés de fatigue, tout habillés, les uns dorment, les autres n'y parviennent pas, une clarté bizarre pénètre par les interstices entre les roseaux qui forment les murs, l'aube est encore loin, ce n'est pas l'aube, un des hommes sort à l'extérieur et il est paralysé de frayeur, tout le ciel est une averse d'étoiles, elles tombent comme des lampions et la terre est claire comme aucune lune ne l'illumine jamais. Tous sortent voir, certains sont saisis d'une véritable terreur, les étoiles descendent en silence, la terre va finir ou enfin commencer, elle n'est plus à l'abri du temps. Un homme réputé plus savant dit, Mouvements dans les astres, mouvements sur la terre. Ils sont tous rassemblés, ils regardent en l'air, gosier étiré, et ils reçoivent sur leur visage crasseux la poussière lumineuse des étoiles filantes, pluie incomparable qui laisse la terre en proie à une soif différente et plus grande. Et un vagabond à moitié demeuré qui passa par là le lendemain jura sur l'âme de sa propre mère toujours vivante que ces

82

signes célestes annonçaient que, dans une hutte de berger en ruine à trois lieues de là, était né, mais d'une autre mère et probablement non vierge, un enfant qui ne serait pas Jésus-Christ si on ne le baptisait pas de ce nom. Personne ne le crut, ce scepticisme facilitant la tâche du père Agamedes qui, le dimanche suivant dans une église inhabituellement pleine et anxieuse, se moqua sans peine des idiots qui s'imaginent que Jésus-Christ va revenir sur terre comme ça, ni plus ni moins, Pour dire ce qu'il dirait, je suis ici, moi qui suis curé, j'ai reçu l'ordination et j'ai de l'instruction, et je suis mandaté par notre sainte mère l'église catholique apostolique et romaine, avez-vous tous compris ou voulez-vous qu'on vous ouvre une autre oreille au sommet du crâne.

Il avait raison, pourtant, cet homme plus savant qui avait prédit, Mouvements dans les astres, mouvements sur la terre, les Abyssiniens le confirmèrent, ils le pouvaient, et immédiatement après les Espagnols, et plus tard la moitié du monde. Par ici, la terre continue à se mouvoir selon les antiques usages. Le samedi venu, arrive la foire, mais elle est si misérable qu'on ne voit et ne sait comment remplir le sac de victuailles pour la semaine suivante, on en a la chair de poule même quand il ne fait pas froid. La femme allait chez l'épicier et demandait, S'il vous plaît, faites-moi crédit pour le reste des provisions, car cette semaine a été désastreuse à cause du mauvais temps. Ou alors elle disait la même chose avec d'autres mots en commençant de la même manière, S'il vous plaît, faites-moi crédit pour le reste des provisions car cette semaine mon mari n'a rien gagné parce qu'il n'avait pas de travail. Ou encore, en baissant les yeux de honte sur le comptoir, comme si elle n'avait pas d'autre argent avec quoi payer, Monsieur, l'été venu mon mari gagnera un meilleur salaire, après il fera les comptes avec vous et vous paiera les arriérés. Et l'épicier, frappant le livre de comptes du poing, répondait, Cette histoire je l'entends depuis longtemps, ensuite l'été passe et le chien reste ici à aboyer comme avant, les dettes sont des chiens, elle est bien bonne celle-là, qui donc en aura eu l'idée le premier, ce peuple a de menues inventions bien besogneuses, imaginez la liste des dettes de l'épicier ou du boulanger inscrites au crayon avec de gros chiffres, tant pour celui-ci, tant pour celui-là, un petit chien tout pelucheux, celui-ci peut grandir, et ce molosse-là, avec des crocs comme un loup, une lourde dette remontant à l'année précédente, Ou bien vous payez, ou bien je vous coupe le crédit, Mais mes enfants ont faim, et les maladies, mon homme n'a pas de travail, nous sommes sans ressources, Je ne veux rien savoir, vous payez d'abord et vous emportez après. Les chiens aboient partout dans ce pays, on les entend aux portes, ils poursuivent ceux qui n'ont pas payé, ils leur mordent les chevilles, ils leur mordent l'âme, et l'épicier sort dans la rue et dit à qui veut bien entendre, Dites à votre mari, le reste on le connaît déjà. Certains épient derrière les volets pour voir qui est celle à qui on fait honte, ce sont là des cruautés de pauvres, aujourd'hui toi, moi demain, on ne peut pas leur en vouloir.

Quand un homme se plaint, c'est qu'il a mal quelque part. Plaignons-nous donc de cette férocité sans nom, et il est regrettable qu'elle n'en ait pas, Qu'allons-nous devenir aujourd'hui, avec aussi peu d'argent, et toutes ces semaines d'arriérés, l'épicier ne nous fait plus crédit, chaque fois que je vais là-bas, il menace de le bloquer, pas un sou de plus, Femme, va donc là-bas encore une fois, essaye, c'est dit du bout des lèvres, cet homme n'a pas une pierre à la place du cœur, Je n'y vais pas toute seule, je n'ai plus le courage d'entrer par cette porte, je n'irai que si tu viens avec moi, Alors, allons-y tous les deux, mais un homme n'est pas très utile dans ce genre de situation, lui, son devoir est de gagner de l'argent, à la femme de le faire fructifier, sans compter que les femmes ont l'habitude, elles protestent, jurent, marchandent, pleurnichent, elles sont même capables de se jeter à terre, aïe, un verre d'eau, la pauvrette a une syncope, un homme y va, mais il va en tremblant, car il devrait gagner de l'argent et n'en gagne pas, car il devrait gouverner sa famille et ne la gouverne pas, Monsieur le curé Agamedes, comment puis-je accomplir ce que j'ai promis quand je me suis marié, dites-moi un peu. Nous arrivons à la boutique et il y a d'autres clients, certains sortent, d'autres entrent, tous ne font pas leurs achats paisiblement, et nous, nous traînons derrière, ici dans ce coin, à côté du sac de haricots, mais attention, qu'il n'aille pas croire que nous sommes venus pour le voler. Il n'y a plus de clients, profitons-en, alors moi qui suis l'homme je m'avance, mes mains tremblent, Monsieur José, pourriez-vous me servir, mais il se trouve que cette semaine je ne peux pas tout vous payer, j'ai eu une mauvaise semaine, mais dès que je toucherai un meilleur salaire je vous règle tout, soyez tranquille, je ne vous devrai rien. Disons d'emblée que ce ne sont pas là paroles nouvelles, elles ont déjà été prononcées il y a une page, prononcées dans tout ce livre sur le latifundium, comment pourrait-on s'attendre à ce que la réponse soit différente, Non, monsieur, je ne vous fais plus crédit, mais avant de donner cette réponse, la main de l'épicier a ramassé, ce fut un jeu d'enfant, tout l'argent que, pour l'amadouer, j'avais posé sur le comptoir et il n'a répondu qu'après. Et j'ai dit, avec tout le calme possible et Dieu sait combien, même s'il n'était pas grand, Monsieur José, ne me faites pas ça, qu'est-ce que je vais donner à manger à mes gosses, ayez pitié de moi. Et il a dit, Je ne veux pas le savoir, je ne vous fais plus crédit, vous me devez encore beaucoup trop. Et j'ai dit, Monsieur José, s'il vous plaît, servez-moi au moins pour la valeur de l'argent que vous m'avez pris, juste pour me dépanner, pour que je puisse donner quelque chose à manger à mes petits, jusqu'à ce que je trouve une autre solution. Et il a dit, Je ne peux plus vous faire crédit, la somme reçue ne rembourse même pas le quart de ce que vous me devez. Il a asséné un coup de poing sur le comptoir, il me défie, je vais le frapper, lui flanquer un coup avec l'égalisateur du boisseau, ou lui planter un couteau dans le lard, oui, le poignard, cette lame courbe, cette dague mauresque, Ah, mon homme, tu vas attirer le malheur, pense à nos enfants, ne faites pas attention, monsieur José, ne lui en voulez pas, c'est le désespoir du pauvre. On me pousse vers la porte, Femme, lâche-moi, je vais tuer ce gredin, mais cette idée s'en va quand je réfléchis, je ne le tue pas, je ne sais pas tuer, et l'épicier me dit du fond de sa boutique, Si je fais crédit à tout le monde et qu'on ne me paie pas, comment est-ce que je vis, moi. Nous avons tous raison, qui est mon ennemi.

C'est à cause de ces privations et d'autres, similaires, que nous nous mettons à inventer des histoires de trésors cachés, ou alors nous les trouvons déjà inventées, signe d'un grand besoin ancien, qui ne date pas d'aujourd'hui. Et il y a des avertissements qu'il faut écouter avec beaucoup d'attention, à la moindre petite erreur l'or se change en poix et l'argent en fumée, ou alors l'homme devient aveugle, c'est déjà arrivé. D'aucuns disent que les rêves sont dépourvus de substance, mais si je rêve d'un trésor trois nuits de suite et que je n'en parle à personne, ni de l'endroit où je l'ai vu en rêve, il est sûr et certain que je le découvrirai. Mais pas si j'en parle, car les trésors ont un destin bien précis, ils ne peuvent pas être distribués au gré de la volonté des hommes. Il y a l'histoire ancienne de cette jeune fille qui rêva trois fois que sur la branche d'un arbre il y avait quatorze piécettes de vingt sous et sous ses racines une marmite en terre cuite remplie de pièces d'or. Il faut toujours croire à ces choses-là, même si elles sont inventées. La jeune fille raconta ce rêve à ses grands-parents chez qui elle habitait et tous se dirigèrent vers l'arbre. Les quatorze piécettes se trouvaient bien sur la branche, la moitié du rêve était réalisée, mais l'idée de creuser jusqu'aux racines leur fit de la peine car l'arbre était beau et une fois ses racines exposées au soleil il mourrait, ce sont là faiblesses de cœur. On ignore comment c'est arrivé, mais la nouvelle se répandit et quand ils se décidèrent à retourner là-bas, regrettant leur compassion, l'arbre gisait par terre et au fond du trou il y avait une marmite en terre cuite brisée, et rien d'autre. Ou bien l'or avait disparu par magie, ou bien quelqu'un de moins scrupuleux ou d'une sensibilité plus émoussée avait emporté le trésor et s'était tu. Ce n'est pas impossible.

Une histoire plus claire concerne deux coffres en pierre enterrés par les Maures, un rempli d'or, l'autre de peste. On raconte que, de crainte d'ouvrir par erreur le coffre de la peste, personne n'eut le courage de se lancer à leur recherche. S'il n'avait pas été ouvert, le monde ne serait pas comme il est, aussi plein de peste.

Le mariage de João Mau-Tempo et de Faustina a eu lieu, conclusion pacifique de l'incident romantique qui, lors d'un soir nuageux et pluvieux de janvier, sans clair de lune ni rossignol, dans un désordre de vêtements mal dégrafés, satisfit le désir de tous deux. Trois enfants furent faits. L'aîné s'avéra être un garçon, prénommé António, le portrait tout craché de son père quant au visage, car de corps il promet davantage, mais il n'a pas ses yeux bleus, lesquels ne réapparaîtront plus, où donc ont-ils bien pu passer. Les deux autres sont des filles, douces et discrètes, comme le fut et l'est toujours leur mère. António Mau-Tempo travaille déjà, il aide à garder les cochons, pour le moment il n'a ni l'âge ni les bras pour des tâches plus substantielles. Son chef ne le traite pas bien, c'est habituel dans ces villages et en ce temps-là, ne nous indignons pas pour si peu. Pour ne pas manquer à une autre habitude notoire, les provisions qu'il emporte pour toute la journée ne pèsent pas bien lourd, un banquet d'un demi-maquereau et d'un quignon de pain de maïs. Dès qu'il quitte la maison, le maquereau disparaît, ni vu ni connu, car il est des faims qui ne peuvent attendre et celle-ci est ancienne. Le pain de maïs est pour le reste du jour, un peu de mie maintenant, un peu de mie plus tard, la croûte est détachée avec soin pour ne pas gaspiller la moindre miette parmi les herbes sur le sol, où les fourmis, museau en l'air comme si elles étaient des chiens, désespèrent d'approvisionner le grenier avec pareils restes et résidus. Le gardien en chef du troupeau de porcs s'arrêtait sur une lande et, usant de son autorité, se mettait à hurler, Eh, mon gars, viens donc par ici, de ce côté-ci, eh mon gars, retiens donc les bêtes, et António Mau-Tempo, petit balai fait pour balayer, tournait autour du troupeau de porcs comme si lui-même était un chien de berger. Le chef, se reposant sur celui qui exécutait le travail pour lui, s'amusait à faire tomber les pommes de pin mûres, il les grillait, les épluchait et en extrayait les pignons, puis les rôtissait soigneusement, les enfournait dans sa musette, tout cela dans la bonne paix champêtre, au milieu de beaux arbres. Les braises rougeoyaient, les pommes de pin résineuses s'ouvraient à la chaleur du feu, et António Mau-Tempo, l'eau à la bouche, s'il lui arrivait d'en trouver une que la providence avait fait tomber à la portée de ses yeux avides, devait la cacher afin qu'elle n'aille pas en deux temps trois mouvements enrichir le capital d'autrui, comme c'était arrivé un certain nombre de fois dramatiques. Grandes et justes sont les vengeances de l'enfance. Un jour, le gardien en chef du troupeau était en train de s'apprêter à griller les pommes de pin sur un terrain argileux où se trouvaient des champs de blé et il dit à António Mau-Tempo, ordre courant vu leurs obligations à tous deux, Fais un tour et surveille les cochons, pour qu'ils n'aillent pas dans les blés. Il faisait ce jour-là un vent sauvage, coupant, insupportable, et alors, le corps mal protégé par ses vêtements, tout a une explication, António Mau-Tempo donna des vacances à ses cochons et se cacha derrière un machuco, C'est quoi un machuco, C'est un jeune chaparro, par ici tout le monde sait ça, Et un chaparro, Allons voyons, c'est un jeune chêne-liège, Alors un machuco est un chêne-liège, Mais ça ne se voyait donc pas, Ah bon, Comme je disais, António Mau-Tempo se posta derrière un machuco, enroulé dans une sorte de sac qui était son abri contre toutes les tempêtes, qu'elles soient d'eau ou de glace, c'était sa couverture, un sac de guano, Dieu donne le froid en fonction du vêtement, bref tout le monde était content, les cochons dans le champ de blé, le chef en train de griller ses pommes de pin, António Mau-Tempo sous son édredon occupé à ronger son croûton, Et il y a encore des gens pour dire du mal du latifundium, Eh oui, le pire c'est que le chef avait un chien, un malin, qui trouva la posture d'António Mau-Tempo bizarre et qui se mit à aboyer furieusement, On a raison de dire que le chien est le meilleur ami de l'homme, Pour sûr que celui-ci n'a pas été l'ami d'António Mau-Tempo, au son de l'alarme le chef arriva et débusqua l'innocent, Alors comme ça, tu dors, et il lui envoie un coup de gourdin qui, s'il avait été asséné de plus près, aurait mis fin à la vie d'António Mau-Tempo, lequel aurait été bien bête d'attendre une deuxième volée de bois vert, il se jeta sur le gourdin et le lança au beau milieu du champ, allez le chercher maintenant, et il prit ses jambes à son cou, Le plaisir des cochons n'a pas duré longtemps, Évidemment, c'est toujours comme ça.

Ce sont là des épisodes de la vie pastorale, les joies d'une enfance heureuse. Il faut les voir, et constater combien il est facile de vivre satisfait dans le latifundium. L'air pur, par exemple, une récompense pour qui réussira à découvrir un air aussi pur. Et les oiseaux, qui chantent tous au-dessus de notre tête quand nous nous arrêtons pour cueillir une fleurette ou pour étudier le comportement des fourmis ou de ce carabe noir et nonchalant qui n'a peur de rien et qui traverse, impavide, le sentier sur ses hautes échasses et qui meurt sous notre botte si nous passons par là, c'est une question de disposition, d'autres fois nous tenons la vie pour sacrée et même les mille-pattes en réchappent. Quand viendra l'heure des récriminations, António Mau-Tempo aura son père pour le défendre, Ne frappez pas ce garçon, je suis au courant de tout ce qui se passe, vous grillez des pignons, vous bavardez avec le premier venu, et lui doit faire le chien, courir et encercler tout le troupeau, ce garçon n'est pas un carabe pour qu'on l'écrase avec le pied. Le gardien en chef du troupeau se mit en quête d'un autre assistant et António Mau-Tempo alla garder des cochons pour un nouveau patron, en attendant de finir de grandir.

Car les travaux pour les hommes abondent. Nous en avons énuméré certains et à présent nous allons en ajouter d'autres pour l'édification de tout un chacun, car dans leur ignorance les gens des villes pensent qu'il ne s'agit que de semer et de récolter, or ils vivent dans une méconnaissance grossière s'ils n'apprennent pas tous les mots et n'en comprennent pas la signification, moissonner, lier en gerbes, faucher, égrener à la machine ou en saignant, battre le seigle, presser la paille, botteler la paille ou le foin, égrener le maïs, débroussailler, épandre le purin, semer les céréales, labourer, couper, défricher, sarcler le maïs, recouvrir les sillons, élaguer, mettre des anneaux, défoncer, entasser, bêcher les trous pour le fumier ou les jeunes vignes, creuser des fossés, greffer les vignes, protéger les greffons, sulfater, transporter le raisin, travailler dans le chai, travailler dans le potager, bêcher la terre pour les légumes, gauler les olives, travailler dans le pressoir à huile, retirer le liège des chênes, tondre le bétail, travailler au fond des puits, travailler dans des fosses et des ravins, couper le bois, le mettre en tas, l'enfourner pour faire du charbon de bois, déboiser, saupoudrer, ensacher, grand Dieu, que de mots, si beaux, si propres à enrichir les lexiques, bienheureux ceux qui travaillent, et qu'est-ce que cela donnerait si nous nous mettions à expliquer comment se déroule chaque opération et à quel moment, les instruments, les outils, et s'il s'agit d'une tâche pour un homme ou pour une femme, et pourquoi.

Un homme est donc au travail, il se trouve que c'est un homme, ou plutôt il est dans sa maison après avoir travaillé, un chien de chasse entre chez lui, il ne s'appelle ni Guadiana ni Piloto, il a deux jambes et un nom d'homme, mais c'est une bête qui mord, et il dit, J'ai ici un papier que vous devez signer, il faut que vous alliez à Évora dimanche, à un meeting en faveur des nationalistes espagnols, c'est un meeting contre les communistes, le transport est gratuit, vous irez en autobus, c'est les patrons qui paient ou le gouvernement, c'est pareil. L'envie est de dire non, mais l'envie ne voit pas comment arriver jusqu'à la parole, l'homme marmonne, feint de ne pas avoir bien entendu, mais cela ne sert à rien, l'autre répète, cette fois sur un ton différent, comme de menace, João Mau-Tempo regarde sa femme, qui est présente, et Faustina regarde son mari, qui voudrait bien n'être pas présent, et le chien de chasse, papier à la main, attend la réponse, que vais-je dire, comme si ces choses m'importaient, moi je ne comprends rien à ces histoires de communisme, bon, ce n'est pas tout à fait vrai, la semaine dernière encore il y avait des papiers sous des pierres, un bout dépassait, comme pour faire signe, et moi j'ai ralenti le pas et je suis allé les ramasser, personne ne m'a vu, pourquoi ce chien montre-t-il les dents, quelqu'un lui aura raconté ça, il est venu ici pour voir si j'oserai répondre que je ne veux pas aller à Évora, que je ne signe pas, le pire ce sera après, ce chien tout le monde le connaît, c'est le Requinta, il écoute et va ensuite cafarder, il ne manque pas de gens ici qui se plaignent, mais si je trouve une excuse, j'ai un point de côté, ou bien je dois aller installer des piquets dans le clapier, il ne me croira pas, et après on viendra peut-être m'arrêter, C'est bon, Requinta, je signe.

João Mau-Tempo signa là où d'autres avaient déjà signé ou demandé qu'on le fasse pour eux car ils ne savaient pas écrire, et ils étaient la majorité. Quand Requinta sortit pour continuer sa collecte, le nez en l'air, tout content de lui, le salaud, João Mau-Tempo sentit une grande soif et but à même la cruche, inondant d'eau le feu subit qui était le signe d'une honte inexpliquée, certains auraient bu du vin. Faustina avait subodoré quelque chose, ce qu'elle avait entendu ne lui avait pas plu, mais elle voulut verser du baume, Au moins tu iras à Évora, ça sera une distraction, et sans rien débourser, en autobus aller et retour, dommage que tu ne puisses pas emmener António, ça lui plairait bien. Faustina ne se contenta pas de dire ça, elle continua à murmurer sans s'apercevoir qu'elle parlait, et João Mau-Tempo savait très bien que finalement les paroles sont comme des gestes dont on n'attend pas la guérison, mais dont le malade est reconnaissant, une main douce ou rugueuse sur le front, où croyez-vous donc être, mais quand même. Mais quand même, il n'est pas bien qu'on vienne vous forcer la main, car tout ça c'est une façon de vous forcer la main, moi j'aurais envie de faire semblant d'être malade. Faustina dit, Laisse, c'est une promenade, ça ne jettera pas la honte sur la famille, en tout cas je ne crois pas, le gouvernement ne fait sûrement pas mal les choses. João Mau-Tempo dit, Non, sûrement pas. Et à celui qui en entendant ce dialogue clamerait que le peuple est perdu et ne sait pas ce qui se passe, il est temps de dire que le peuple vit loin, les nouvelles ne lui parviennent pas, ou alors il ne les comprend pas, et lui seul sait combien il lui en coûte de se maintenir en vie.

Arriva le jour, et à l'heure convenue, les hommes se réunirent sur la partie bombée de la route et en attendant plusieurs entrèrent dans la taverne, où ils éclusèrent des verres de trois décilitres aussi longtemps que résista la poche du gilet, le buveur avançant les lèvres pour cueillir la fleur de l'écume qui pétillait sous le nez, ah vin, que celui qui t'a inventé soit au paradis. D'autres, plus finauds ou mieux informés, attendaient des merveilles d'Évora et gardaient leur appétit pour là-bas, mais ceux-là finirent par le regretter, car tous seront déposés à la porte des arènes pour les courses de taureaux et repris au même endroit à la fin de la fête. Chandelle qui va devant éclaire deux fois plus, un tien vaut mieux que deux tu l'auras, les gens s'amusent de ces dictons, il y en a même qui ne vivent que de ce genre de sagesse et qui sont heureux et qui n'en meurent pas pour autant. Ceux-là eurent raison cette fois, ils étaient déjà bien lestés lorsque l'autobus arriva, leur estomac chantait des hosannas, le saint rot du vin et ce bon arrière-goût qui vous reste dans la bouche et qui est la saveur du paradis.

Ce sont des voyages. Dans les virages, même quand ils ne sont pas pris à grande vitesse, la camionnette penche d'un côté et les hommes doivent s'agripper les uns aux autres pour ne pas être ballottés, les pieds s'enchevêtrent, le vent souffle sur les chapeaux et il faut les retenir pour qu'ils ne s'envolent pas par-dessus bord, Eh, toi, là devant, roule moins vite, l'ami, sinon quelqu'un finira par tomber à l'eau. Ce fut un plaisantin qui lâcha cette boutade, plaisanter est important, sinon la vie serait d'une grande tristesse. Ils s'arrêtèrent à Foros pour prendre encore des passagers, puis la route fut toute droite, on aperçoit Montemor, mais le moment n'est pas encore venu d'y entrer, et Santa Sofia et São Matias, Je ne suis jamais venu ici, mais j'y ai de la famille, un cousin de ma belle-sœur qui est barbier, il s'en sort, il serait bien embêté si les barbes elles poussaient pas, comme les putes, si les bites elles poussaient pas. Celui qui parle ainsi a prémédité sa blague, ce n'est pas tous les jours fête, depuis que j'ai fini mon service militaire je suis pas allé voir les filles, je vais m'en donner à cœur joie. Ce sont des conversations d'hommes. L'humanité s'est efforcée d'améliorer les communications, dans le latifundium il y a déjà des camionnettes, Voici Évora, et ce chien de Requinta, lui aussi est venu, clame, Quand nous descendrons, vous me suivrez tous, et avec ces paroles fatales les divers appétits de vin et de femelles commencent à se flétrir, cette histoire de filles savou-rée dans la nuit propice à l'imagination où personne n'a bien dormi, les rêves sont dépourvus de substance.

Les arènes sont pleines. Les ruraux arrivent en bandes, en trou-peaux, comme du bétail, parfois un patron souriant se mêle à la conversation et il y a toujours un laquais pour servir de paillasson et faire honte aux prudents venus là uniquement par peur d'être sans travail. Dans l'ensemble pourtant, ils se forcent à avoir l'air heureux. Cette bonté populaire existe, ne pas décevoir celui qui s'attend à ce que nous soyons contents, et même s'il est vrai que ça ne ressemble pas à une fête, ce n'est pas non plus un enterrement, alors quelle mine dois-je prendre, si je crie vive ceci ou mort à cela, est-ce pour rire ou est-ce pour pleurer, veuillez me le dire. Ils sont assis sur les gradins, d'autres occupent le sable, ce serait bien mieux s'il y avait des taureaux, ils ne savent pas ce qui va se passer, c'est quoi un meeting, Où est Requinta, Eh, Requinta, elle commence quand la fête. Amis et connaissances se saluent, les timides changent de place à la recherche de quelqu'un qui soit plus à l'aise, Il est par là, alors Requinta dit, Surtout, ne vous éparpillez pas et écoutez tous attenti-vement, tout ça est très sérieux, nous sommes venus ici pour apprendre qui nous veut du bien et qui nous veut du mal, comme ce serait idéal s'il en était ainsi, Requinta nous prendrait par la main pour nous initier au bien et au mal, c'est si simple en fin de compte, monsieur le curé Agamedes, ne pas penser, poser son cul sur un gradin, Où c'est qu'on pisse, eh, Requinta, parler ainsi est déjà un premier manque de respect et Requinta fronce le sourcil, il feint de ne pas avoir entendu et maintenant, oui, ça va commencer, Mes-dames, messieurs, tiens, c'est amusant, je suis enfin un monsieur dans l'arène d'Évora, je ne me souviens pas d'avoir été un monsieur ailleurs, pas même de ma propre volonté, que raconte donc ce bonhomme, Vive le Portugal, je ne le comprends pas, Nous sommes réunis ici, unis dans le même idéal patriotique, pour dire et montrer au gouvernement de la nation que nous sommes les garants et les fidèles continuateurs de la grande geste lusitanienne et de nos prédécesseurs qui ont donné de nouveaux mondes au monde et qui ont accru la foi et l'empire, nous disons en outre qu'au son du clairon nous nous rassemblons tous comme un seul homme autour de Salazar, le génie qui a consacré sa vie, ici tous crient Salazar Salazar Salazar, le génie qui a consacré sa vie au service de la patrie, à la lutte contre la barbarie moscovite, contre ces maudits communistes qui menacent nos familles, qui tueraient vos parents, qui violeraient vos épouses et vos filles, qui enverraient vos fils aux travaux forcés en Sibérie et détruiraient notre sainte mère l'église, car ils sont tous des athées, des sans-Dieu, sans morale ni vergogne, à bas le communisme, à bas, mort aux traîtres à la patrie, mort, les arènes reprennent le slogan en criant, certains n'ont pas encore compris ce qu'ils faisaient là, d'autres commencent à comprendre et à déchanter, les convaincus ou les trompés ne manquent pas non plus, un ouvrier fait un discours, suivi d'un autre orateur, celui-ci est de la légion, il lève le bras et hurle, Portugais, qui commande, Portugais, qui vit, la question est bonne, c'est le patron qui commande, et vivre c'est quoi. Mais les arènes obéissantes réagissent en criant les mots d'ordre et le légionnaire ne s'est pas encore tu que déjà un autre ouvre la bouche toute grande, ces gens parlent beaucoup, de l'Espagne, des nationalistes contre les rouges, ils disent que dans les champs de Castille et d'Andalousie on défend les valeurs sacrées et éternelles de la civilisation occidentale, que notre devoir à tous c'est d'aider nos frères dans la foi, et que le remède contre le communisme se trouve dans un retour à la morale chrétienne dont le symbole vivant est Salazar, bon sang, nous avons un symbole vivant, pas de complaisance à l'égard des ennemis, des paroles et des paroles, ensuite on parle du bon peuple de la région, ici présent pour apporter le témoignage de sa gratitude envers l'homme d'État immortel et le grand Portugais qui a voué sa vie entière au service de la patrie, Dieu veuille la lui conserver, et j'irai dire à monsieur le président du conseil ce que j'ai vu dans cette ville historique d'Évora, je lui apporterai la garantie que ces milliers de cœurs battent à l'unisson du cœur de la patrie, ils sont la patrie, l'impérissable, la sublime et la plus belle de toutes les patries, puisque nous avons le bonheur d'avoir un gouvernement qui place au-dessus des intérêts de n'importe quelle classe les intérêts supérieurs de la nation, car les hommes passent et la nation reste, mort au communisme, à bas, à bas le communisme, mort, quelle différence cela fait-il, au milieu de tant de gens ça ne se remarque pas, et souvenons-nous que la vie dans l'Alentejo, contrairement à ce que beaucoup de gens pensent, n'est pas propice au développement d'idées subversives, car les travailleurs sont les vrais associés des propriétaires, ils partagent avec eux les profits et les pertes de l'agriculture, ah, ah, ah, Où c'est que je peux pisser, eh, Requinta, ce sont des blagues, personne ici n'ose dire pareille chose à un moment aussi solennel où la patrie, elle qui jamais ne pisse, est invoquée ainsi sur l'estrade par un monsieur aussi bien mis, qui écarte les bras comme s'il voulait nous embrasser tous et, comme il n'y arrive pas de là-bas si loin, tous ici s'étreignent mutuellement, le commandant de la légion, le major venu de Setúbal, les députés, l'homme de leur union nationale, le capitaine de cavalerie numéro cinq, un type qui est de l'i-n-t-p, si tu ne sais pas ce que c'est, demande, institut national du travail et de la prévoyance, et tous les autres venus de Lisbonne, on dirait des corneilles perchées sur une yeuse, mais là tu te goures lourdement, c'est nous tous qui sommes des corneilles, alignées ici sur les gradins, battant des ailes, agitant le bec, et maintenant vient la musique, c'est l'hymne, tout le monde se lève, les uns parce qu'ils savent que l'étiquette l'exige, la majorité par esprit d'imitation, Requinta passe en revue ses troupes, Chantez tous, je ne demanderais pas mieux, qui donc connaît l'hymne, si encore c'était la marianita, allons-nous bientôt sortir, pas encore, ce n'est pas le moment de partir, il vaudrait mieux voler, ouvrir les ailes et s'envoler loin d'ici, par-dessus les champs, regardant d'en haut les camionnettes qui vont rentrer, quelle tristesse, tout ça a été bien triste, et les gens qui se sont mis à crier comme si on nous avait payés pour ça, et moi je ne sais pas ce qui aura été le pire, ce n'est pas juste, on dirait un intermède dans la danse de l'ours, Alors, tu ne t'es donc pas amusé, João, Pas un seul instant, Faustina, nous sommes allés là-bas comme des moutons, comme des moutons nous sommes revenus. Dans la camionnette, l'après-midi tire à sa fin et l'heure est propice à la mélancolie, un homme s'essaie encore à chanter et deux autres l'accompagnent, mais quand la tristesse est trop forte, même la voix triste se tait et on n'entend plus alors que le bruit du moteur de la camionnette, et tous sont ballotés en silence d'un côté et de l'autre, cargaison mal arrimée, cargaison en vrac, ça n'a pas été un travail d'hommes, João Mau-Tempo. La camionnette déverse les hommes au pied de Monte Lavre, c'est une bande d'oiseaux sombres qui se dispersent et qui n'ont pas l'air de savoir marcher, quelques-uns vont encore à la taverne pour y soigner leur soif et leur amertume, d'autres murmurent des paroles hébétées, les plus tristes rentrent à la maison, Nous sommes des marionnettes qu'on balade de-ci, de-là, qui nous remboursera notre journée, moi j'avais à faire dans le potager sans ce diable de Requinta, un jour je le lui ferai payer, paroles et promesses valant à peine la douleur qui se cache derrière elles, mais ils ne peuvent guère l'exprimer, c'est une souffrance confuse, qui ne fait peut-être pas très mal, mais qui meurtrit beaucoup. Voilà pourquoi Faustina demande, Tu es malade. João Mau-Tempo répond non, et s'il est si peu loquace c'est parce qu'il ne sait pas expliquer ce qu'il ressent, Alors, tu ne t'es pas amusé, Pas un seul instant, et la plus grande confidence et confession sera le geste de João Mau-Tempo posant la tête sur l'épaule de Faustina et s'endormant ainsi.

Les messieurs du latifundium montent sur la butte afin que le soleil ne réchauffe qu'eux, João Mau-Tempo fit un rêve bien imprécis, car les messieurs n'ont pas de visage et la butte pas de nom, mais il en est profondément conscient quand il se réveille, c'est pareil lorsqu'il se rendort, une procession de messieurs s'avance et lui marche devant, brisant avec une grosse houe les racines des arbustes, frayant un chemin à la belle compagnie, il arrache les genêts épineux avec ses mains, déjà le sang en coule, et les messieurs du latifundium

D'autres, toutefois, sont déjà debout, non pas au sens propre où une personne s'arrache en soupirant au confort douteux de sa paillasse, à supposer qu'elle en ait une, mais à celui de cette autre sensation singulière consistant à se réveiller à midi et découvrir qu'une minute plus tôt il faisait encore nuit, que le vrai temps des hommes et ce qui change en eux n'est pas régi par le lever du soleil ou le coucher de la lune, phénomènes qui en fin de compte font seulement partie du paysage et pas uniquement du paysage terrestre, comme cela aura déjà été dit avec d'autres mots. Il est parfaitement vrai qu'il y a un temps pour tout et que le destin voulait que cette histoire eût lieu à l'époque de la moisson. Parfois il faut une impatience des corps, sinon une exaspération, pour que les âmes bougent enfin, et quand nous disons âmes, nous voulons parler de ce qui n'a pas vraiment de nom, qui est peut-être encore corps, sinon finalement entièrement corps. Un jour, si nous ne renonçons pas, nous saurons tous ce que sont ces choses et la distance allant des mots qui s'efforcent de les expliquer, la distance allant de ces mots à l'essence que sont lesdites choses. Ce n'est qu'écrit ainsi que tout cela paraît compliqué.

Cette machine, par exemple, semble elle aussi compliquée et pourtant elle est très simple. On l'appelle batteuse, nom pour une fois approprié, car c'est précisément ce qu'elle fait, elle retire les grains de l'épi, paille d'un côté, céréale de l'autre. Vue de l'exté-

avancent en conversant et en riant, ils sont généreux et patients quand il prend du retard dans le débroussaillement, ils attendent, ils ne le maltraitent pas et n'appellent pas la garde, ils se bornent à attendre, et pendant ce temps-là ils organisent des pique-niques, et lui puise sa force dans son cœur et brandit la houe, maintenant, oui, il racle la terre et coupe les racines, il est devenu un homme, et d'en haut, sur le versant de la butte, il voit passer des camionnettes avec un écriteau disant Restes du Portugal, c'est destiné à l'Espagne, pour les rouges pas la moindre pointe d'une corne, pour les autres, les saints, les purs, ceux qui me défendent, moi, João Mau-Tempo, de mon nom et pour mon plus grand profit, contre le danger de tomber en enfer, à bas et à mort, et maintenant un monsieur à cheval me suit, et le cheval, c'est la seule chose que je sais dans ce rêve, le cheval s'appelle Bon-Temps, finalement les chevaux ont une longue vie, Réveille-toi, João, c'est l'heure, lui dit sa femme, et pourtant il fait encore nuit noire.

rieur, c'est une grande caisse en bois sur des roues de fer, reliée par une courroie à un moteur qui trépide, pétarade, résonne et, on nous excusera, qui pue. Elle est peinte en jaune, un jaune d'œuf, mais la poussière et le soleil brutal en ont délavé la couleur, de sorte qu'elle ressemble plutôt à un accident de terrain, à l'image des meules qui sont à côté, et avec ce soleil on ne distingue pas bien, rien n'est immobile, le moteur tressaute, la batteuse vomit paille et grains, la courroie distendue oscille et l'air vibre comme s'il était tout entier le reflet du soleil dans un miroir agité par de petites mains d'anges qui n'ont rien d'autre à faire, là-haut dans le ciel. On devine des êtres au milieu de cette brume. Ils ont trimé là toute la journée, et hier, et avant-hier, et bien avant cela, depuis que le battage a commencé, ils sont au nombre de cinq, un est plus âgé, quatre sont très jeunes, leurs dix-sept ou dix-huit ans sont insuffisants pour pareille frénésie. Ils dorment sur l'aire derrière les ballots, mais il fait nuit noire quand le moteur se tait et le soleil est encore loin quand on entend la première détonation de cette bête qui se nourrit de bidons remplis d'un liquide noir et visqueux, et ensuite, toute la sainte journée, que le diable l'emporte, elle vous martèle les oreilles. C'est elle qui marque la cadence du travail, la batteuse ne peut pas mastiquer dans le vide, cela se remarque aussitôt, le chef émerge de son abri et se met à brailler. À l'intérieur, la gueule de la machine est un volcan, un gosier de géant, et la plupart du temps c'est le plus âgé des cinq qui l'alimente. Les autres font monter les gerbes, tournant comme des fous dans cet enfer de paille menue, ils apportent le blé sec et rêche, les tiges dures, l'épi hérissé de barbes, la poussière, où donc est passé le vert si tendre du champ au printemps, quand la terre ressemble vraiment au paradis. Ce feu est insupportable. Le plus âgé descend, un des jeunes monte, et la machine est comme un puits sans fond. Il ne manque plus que d'y enfourner un homme. Ainsi le pain apparaîtrait avec sa juste couleur rouge, et non pas avec sa blancheur innocente ou sa teinte bise neutre.

Le chef d'équipe apparaît et dit, Toi, tu vas au criblage. Le criblage est ce monstre sans poids, cette paille faite poussière qui s'infiltre dans les narines et les obstrue, qui s'insinue dans tout ce qui est ouverture dans les vêtements et qui colle à la peau, pâte boueuse, et les démangeaisons, messieurs, et la soif. L'eau qui se boit dans un gobelet devient vite avariée, malsaine, comme si je la buvais à plat ventre au bord d'une mare, et peu m'importent les vers et les bichas, qui est le nom qu'on donne ici aux sangsues. Le gamin va au criblage, il le reçoit en pleine figure comme un châtiment et son corps commence tout doucement à protester, il n'a pas de force pour davantage, mais ensuite, seul celui qui n'a pas vécu ça ne le sait pas, le désespoir se nourrit de l'exténuation du corps, s'en fortifie et cette force revient avec violence dans le corps et alors, multiplié par deux, le garçon, qui s'appelle Manuel Espada et dont nous reparlerons dans ce récit, abandonne le criblage, hèle ses compagnons et dit, Je m'en vais, ceci n'est pas travailler, c'est mourir. Le plus âgé est de nouveau sur la batteuse, Alors, ces gerbes, ça vient, mais son cri va rester suspendu dans l'air et ses bras retombent, car les quatre garçons s'éloignent ensemble, secouent leurs hardes, ils ressemblent à des statues d'argile pas encore cuites, brunâtres, au visage strié de sillons de sueur, ils ont vraiment l'air de clowns, pardon, car ça ne donne pas envie de rire. Le plus âgé saute de la batteuse, arrête le moteur. Le silence donne un coup de poing aux oreilles. Le chef d'équipe arrive en courant, essoufflé, Qu'est-ce qui se passe, qu'est-ce qui se passe, et Manuel Espada dit, Je m'en vais, et les autres, Nous aussi on s'en va, l'aire de battage en est tout ébahie, Vous refusez donc de travailler. En regardant autour de soi, on voit l'air trembler, un tremblotement dû à la chaleur, mais on dirait que c'est le latifundium qui tremble, et finalement ce sont seulement quatre garçons qui s'éloignent, poussés par leurs raisons, eux qui n'ont ni femme ni enfants qu'il faut nourrir et prendre en considération, C'est à cause d'eux, dit João Mau-Tempo à Faustina, que je me suis laissé emmener à Évora. Sa femme répond, Ne pense plus à ça, et lève-toi, car c'est l'heure.

Manuel Espada et ses amis vont voir directement le régisseur, c'est Anacleto, le louchon, pour lui demander l'argent des jours travaillés, ils s'en vont car ils n'en peuvent plus. Anacleto immobilise son œil vagabond, aperçoit les quatre lascars, ah, si seulement j'avais une bonne cravache, Vous n'aurez pas un sou, et sachez que je vais vous dénoncer comme grévistes. Les insurgés ne savent pas de quoi il s'agit, c'est l'ignorance de leur jeune âge et la méconnaissance de cette pratique. Ils retournent tout droit à Monte Lavre, qui est loin, par d'anciens chemins, ni contents ni repentants, c'est arrivé comme ça, on ne peut pas passer toute sa vie à se soumettre, et ces quatre hommes, ne faites pas attention à l'exagération, parlent et disent des choses propres à leur âge, l'un d'eux lance même une pierre sur une huppe qui secoue ses ailes en traversant le sentier et, tout bien considéré, ils regrettent seulement ces femmes du nord qui travaillaient avec eux sur l'aire car la pénurie de bras était grande pendant la saison.

Un homme qui marche à pied avance à son rythme, il a tout son temps, mais quand la hâte est grande et plus grande encore la soif de justice, quand méfaits et malfaiteurs mettent en péril le latifundium, il vaut mieux qu'Anacleto aille à Montemor en carriole, furieux et effrayant, avec cette sainte rougeur qui colore les joues de ceux qui se battent, enflammés, pour sauvegarder le monde, il a raison de courir à Montemor où ce genre d'affaires se traite pour annoncer à la garde que quatre gars de Monte Lavre se sont mis en grève, Que vais-je devenir, comment pourrai-je rendre compte du battage au patron avec ce manque de main-d'œuvre. Le lieutenant Contente dit, Va en paix, nous allons nous occuper de ça, et Anacleto retourna en paix sur l'aire, il était encore en chemin, moins pressé, savourant le bien-être de l'homme qui a accompli un devoir agréable, quand il fut dépassé par une voiture de place chargée de gens parmi lesquels quelqu'un lui adressa un signe, Salut Anacleto, c'était l'administrateur du district, accompagné du lieutenant de la garde et d'une patrouille, prêts à charger l'ennemi, char de combat panzer sherman hérissé d'armes de tous les calibres, depuis le petit pistolet d'ordonnance jusqu'au canon sans recul, et les voilà en route, la patrie toujours en train de les contempler, ils offrent leur poitrine aux balles, le klaxon retentit et c'est le clairon sonnant la charge, pendant que quelque part dans le latifundium, par des chemins anciens ainsi qu'il fut dit, les quatre scélérats s'arrêtent pour voir qui sera capable de pisser le plus haut et le plus loin.

Les chiens aboient après la voiture à l'entrée de Monte Lavre, sans ce détail les choses n'auraient pas l'air vraies, et comme la chaussée est escarpée l'escadron met pied à terre et avance en ligne de tir, l'autorité civile étant cette fois devant, protégée par-derrière. La première démarche, effectuée avec la perfection d'hommes en manœuvres qui savent que la poudre est sèche, les mène chez le maire, lequel devient pour ainsi dire muet de stupeur en voyant entrer dans sa boutique le lieutenant et le régisseur, pendant qu'à l'extérieur la patrouille scrute les alentours d'un œil soupçonneux. À l'autre bout de la rue, des gamins se sont rassemblés et d'endroits invisibles, ou impossibles à identifier, les mères appellent leurs enfants à grands cris, comme elles le firent jadis lors du massacre des innocents. Laissez-les crier, ça ne leur a jamais servi à grand-chose, et allons dans la boutique, le maire a retrouvé sa voix, toute sa personne n'est plus que courbettes et ronds de jambe, monsieur le régisseur par-ci, monsieur le lieutenant par-là, il ne dit pas mesdames les soldates parce que madame la soldate aurait l'air bizarre, et le régisseur sort la liste sur laquelle il a consigné l'identité des criminels sur dénonciation d'Anacleto, Vous allez me dire où habitent Manuel Espada, Augusto Patracão, Felisberto Lampas, José Palminha, et, non content de faire office d'informateur, le maire appelle sa femme pour qu'elle vienne défendre le comptoir et le tiroir-caisse et, ainsi renforcée, la compagnie se lance dans le labyrinthe de Monte Lavre, l'œil aux aguets au cas où une embuscade aurait été dressée, comme le fait en Espagne la garde civile, que Dieu la protège. Monte Lavre est un désert sous un soleil de plomb, même les gamins se sont découragés, c'est la canicule, toutes les portes sont closes, mais il y a les fentes, les fentes sont la providence de ceux qui ne veulent pas se montrer et partout où passe la garde elle est suivie des yeux par les femmes et par quelque vieillard plus curieux, mais que peut-il faire. Imaginez que nous nous hasardions maintenant à déchiffrer et à interpréter l'expression de ces yeux, l'histoire n'arriverait jamais à sa fin, bien que tout cela, qui peut sembler insuffisant ou excessif, fasse partie de la même histoire, manière aussi bonne qu'une autre de raconter le latifundium.

Il y a des aspects comiques, par exemple le fait que les forces armées et l'autorité civile viennent chercher quatre agitateurs dangereux et qu'elle n'en emmène aucun. Les grévistes sont encore loin. On ne les apercevrait même pas du point le plus élevé de Monte Lavre, même pas de la tour si c'est bien la tour, comme c'est effectivement le cas, d'où Lamberto Horques assista à la charge de sa cavalerie en ce quinzième siècle dont nous avons parlé. Le soleil ne permettrait pas non plus de distinguer dans la confusion du paysage les quatre minuscules gredins, probablement couchés à l'ombre, peut-être même faisant un petit somme en attendant la fraîcheur du soir. Mais celles qui ne trouvent aucun charme à la péripétie ce sont les mères, averties par le lieutenant et le régisseur que le lendemain matin leurs enfants étaient sommés de se rendre à Montemor, faute de quoi la garde viendra les chercher à Monte Lavre par les oreilles et à grand renfort de coups de pied au cul, ce sont là outrances langagières. La voiture de place roule sur la route en soulevant de la poussière, mais auparavant l'administrateur du district était allé présenter ses compliments au principal propriétaire du latifundium, qu'il s'appelle Lamberto ou Dagoberto, peu importe, et à l'exception des soldats, envoyés dans le cellier, celui-ci les reçoit tous, le lieutenant Contente et l'homme des compliments, dans une salle fraîche au premier étage, quel délice cette pénombre, les dames et les demoiselles vont-elles bien, votre excellence ne change pas, encore un petit verre de liqueur, et en sortant le lieutenant fait un salut militaire parfait, de parade, l'administrateur s'efforce de parler d'égal à égal, toutefois le latifundium est si vaste, Alberto tend à présent une main robuste en disant, Ne les laissez pas n'en faire qu'à leur tête, et l'administrateur Goncelho, oui, il porte ce nom plus que singulier, Allez comprendre ces gens-là, quand il n'y a pas de boulot, ils se plaignent qu'il n'y en a pas, quand il y en a, ils ne sont pas d'humeur à turbiner. Ce n'est pas le style d'un bon secrétaire, mais ça lui est sorti comme ça, ce sont là les libertés du latifundium, de ce bon voisinage rural, si bien que Norberto sourit avec bonhomie, Les malheureux, ce sont de pauvres diables qui ne savent même pas ce qu'ils veulent. Des ingrats, dit l'administrateur, et le lieutenant répète le salut militaire, il ne sait rien faire d'autre, allons voyons, son savoir ne se résume pas à ça, surtout dans le domaine militaire, mais l'occasion d'en faire montre est rare.

Les condamnés arrivèrent juste à l'heure du coucher de soleil. Ils arrivèrent et aussitôt, en une clameur simultanée, les mères poussèrent les hauts cris, Qu'avez-vous fait, hélas, mon Dieu, et eux, Nous n'avons rien fait, nous avons lâché le travail parce que nous étions asservis à la machine. Vous n'auriez pas dû, mais si c'est mal, le mal est fait, demain vous devrez aller là-bas, vous ne serez pas jetés en prison, dirent les pères. La nuit passa ainsi, une chaleur étouffante, les gars devaient dormir à présent sur l'aire et peut-être qu'une femme du nord irait pisser dehors et s'attarderait à respirer l'air de la nuit ou attendrait que le monde devienne meilleur, et Vas-y toi ou alors j'y vais moi, en attendant que l'un d'eux se décide, le cœur battant et la verge gonflée, ils ont dix-sept ans, qu'y peut-on, et la femme ne s'éloigne pas, elle reste là, peut-être le monde deviendra-t-il effectivement meilleur, et cet espace entre les ballots de paille semble fait exprès pour qu'y tiennent deux corps couchés l'un sur l'autre, ce n'est pas la première fois, le garçon ne sait pas qui est la femme, la femme ne sait pas qui est le garçon, ça vaut mieux ainsi, il n'y aura pas de honte à la lumière du jour puisqu'il n'y en a pas eu la nuit, et c'est un jeu joué loyalement, chaque joueur donne ce qu'il peut, et ce doux vertige quand on pénètre dans le creux entre les ballots de paille, cette odeur si plaisante et après, les membres qui s'agitent, le corps tout entier qui tremble, mais avec ce genre d'images on passe des nuits blanches et demain je dois aller à Montemor.

Ils vont tous les quatre dans une petite carriole tirée par une mule à l'air bien chétif, mais qui trotte infatigablement, richesse appartenant au père de José Palminha, c'est un groupe de jeunes gens silencieux, au cœur serré, ils franchissent le pont et la montée qui suit, et maintenant ils sont à Foros, une maison par-ci, une maison par-là, ces terres emphytéotiques sont ainsi, et auparavant, à main gauche, Pedra Grande, et peu à peu se dresse à l'horizon, dans le matin déjà chaud, le château de Montemor, ce qui subsiste des murailles écroulées, tout ça est d'une grande tristesse. Un homme de dix-sept ans se met à penser à l'avenir, que vais-je devenir, je passe pour un gréviste, j'ai été dénoncé par Anacleto, et mes trois camarades n'ont pas commis d'autre faute que de me suivre et l'autre faute, impardonnable, de ne pas avoir assez de forces pour supporter la mortification de devoir servir une batteuse qui égrène autant le blé qu'elle m'égrène moi, j'entre dans la bouche de la machine et mes os en ressortent sans la moindre chair, je deviens paille, poussière, criblure et je devrai acheter le blé pour un prix que je n'ai pas choisi. Augusto Patracão, qui est un grand siffleur, essaie de chasser sa nervosité, mais il a très humainement mal au ventre, il n'est pas un héros et ne sait même pas ce que c'est, José Palminha, lui, ce qui le sauve c'est de devoir conduire la bête, ça le distrait, et il le fait en s'appliquant, comme si la mule était un coursier de haute école. Felisberto Lampas, il porte le prénom de Felisberto mais c'est un hasard, boude, assis jambes pendant à l'extérieur, tournant le dos au destin, ce sera comme ça toute sa vie. Et soudain Montemor se dressa devant eux.

La carriole fut remisée sous un platane, on fourra le museau de la mule dans un couffin, pour elle la vie est belle, et nos quatre garçons grimpèrent jusqu'à la garde où un caporal de mauvaise humeur leur ordonna de se présenter à la mairie à une heure de l'après-midi. Tous les quatre passèrent la moitié de la matinée à s'ébaubir devant Montemor, sans même pouvoir recourir à la consolation offerte par la taverne, vu leur jeune âge, il est impossible de décrire les heures qui précèdent les interrogatoires, tant de choses défilent dans la tête de chacun, tout ce qu'on rumine et craint, l'angoisse mal dominée sur le visage, le nœud dans la gorge que ni vin ni eau ne parviennent à dénouer. Manuel Espada dit encore, C'est à cause de moi que vous voilà fourrés dans cette histoire, mais les autres haussent les épaules, ça ne fait rien, et Felisberto Lampas répond, Ce qu'il faut c'est tenir le coup, ne pas avoir l'air de mauviettes.

Une belle déclaration, pour de semblables blancs-becs. À une heure de l'après-midi ils étaient dans un corridor de la mairie et entendaient les cris de l'administrateur Goncelho qui retentissaient dans tout l'édifice, Les hommes de Monte Lavre sont-ils ici. Manuel Espada répondit comme il lui incombait, c'était lui l'organisateur de la rébellion, Nous sommes ici, oui, monsieur, et tous les quatre se mirent en rang, attendant la suite des événements. L'administrateur fit son numéro d'autorité civile, le lieutenant Contente à ses côtés, Alors, espèces de vauriens, vous n'avez pas honte, vous allez traverser la mer jusqu'à l'autre rive, c'est l'Afrique qu'il vous faut, pour vous apprendre à respecter ceux qui commandent, que Manuel Espada entre ici, et l'interrogatoire commença, Qui vous instruit, qui vous a instruits, vous avez de bons maîtres, vous êtes des grévistes, et Manuel Espada répondait avec la force toute ronde de son innocence, Personne ne nous a instruits, nous ne connaissons personne, nous ne savons pas ce qu'est une grève, la machine mangeait beaucoup et les gerbes étaient très grosses. Et l'administrateur, Je vous connais bien, moi, c'est ce qu'on vous a appris à dire, qui est celui qui est intervenu pour vous, disait l'administrateur Goncelho pour préparer le terrain, car ayant appris à Montemor que des gars de Monte Lavre passant pour des grévistes étaient là, deux ou trois personnes de bon sens avaient déjà touché un mot à leur sujet au lieutenant Contente et à lui-même, Ce n'est pas la peine de prendre au sérieux ces choses-là, ce sont des gamineries, ils ne savent même pas ce que c'est une grève. Toutefois, elles n'évitèrent pas que tous soient interrogés, et quand les interrogatoires furent terminés, l'administrateur les harangua pour dire ce qu'on sait déjà, Ayez donc un peu de jugeote, apprenez à respecter ceux qui vous donnent du travail, pour cette fois ça ira, mais évitez d'avoir à revenir ici de nouveau, sinon vous finirez dans un cachot, et ne vous laissez pas embobiner par des bonimenteurs, si quelqu'un essaie de vous refiler des tracts ou de vous entraîner dans des conversations subversives, avertissez la garde, elle se chargera de l'affaire, et remerciez ceux qui sont intervenus pour vous, ne mettez pas vos bienfaiteurs dans l'embarras, et maintenant filez, dites au revoir à monsieur le lieutenant Contente qui est votre ami, et moi aussi je ne vous veux que du bien, ne l'oubliez jamais.

Cette terre est ainsi. Le roi a dit à Lamberto Horques, Prenez-en soin et peuplez-la, veillez sur mes intérêts sans oublier les vôtres, je vous le conseille pour ma convenance et si vous procédez toujours de la sorte et bien, nous vivrons tous en paix. Et le père Agamedes disait aux ouailles sous sa houlette, Votre royaume n'est pas de ce monde, il vous faudra souffrir pour gagner le ciel, plus vous répandrez de pleurs dans cette vallée de larmes, plus vous serez près du Seigneur quand vous aurez abandonné ce bas monde où tout est perdition, diable et chair, et maintenant dispersez-vous, je vous tiens à l'œil, vous êtes dans une grave erreur si vous pensez que Dieu Notre Seigneur vous laisse libres dans le bien comme dans le mal, tout sera placé sur la balance le jour du jugement dernier, mieux vaut payer dans ce bas monde plutôt que d'avoir des dettes dans l'autre. Ce sont là de sages préceptes et c'est probablement à cause d'eux que les quatre garçons de Monte Lavre durent accepter que le salaire gagné et impayé, neuf escudos par jour, trois jours et un quart au total pendant la semaine du forfait, soit versé à l'asile de vieillards, bien que Felisberto Lampas eût marmonné sur le chemin de retour, Si ça se trouve, ils dépenseront notre argent en bières. Or ce n'était pas vrai, on excusera cette jeunesse qui pense si facilement du mal de ceux qui ont plus d'expérience. Grâce aux cent dix-sept escudos remis à l'administrateur du district, l'ordinaire des vieillards dans l'asile fut amélioré, une véritable orgie, on n'imagine pas, bien des années ont passé depuis et aujourd'hui encore on parle de ce festin et on cite ce très vieux pensionnaire qui avait déclaré, Maintenant je peux mourir.

Les hommes sont des animaux étranges, et plus étranges encore sont les jeunes gens, lesquels constituent une espèce à part. On a déjà assez parlé de Felisberto Lampas, il est de méchante humeur et la question du salaire confisqué n'est qu'un prétexte. Mais tous reviennent tristes à Monte Lavre, comme si on leur avait confisqué une chose plus précieuse, peut-être leur amour-propre, non pas qu'ils l'aient perdu, mais il y a là indéniablement comme une offense, ils ont été traités avec mépris, mis en rang pour écouter le sermon de l'administrateur, pendant que le lieutenant les observait du coin de l'œil et gravait dans sa mémoire leur visage et leur physionomie. Et ils ressentaient comme une espèce de colère contre ceux qui avaient intercédé pour eux. Peut-être que ces interventions n'auraient servi à rien si cet épisode ne s'était pas produit deux jours avant la bombe destinée à Salazar, qui en réchappa.

Le dimanche, tous les quatre allèrent sur la place où se font les embauches et ils ne trouvèrent pas de patron. Et le dimanche suivant non plus, et l'autre après itou. Le latifundium a une bonne mémoire et des moyens de communication faciles, rien ne lui échappe, le bouche-à-oreille fonctionne à merveille, et ce ne sera que lorsque bon lui semblera qu'il pardonnera le fait, mais jamais il ne l'oubliera. Quand les garçons trouvèrent enfin du travail, chacun s'en fut de son côté. Manuel Espada dut aller garder les cochons et ce fut au cours de cette vie pastorale qu'il rencontra António Mau-Tempo, dont plus tard, le moment venu, il deviendra le beau-frère.

Sara da Conceição n'est pas en bonne santé. Elle s'est mise dernièrement à rêver de son mari, presque aucune nuit ne se passe sans qu'elle le voie étendu par terre dans l'oliveraie, le sillon violacé laissé par la corde sur le cou, le corps ne peut pas aller ainsi dans la fosse, alors elle entreprend de le laver avec du vin car si elle réussit à faire disparaître le sillon, son mari sera de nouveau vivant, ce que jamais au monde elle ne voudrait si elle était éveillée, mais dans le rêve il en est ainsi, qui pourra déchiffrer cela. Cette femme, qui a tellement voyagé lorsqu'elle était jeune, vit maintenant dans la tranquillité et le silence, mais en réalité ça a toujours été le cas, elle aide dans la maison de son fils João Mau-Tempo et de sa bru Faustina, elle prend soin de ses petites-filles Gracinda et Amélia, elle s'occupe du poulailler, elle ravaude les vêtements et les ravaude de nouveau, elle met des fonds de pantalon, science qui lui vient de son bref temps d'assembleuse de chaussures, et elle a une manie que personne ne comprend et qui consiste à se promener hors de la maison quand il fait nuit noire et que tous les siens sont endormis. Il est vrai qu'elle ne va pas loin. D'ailleurs la peur ne le lui permettrait pas et de toute façon il lui suffit d'aller au bout de la rue. Au dire du voisinage, la vieille femme est à moitié folle, c'est peut-être vrai, car si toutes les mères âgées sortaient dans la rue le soir pour que leurs fils et leurs brus ou leurs filles et leurs gendres puissent se livrer tranquillement à leurs ébats, ce serait une chose qu'il vaudrait la peine de consigner dans la pauvre histoire des petits gestes humains que de voir les vieilles déambuler dans l'ombre ou au clair de lune ou assises par terre, sur des murets bas ou sur les marches du parvis, attendant, silencieuses, que peuvent-elles bien se dire, égrènent-elles les souvenirs de leurs plaisirs passés, comment c'était, comment ce n'était pas, combien de temps ça durait, jusqu'à ce que l'une d'elles dise, Maintenant nous pouvons rentrer, et toutes de se lever, À demain, revenant chez elles, soulevant tout doucement le loquet, et peut-être le couple dort-il, innocent de l'exercice conjugal, on ne peut pas faire ça tous les soirs, madame ma mère. Mais Sara da Conceição préférait pécher par excès, ça lui pesait seulement quand il faisait mauvais temps, dans ce cas elle s'abritait sous une remise dans la cour et grâce à la miséricorde de Faustina qui la comprenait très bien, comment sont les femmes tout de même, on l'appelait depuis la porte, signe d'une nuit aussi pure que ces étoiles froides, si tant est justement que João Mau-Tempo ne cherchât pas sa femme légitime dans les étoiles sous les draps.

Peut-être que Sara da Conceição, avec toutes ces entrées et ces sorties, fuit simplement les rêves qui l'attendent, mais il est sûr et certain que vers l'aube elle ira dans l'oliveraie, c'est le lendemain du jour de la mort, moment auquel le corps fut découvert, elle le sait dans son rêve, et avec une bouteille de vin et un chiffon elle répète le geste, frotte, recommence à frotter, la tête ballotte et quand elle se tourne de ce côté-ci les yeux froids de son mari l'observent, et quand elle se tourne de l'autre côté le cadavre est sans visage, et c'est encore pire. Sara da Conceição se réveille dans une sueur froide, elle entend son fils ronfler, son petit-fils a un sommeil entrecoupé, elle n'entend ni ses petites-filles ni sa bru, ce sont des femmes, elles sont donc silencieuses, et elle s'approche des deux fillettes avec qui elle dort, Dieu sait ce qui les attend, pourvu qu'elles aient un sort meilleur que cette femme avec son rêve.

Les choses continuèrent ainsi et un soir Sara da Conceição sortit et ne revint plus. On la rencontra le lendemain matin alors qu'il faisait déjà clair, en dehors du bourg, perdue, parlant de son mari comme

s'il était vivant. Un malheur. Heureusement que Maria da Conceição, la fille qui servait à Lisbonne comme bonne à tout faire,
demanda tout en pleurs à ses patrons de lui venir en aide, ce qu'ils
firent, et il y a encore des gens pour dire du mal des riches. Sara da
Conceição arriva de Monte Lavre et voyagea pour la première fois
en taxi entre le débarcadère du Terreiro do Paço, au sud et au sud-
ouest, et l'asile d'aliénés de Rilhafoles, où elle demeura jusqu'à
s'éteindre comme une mèche qui n'a plus d'huile. Quelquefois, mais
pas très souvent, car nous avons notre vie, Maria da Conceição
rendait visite à sa mère, toutes deux restaient à se regarder mutuellement, que pouvaient-elles faire d'autre. Lorsque, quelques années
plus tard, João Mau-Tempo fut amené à Lisbonne pour des raisons
que nous connaîtrons plus tard, Sara da Conceição sera déjà décédée,
au milieu du rire des infirmières à qui la pauvre idiote demandait
humblement une bouteille de vin, imaginez un peu, pour un travail
qu'elle devait terminer avant qu'il ne soit trop tard. Quelle désolation, mesdames et messieurs.

Le latifundium a sa part, même si celle-ci n'est pas excessive, dans l'inventaire des guerres. La part de cette Europe où une autre guerre vient d'éclater est bien plus grande et, d'après ce qu'on peut savoir, ce qui n'est pas grand-chose dans des régions aussi ignorantes et à l'écart du monde, l'Espagne est tellement en ruine que l'âme en pleure. Mais toute guerre est toujours trop grande, pensent tous ceux qui en sont morts et qui ne l'ont pas voulue.

Quand Lamberto Horques prit possession des terres de Monte Lavre et de ses alentours, la glèbe était encore toute fraîche du sang des castillans, fraîche employé ici uniquement par métaphore tirée de la boucherie, si on compare ce sang-là avec les sangs, beaucoup plus anciens, des Lusitaniens et des Romains, de tout ce bric-à-brac et enchevêtrement d'Alains, de Vandales et de Suèves, si tant est qu'ils arrivèrent jusqu'ici, les Wisigoths, eux, oui, et plus tard les Arabes, cette horde infernale aux faces noires, et ensuite les Bourguignons vinrent répandre leur sang et celui d'autrui, et quelques croisés, et pas seulement les Osberne, et de nouveau les Maures, Sainte Vierge Marie, ces terres, finalement, ont tellement vu mourir, et si nous n'avons pas encore parlé de sang portugais, c'est parce que tout ce sang l'est ou l'est devenu après le temps requis pour avoir droit à la naturalisation, raison pour laquelle ni Français ni Anglais ne furent cités, car eux sont de vrais étrangers.

Les choses n'ont pas changé après Lamberto Horques. La frontière est une porte ouverte, d'une seule enjambée on franchit le Caia, et la plaine semble avoir été amoureusement et intentionnellement lissée par des anges guerriers afin que les combattants puissent s'y affronter aisément et pour que les viretons n'y rencontrent pas d'obstacles ou tout ce qui plus tard est devenu mitraille. Ce vocabulaire d'arsenal est savoureux, de la salade à la cuirasse, de la hallebarde à l'arquebuse, du mousquet à la bouche à feu lançant des projectiles en pierre, et si un chrétien en frissonne de peur rien qu'à savoir que tant d'armures ont parcouru et foulé ces terres et s'y sont battues, le mérite de pareilles inventions lui donnera encore un autre frisson. En fin de compte, le sang est fait pour couler, de cette blessure au cou ou du ventre étripé au soleil, c'est de la bonne encre pour écrire des énigmes aussi mystérieuses que celle qui permettra de savoir si telle personne est morte en sachant pourquoi elle mourait et si elle acceptait la mort. On ramasse les corps ou on les enterre là où ils sont tombés, on balaie le latifundium et la terre est prête pour une nouvelle bataille. Il faut donc que les métiers soient bien inculqués et pratiqués, sans lésiner sur la dépense, comme lorsque le comte de Vimioso écrivait en détail à sa majesté, Sire, les armes de la cavalerie doivent être une carabine et deux pistolets pour chaque soldat, les carabines auront des balles de mousquet ou pas moins, et un canon pas plus long que trois empans et ce sera suffisant ainsi, car, devant être renforcées comme l'exige ce genre de balles, si le canon était plus long on ne pourrait pas le manier comme il convient, et elles auront aussi leur fer pour le pulvérin comme c'est l'usage, les pistolets auront de bonnes balles et des canons d'environ deux empans avec leurs sacoches qui seront accrochées aux arçons, les selles seront munies de deux courroies, parmi les pistolets et les carabines il serait bon que j'en reçoive quelques-uns qui serviront à en fabriquer d'autres et que me parvienne une certaine quantité de fer à Vila Viçosa pour être distribué ensuite par les officiers armuriers, une partie de ce fer pourra rester à Montemor et à Évora, tel est ce qui me vient à l'esprit à propos de la cavalerie, toutefois ce que votre majesté disposera sera ce qui conviendra le mieux.

Mais il advenait parfois que sa majesté, en raison des difficultés du trésor public, n'était pas toujours un bon et rapide payeur, À Montemor on a travaillé jusqu'à présent sur les fortifications avec les deux mille cruzados que votre majesté a bien voulu débourser et avec les deux mille fournis par le peuple et, comme il avait été convenu que votre majesté en donnerait six mille et le peuple tout autant, la mairie m'a écrit qu'il était nécessaire que votre majesté en donne deux mille pour que le peuple en donne autant, je lui ai répondu qu'elle essaie donc de verser ses deux mille, que j'aviserai votre majesté d'ordonner de fournir les deux mille afin que le peuple apporte sa propre contribution. Ce sont là des écritures bureaucratiques révélant une grande méfiance et un jeu de chassé-croisé, mais on n'y chicane pas sur le sang, on n'y dit pas, Que votre majesté donne un litre de son sang, qu'il soit rouge ou bleu, peu importe, après avoir été versé sur le sol, au bout d'une demi-heure il devient couleur de terre. Les peuples n'osent pas en demander autant, car le sang de toute la maison royale n'y suffirait pas, même si pour les besoins de la guerre on mettait dans la même cuve celui des infants et des infantes, y compris celui des bâtards du roi et de la reine. Que le peuple fournisse le sang et les cruzados, sa majesté versera quelques-uns des cruzados que le peuple lui aura préalablement donnés par le biais de la taxation et du percepteur des impôts.

Les calamités ne sont jamais absentes de la liste. Ces histoires de cavalerie, de cruzados et de fortifications, plus le sang qui agglutine le tout, remontent au dix-septième siècle, elles ne datent pas d'hier, bien des années ont passé depuis, mais les choses ne s'améliorent jamais, comment se fait-il que dans la guerre des oranges nous ayons perdu la ville d'Olivença et que nous ne l'ayons jamais récupérée, et de la sorte, sans avoir tiré un seul coup de feu, une honte, Manuel Godoy y pénètre sans la moindre résistance et, pour se moquer de nous et par galanterie, il envoie un bouquet de fleurs d'oranger à sa maîtresse, la reine Maria Luisa, il ne nous a manqué que de servir de matelas à ces deux-là. Malheur infini, chagrin sans consolation, qui nous viennent jusqu'à avant-hier du dix-neuvième siècle, les oranges doivent avoir quelque chose de mauvais et un effet délétère sur les destinées personnelles et collectives, sinon Alberto ne ferait sûrement pas enterrer celles qui tombent par temps froid et il ne répéterait pas au régisseur, Enterrez les oranges, si quelqu'un est surpris en train d'en manger il sera mis à pied le samedi, et donc plusieurs furent renvoyés car ils avaient mangé en cachette les oranges, fruit interdit, qui étaient encore bonnes, au lieu de les laisser se gâter et pourrir sous la terre, enterrées vivantes, les pauvrettes, quel mal avons-nous donc fait, nous autres et elles. Mais tout cela a sa raison d'être, observons les choses d'un œil plus attentif car vers la fin de cette guerre qui vient de commencer en Europe, un Hitler Horques l'Allemand ordonnera de rassembler des enfants de douze et treize ans pour en faire les derniers bataillons de la défaite, avec des uniformes qui leur tombent des bras et tirebouchonnent sur leurs jambes, eux aussi des épouvantails, avec la bonne arme à recul, sans épaule pour la retenir, et c'est comme si les patrons du latifundium criaient qu'il n'y a plus d'enfants de six et sept ans pour aller garder les cochons ou les dindons, où va-t-on si les enfants ne gagnent plus leur croûte, disent-ils à leurs parents balourds qui ont déjà donné leur sang et leur argent et qui n'ont toujours rien compris ou qui commencent à se méfier, comme ils se méfièrent en un autre siècle des dérobades de sa majesté.

Et si seulement il n'y avait que les guerres. Un homme s'habitue à tout et entre une guerre et une autre il a le temps de faire des enfants et de les offrir au latifundium, sans qu'un coup de lance ou d'escopette ne vienne trancher le fil des promesses, le gamin aura peut-être la chance de devenir chef d'équipe ou régisseur ou serviteur de confiance, ou il préférera aller vivre en ville, ce qui est une façon plus propre de mourir. Le pire, ce sont les pestes et les famines, une année à coup sûr, une autre année peut-être, et cela vous détruit un peuple, les champs sont désertés, les villages fermés, des lieues et des lieues sans âme qui vive, et de temps à autre des bandes de miséreux et de gueux en haillons par des chemins que le diable n'emprunte qu'à dos d'homme. Ils s'effondrent en chemin, c'est un itinéraire jonché de cadavres, et quand la peste s'en va et quand la famine s'apaise, on compte les vivants jusque-là où parvient l'arithmétique et on en dénombre bien peu.

Tout cela ce sont des maux et des maux graves. Nous dirions, pour utiliser le langage du père Agamedes, que ce sont les trois cavaliers de l'apocalypse, lesquels étaient quatre, et en commençant à compter, même sur les doigts pour qui ne sait faire autrement, nous avons le premier qui est la guerre, le deuxième qui est la peste, le troisième qui est la famine, et maintenant le quatrième est quand même arrivé, le cavalier des bêtes féroces du pays. Mais celui-là est le plus fréquent et il a trois visages, tout d'abord le visage du latifundium, puis celui de la garde pour défendre la propriété en général et le latifundium en particulier, puis un troisième visage, C'est une bête à trois têtes avec une seule vraie volonté. Celui qui commande le plus n'est pas celui qui peut le plus, celui qui peut le plus n'est pas celui qui en a le plus l'air. Mais le mieux serait encore de parler clairement. Dans toutes les villes, dans tous les bourgs, dans tous les villages et les hameaux, ce cheval est présent et se promène avec ses yeux de plomb et ses pattes semblables aux mains et aux pieds des hommes, mais qui n'appartiennent pas à des hommes. Il n'est pas homme celui qui dira à Manuel Espada, bien des années plus tard, quand il fera son service militaire dans les îles des Açores, que le récit ne pâtisse pas de cette anticipation, Quand je partirai d'ici, j'irai dans la police de surveillance et de défense de l'État, et Manuel Espada demandera, Qu'est-ce que c'est que ça, et l'autre répondra, C'est la police politique, tu n'as pas idée, tu t'enrôles là-dedans, et s'il y a un type dont la tronche ne te revient pas, tu l'arrêtes, tu l'amènes au gouvernement civil, et si ça te chante, tu lui envoies un pruneau dans le ciboulot et tu dis qu'il voulait résister, c'est pas plus sorcier que ça. C'est un cheval qui abat les portes des maisons à coups de sabot, qui mange à la table du latifundium avec le père Agamedes et qui joue aux cartes avec la garde pendant que le poulain Bon-Temps décoche des ruades sur la tête du prisonnier. Dans les villes, les bourgs, les villages et tous les autres lieux, les chevaux se retrouvent, hennissent, se frottent museau contre museau, échangent secrets et dénonciations, inventent des violences persuasives et des persuasions violentes, raison pour laquelle nous nous sommes déjà tous rendu compte qu'ils n'appartiennent pas à la race chevaline, le père Agamedes est sot, simplement parce qu'il a lu cheval dans la bible il a cru qu'il s'agissait réellement de chevaux, erreur primaire dont Manuel Espada fut tiré par son collègue particulièrement prometteur pendant le service militaire. Les racines de l'arbre de la connaissance ne choisissent pas leur terrain et ne s'effrayent pas des distances.

Mais le père Agamedes clame aussi, Certains hommes se promènent secrètement par ici pour vous sortir du droit chemin et par la grâce de Dieu Notre Seigneur et de la Vierge Marie ils ont été écrasés en Espagne, vade retro satanas et abrenuncio, je vous enjoins de les fuir comme la peste, la famine et la guerre, car ils sont le pire malheur qui puisse frapper notre sainte terre, une plaie comme celle des sauterelles en Égypte, et voilà pourquoi je ne me lasserai jamais de vous dire que vous devez prêter attention et obéir à ceux qui connaissent mieux la vie et le monde, tenez la garde pour votre ange gardien, ne lui gardez pas rancœur, car même un père est parfois obligé de battre son fils qu'il aime tendrement, et nous savons tous que le fils dira plus tard, Ce fut pour mon bien, seuls furent perdus les coups tombés par terre, la garde est ainsi, mes enfants, et je ne parle même pas des autres autorités civiles et militaires, monsieur le président du conseil municipal, monsieur l'administrateur du district, monsieur le commandant du régiment, monsieur le gouverneur civil, monsieur le commandant de la légion, et les autres messieurs chargés de commander, à commencer par celui qui vous donne du travail, oui, que deviendriez-vous s'il n'y avait pas quelqu'un pour vous donner du travail, comment nourririez-vous votre famille, dites-moi un peu, répondez, c'est pour cela que je vous pose la question, je sais bien qu'à la messe on ne parle pas, mais c'est à votre conscience que vous devez répondre et c'est pour tout cela enfin que je vous recommande, conjure et somme de ne pas prêter l'oreille à ces diables rouges qui se promènent par là et qui veulent notre malheur, ce n'est pas pour cela que Dieu a créé notre pays, c'est pour qu'il demeure dans le giron très aimant de la Vierge Marie, et si vous vous apercevez que quelqu'un veut vous faire sortir du droit chemin avec des paroles doucereuses, allez aussitôt au poste de la garde et vous œuvrerez ainsi pour Dieu, mais si vous n'en avez pas le courage par peur de représailles, je vous entendrai au confessionnal et en mon âme et conscience je prendrai les mesures qui s'imposent, et maintenant récitons tous un notre père pour le salut de notre patrie, un notre père pour la conversion de la Russie et un notre père à l'intention de nos gouvernants qui se sacrifient tellement et nous aiment tant, notre père qui êtes aux cieux, que votre nom soit sanctifié.

Le père Agamedes a entièrement raison. Des hommes parcourent le latifundium, ils se retrouvent à trois ou quatre dans des endroits dissimulés, déserts, parfois dans des maisons abandonnées, faisant le guet, d'autres fois à l'abri d'une vallée, deux d'ici, deux de là-bas, et ils tiennent de grands conciliabules. Il y en a toujours un qui parle chaque fois et les autres écoutent, celui qui les apercevrait de loin dirait, Ce sont des vagabonds, des gitans, des apôtres, et quand ils ont fini ils s'éparpillent dans le paysage, si possible par des chemins détournés, emportant des papiers et des décisions. Ils appellent tout cela organisation et le père Agamedes est rouge d'indignation, de sainte colère, Qu'ils soient maudits, que leur âme soit précipitée au fin fond de l'enfer, infection nocive qui ne veut que votre infortune, hier encore en conversant avec monsieur le président du conseil de paroisse, celui-ci m'a dit, Monsieur le curé Agamedes, rendez-vous compte que la maladie fatale a déjà contaminé notre bourg, il faut faire quelque chose contre les doctrines pernicieuses que les ennemis de notre foi et de notre civilisation propagent dans les familles, Ingrats, je vous le dis à présent, vous ignorez que notre pays fait l'envie des autres nations, notre paix, notre ordre, et maintenant dites-moi si vous voulez perdre tout cela, c'est la satiété qui vous fait parler, rien d'autre.

João Mau-Tempo n'a jamais été assidu à la messe, mais habitant maintenant à Monte Lavre il va de temps à autre à l'église, pour faire plaisir à sa femme et par nécessité. Il entend les paroles enflammées du père Agamedes, il les compare dans sa tête avec ce qu'il a réussi à mémoriser en lisant les papiers qu'on lui a remis en cachette, il se forme son jugement d'homme simple et s'il croit certaines choses des tracts, il ne croit pas un traître mot des harangues du curé. Il semble que même le père Agamedes ait du mal à les croire, tellement il tempête, l'écume aux lèvres, ce qui ne sied guère à un ministre du Seigneur. Quand la messe est finie, João Mau-Tempo sort sur le parvis avec le reste de l'assistance, il retrouve Faustina qui se trouvait parmi les femmes, il descend avec elle jusqu'au milieu de la rue, puis rejoint ses amis pour un verre, c'est toujours sa mesure, malgré les moqueries des autres, Eh, Mau-Tempo, tu bois comme un gamin, et lui se borne à sourire, c'est un sourire si éloquent que les autres se taisent, comme si d'une des poutres de la taverne un corps pendu venait à l'instant même de dégringoler. Et un de ses amis lui dit, Alors, le curé a bien parlé, question qui n'a même pas de réponse car elle a été posée par raillerie par un des deux ou trois à Monte Lavre qui ne vont jamais à la messe. João Mau-Tempo sourit de nouveau, Le sermon est toujours le même, et il n'en dit pas plus car il approche de la quarantaine et ne boit pas assez pour perdre le frein de sa langue. Mais les papiers lui sont venus des mains de celui qui a parlé, alors ils s'entre-regardent, et Sigismundo, c'est le nom de l'homme, lui adresse un clin d'œil et lève son verre de vin, À ta santé.

À l'époque où António gardait les cochons, Manuel Espada apparut par là, obligé d'accepter ce travail requérant bien peu de science car il n'avait pas pu en décrocher un autre après avoir été déclaré gréviste à deux lieues à la ronde, lui et ses camarades. Comme tout le monde à Monte Lavre, António Mau-Tempo avait été mis au courant de l'incident, avec lequel, dans son imagination de gamin à peine sorti de l'enfance, il trouvait une certaine ressemblance avec la rébellion qui l'avait soulevé contre le gardien de cochons grilleur de pommes de pin et brandisseur de bâtons, mais il n'osa pas se montrer confiant, d'autant plus qu'il avait six ans de moins que Manuel Espada, assez pour séparer un garçonnet d'un adolescent et un adolescent d'un homme. Le gardien en chef de ces porcs n'était pas plus actif que l'autre, mais il avait la bonne excuse d'être âgé et les jeunes ne prenaient pas ses ordres en mauvaise part, il faut bien que quelqu'un donne des ordres, lui à nous et nous au bétail. Les journées où l'on garde des troupeaux sont longues, même en hiver, les heures passent si lentement, elles ne sont nullement pressées, avant qu'une ombre aille d'ici à là-bas, et alors, si le troupeau est de porcs, le porc a la vertu d'avoir peu d'imagination, toujours le groin à ras de terre, s'il s'éloigne un peu ce n'est pas grave, un lancer de pierre bien ajusté ou un gourdin atterrissant sur son échine de loin le fait vite rejoindre le reste du troupeau en secouant les oreilles. Peu de temps après, c'est comme s'il ne s'était rien passé, béni soit-il, il n'est pas rancunier et a la mémoire courte.

Il restait ainsi un peu de temps pour la conversation, pendant que le gardien en chef somnolait sous une yeuse ou s'occupait plus loin du troupeau. Manuel Espada raconta ses aventures de gréviste sans les exagérer, ce n'était pas dans son caractère, et il donna quelques embryons d'explications théoriques sur ce qui peut se passer la nuit sur l'aire avec les femmes de l'équipe, plus particulièrement si elles sont du nord et venues sans homme. Ils devinrent amis et António était un grand admirateur de la sérénité du garçon plus âgé, ce qui n'était pas son cas à lui, toujours un pied en l'air, prêt à changer de place, comme on le verra par la suite. Il avait hérité du goût pour le vagabondage de son grand-père Domingos Mau-Tempo, avec la grande et louable différence que lui était d'humeur gaie, mais pas de la façon habituelle, qui consiste à avoir les yeux humides et le rire facile. Pour l'instant il a les goûts et les contrariétés propres à son âge, il a pris pour lui la très vieille question, jamais résolue, qui sépare les gamins des moineaux, et surtout il a une façon de parler bien à lui et certains emportements qui feront précisément de lui une sorte de vagabond insoumis. Il aimera les bals comme son père dans sa jeunesse, mais ne sera pas un chaud partisan du mariage. Il sera un grand conteur d'histoires, vues et inventées, vécues et imaginées, et il possédera l'art suprême d'effacer les frontières entre les unes et les autres. Mais il sera toujours, et par nature, un grand travailleur dans toutes les activités champêtres. Ce n'est pas un destin que nous lisons dans la paume de sa main, ce sont les données élémentaires d'une vie qui a connu d'autres choses, dont certaines qui ne semblaient pas destinées à sa génération.

António Mau-Tempo ne resta pas longtemps avec les porcs. Il laissa cette tâche à Manuel Espada et s'en fut apprendre des disciplines que l'autre connaissait déjà, car il était plus âgé, et avec ses treize ans il se retrouva avec des hommes mûrs pour brûler des branches, piocher pour construire un bassin de retenue, travail exigeant de gros efforts et des bras robustes. Dès qu'il eut quinze ans il apprit à retirer les écorces de liège, talent précieux qu'il se mit à exercer en maître, sans vanité, comme tout ce qu'il entreprenait. Il abandonna très jeune la tutelle de son père et de sa mère et alla dans des lieux où son grand-père avait laissé sa marque et quelques mauvais souvenirs. Toutefois, il était tellement différent de son aïeul que personne n'associa le nom de l'un à celui de l'autre pour en faire une seule et même famille. Il était très attiré par la région bordant la mer, il découvrit les berges du Sado et s'y aventura, ce n'était pas là un mince voyage, qu'il fit entièrement à pied, juste pour gagner quelques sous de plus, qu'il était difficile d'amasser à Monte Lavre. Et un jour, beaucoup plus tard, chaque chose en son temps, il ira en France troquer plusieurs années de vie contre une monnaie forte.

Le latifundium connaît parfois des pauses, les journées sont indifférenciées ou paraissent telles, quel jour est-on aujourd'hui. Il est vrai qu'on meurt et naît comme on le faisait à des époques plus significatives, car la faim ne se distingue pas dans les besoins de l'estomac et le dur labeur ne s'est presque pas allégé. Les plus grands changements se produisent à l'extérieur, davantage de routes et plus d'automobiles sur elles, davantage de radios et plus de temps passé à les écouter, les comprendre est une autre paire de manches, davantage de bières et de limonades, cependant, quand un homme se couche le soir, dans son propre lit ou sur la paille des champs, la douleur du corps est la même et il a bien de la chance s'il n'est pas sans travail. Ce n'est même pas la peine de parler des femmes, tant leur destin de pondeuses et de bêtes de somme reste inchangé.

Et malgré tout, en regardant ce marécage qui semble mort, seuls des aveugles de naissance ou par volonté propre n'apercevront pas le frémissement de l'eau qui s'élève soudain du fond vers la surface, œuvre des tensions accumulées dans la vase, entre le faire, le défaire et le refaire chimique, jusqu'à l'explosion du gaz enfin libéré. Mais pour le déceler il faut être attentif, ne pas dire, en se contentant de passer, Inutile de nous arrêter, continuons. Si nous nous éloignons pendant un certain temps, distraits par des paysages différents et des incidents pittoresques, nous verrons en revenant que finalement tout était en train de changer sans en avoir l'air. C'est ce qui se passera lorsque nous abandonnerons António Mau-Tempo à sa vie et que nous retournerons à lui au fil de l'histoire commencée, bien que toutes soient des histoires dignes d'être écoutées, même celle de José Gato, laquelle n'appartient malheureusement qu'à lui et à ceux qui l'accompagnaient, comme António Mau-Tempo en est le témoin et peut le certifier.

Car, d'après ce que j'ai entendu raconter, il ne s'agit pas des aventures ennuyeuses d'un Lampião brésilien, ni d'autres histoires plus proches, comme celle de João Brandão ou de José do Telhado, de mauvaises gens ou des gens tombés dans l'erreur, allez savoir. Je ne veux pas dire que dans le latifundium il n'y ait pas eu des personnes dotées d'un caractère pernicieux, des bandits de grands chemins qui pour un oui pour un non assassinaient le voyageur ou le dépouillaient mais, à ma connaissance, seul José Gato avait embrassé ce métier, lui et ses compagnons, ou plutôt sa bande, composée, si j'ai bonne mémoire, de Parrilhas, Venta Rachada, Ludgero, Castelo et d'autres qui se sont effacés de mon souvenir, on ne peut pas tout retenir. Je ne crois même pas que c'étaient des brigands. Des galvaudeux, plutôt, ce nom serait plus juste. Si l'envie les prenait de travailler, ils travaillaient comme n'importe qui, aussi bien et autant, ce n'étaient pas des vauriens, mais venait un jour où ils lâchaient la houe ou la pioche, c'était comme si le vent leur soufflait au visage, ils allaient voir le régisseur ou le responsable et demandaient la paie de leurs journées de travail, eux personne n'osait ne pas les payer, et ils disparaissaient. Avec eux les choses se passèrent ainsi jusqu'à un certain moment, chacun pour soi, des hommes seuls et taciturnes, et un jour ils s'allièrent et formèrent une bande. Quand j'ai fait leur connaissance, José Gato était déjà leur chef, je crois que personne n'aurait osé ruer dans les brancards en sa présence. Ils dérobaient tout au plus des porcs, qui abondent dans cette région. Ils volaient pour manger et aussi pour vendre, bien entendu, car on ne s'en sort pas rien qu'en mangeant. À l'époque, ils avaient un bateau à l'ancre sur le Sado, c'était leur boucherie. Ils y tuaient les bêtes et les conservaient dans le saloir, pour les jours de pénurie. À propos de saloir, je m'en vais quand même vous conter une histoire, un jour le sel vint à leur manquer, comment faire, comment faire, et José Gato, qui ne parlait que lorsque c'était indispensable, dit à Parrilhas d'aller chercher du sel dans les salines. En général, il suffisait que José Gato dise, Fais ceci, et c'étaient paroles de Dieu Notre Seigneur, sitôt dit sitôt fait, mais cette fois je ne sais pas quelle mouche a piqué Parrilhas, il a déclaré qu'il n'irait pas. Il s'en est repenti. José Gato a attrapé son chapeau, l'a lancé en l'air et pendant que le couvre-chef montait et redescendait il a saisi son fusil et l'a transpercé de deux balles, puis il a ordonné à Parrilhas d'une voix très calme, Va chercher du sel, et Parrilhas a bâté le bourricot et s'en est allé quérir du sel. José Gato était comme ça.

Pour ceux qui faisaient partie d'équipes aux alentours et qui avaient de l'audace, le fournisseur de viande de porc était José Gato. Un jour, Venta Rachada a débarqué au milieu de l'équipe dont je faisais partie, il venait clandestinement demander si quelqu'un voulait de la viande. J'en voulais, deux camarades aussi, et nous avons décidé de nous rencontrer dans un endroit appelé Silha dos Pinheiros. Nous sommes allés au rendez-vous, chacun avec son petit sac en lin grossier et peu d'argent par précaution, celui que nous avions économisé était resté caché au campement, imaginez que nous soyons allés là-bas et revenus complètement plumés. J'avais emporté cinquante mille réis et les autres à peu près la même somme. Il faisait nuit noire, l'endroit était sinistre, Venta Rachada nous attendait déjà, embusqué, et il nous a même fait une blague, nous allions le dépasser quand il a jailli de son abri, Ah, si je voulais, et il nous visait avec son fusil, nous avons ri, mais avec l'estomac noué, j'ai même dit, Vous n'emporteriez pas grand-chose, alors Venta Rachada a ri à son tour et a dit, Bon, n'ayez pas peur, allons-y.

À l'époque où cette histoire est arrivée, la boucherie de José Gato était installée dans la montagne de Loureiro, dans la région de Palma, vous en avez sûrement entendu parler. Des arbousiers plus hauts que des immeubles poussaient là, personne ne s'y aventurait. Une masure de cultivateurs abandonnée et datant d'un autre temps se trouvait là, c'était la boucherie. Ils vivaient tous ensemble dans cette masure et ne se déplaçaient ailleurs que lorsqu'ils entendaient du mouvement, des gens du voisinage, ou qu'ils avaient des nouvelles de la garde. Nous avons marché, marché, et quand nous sommes arrivés en vue de la masure, il y avait là deux gaillards, chacun avec un fusil, faisant le guet. Parrilhas s'est fait reconnaître et nous sommes entrés, nous avons aperçu José Gato avec les autres qui jouaient du pipeau et dansaient le fandango, je ne suis pas connaisseur, mais je crois qu'ils dansaient bien, tout le monde a le droit de se distraire. Des fils de fer attachés à une poutre soutenaient au-dessus d'un feu un gros chaudron bien ventru dans lequel mijotait de la fressure de porc. José Gato dit, Alors c'est eux les acheteurs. Venta Rachada dit, Oui, c'est eux, il n'en est pas venu d'autres. José Gato dit, Mettez-vous à l'aise, les gars, avant qu'on ne passe aux affaires vous allez goûter à notre salmigondis, bonnes paroles que celles-là, assurément, car rien qu'à sentir l'odeur j'avais déjà l'eau à la bouche. Ils avaient du vin, ils avaient tout. Pour nous mettre en bouche, nous avons attaqué le tonneau et éclusé plusieurs verres, José Gato jouait du pipeau et surveillait le chaudron, il portait un casaquin et de grands cuissards en peau d'agneau avec de gros boutons comme c'était l'usage, il ressemblait à un cultivateur, le gredin. Dans un coin de la baraque il y avait plusieurs flingots, c'était leur arsenal, l'un d'eux était même un fusil à cinq coups et avait appartenu à Marcelino qui était déjà passé par là. Nous en étions donc à cette phase préparatoire quand nous avons entendu un grelot tinter, drelin, drelin, je dois avouer que je me suis mis à trembler, vous allez voir que tout ça finira mal. José Gato s'était aperçu de ma frayeur et a dit, Vous faites pas de bile, c'est des gens qu'on connaît, ils viennent faire leur marché. C'était Manuel da Revolta, il avait ce nom à cause d'une boutique qu'il gérait à Monte da Revolta et il existe même des histoires à son sujet que je ne dois pas oublier de raconter. L'ami Manuel da Revolta arrive donc, met six porcs dans sa carriole et les emporte, le lendemain, on le savait, il ferait la tournée des campements pour les vendre, comme s'il s'agissait de marchandises à lui, qu'il tuait lui-même, il passait voir la garde, parfaitement, il vendait même à la garde, aujourd'hui je ne

125

sais toujours pas si la garde avait des soupçons ou si elle trouvait son profit à ce négoce. Ensuite est arrivé un vendeur de sardines de notre connaissance, c'était lui qui nous fournissait en poisson, c'était aussi un grand commerçant en tabac et de certains articles dont José Gato pouvait avoir besoin. Il a emporté un porc sur sa bicyclette, mais pas la tête, ça ne l'intéressait pas. Un autre encore s'est pointé, mais sans grelot, il a sifflé, ceux qui faisaient le guet lui ont répondu comme convenu, ils ne prenaient pas de risque. Il a emporté deux cochons, un de chaque côté de sa mule, également sans tête, les porcs bien sûr, car la mule avait besoin de la sienne pour voir où elle mettait les pieds. La marchandise disparaissait et finalement il n'est plus resté que deux porcs sur de vieux sacs. Le salmigondis cuisait, à un certain moment il a fallu faire frire le lard et ajouter les condiments, les oignons et le reste, et tout ça est descendu dans la panse, c'était fort goûteux, et plus d'un cruchon de vin a été éclusé. Alors José Gato a dit, Combien tu as sur toi, ça s'adressait à moi, António Mau-Tempo, et j'ai répondu, Cinquante escudos, c'est tout ce que j'ai sur moi. José Gato a dit, On ne peut pas dire que ça soit beaucoup, mais tu ne t'en iras pas les mains vides, et il est allé pourfendre un porc en deux qui devait bien peser quatre arrobes et demie ou cinq, Ouvre ton sac, mais d'abord il s'est employé à glisser le billet dans sa poche. Il a procédé de la même façon avec les autres et nous a tous mis en garde, Et maintenant motus et bouche cousue, sinon vous allez le regretter, et nous avons détalé, bien munis de viande, et heureusement que nous avions été avertis et menacés, comme nous avons pu le constater plus tard, car les porcs avaient été volés dans la ferme où nous travaillions et le régisseur n'arrêtait pas de nous harceler de questions. Mais nous nous sommes bien comportés tous les trois. Moi, pour ma viande, j'ai creusé une petite tranchée dans la terre à l'aide d'un bout d'écorce, j'ai placé du liège en dessous et un linge par-dessus, je l'ai bien salée, découpée en petits morceaux. Et figurez-vous qu'elle ne s'est pas gâtée et que j'ai eu de quoi manger pendant un bon bout de temps.

Voilà donc l'histoire. Si João Brandão avait été présent cette fois-là, les choses se seraient-elles passées ainsi ou différemment, ça s'est passé comme ça avec José Gato, avec un autre je ne sais pas. Plus tard, la bande a déménagé dans la zone de Vale de Reis, ceux qui vivent en ville n'imaginent pas le maquis qu'il y a là-bas. Avec des grottes, des gouffres dans des marécages malsains, qui aurait eu l'audace d'aller dans ce coin-là, pas même la garde, qui ne s'y aventurait pas. Ils s'y étaient établis, et à Monte da Revolta il y avait toujours un signal d'avertissement quand la garde apparaissait, la mère de Manuel da Revolta gardait une gaule dans la cheminée avec un chiffon attaché au bout, dès qu'elle hissait la gaule en dehors de la cheminée, on savait. Il y avait toujours un gars de la bande pour surveiller la cheminée, dès qu'il apercevait le bout de chiffon au bout de la gaule il prévenait les autres qui se cachaient tous, disparaissant sans laisser de trace. La garde ne réussissait jamais à attraper qui que ce soit. Même nous qui étions au courant du truc, quand nous allions travailler et que nous apercevions le signe, nous disions, Ça sent le roussi.

Elle est bien bonne l'histoire de Marcelino que je m'en vais vous conter à présent. Marcelino était le régisseur de Vale de Reis et il avait un fameux fusil que le patron lui avait acheté afin que si jamais il surprenait quelqu'un de la bande à José Gato en train de chaparder il lui envoie un pruneau. Mais avant cette histoire, je veux encore vous en raconter une autre, de fusil aussi, Marcelino chevauchait sa jument quand José Gato a jailli devant lui en le visant avec son arme et il lui a dit d'une voix moqueuse, car c'était sa façon de parler, T'as plus qu'à ouvrir les bras et moi je l'attrape, et Marcelino n'a pas eu le choix, il l'a bien regretté. José Gato était petit, mais il avait un cœur gros comme ça. C'est plus tard qu'il a acquis le fusil à cinq coups, on se met à raconter une histoire, mais il y en a d'autres qui vous viennent en cours de route. Marcelino descendait d'un plateau, c'était rien que des bois, personne ne nettoyait ça, on retirait l'écorce, on la débitait en petits tronçons, bref il y avait du bois en veux-tu en voilà. Marcelino était tout fiérot de son fusil à cinq coups et avec cinq cartouches dedans, il se disait, Maintenant n'importe qui peut bien se pointer, que n'avait-il pas dit, voilà José Gato, adossé à un petit chêne mince, l'œil collé au viseur, Lâche-moi ça vite fait bien fait, j'en ai besoin, et le fusil est tombé. Le patron a dit plus tard à Marcelino, Je m'en vais t'acheter une carabine, je ne veux pas qu'on te tourne en ridicule, et Marcelino, en colère, Patron, j'en veux pas, je veux pas de carabine, maintenant je ne garderai plus qu'à cheval sur la jument, rien qu'avec ma houlette, c'est encore la meilleure façon de garder.

Que Marcelino n'eût pas beaucoup de chance avec les fusils semblait évident. Il a quand même perdu un fusil bien à lui, pas au patron, qu'il remisait chez lui. Un jour, les chiens du porcher se sont mis à aboyer, ils devinaient, ça leur semblait bizarre, et voilà le porcher qui dit à Marcelino, Les chiens aboient, m'est avis que quelqu'un veut attaquer les truies. En entendant ça Marcelino empoigne son fusil, sa cartouchière, et se met à monter la garde près des truies. De temps en temps il tirait un coup et les compagnons de José Gato, embusqués dans les broussailles, comprenaient que ça s'adressait à eux, Marcelino, lui, s'en rendait à peine compte, et ils répondaient, mais sans gaspiller beaucoup de munitions. Où donc était posté José Gato, il se trouvait sur le toit, il y était grimpé sans qu'on s'en aperçoive et il était resté là toute la nuit, plaqué dessus comme un lézard pour qu'on ne le découvre pas, c'était un homme plein d'audace. Le matin est arrivé, l'aube, ou peu après, on commençait déjà à y voir clair, raconte Marcelino, les coups de fusil s'étaient tus depuis longtemps de l'autre côté, Ils ont sûrement décampé, mais je reviens tout de suite, je vais juste boire un café. Et le porcher, la conversation l'ayant mis en appétit, a pensé, Moi aussi je vais aller manger un morceau, il était comme les autres. Une fois le champ libre d'ennemis, José Gato saute du toit, j'oubliais de dire que Marcelino avait laissé le fusil dans la petite maison, il saute du toit, empoigne le fusil et les bottes neuves du porcher, plus une couverture, si ça se trouve ils avaient aussi besoin de couvertures, et pendant ce temps, ses cinq camarades, à l'époque ils étaient cinq, se sont emparés de cinq truies et les ont traînées dans un coin hérissé de broussailles. Les truies sont comme nous, elles ont une articulation ici, si on la leur coupe elles se tiennent tranquilles, c'est ce qui est arrivé à celles-là, près de la porcherie, à quelque cent cinquante mètres de là, peut-être moins. Avec quelqu'un qui faisait constamment le guet. Les autres se sont aperçus que les truies n'étaient plus là, ils sont allés les chercher très loin, sur la route, et personne n'a eu l'idée d'aller regarder là où elles se trouvaient. Le soir, José Gato est allé les récupérer. Et c'est comme ça qu'un fusil a encore disparu.

Une autre histoire, encore plus intéressante, Marcelino faisait son gardiennage sans fusil, tous les fusils s'étaient évaporés, et José Gato s'est dit qu'il irait chercher des fèves chez lui, les fèves avaient été récoltées et étaient entassées sur une aire. Ça s'est passé près de là où la bande logeait, personne ne se méfiait, on a découvert ça quand il a fallu aller nettoyer des arbres dans le coin, eux avaient déjà levé le camp. Nous avons trouvé leurs logements dans des grottes très bien aménagées à l'intérieur d'une anfractuosité, à une profondeur insensée. Dans de hautes collines complètement recouvertes de saules, ils avaient pratiqué un sentier un peu à la façon des furets, ils creusaient des trous dans la paroi, ils y avaient installé des lits faits de joncs et de branchages, le grand confort. José Gato allait donc s'approvisionner en fèves, Marcelino voyait qu'on y avait touché, il y en avait d'écossées, les cosses traînaient par terre. Marcelino disait, Ah les fils de pute, ils viennent ici me chaparder mes fèves, ils vont voir ce qu'ils vont voir, je vais aller là-bas. Il a attaché sa jument dans une grotte, il a pris un sac, en été on n'a pas besoin de couvertures, et un gourdin. Il arrive au bout d'un certain temps, il entend un craquement, c'était José Gato, il jetait trois ou quatre javelles de fèves sur une grande toile de sac, il les écrasait avec les pieds, tout ça était complètement sec à cause de la chaleur, il les vannait en les éventant, ensuite un compagnon venait aider à transporter le chargement à l'heure convenue et ils emportaient ainsi une bonne centaine de litres de fèves. Si ça se trouve, ils les apportaient à Manuel da Revolta en échange de pain ou d'autres denrées indispensables, je ne sais pas. José Gato était distrait, occupé à piétiner les fèves, et Marcelino s'est approché, approché, mais pieds nus, il est trop drôle quand il raconte ça, il disait, Je me suis rendu là-bas déchaussé, à pas de loup, et je suis arrivé tout près, à six ou sept mètres de mon paroissien, s'il m'avait laissé m'approcher d'encore trois ou quatre mètres je lui assénais un de ces coups de gourdin, mais il m'a pressenti, vif comme il était, je croyais l'assommer avec mon bâton, mais non, il avait déjà disparu, c'était pas un chat ce gars, c'était un lièvre, ça s'est passé comme ça, je l'attrape, je l'attrape pas, eh bien figure-toi qu'il a fait deux bonds, moi aussi je courais et pas qu'un peu, mais il avait déjà fait deux bonds et voilà-t-il pas que je le retrouve devant moi avec un fusil. José Gato dit qu'il a dit à Marcelino, c'est Marcelino qui raconte ça, Ta chance c'est d'avoir rendu un service à un pote, à un moment où la garde s'était montrée particulièrement brutale, Marcelino avait abrité chez lui un gars de la bande et l'avait nourri, C'est ta chance, sinon t'aurais déjà mordu la poussière, allez, fiche le camp. Mais Marcelino aussi s'est montré courageux, Attends une seconde, quand on a bien travaillé on s'en grille une, et il a sorti sa blague à tabac, s'est roulé une cigarette, l'a allumée, Maintenant je m'en vais.

Plus tard la bande a été arrêtée. Ça a commencé dans les Piçarras, entre Munhola et Landeira, dans une zone assez retirée. Il y a eu un affrontement avec la garde, des coups de feu, on aurait dit la guerre. On les a arrêtés, mais on les a tous fait travailler pour le compte de cultivateurs, Venta Rachada a été employé à garder la vigne de Zambujal, mais il a pas été le seul. S'il y a une chose que j'aurais bien aimé entendre, c'est les conversations entre la garde et les cultivateurs, Nous avons ici un homme, Je le prends, je ne sais pas qui avait le moins honte. José Gato a été arrêté seulement plus tard, à Vendas Novas. Il était le concubin d'une femme qui vendait des légumes là-bas et il se déguisait toujours quand il se rendait chez elle, c'est pour ça que la garde ne l'attrapait jamais, il y a des gens qui disent que c'est elle qui l'a dénoncé, mais je n'en sais rien. Il a été arrêté chez sa maîtresse, dans un grenier, pendant qu'il dormait, il a même dit, Si vous ne m'aviez pas surpris en train de dormir, vous pouvez être sûr que ce n'était pas encore cette fois-ci que vous m'attrapiez. Ensuite on a dit qu'on l'avait emmené à Lisbonne, et tout comme on avait employé tous les autres pour le compte de cultivateurs, on a dit que José Gato avait été envoyé dans les colonies comme agent de la police de surveillance et de défense de l'État. Je ne sais pas s'il a accepté, j'ai du mal à le croire, ou si on l'a tué et fourni cette excuse, ce ne serait pas la première fois, je ne sais pas.

José Gato avait de bons côtés, il faut lui rendre cette justice. Il n'a jamais rien volé à des pauvres, lui, son idée, c'était de voler seulement là où il y avait des biens, chez les riches, comme José do Telhado, d'après ce qu'on dit. Mais une fois Parrilhas a croisé une femme qui était allée chercher à manger pour sa famille et il lui a dérobé ses vivres, ce diable d'homme. La malchance a voulu que José Gato rencontre la malheureuse tout en pleurs. Il lui a demandé pourquoi elle pleurait et d'après le signalement il a compris que c'était Parrilhas qui avait commis ce forfait. La femme a reçu sur-le-champ une somme qui suffisait pour trois repas et Parrilhas a écopé de la raclée de sa vie. Ce fut bien fait.

Ce José Gato était un homme sans illusions, de petite taille, mais vaillant. Cette histoire-ci s'est passée à Monte da Revolta, un endroit vraiment international, il y venait des gens de partout, il suffira de mentionner un natif de l'Algarve employé à défricher qui avait déniché dans le coin une petite bicoque dans laquelle il habitait, des gens comme ça n'avaient ni feu ni lieu ou alors, s'ils en avaient, ils ne le disaient pas. C'est là qu'un type a essayé de brouiller José Gato avec Manuel da Revolta, en déclarant à Manuel da Revolta que José Gato s'était vanté qu'il deviendrait l'ami de sa femme. Mais Manuel da Revolta, qui faisait entièrement confiance à José Gato, lui a dit franchement, Untel m'a raconté telle et telle chose. José Gato a dit, Ah, le salaud, allons à sa baraque, ils y sont allés, et là, Hé, Untel, c'est toi qui as dit à Manuel telle et telle chose, eh bien redis-le maintenant pour que je l'entende. L'autre a dit, J'avais un verre dans le nez quand j'ai dit ça, mais toi tu ne m'avais rien dit du tout, c'est la vérité pure. Très serein, José Gato a dit, Alors, avance donc de cent pas, il a chopé l'autre sans intention de le tuer en lui envoyant deux volées de plomb dans l'échine, juste pour que quelques-uns lui restent sous la peau et que les autres rebondissent en arrière, c'était pas pour le tuer, il lui a asséné deux coups de houssine qui lui ont fait mordre la poussière, C'est pour t'apprendre à te comporter en homme, ici on n'accepte pas les enfantillages. Moi j'ai toujours considéré que José Gato s'était fourré dans ce genre de vie parce qu'il ne gagnait pas assez pour manger.

Quand il est arrivé par ici, j'étais encore un marmot. Il a été contremaître sur les terrassements de Monte Lavre à Coruche. La route a été construite rien que par des journaliers ambulants, à l'époque beaucoup de gens travaillaient comme ça, ils trimaient trois, quatre semaines, dès qu'ils avaient amassé un pécule raisonnable, ils reprenaient la route, remplacés par d'autres. José Gato s'est présenté, il a prouvé qu'il avait de l'œil, si bien qu'il a décroché une place de contremaître, mais il ne descendait jamais dans les parties basses. Moi j'allais par là avec mes porcs, c'était avant le temps de Manuel Espada, et j'ai assisté à la scène. On avait su qu'il avait déjà eu maille à partir avec la garde et la garde a appris alors, ou quelqu'un est allé la renseigner, qu'il se trouvait dans les parages, la garde s'est lancée à sa poursuite et l'a débusqué. Mais à l'époque on ne savait pas encore bien qui était José Gato. Il marchait très tranquillement à la tête de la patrouille, les gardes étaient ravis de leur prise, quand il a fait un bond, lancé une poignée de terre dans les yeux de l'un d'eux, un bond ici, un bond plus loin et ni vu ni connu. On ne l'a plus jamais revu jusqu'au moment où il été arrêté pour de bon. José Gato était un vagabond dans l'âme. À mon idée, c'était un homme très seul.

Le monde, avec tout son poids, cette boule sans commencement ni fin, recouverte de mers et de terres, entièrement lardée de fleuves, de rivières et de ruisseaux, petite eau claire qui coule, va et vient, tout en étant toujours la même, en suspens dans les nuages ou cachée dans les sources sous de grandes dalles souterraines, le monde qui semble un objet brutal cahotant dans le ciel ou une toupie silencieuse comme la verront un jour les astronautes et comme nous pouvons déjà l'anticiper, le monde, vu de Monte Lavre, est une chose délicate, une montre minuscule qui ne supporte d'être remontée que légèrement et pas un tour de plus, qui se met à trembler, à palpiter si un gros doigt s'approche du balancier, s'il effleure, fût-ce délicatement, le ressort inquiet comme un cœur. Une montre est solide à l'intérieur de son boîtier poli, inoxydable, à l'épreuve des chocs jusqu'à la limite du supportable, à l'abri de l'eau pour qui aurait la très élégante envie de se baigner avec elle, garantie pendant un certain nombre d'années, lesquelles pourraient être nombreuses si les modes n'en venaient pas à rire de ce que nous avons acheté hier, façon pour les usines d'assurer leur flux de mécanismes et leur afflux de dividendes. Mais si on leur retire leur écorce, si le vent, le soleil et l'humidité commencent à s'infiltrer et à sévir à l'intérieur, entre les rubis et les engrenages, n'importe qui parmi vous pourra parier, et être sûr de gagner, que les jours heureux s'achèveront. Vu de Monte Lavre, le monde est une montre ouverte, avec les tripes au soleil, en train d'attendre que sonne son heure.

Enfoui en temps voulu dans la terre, le blé a surgi, grandi et maintenant il est mûr. À l'orée du champ nous arrachons un épi, nous le froissons entre nos paumes, c'est là un geste ancien. La paille sèche et chaude se détache, nous rassemblons au creux de la paume les dix-huit ou vingt semences de cet épi et nous déclarons, C'est le moment de moissonner. Mots magiques qui mettront en branle machines et hommes, moment où le serpent de la terre, pour ne plus continuer à parler de montre, perd sa peau et devient sans défense. Il faut l'attraper avant qu'il ne se cache si nous voulons que quelque chose change. Depuis Monte Lavre, lieu haut perché, les maîtres du latifundium regardent les grandes vagues jaunes qui bruissent sous la douce rafale de vent et disent à leurs régisseurs, Il est temps de moissonner, et l'ayant décrété ou ayant été avertis de cela à Lisbonne, ils l'auront déclaré avec indolence, si tant est qu'ils ne se soient pas bornés à dire, Ah oui, persuadés que le monde tournerait encore sur lui-même au même endroit, que le latifundium connaîtrait une nouvelle répétition des coutumes et des saisons, et aussi, d'une certaine façon, s'en remettant à l'impatience de ces accouchements qu'éprouve la terre. La guerre vient tout juste de finir, le temps de la fraternité universelle va commencer. On dit déjà que bientôt les cartes de rationnement deviendront inutiles, ces petits papiers colorés qui donnent le droit de manger, à condition d'avoir de quoi payer et de disposer de ce qui ne s'échange que contre de l'argent. Au fond, ces gens ne sont pas très étonnés. Toute leur vie ils ont peu et mal mangé, ils ont souffert constamment de pénuries et les marches de la faim pratiquées ici viennent d'aussi loin que les traditions et les histoires de mauvais œil. Cependant, tous les temps finissent par s'accomplir. Ce blé, chacun peut le constater, est mûr, les hommes eux aussi.

Les mots d'ordre sont au nombre de deux, ne pas accepter la paie journalière de vingt-cinq escudos, ne pas travailler pour moins de trente-trois escudos par jour, du lever au coucher du soleil, car ceci n'est pas prêt de changer, les fruits ne mûrissent pas tous en même temps. Les champs de blé diraient, s'ils parlaient, abasourdis par ce dérèglement, Que se passe-t-il, pourquoi ne vient-on pas nous récolter, quelqu'un manque à ses devoirs. Pure imagination. Les moissons sont mûres et attendent, bientôt ce sera trop tard. Ou bien les hommes s'y mettent, ou bien, le bon moment étant passé, la tige commencera à se casser, l'épi à se désintégrer, et tout le grain tombé par terre nourrira les oiseaux, certains insectes, jusqu'au moment où, pour ne pas tout perdre, on lâchera le bétail dans les champs de blé, comme si nous vivions au pays de cocagne. Cela aussi c'est de l'imagination. Un des deux camps devra céder, on ne se souvient pas qu'une moisson soit jamais restée sur pied, ou alors si c'est arrivé, c'est qu'un corbeau ne fait pas l'hiver. Le latifundium ordonne aux chefs d'équipe et aux régisseurs de se montrer fermes, le langage est guerrier, Pas le moindre recul, la garde impériale meurt mais ne se rend pas, il ne manquerait plus que ceux-là meurent, mais des résonances de clairon flottent dans l'air, s'il ne s'agit pas simplement d'une nostalgie des batailles qui viennent juste d'être perdues. Les casernes de cette garde commencent à s'entrouvrir, les caporaux et les sergents viennent à la fenêtre du poste voir comment se présente la situation, dans certains endroits on graisse les fusils et on donne aux chevaux une double ration au titre du budget extraordinaire. Dans les bourgs, les hommes s'assemblent, épaule contre épaule, ils chuchotent. Les régisseurs reviennent discuter, Alors, vous avez décidé, et ils répondent, C'est tout décidé, nous n'irons pas travailler pour moins. Au loin, en cette fin d'après-midi chaude, une touffeur s'exhale du sol, les collines continuent à retenir par la racine les tiges dures. Dissimulées dans la forêt des champs de blé, les perdrix aiguisent leur ouïe subtile. On n'entend pas le moindre pas d'homme ni le moindre moteur tonitruer, les épis n'oscillent pas en tremblant à l'approche de la faux ou du rouleau de la moissonneuse. C'est un monde bien étrange.

Le samedi arrive ainsi à sa fin. Les régisseurs sont allés faire leur rapport et ont dit, Ils sont têtus, et les maîtres du latifundium, Norberto, Alberto, Dagoberto, ont répondu en chœur, chacun à sa place dans le paysage, Laissez, ça leur servira de leçon. Dans leurs maisons, les hommes ont fini de souper, le peu ou le presque rien de chaque jour, les femmes les regardent en silence et plusieurs demandent, Alors, et plusieurs hommes haussent les épaules avec découragement, d'autres disent, Demain, il faudra bien qu'ils entendent raison, et ne manquent pas non plus ceux qui ont décidé d'accepter ce qui est offert, la même paie que l'an passé. Il est vrai que de toutes parts arrivent des nouvelles disant que des hommes, ils sont nombreux, refusent de travailler pour une telle misère, mais que peut faire un homme s'il a femme et enfants, ces marmots qui ne sont plus qu'yeux et qui se frottent le menton contre le bord de la table vide et d'un index mouillé de salive chassent les miettes comme s'ils chassaient des fourmis. Certains, plus chanceux, bien que ça puisse sembler ne pas être le cas aux yeux de ceux qui connaissent mal ces choses, certains ont déniché un petit patron, un cultivateur qui ne peut pas se permettre de perdre sa récolte, et ont déjà obtenu les trente-trois escudos. La nuit sera longue, comme si nous étions en hiver. Au-dessus des toits, comme d'habitude, les étoiles, un gaspillage d'étoiles, même si on pouvait les manger, sont loin, la sérénité ostentatoire du ciel dont le père Agamedes profite pour insister et répéter, cet homme ne connaît pas d'autre discours, que là-haut, oui, toutes les luttes de cette vallée de larmes prennent fin et que tous sont égaux devant le Seigneur. Les tripes vides protestent, gargouillent, proclament cette inégalité. La femme à côté ne dort pas, mais l'homme n'a même pas envie de lui grimper dessus. Peut-être demain les patrons accepteront-ils de transiger et aboutirat-on à un accord, peut-être découvrira-t-on une marmite de pièces de monnaie sous la cheminée, peut-être la poule pondra-t-elle des œufs d'or, d'argent aussi ça pourrait s'avérer utile, peut-être les pauvres se réveilleront-ils riches et les riches pauvres. Mais même en rêve ces jouissances sont hors d'atteinte.

Fils bien-aimés, dit le père Agamedes à la messe, car c'est déjà dimanche, où sont passés ses miracles, Fils bien-aimés, et il fait semblant de ne pas remarquer la maigreur et le grand âge de l'auditoire, rien que des vieilles femmes et des dépendants de l'autel, Fils bien-aimés, et il est naturel que les vieilles pensent confusément qu'elles ne sont pas des fils mais des filles, toutefois qu'y faire puisque le monde appartient aux hommes, Fils bien-aimés, attention, des vents de révolte soufflent sur nos terres si heureuses, je vous le redis, n'y prêtez pas l'oreille, inutile d'écrire le reste, nous connaissons déjà tous le sermon du père Agamedes. La messe est finie, le curé se défait de ses parements, c'est dimanche, jour sanctifié par excellence, et le déjeuner, béni soit-il, sera servi dans la fraîcheur de la salle à manger de Clariberto qui ne va à la messe que lorsque cela lui chante vraiment, et c'est rare, et les dames aussi, elles sont paresseuses maintenant, mais le père Agamedes ne le prend pas en mauvaise part, si la dévotion les démange et si la peur de l'au-delà les talonne, il y a toujours la chapelle du domaine, avec ses saints neufs et vernissés, saint Sébastien martyr, délicieusement transpercé de flèches, Dieu me pardonne, mais le saint donne l'impression de jouir de ses flèches beaucoup plus que l'honnêteté le permettrait, et par la porte où entre le père Agamedes sort le régisseur Pompeu, emportant dans le pavillon de son oreille le message consolateur, Pas un sou de plus, rien de mieux pour un homme que d'avoir de l'autorité, sur la terre comme au ciel.

Des hommes égarés déambulent par là et bien que l'embauche sur la place se fasse plutôt dans l'après-midi, certains s'approchent du régisseur pour lui demander, Qu'est-ce que le patron a décidé, et il répond, Pas un sou de plus, car il ne faut pas abandonner les bonnes et pertinentes formules, elles n'ont pas besoin de variations, et les hommes disent, Mais il y a des cultivateurs qui paient déjà trente-trois escudos, et Pompeu rétorque, C'est leur affaire, s'ils veulent aller à la ruine, grand bien leur en fasse. Alors João Mau-Tempo ouvre la bouche et les paroles en sortent aussi naturellement qu'une eau coulant de bonne source, La moisson restera sur pied, car nous n'irons pas travailler pour moins. Le régisseur ne répondit pas, le déjeuner l'attendait lui aussi et il n'était pas d'humeur à poursuivre des conversations douteuses. Et le soleil frappait durement et étincelait comme un sabre de la garde.

Celui qui put manger mangea, celui qui ne le put pas rongea son frein. Et maintenant, oui, c'est l'heure d'aller sur la place, tous les ruraux de Monte Lavre sont là, même ceux qui sont déjà engagés, mais seulement ceux qui travaillent pour trente-trois escudos, les autres qui ont accepté l'ancien prix remâchent leur honte chez eux, rabrouent leurs enfants turbulents, leur décochent une gifle, personne ne sait pourquoi, et leur femme, qui est toujours la main de la justice en matière de châtiment, proteste, C'est nous qui les mettons au monde, on ne frappe pas ainsi un innocent, mais innocents sont aussi les hommes à la foire d'embauche, ils n'exigent pas l'impossible, seulement trente-trois escudos par jour, du lever au coucher du soleil, ce n'est pas de l'exploitation, ce qu'ils veulent dire c'est que le patron n'y perdra pas. Ce n'est pas ce que répond le régisseur Pompeu, ni lui ni les autres régisseurs, mais peut-être celui-ci parle-t-il plus impérieusement à cause de son nom romain, Ce que vous réclamez c'est de l'exploitation, vous voulez mener l'agriculture à la ruine. Des voix s'élèvent, Il y en a qui paient déjà ça, et le chœur des régisseurs répond, Oubliez ça, nous, on ne paie pas. Et le marchandage de foire se poursuit, et que je dise et que je répète pour voir qui se lassera le premier, c'est un dialogue qu'il ne vaudrait pas la peine de consigner, mais il n'y en a pas d'autre, c'est bien ça le problème.

La mer donne des coups de boutoir contre la côte, c'est une façon de parler, tous ne seront pas capables de comprendre, car dans cette région il ne manque pas de gens qui ne sont jamais allés aussi loin, la mer donne un coup de boutoir et si elle atteint un château de sable ou des gradins mal construits, s'ils ne s'effondrent pas au premier assaut, ils s'effondreront au deuxième, le château est rasé et les gradins sont des bouts de bois que la vague apporte et emporte en se raillant. Il serait plus simple de dire que beaucoup d'hommes ont accepté les vingt-cinq escudos et que seuls quelques-uns se sont obstinés et ont résisté. Et maintenant qu'ils se voient seuls sur la place, ils se demandent les uns aux autres si ça a valu la peine, et Sigismundo Canastro, qui a participé lui aussi à ces négociations, dit, Ne perdons pas courage, ça ne se passe pas seulement à Monte Lavre, nous allons gagner et alors tous en profiteront. Quelles raisons a-t-il pour être si confiant, alors qu'il n'y a plus que deux dizaines d'hommes dont les patrons n'ont aucun besoin, Si seulement nous étions plus nombreux, dit João Mau-Tempo avec peu d'espoir. Et déjà ces vingt-là semblent se séparer, sans autre chose à faire que rentrer chez eux, endroit où aujourd'hui il vaudrait mieux ne pas aller. Poursuivant son idée, Sigismundo Canastro dit, Demain nous irons tous ensemble dans les fermes, nous demanderons à nos camarades de ne pas travailler, car partout on se bat pour les trente-trois escudos, nous autres de Monte Lavre ne pouvons pas faire piètre figure, nous ne sommes pas inférieurs aux autres, et si tout le monde fait de même dans tout le district, nous l'emporterons sur les patrons. Quelqu'un demande dans le groupe, Et ailleurs, quelqu'un répond, c'est Sigismundo Canastro ou Manuel Espada ou un autre, peu importe, C'est la même chose à Beja, à Santarém, à Portalegre, à Setúbal, ce n'est pas une idée qui a germé dans une seule tête, ou bien nous extirpons ensemble cette racine, ou bien nous sommes fichus. Après quoi, João Mau-Tempo, qui se trouve parmi les plus âgés et par conséquent a deux fois plus d'obligations, regarde au loin comme s'il se contemplait lui-même pour s'évaluer et il déclare, Il faut faire comme a dit Sigismundo. De là où ils sont, ils aperçoivent le poste de la garde. Le caporal Tacabo est apparu à la porte pour prendre le frais du soir et ce fut sûrement par hasard que surgit, fendant doucement l'air, la première chauve-souris du crépuscule. Bête étrange que celle-ci, presque aveugle, on dirait un rat doté d'ailes, elle vole comme un éclair et ne se heurte jamais à rien. Ni à personne.

Un matin ardent de juin. Les hommes qui sortent de Monte Lavre, pas tous ensemble afin de ne pas attirer l'attention de la garde, sont au nombre de vingt-deux, et ils se retrouvent sur la berge du ruisseau, en aval de Ponte Cava, parmi les joncs. Ils avaient discuté pour savoir s'ils partiraient de là ensemble ou séparément et, ayant réfléchi, ils avaient décidé que, puisqu'ils étaient peu nombreux, il valait mieux que le groupe ne s'éparpille pas. Il leur faudrait marcher plus longtemps et avancer plus vite, mais si tout se passait bien, ils auraient bientôt de la compagnie. Ils ont mis au point leur itinéraire, d'abord Pedra Grande, puis Pendão das Mulheres, ensuite

Casalinho, Carriça, Monte da Fogueira, Cabeço do Desgarro. Ils verraient le reste après, s'ils avaient du temps et des gens pour les envoyer ailleurs. Ils se sont mis en route et ont passé le ruisseau à gué, il n'y avait pas beaucoup d'eau à cet endroit, c'était comme un port naturel et ce fut une fête de gamins, mais les rires étaient graves, ou un amusement de recrues, mais sans beaucoup d'armes, se chausser et se déchausser, et l'un d'eux a dit en plaisantant, bien sûr, qu'il allait se baigner, et personne ne parvenait plus à le tirer de là. Il y a trois kilomètres jusqu'à Pedra Grande, par un mauvais chemin, puis quatre jusqu'à Pendão das Mulheres, encore trois pour Casalinho, et ainsi de suite, mieux vaut ne pas raconter, ces gens-là ne vont pas renoncer avant d'avoir fait le premier pas. Voici les apôtres en route, un miracle de poissons nous serait d'un grand secours, des poissons grillés sur la braise avec un filet d'huile et une pincée de sel, ici même sous cette yeuse, si le devoir ne nous appelait pas d'une voix si douce qu'on ne sait pas si elle est à l'intérieur ou à l'extérieur de nous, s'il nous pousse dans le dos ou s'il est plus loin devant nous et nous ouvre les bras comme le Christ, quelle chose extraordinaire, c'est le premier camarade qui a abandonné la moisson de son propre chef et de son plein gré, sans attendre que quelqu'un lui explique les raisons de le faire, et à présent ils sont vingt-trois, déjà une multitude. Pedra Grande est en vue, et le champ de blé devant nous est déjà bien nettoyé, travaillé par pure rage, qui ira leur parler, c'est Sigismundo Canastro qui s'en charge, il est plus instruit, Camarades, ne vous laissez pas berner, il faut que les travailleurs soient unis, nous ne voulons pas être exploités, ce que nous demandons ne suffit même pas à remplir la carie dans la dent du patron. Et Manuel Espada s'avance, Nous ne pouvons pas ne pas nous montrer à la hauteur des camarades dans d'autres villages qui réclament en ce moment même un salaire plus juste. Et un Carlos, un autre Manuel, un Afonso, un Damião, un Custódio, un Diogo, et aussi un Filipe, disent tous la même chose, répètent les paroles qu'ils viennent d'entendre, ils les répètent simplement parce qu'ils n'ont pas encore eu le temps d'en inventer d'autres qui leur soient propres, et maintenant João Mau-Tempo s'avance, Mon grand chagrin c'est que mon fils António ne soit pas ici, mais j'ai l'espoir que, où qu'il se trouve, il dise la même chose que son père, unissons-nous tous pour exiger notre salaire, car le moment est plus que venu de faire entendre notre voix pour dire la valeur du travail que nous exécutons, ça ne peut pas être toujours les patrons qui décident de ce qu'ils nous paient. L'appétit vient en mangeant, l'éloquence s'apprend en parlant. Les chefs d'équipe rappliquent en gesticulant, on dirait des épouvantails courant après des moineaux, Allez-vous-en d'ici, laissez travailler ceux qui veulent travailler, vous êtes tous des vauriens, vous mériteriez une sacrée volée de bois vert. Mais les travailleurs ont déjà arrêté le travail, les gerbes ne sont plus relevées, hommes et femmes approchent, terreux de poussière, recuits de chaleur, ils ne peuvent même plus suer. Fini le travail, les deux groupes se sont unis, Allez dire au patron que s'il nous veut ici demain, il ferait bien de revoir ses comptes, trente-trois escudos par jour. L'âge du Christ, dit un plaisantin qui s'y entend en matière de religion. Il n'y avait pas eu de multiplication de poissons, il y avait eu multiplication d'hommes. Deux groupes se sont alors formés, l'itinéraire a été partagé, les uns iraient vers Pendão das Mulheres, les autres vers Casalinho, et tous se retrouveraient là pour se redistribuer une nouvelle fois.

En haut des cieux, les anges se penchent par-dessus les parapets des fenêtres ou le long de cet interminable balcon avec une balustrade en argent qui fait un tour complet au-dessus de l'horizon, les jours clairs on les voit distinctement, ils se montrent du doigt, s'appellent mutuellement, écervelés, c'est de leur âge, et l'un d'eux, d'un rang plus élevé, se précipite pour appeler deux ou trois saints jadis liés aux affaires de l'agriculture et de l'élevage, afin qu'ils viennent voir ce qui se passe dans le latifundium, une effervescence, des essaims de gens à la peau sombre sur les routes, là où route il y a, ou sur des sentiers presque invisibles dans la forêt, prenant des raccourcis, ou en lignes à l'extrémité des champs de blé, comme des rangées de fourmis noires. Il y a longtemps que les anges ne s'étaient pas autant divertis, les saints font des exposés suaves sur les plantes et les animaux, la mémoire commence à leur faire un peu défaut, mais ils racontent encore comment le blé pousse et comment on cuit le pain et ils disent que tout est bon dans le porc et que si tu veux connaître ton corps pourfends ton cochon car tous deux sont semblables. L'affirmation est osée et hérétique, elle jette le doute sur les scrupules du créateur qui, ne sachant quoi inventer de différent et devant façonner l'homme, a répété le porc, mais puisque tellement de gens disent ça, ça doit être vrai.

Si haut et si loin, ayant déjà complètement oublié le monde où ils ont vécu, les saints ne savent comment expliquer les raisons de la petite foule qui va de Casalinho à Carriça, de Monte da Fogueira à Cabeço do Desgarro, et maintenant, tandis que les uns vont par là-bas, les autres avancent plus loin, vers le domaine des Mantas, vers Monte da Areia, noms de lieu où le Seigneur n'a jamais mis les pieds, et s'il l'avait fait, qu'aurait-il gagné et qu'aurions-nous gagné. Ce sont des hérétiques, s'écriera tous les jours le père Agamedes, et il le crie déjà de la fenêtre de la résidence, car les pèlerins commencent à arriver à Monte Lavre, est-ce ici que se trouve la nouvelle Jérusalem, on se croirait le jeudi saint de l'Épi, le caporal de la garde vient de traverser à l'instant même la rue en courant, où va-t-il donc, quelqu'un l'a-t-il appelé, Le patron demande que vous alliez lui parler, il enfonce sa casquette sur la tête, il sort en attachant son ceinturon, ce sont là les rigueurs de la discipline militaire, la garde c'est quasiment l'armée, et ce quasiment explique qu'il soit si malheureux, il pénètre dans l'atmosphère parfumée du chai où se trouve Humberto, Alors, vous êtes au courant, et le caporal Tacabo est au courant, il a l'obligation de l'être, c'est pour ça qu'on le paie, Oui, monsieur, les grévistes ont fait la tournée des campements et voilà le résultat, Alors, qu'est-ce qu'on fait, J'ai déjà demandé des instructions à Montemor, nous allons vérifier qui sont les mutins, Ne vous faites pas de souci, j'ai ici la liste, ils sont vingt-deux, on les a vus en train de comploter à Ponte Cava avant d'aller dans les campements, et pendant que ces phrases sont prononcées, le caporal Tacabo s'est servi un verre, Norberto déambule d'un côté à l'autre, frappant durement les dalles de ses talons, Ce sont des jean-foutre, ils refusent de travailler, si cette guerre avait été gagnée par qui je

142

sais, ils n'oseraient pas lever le petit doigt, ils se tairaient comme des rats et trimeraient pour ce qu'on voudrait bien leur payer, voilà ce que dit Alberto et, penaud, le caporal ne sait que répondre, il n'aime pas les Allemands, mais il ne peut pas blairer les Russes, il a un faible pour les Anglais, et à force de penser ceci ou cela il ne sait plus très bien qui a gagné la guerre, il prend la liste, il aura une bonne note sur sa feuille de service, vingt-deux grévistes avérés, ce n'est pas une plaisanterie, les anges continuent à trouver tout cela très amusant, ce sont des gamins, on ne peut pas leur en vouloir, un jour ils prendront conscience des dures réalités de la vie, quand ils commenceront à se faire mutuellement des enfants, cela à supposer qu'il y ait des anges filles, comme il serait juste et moral, et après il faut les nourrir, pour peu que le ciel soit un latifundium ils verront ce qui leur arrivera.

Cependant, les fourmis ont gagné. Au crépuscule, les hommes se sont rassemblés sur la place et les régisseurs sont venus, secs et laconiques, mais vaincus, Demain vous pourrez aller travailler pour trente-trois escudos, puis ils se sont retirés, humiliés, ruminant leur revanche. Cette nuit-là, la joie est générale dans les tavernes, même João Mau-Tempo s'est aventuré à boire un deuxième verre, une grande nouveauté, les boutiquiers se sont mis à calculer les intérêts sur les crédits consentis et envisagent d'augmenter leurs prix, les enfants qui ont entendu parler d'argent ne savent sur quoi fixer leurs désirs et, comme le corps est sensible au contentement de l'âme, les hommes se sont approchés des femmes et elles d'eux, tous si heureux que si le ciel comprenait quoi que ce soit à ces lignes de vie des humains on entendrait des hosannas et une clameur de trompettes et il y aurait un clair de lune d'une grande beauté, comme d'habitude en juin.

Et maintenant c'est de nouveau le matin. Chaque jour de travail vaut désormais huit escudos de plus, bien moins de dix tostons d'augmentation par heure, un rien par minute, si peu qu'il n'existe pas de monnaie qui le représente, et chaque fois que la faucille entre dans le blé, chaque fois que la main gauche attrape les tiges et que la droite assène le coup brusque de la lame qui les sectionne presque

au ras du sol, seules les hautes mathématiques pourraient dire combien vaut ce geste, combien de zéros il faudrait écrire à droite de la
virgule, quels millièmes mesurent la sueur, le tendon du poignet,
le muscle du bras, les reins fourbus, la vue trouble à force de fatigue,
la brûlure du soleil torride. Tant peiner pour gagner si peu. Pourtant,
ceux qui chantent dans les équipes ne sont pas rares, bien qu'ils ne
le fassent pas longtemps car bientôt est arrivée la nouvelle que la
veille la garde avait rempli les arènes de Montemor de travailleurs
ruraux, rassemblés là comme du bétail, tous arrêtés. Ceux qui ont
bonne mémoire se souviendront de Badajoz, du massacre qui eut
lieu là-bas, également dans les arènes pour les courses de taureaux,
c'est une manie dirait-on, tous abattus à la mitraillette, mais ça ne se
passera pas comme ça chez nous, nous ne sommes pas aussi cruels.
Les pressentiments noirs courent dans les champs de blé, la ligne
des moissonneurs avance, indécise, sans rythme, et les chefs
d'équipe ont raison, ils braillent comme si l'argent sortait de leur
propre poche, Alors maintenant que vous gagnez plus, mon champ
est plein de tire-au-flanc. La ligne, mise au défi, ne veut pas être en
reste vis-à-vis du patron et elle avance plus vite, mais ensuite l'imagination reprend le dessus, les arènes de Montemor remplies de gens
à nous, venus de tous les coins du latifundium, certains voient leur
soif s'accroître sous l'effet de la peur et réclament à grands cris la
cruche au porteur d'eau, Qui sait ce qui va nous arriver. La garde,
qui approche en écrasant les mottes de terre, un groupe à chaque
bout de la file, le sait, elle, fusil en joue et doigt sur la gâchette, Si
quelqu'un s'avise de s'enfuir, le premier tir sera en l'air, le deuxième
dans les jambes et si un troisième est nécessaire, on s'en tiendra là
dans la dépense de munitions, car ces gens-là ne valent pas autant.
Les moissonneurs se redressent et commencent à entendre les noms,
Custódio Calção, Sigismundo Canastro, Manuel Espada, Damião
Canelas, João Mau-Tempo. Dans notre campement, c'est eux les
fauteurs de trouble, les autres, on est en train de les rassembler en ce
moment même, c'est déjà fait ou ce sera bientôt fait, si vous pensiez
ne pas payer pour votre insubordination vous vous trompiez lourdement, c'était ignorer dans quel latifundium vous vivez. Ceux qui

restaient de l'équipe baissèrent la tête, les bras, le torse tout entier avec le cœur et les poumons, ils plièrent les reins pour soutenir leur corps, et la faucille recommença à entrer dans le blé, coupant quoi, des tiges sèches, évidemment, quoi d'autre aurait-elle coupé. Et le chef d'équipe grondait comme un loup, à la botte des mandants, Vous avez de la chance de ne pas avoir été tous raflés, c'est ce que vous méritiez, si ça ne dépendait que de moi, j'aurais fait un exemple ici dont vous vous seriez souvenus longtemps.

Les cinq conspirateurs avancent au milieu de la garde qui les provoque, Vous pensiez qu'il suffisait de vous balader par là en vous proclamant chefs de grève, vous allez voir ce qui vous attend. Aucun des cinq ne répond, ils marchent tous la tête haute, bien que leur estomac soit tordu de spasmes qui n'ont rien à voir avec la faim et que leurs pieds trébuchent plus que de raison, la nervosité est comme ça, elle s'empare de nous et peu importe qu'on lui parle ou qu'on se taise, mais ça passera, un homme est un homme et aujourd'hui encore on ne sait pas très bien si un chat est un animal. João Mau-Tempo veut dire quelque chose à Sigismundo Canastro, on n'arrive pas à savoir quoi car la garde, comme un seul homme, un seul chef, une seule volonté, Si vous ouvrez le bec, vous attraperez un coup de crosse qui fera voler vos dents sur le chemin, après quoi plus personne ne bronche et ils arrivent en silence à Monte Lavre, ils gravissent la rampe jusqu'au poste de la garde et effectivement tous les autres ont déjà été capturés, ils sont vingt-deux, pas de doute, quelqu'un nous a dénoncés. Ils ont été parqués dans une baraque au fond d'une cour à l'arrière, tous pêle-mêle, sans avoir sur quoi s'asseoir, sauf par terre, quelle importance, ils ont l'habitude, le gel ne brûle pas la mauvaise herbe, leur peau est davantage celle d'un âne que d'un être humain, et heureusement, ils attrapent moins d'infections, si c'était nous, avec notre fragilité de citadins, je crois que nous ne tiendrions pas le coup. La porte est ouverte, mais en face, installés sous une treille, trois gardes braquent leur fusil, l'un d'eux n'a pas l'air très content de son rôle de sentinelle, il détourne le regard, le canon de son arme pointe vers le sol et on voit qu'il n'a pas le doigt sur la gâchette, l'homme a l'air triste, qui l'aurait cru. Ils ne disent pas ça, ils ne disent rien, ils se contentent de penser, car les ordres sont formels, mais Sigismundo Canastro murmure, Courage, camarades, et Manuel Espada, Si on nous interroge, la réponse n'a pas changé, nous voulions simplement gagner un juste salaire, et João Mau-Tempo, Personne ne doit avoir peur, il n'y aura ni morts ni côte d'Afrique.

De la rue parvient comme une rumeur de vagues déferlant sur une plage déserte. Ce sont les parents et les voisins qui viennent prendre des nouvelles, solliciter une impossible libération, et on entend la voix du caporal Tacabo, un aboiement, Fichez-moi tous le camp d'ici, sinon je fais charger, ce sont des exagérations de manœuvre tactique, charger comment, il n'y a pas de chevaux ici, et on n'imagine pas non plus la garde avançant baïonnette tendue, étripant des nouveau-nés, des femmes, il y en avait de bien girondes, n'est-ce pas chef, et de vieux rebuts qui tenaient à peine sur leurs jambes, tout juste bons pour la fosse. Mais la foule se range sur les côtés et en face, on entend seulement le pleur léger de femmes qui ne veulent pas faire de scandale de peur que cela ne retombe sur les maris, les fils, les frères, les pères, mais elles souffrent cruellement, qu'allons-nous devenir s'il est jeté en prison.

Alors, à la tombée du soir, arrive une camionnette de Montemor avec une très grosse patrouille de la garde, ce sont des étrangers, nous sommes déjà habitués à ceux du coin, mais que faire, ce n'est pas que nous leur pardonnions, eux aussi sortent d'un ventre dolent et populaire, comment peuvent-ils se retourner ainsi contre le peuple qui ne leur a jamais fait de mal. La camionnette gravit la côte à l'endroit où la route bifurque, une branche se dirige vers Montinho où João Mau-Tempo a déjà habité, de même que sa défunte mère, Sara da Conceição, et ses frères, les uns ici, les autres là, aucun à Monte Lavre, l'histoire concerne ceux qui sont restés et pas ceux qui sont partis, et avant que je n'oublie, l'autre branche de la rue est celle par où passent le plus souvent les maîtres locaux du latifundium, à présent la camionnette a tourné et descend en cahotant, crachant de la fumée et soulevant la poussière du chemin aride, les femmes et les enfants, de même que les vieillards, sont repoussés par la carcasse brinquebalante, mais quand celle-ci s'arrête au ras du mur étayant le dénivellement sur lequel le poste de la garde est construit, les gens, désespérés, se cramponnent aux ridelles, mais cette fois les choses se corsent, car la patrouille à l'intérieur frappe les doigts sombres et sales avec les crosses, ces gens-là ne se lavent pas, père Agamedes, c'est bien vrai dona Clemência, mais que faire, ils sont pires que des bêtes, et le sergent Armamento de Montemor braille, Si quelqu'un approche, il se prend une balle, on voit tout de suite qui a de la poigne. La populace se tait, reflue vers le milieu de la rue, entre le poste et l'école, Ô écoles, semez, et c'est alors que commence l'appel des détenus, la patrouille sur deux rangs depuis la porte du poste jusqu'au flanc de la camionnette et à l'intérieur du véhicule comme une haie, une sorte de nasse dans laquelle on commence à pousser les poissons, ou les hommes, car au moment de la capture la différence n'est pas grande. Ils sont tous entrés, tous les vingt-deux, et chaque fois que l'un d'eux apparaissait sur le seuil du poste, un cri et un pleur irrépressibles s'élevaient de la foule, ou des cris car à partir du deuxième ou du troisième ce furent des clameurs, Ah, mon homme chéri, Ah, mon père chéri, et les fusils étaient braqués sur les malfaiteurs, la garnison locale avait la foule à l'œil, de peur qu'une révolte n'éclate. Il est vrai qu'il y a là des centaines de personnes et qu'elles sont désespérées, mais la bouche des fusils leur dit, Approchez, approchez donc et vous verrez ce qui vous arrivera. Les prisonniers sortent du poste, ils cherchent des yeux, mais ils n'ont pas le temps, ils avancent et quand ils arrivent à la rampe du mur il leur faut grimper dans la camionnette, c'est un spectacle qui semble organisé à dessein pour terroriser le petit peuple et entre-temps le soir est tombé, dans l'obscurité on ne reconnaît même plus les visages, à peine un est sorti que déjà tous sont dehors et la camionnette démarre, fait une manœuvre brutale comme si elle allait faucher la foule, certains tombent, heureusement sans autre dommage que quelques égratignures, descendre est facile, les hommes assis sur le plancher de la caisse de la camionnette sont ballottés comme des sacs, les gardes se retiennent aux ridelles, oubliant de braquer leur fusil, seul le sergent Armamento, le dos à la cabine, ferme sur ses jambes, fait face à la foule qui court derrière la camionnette, les malheureux restent en arrière, ils gagnent du terrain plus loin, quand il faut manœuvrer vers la gauche, mais arrivés là ils ne peuvent plus rien faire, la camionnette démarre en trombe en direction de Montemor, et ces pauvres gens hors d'haleine finissent de s'épuiser en gestes et en cris que la distance très vite atténue, on ne nous entend déjà plus, certains qui ont des jambes plus solides tentent encore de courir, mais à quoi bon, au premier virage la camionnette disparaît, nous l'apercevrons encore plus loin en train de passer sur le pont, maintenant, maintenant, qu'est donc cette justice et qu'est donc ce pays, pourquoi notre part de souffrance est-elle aussi grande, mieux vaudrait qu'on nous tue tous une bonne fois pour toutes, ça mettrait un terme à cette fatalité.

Chacun rumine ses pensées. Grâce à des paroles entendues pendant qu'ils attendaient de sortir du poste, Sigismundo Canastro, João Mau-Tempo et Manuel Espada savent qu'ils passent pour être les principaux instigateurs de la grève. Des trois, c'est Sigismundo Canastro le plus calme. Assis par terre comme tous les autres, il a commencé par poser la tête sur ses bras croisés qui à leur tour reposent sur ses genoux, on voit tout de suite ce qu'il en est. Il veut penser plus à son aise, mais soudain lui vient l'idée que, voyant cette position d'accablement, ses compagnons pourraient penser qu'il était découragé, il ne manquerait plus que ça, il décroisa les bras, redressa le torse, me voici. Manuel Espada se souvient et compare. Il se rappelle avoir parcouru le même chemin dans une petite carriole il y a huit ans avec des camarades aussi jeunes que lui, ici il n'y a qu'Augusto Patracão, Palminha s'est rangé, il a d'autres intérêts, et Felisberto Lampas est devenu un vagabond, on n'a plus de nouvelles de lui. Manuel Espada se dit que l'histoire de maintenant est grave, on ne peut pas comparer, la première était une gaminerie, maintenant tous sont devenus des hommes, la responsabilité est différente, et je parie que personne ne flanchera. Parmi ces trois-là, on ne peut parler de tous, cela donnerait des pensées sans fin, une pincée d'amour-propre, une pincée de faiblesse, une pincée de bravoure, une pincée de tremblements dans les mains et les jambes, personne n'échappe à ça, João Mau-Tempo est plongé dans une sorte de rêve, la nuit est déjà presque tombée et si des larmes lui viennent aux yeux, patience, un homme n'est pas de pierre, ce qu'il faut c'est que les camarades ne s'en aperçoivent pas, afin qu'eux non plus ne faiblissent pas. De part et d'autre de la route c'est le désert, après Foros il n'y a plus que des champs de blé moissonnés, la lune se montrera bientôt, on est en juin et elle apparaît tôt, et là-bas devant il y a de grands rochers que des géants auraient roulés là, un endroit idéal pour une embuscade, imaginez que José Gato se trouve à cet endroit avec les membres de sa bande, Venta Rachada, Parrilhas, Ludgero, Castelo, tous bondissant subitement sur la route, ils ont de la pratique, derrière un tronc placé en travers de la route, Halte là, et la camionnette freine à mort, raclant le macadam, mille tonnerres, mes pneus vont être fichus, et aussitôt après, Le premier qui bouge se chope un pruneau, tous ont leur fusil levé et ne plaisantent pas, ça se voit sur leur visage, il y a là le fusil à cinq coups que José Gato a pris à Marcelino, le sergent Armamento fait quand même un geste, ses supérieurs attendent ça de lui, mais il dégringole de la camionnette avec un trou en plein cœur, José Gato introduit une deuxième cartouche dans le magasin et dit, Tous ceux qui sont prisonniers sautent dehors, les gardes lèvent en chœur les mains en l'air comme dans les westerns et Venta Rachada plus Castelo commencent à rassembler les fusils, les cartouchières, derrière les rochers il y a deux mulets habitués à transporter des cochons, ils peuvent aussi emporter cette cochonnerie-là. João Mau-Tempo hésite et se demande s'il doit déjà retourner à Monte Lavre ou rester caché là, en attendant que les choses se calment, mais il devra envoyer un message à sa famille, soyez rassurés, heureusement tout a bien fini.

Tout le monde à terre, et que ça saute, dit le sergent Armamento ressuscité, sans le moindre trou dans le cœur. Ils sont à la porte du poste de la garde à Montemor, de José Gato pas l'ombre d'une nouvelle. Les gardes forment des haies, maintenant qu'ils sont chez eux ils sont moins crispés, il n'y a aucun danger de soulèvement ni d'attaque à main armée et la péripétie avec José Gato, tout le monde l'a déjà deviné, ce n'était pas sorcier, est l'œuvre de l'imagination de João Mau-Tempo. Les rochers sont restés sur le bas-côté, ils sont là depuis des siècles et des siècles, mais personne n'a bondi sur le chemin, la camionnette est passée dans sa quiétude mécanique, elle les a déversés là et est repartie, son devoir accompli. Les vingt-deux sont poussés dans un corridor, ils traversent en groupe une cour, deux gardes sont postés devant une porte, un des deux l'ouvre et à l'intérieur il y a un amoncellement de gens, les uns debout, les autres assis par terre sur la paille de deux ballots éventrés, répandue là pour servir de lit. Le sol est en ciment, la bâtisse est froide, ça surprend vu la chaleur de la saison et la concentration de gens, c'est peut-être dû au fait que le mur du fond est encastré dans la colline du château. Avec ceux qui étaient déjà là, il y a près de soixante hommes à l'intérieur, ça ferait une belle équipe de travail. La porte se referme avec un énorme fracas, on dirait que c'est exprès, le grincement de la serrure tape sur les nerfs à la façon d'un tesson de verre, comme ceux que le latifundium plante en haut des murs de ses propriétés, quand le soleil y brille d'une certaine façon cela réjouit les yeux, tout étincelle, là-bas les oranges ne manquent pas, le beau fruit sur la branche, et qui dit oranges dit poires, qui sont aussi des fruits délicieux, et des rosiers disposés en berceaux dans les allées du verger, on y passe pour se rendre au travail et les narines sont assaillies par le parfum, je ne sais pas si ces gens-là ont une âme pour apprécier toute cette beauté, monsieur le curé Aga-medes. Le toit de la bâtisse est bas, presque tout en haut il y a une ampoule électrique, une seule, de vingt-cinq bougies, pas plus, nous n'avons pas encore perdu notre habitude d'économiser et finalement la chaleur est insupportable, qui a dit le contraire. Les hommes se reconnaissent ou se font connaître, il y a des gens d'Escoural, de Torre da Gadanha, on dit que ceux de Cabrela sont allés à Vendas Novas, mais on n'en est pas sûrs, et maintenant que va-t-on faire de nous. En tout cas, dit un homme d'Escoural, on ne nous retirera plus les trente-trois escudos, ce qu'il faut maintenant c'est tenir.

Ils tiennent. Les heures passent. De temps en temps la porte s'ouvre, d'autres groupes entrent, la bâtisse commence à être trop petite pour tant de monde. Presque tous n'ont rien mangé depuis le matin et il n'y a aucun signe que la garde envisage de nourrir les prisonniers. Certains s'étendent sur la paille, les plus confiants ou les plus solides nerveusement s'endorment. Minuit sonne, on entend le tintement de l'horloge de l'église, aujourd'hui il ne se passera plus rien, ce n'est pas une heure pour qu'il se passe quoi que ce soit, mieux vaut dormir, les tripes protestent, mais pas beaucoup, et quand la chambrée est sur le point de s'abandonner à l'assoupissement, engourdie par l'odeur et la chaleur des corps amoncelés, la porte s'ouvre brusquement et le caporal Tacabo apparaît avec six gardes, un papier à la main, le sergent, les gardes, eux, sont munis de fusils, comme si ces armes étaient sorties en même temps qu'eux du ventre de leur mère, et il braille, João Mau-Tempo, de Monte Lavre, Agostinho Direito, de Safira, Carolino Dias, de Torre da Gadanha, João Catarino, de Santiago do Escoural. Les quatre hommes se lèvent, quatre ombres, et sortent. Leurs compagnons ont le cœur qui se serre, que vont-ils devenir, les pauvres. Alors on entend la voix de quelqu'un qui ne parvient plus à supporter un secret, Il paraît qu'ils ont tué un homme ici, hier.

Cette fois ils ne traversent pas la cour. Ils longent le mur entre les gardes et sont poussés vers une porte. La lumière de l'ampoule est beaucoup plus forte ici, les yeux des prisonniers clignent pour se défendre de cette agression soudaine, la première. Les gardes sont sortis, seul le caporal est resté, il est allé poser le papier sur un bureau derrière lequel sont assis deux hommes, un en uniforme, c'était le lieutenant Contente, l'autre en civil. João Mau-Tempo, Agostinho Direito, Carolino Dias et João Catarino sont sommés de se mettre en rang, les uns à côté des autres, Levez bien le museau pour qu'on voie si vous ressemblez à vos putains de mères, dit le civil. João Mau-Tempo ne peut s'empêcher de dire, Ma mère est morte, et l'autre, Tu veux que je te casse la gueule, tu ne parles que quand je te le dirai, tu perdras vite l'envie de jacasser, mais c'est alors que tu devras absolument parler. Le lieutenant Contente a commencé sa semonce, Tenez-vous droits, ici on n'est pas dans un lit pour fainéants, bref, du langage militaire, et prêtez toute votre attention à monsieur l'agent. Le civil s'est levé, a passé en revue la troupe dépenaillée, l'a transpercée du regard, on dirait même que ce diable d'homme me lorgne, et pour les intimider il les dévisageait longuement tour à tour, Comment t'appelles-tu, et l'interpellé répondait, João Catarino, et toi, Carolino Dias, et toi, Agostinho Direito, et toi, celui de la petite maman morte, comment t'appelles-tu, João Mau-Tempo. L'agent a souri d'un air moqueur, Tu as un nom épatant, pas de doute, et fort à propos, vu la situation. Il a fait soudain trois pas en direction du bureau, a sorti un pistolet de son étui, l'a posé violemment et s'est tourné d'un air furibond vers les pauvres garçons, Sachez que vous ne sortirez pas d'ici vivants si vous ne crachez pas tout ce que vous savez sur cette grève, l'organisation, qui vous a transmis les ordres, la propagande, tout, je veux que vous me vomissiez tout ça ici, et malheur à vous si vous ne parlez pas. Le lieutenant Contente a pris quatre cahiers d'écolier qui se trouvaient sur le bureau à l'écart, Chacun de vous va être enfermé dans une pièce avec un cahier, il y a là-bas des crayons, vous allez m'écrire là-dedans tout ce que vous savez, les noms et les dates, les lieux des rencontres et les maisons, les livraisons de matériel, combien de tracts, c'est compris, et vous ne sortirez pas de là tant que vous n'aurez pas tout bien relaté en détail. L'agent est retourné dans le bureau, a replacé le pistolet dans l'étui, la démonstration de force était terminée, Vous me faites perdre la tête, il y a ici quelqu'un qui est épuisé, qui ne dort pas à cause de cette maudite grève, vous feriez mieux d'être raisonnables et d'écrire tout ce que vous savez, surtout ne cachez rien, je le découvrirai ensuite et ce sera pire. João Catarino dit, Je ne sais presque pas écrire, Agostinho Direito dit, Moi, je sais seulement écrire mon nom, João Mau-Tempo dit, Je ne sais pas très bien écrire, Carolino Dias dit, Moi non plus. Vous savez suffisamment pour ce que nous voulons, dit l'agent, nous vous avons choisis parce que vous savez lire et écrire, si ça ne vous plaît pas, tant pis pour vous, vous n'aviez qu'à ne pas apprendre, maintenant vous allez regretter de ne pas être restés les ânes que vous êtes. L'agent a ri de sa plaisanterie, le caporal et le soldat ont ri, le lieutenant a ri, tout content. Le lieutenant donne un ordre au caporal, le caporal le transmet au soldat, le soldat ouvre la porte, les quatre bandits sortent, dehors il y a les autres soldats, c'est une place publique, et comme s'ils menaient des porcs à la porcherie, ils avancent dans le corridor, ouvrant des portes et poussant un homme à l'intérieur, chacun avec son cahier, Dias, Direito, Catarino, Mau-Tempo, quelle racaille, monsieur le curé Agamedes, que Dieu me pardonne.

Un grand silence, bruissant comme ils le sont tous, règne dans la caserne de la garde. Les hommes enfermés dans la grande bâtisse gémissent et soupirent tant qu'ils ne dorment pas et aussi quand ils sont endormis, mais c'est l'habitude des corps fatigués, c'est le point de côté remontant à l'époque où je travaillais dans une charbonnière quand j'avais voulu soulever un tronc trop lourd, si ça se passait aujourd'hui je leur ferais un bras d'honneur, qu'est-il en train d'arriver à nos camarades, on n'entend rien, seulement les pas des sentinelles dehors et les heures sonner sur la tour, si seulement cette maudite chouette voulait bien se taire, elle évoque des choses funestes. Enfermés à clé, tous les quatre ont fait les mêmes gestes, ils ont regardé autour d'eux, il y avait là la table et le crayon, on aurait cru un jeu ou être de nouveau à l'école et devoir faire une dictée, ce qui manquait c'était un professeur pour lire et noter la copie, le professeur devait être la conscience, c'était elle qui déciderait quoi écrire d'une écriture tordue et laborieuse, et tous les quatre, tôt ou tard, sur la première page, en haut, à la première ligne, tout à côté de la pliure, comme s'ils voulaient économiser le papier pour tout ce qu'ils avaient à écrire, ont inscrit leur nom, je m'appelle Agostinho Direito, je m'appelle João Mau-Tempo, je m'appelle João Catarino, je m'appelle Carolino Dias, puis ils se sont mis à regarder, tant de lignes jusqu'au bas de la page, et après, jusqu'à la dernière page, on dirait un champ de blé, mais cette faucille qu'est la plume je ne sais pas ce qu'elle a, elle ne coupe pas, elle bute sur cette racine, sur cette pierre, oh messieurs, que puis-je donc écrire, on attend de moi que je dise ce que je sais, ici sur ces lignes qui ondulent, ou est-ce parce que j'ai sommeil, João Catarino est le premier à écarter le cahier sur le côté, il a inscrit son nom, il n'écrira rien d'autre, le nom est là pour qu'on sache que le propriétaire de ce nom n'a rien écrit d'autre que son nom, pas un mot de plus, et ensuite, à des moments différents, chacun des autres, avec le même geste de la main épaisse et sombre, a éloigné le cahier, certains l'ont refermé, d'autres pas, ils l'ont laissé ouvert pour que le nom, et rien d'autre, soit la première chose qui saute aux yeux quand on viendra les chercher.

Le trou luisait, façon très pittoresque et rurale de s'exprimer, c'est né de la tuile ronde, creuse qui, avec les ravages du temps et l'incompétence du couvreur, ouvre des gosiers vers l'extérieur, des trous pour être exact, c'est par là que passe la lumière quand le jour se lève, encore qu'une petite luisance ait pu s'insinuer avant, si dans son voyage une étoile avait été captée par les yeux d'un insomniaque. Probablement que l'idée des cahiers avait été une ruse de l'agent et du lieutenant pour pouvoir dormir d'un sommeil bien mérité pendant que les criminels avoueraient, ou une façon subtile de se passer d'un greffier et d'en avoir plusieurs gratuitement. On ne saura jamais la vérité, il suffit que le fait soit consigné dans cette histoire d'emprisonnement et d'interrogatoire. Le trou luisait, nous devons revenir à lui car la phrase est restée en suspens et le sens à l'abandon, quand les portes se sont ouvertes et l'agent, bien mis, tout élégant et fringant comme s'il avait vraiment dormi à l'extérieur et dans un bon lit, a senti sa fureur s'accroître de pièce en pièce car chaque cahier ne lui disait que ce qu'il savait déjà, que ce salaud s'appelle João Catarino, que ce couillon s'appelle Agostinho Direito, que ce pédé s'appelle Carolino Dias, que ce fils de pute, oui, de pute, s'appelle João Mau-Tempo. On dirait que cette calamité de bandits était de mèche, Venez tous ici, la plaisanterie est finie, je veux savoir qui a organisé la grève, qui sont vos contacts, ou alors il vous arrivera ce qui est arrivé à l'autre. Ils ne savent pas qui est cet autre, ils ne savent rien, ils secouent la tête, fermes et ensommeillés, courageux et affamés, j'ai même un nuage devant les yeux. Et le lieutenant Contente, qui est venu lui aussi, dit, Vous finirez par aller tous à Lisbonne, vous feriez mieux d'avouer ici, dans votre région, entre connaissances. Mais l'agent s'est un peu radouci, allez savoir pourquoi, Renvoyez-les auprès des autres, on avisera après. Les quatre sont presque traînés le long du corridor, puis dans la cour, et le ciel, regarde là-haut, l'ami, il est déjà tout clair bien que le soleil ne soit pas encore levé là-bas dehors, ensuite, trébuchant sur les corps étendus, ils ont plongé dans l'obscurité de la prison où se trouvaient leurs compagnons. Ceux qui dormaient se sont réveillés ou tournés en bougonnant sur l'autre flanc, tous enfin rassurés car les quatre, avant de s'étendre eux aussi et de s'endormir, puisque ce droit leur appartenait en toute justice, ont dit en mettant la main sur leur âme qu'ils n'avaient rien déclaré, pas dit un seul mot. Le sommeil général ne fut pas long, ce sont des gens habitués à dormir peu, à rouler leur couverture quand le soleil est encore en train de poindre du côté des monts d'Espagne et en outre l'inquiétude toute proche s'insinue dans les replis de l'inconscience, les secoue et les déploie, c'est vraiment cruel, et le cocon se défait avec en plus ce creux douloureux dans l'estomac où aucune nourriture n'est tombée depuis Dieu sait combien d'heures, même les animaux ne sont pas traités ainsi.

La matinée était déjà à moitié écoulée quand la porte s'ouvre de nouveau et le caporal Tacabo appelle, João Mau-Tempo, tu as de la visite, et João Mau-Tempo, qui parlait avec Manuel Espada et Sigismundo du sort qu'on leur réservait en l'occurrence, se lève, surpris, et voit l'ébahissement des autres, c'est naturel, n'importe qui sait que dans ce genre de situation il n'y a pas de visite, on n'a jamais vu pareille bonté et certains ont même l'air méfiant et se demandent s'il était vrai que le camarade n'avait pas parlé, pour cette raison João Mau-Tempo sort entre deux rangées silencieuses et graves et il traîne les pieds comme s'il portait déjà toute la culpabilité du monde. Il est comme une navette, qui va, qui vient, le ciel tout entier est inondé de soleil, qui donc me rend visite, c'est sûrement Faustina et les filles, impossible, le lieutenant ne donnerait pas son autorisation et l'agent en civil, ce chien à la bouche immonde, encore moins.

Le corridor lui semble beaucoup plus court, c'est derrière cette porte qu'il a passé la nuit à regarder un cahier d'écolier, ces apprentissages sont très difficiles, je m'appelle João Mau-Tempo, et maintenant, pendant que le garde frappe à la porte suivante et attend qu'on lui ordonne d'entrer, sera-ce Faustina, ou me dit-on ça pour me tromper et je vais subir un interrogatoire, si ça se trouve on va me tabasser, que voulait dire l'agent quand il a menacé que si nous ne parlions pas il nous arriverait la même chose qu'à l'autre, quel autre. La pensée est rapide, voilà pourquoi João Mau-Tempo put penser tant de choses pendant qu'il attendait, mais quand la porte s'ouvrit, son cerveau devint vide, il y eut comme une noirceur de nuit à l'intérieur de sa tête, puis un soulagement immense car entre l'agent et le lieutenant se tenait le père Agamedes, ils ne vont pas me frapper devant le curé, qu'est-il venu faire ici.

Nous serons ainsi au ciel, moi au centre, comme il sied à la fonction spirituelle que j'exerce depuis que je me connais et que vous me connaissez, vous, le lieutenant, à ma droite, car vous êtes le protecteur des lois et de ceux qui les font, vous l'agent, à ma gauche, car vous exécutez le reste du travail dont je ne veux rien savoir, même si on m'y oblige. La porte de cette maison de la discipline s'ouvre, et que vois-je, ô tristes yeux qui êtes nés pour un spectacle pareil, que n'êtes-vous pas plutôt aveugles, dites-moi si vous me trompez, si cet homme est bien João Mau-Tempo, de Monte Lavre, lieu où vit mon troupeau qui me donne bien du fil à retordre, L'ami, tu es dérangé, monsieur le lieutenant ici et monsieur l'agent, ou monsieur l'agent et monsieur le lieutenant, m'ont dit que tu ne voulais pas raconter ce que tu sais, eh bien il vaudrait mieux que tu le fasses pour ton repos et pour celui de ta famille, la pauvre, qui n'est pas coupable des erreurs et des égarements de leur père, tu n'as pas honte, João Mau-Tempo, un homme avec du poil au menton, un homme respectable se fourrer dans des gamineries pareilles, où a-t-on déjà vu une insurrection comme celle-ci, combien de fois vous ai-je dit, à toi et aux autres dans l'église, Frères bien-aimés, prenez garde, le chemin sur lequel vous vous êtes engagés mène à la perdition et à l'enfer, où tout n'est que pleurs et grincements de dents, je vous l'ai dit si souvent, je me suis tué à te le dire et cela ne t'a été d'aucun profit, João Mau-Tempo, ce n'est pas que je ne me préoccupe pas des autres, mais monsieur l'agent et monsieur le lieutenant m'ont dit que de Monte Lavre c'est à toi qu'on a demandé d'écrire dans ce cahier, moi les autres je ne les connais pas, or tu n'as rien écrit, cela n'a pas aidé, cela donne l'impression que tu te moques, ces messieurs ont beaucoup de patience, ils perdent leur nuit, les pauvres, ils ne dorment pas et eux aussi ont une famille, que crois-tu, qui les attend, qui veille, et à cause de ton obstination ils ont dû lui dire, Aujourd'hui je rentrerai plus tard, ou, Je suis de corvée ce soir, je dois finir un travail, dînez sans moi et couchez-vous, je ne reviendrai à la maison que demain matin, et ça ne sera même pas le cas, il est déjà presque l'heure du déjeuner et monsieur l'agent et monsieur le lieutenant sont encore ici, cela semble impossible, João Mau-Tempo, il faut n'avoir aucune considération pour les autorités pour se conduire de cette façon, qu'est-ce que ça te coûtait de dire qui a fomenté la grève, et la question des tracts, qui les reçoit et les distribue, d'où viennent-ils et en quel nombre, oui, il t'en coûtait quelque chose, homme de Dieu, j'en viens presque à blasphémer, c'était si simple, les noms, et monsieur l'agent et monsieur le lieutenant s'occuperont du reste, toi, tu rentres chez toi, auprès des tiens, il n'y a rien de plus beau qu'un homme avec sa famille, et maintenant dis-moi un peu, je ne sais pas, ma fonction ne me permet pas de révéler les secrets du confessionnal ou hors du confessionnal, mais ne serait-ce pas Untel et Untel, n'est-ce pas eux, réponds, fais oui de la tête si tu ne veux pas répondre à voix haute, tout restera entre nous quatre, est-ce ou n'est-ce pas Untel, si, et Untel, c'est ce qu'il me semble, mais je ne le donne pas pour certain et je ne dis pas non plus que ce sont eux, je pose juste la question, ton attitude est un grand malheur, João Mau-Tempo, dis-moi si tu ne te repens pas de faire souffrir ainsi ta famille, réponds, l'ami.

L'ami, réponds, il y a devant toi le père Agamedes, de même que le lieutenant et l'agent, et toi-même, il n'y a pas d'autres témoins, tu pourrais bien dire ce que tu sais, et c'est peu, mais celui qui donne ce qu'il a n'a pas l'obligation de donner davantage, Monsieur le curé Agamedes, je ne sais rien, je ne peux pas me repentir de ce que je n'ai pas fait, je donnerais tout pour pouvoir être avec ma femme et mes filles, mais ce que vous me demandez là je ne peux pas le donner, je ne peux pas le dire parce que je ne le sais pas, et si je le savais je ne sais pas si je le dirais, Ah, misérable, crie l'agent, tu viens de te dénoncer à l'instant même, Laissez, dit le père Agamedes à voix basse, ce sont de pauvres brutes, je ne me lasse pas de l'affirmer, l'autre jour encore je l'ai dit chez dona Clemência, il est à peu près certain qu'il ne sait rien, il s'est laissé entraîner par d'autres, Mais il passe pour être un instigateur de la grève, dit le lieutenant Contente, Bon, dit l'agent, renvoyez-le à l'intérieur.

João Mau-Tempo sort et quand il parcourt le corridor pour la centième fois, il voit sortir d'une porte entre une forte escorte de la garde, Untel et Untel, ils se reconnaissent et se regardent, tous deux sont couverts de bleus, les pauvres, et João Mau-Tempo en traversant la cour sent ses yeux s'emplir de larmes, ce n'est pas à cause du soleil, il est habitué au soleil, ça vient d'un contentement absurde, car finalement Untel et Untel ont été arrêtés, mais ce n'est pas lui qui les a dénoncés, ce n'est pas moi qui les ai dénoncés, je ne sais plus ce que je dis, je pleure deux fois, une fois de contentement et une autre de chagrin, les deux pour les avoir vus ici, et ils ont déjà été battus, aussi sûr que je m'appelle João Mau-Tempo, le lieutenant a bien dit que j'avais un nom fait pour les jours que nous vivons.

Il est entré dans la grande bâtisse et a raconté ce qui s'était passé. On a vu ses yeux larmoyants et on lui a demandé s'il avait été battu. Il a répondu non et a continué à pleurer, l'âme endeuillée, son contentement envolé, il est à présent triste à mourir. Les gens de Monte Lavre se sont rassemblés autour de lui, ceux de son âge, car les plus jeunes se sont écartés de honte, c'était difficile de rester à proximité quand un homme qui avait déjà des cheveux blancs pleurait comme un enfant, qu'est-ce qui nous attend, nous autres. Ce sont des scrupules que nous ferons bien d'accepter sans les analyser ni les discuter plus avant.

Bref, midi était passé quand l'histoire eut un dénouement favorable. Ils furent conduits dans la cour où se trouvaient réunies les familles arrivées de loin, était venu qui avait pu, elles avaient tout juste été admises dans les antichambres du pouvoir, auparavant elles avaient attendu en face de la caserne, repoussées par un piquet, et là soupirs et lamentations redoublèrent, mais quand le caporal Tacabo les autorisa à entrer, tous les espoirs s'enflammèrent, et il y avait là Faustina et ses deux filles Gracinda et Amélia qui avaient parcouru quatre lieues à pied depuis Monte Lavre, oh vie si épuisante, plus d'autres familles, presque uniquement des femmes, Les voilà, et les gardes retirèrent alors le dispositif de sécurité, oh que de baisers avides dans la forêt, quelle forêt, quelle merde, les malheureux s'embrassaient les uns les autres et pleuraient, on aurait dit la résurrection des âmes, et si des baisers furent échangés, ce fut assez maladroitement, mais Manuel Espada qui n'avait personne là, se mit à couver des yeux Gracinda, elle se cramponnait à son père, elle était déjà plus grande que lui, et elle lui rendit son regard pardessus l'épaule de son père, ils se connaissaient, évidemment, ce ne fut pas je te vois et je t'aime, mais ensuite elle dit, Alors, Manuel, et il répondit, Alors, Gracinda, et ce fut tout, celui qui pense qu'il en faut davantage se trompe.

Les parents participaient à la fête des embrassades quand le lieutenant Contente et l'agent débarquent dans la cour et le discours jaillit en même temps des deux bouches, on s'égarerait à vouloir savoir lequel des deux imitait l'autre ou s'il y avait un mécanisme quelconque, peut-être relié à Lisbonne par les fils électriques, qui les faisait parler ainsi, comme deux phonographes, Jeunes gens, que ça vous serve de leçon pour l'avenir, cette fois vous êtes remis en liberté, mais vous êtes prévenus, si vous recommencez à participer à des actes de terrorisme, vous paierez double et ne vous laissez pas leurrer par de fausses doctrines, ne soyez pas idiots, ne croyez pas aux doctrines des ennemis de notre patrie, si vous trouvez des tracts sur les routes ou dans les rues d'un village, ne les lisez pas et si vous les lisez, brûlez-les immédiatement, ne les donnez à personne et ne répétez pas ce que vous avez lu car c'est un crime, et ensuite vos familles innocentes souffriront autant que vous, si vous avez un problème à résoudre, ne le faites pas en recourant à la grève, adressez-vous aux autorités qui sont là pour vous informer et vous aider et ce qui est juste et légitime vous sera accordé, sans agitation ni mécontentement, nous sommes ici pour ça, et maintenant allez travailler en paix et que Dieu vous aide, mais avant de partir vous devrez payer l'affrètement de la camionnette qui vous a transportés de Monte Lavre à Montemor, c'est vous qui avez fait le mal, c'est à vous de payer, l'État ne peut pas se voir infliger cette dépense.

L'argent nécessaire fut réuni sur place, porte-monnaie et poches furent retournés, des mouchoirs furent dénoués, voici l'argent, monsieur le lieutenant Contente, comme ça au moins nous n'avons pas de dette vis-à-vis de l'État, lui qui est tellement dans le besoin, dommage que l'excursion n'ait pas été plus longue, car le chemin de Monte Lavre nous le connaissons déjà tous. Ces paroles ne furent pas prononcées, ce sont des libertés que prend le narrateur, mais les autres le furent, dites par l'agent d'une seule traite, Maintenant que vous êtes en règle avec la comptabilité, rentrez chez vous et que Dieu vous accompagne et surtout remerciez monsieur le prieur ici qui s'est montré l'ami de tous. À ces paroles, le père Agamedes lève les bras, comme s'il était à l'autel, et les gens ne savent que faire, les uns vont lui dire merci, les autres feignent de ne pas avoir entendu ni vu et regardent en l'air ou se distraient avec leur femme et leurs enfants, et Manuel Espada qui, allez savoir pourquoi, se tenait à côté de Gracinda Mau-Tempo, dit entre ses dents comme si le cœur lui faisait mal, On a honte tout de même, et il croyait que les choses mauvaises allaient en rester là, mais le père Agamedes dit d'un air joyeux, Une bonne nouvelle, venez avec moi, il y a là en bas de la rue un transport pour tous, offert par vos patrons, vous ne paierez rien, vous irez tous dans les voitures et les carrioles des patrons, et il y aura encore des gens pour mal les aimer. Et le père Agamedes prend la tête du cortège, soutane au vent, tout noir et de cire, entraînant dans son sillage béni son troupeau de pauvres étourdis en train de mâchonner les provisions apportées de la maison, maigre aliment, parcimonieux, et Manuel Espada qui, par quel hasard, on ne sait, se tenait à côté de Gracinda Mau-Tempo, lui dit, Et ils veulent encore que nous soyons reconnaissants, quel mépris à notre égard. Gracinda Mau-Tempo ne répondit pas et Manuel Espada revint à sa marotte, Moi ils ne m'emmèneront pas, je vais à pied. Là, oui, la jeune fille anxieuse bougea et dit, timide et audacieuse, C'est si loin, mais elle se corrigea aussitôt, ne sachant pas très bien qui louer ou blâmer, les résignés ou bien ce révolté, C'est toi qui sais. Manuel Espada répondit oui, qu'il savait, et fit trois pas pour s'éloigner, mais les trois pas franchis, il retourna en arrière pour dire, J'aimerais que tu sois ma promise, et elle répondit uniquement du regard, mais ce fut suffisant, et quand Manuel Espada tourna au premier coin de rue, Gracinda Mau-Tempo dit oui dans son cœur.

Au cours des jours suivants le père Agamedes remplit son garde-manger qui n'était pas vide avec les témoignages de gratitude de ses paroissiens, excusez du peu, mais c'est de bon cœur, pour tout ce que vous avez fait pour nous, un boisseau de haricots, un petit sac de maïs, cette poule pondeuse, une bouteille d'huile, trois gouttes de sang.

Olé. Sur ordre du président des arènes le préposé à l'ouverture des portes est descendu, a inspecté les fermetures des torils, il compte les bœufs apprivoisés censés conduire les taureaux et estime qu'ils doivent suffire, il fait le tour des arènes pour en avoir une bonne vue d'ensemble, les gradins, les loges, la plateforme pour l'orchestre, l'ombre et le soleil, l'odeur de bouse fraîche pénètre dans ses narines, et il dit, Ils peuvent venir. On ouvre alors les portes et le troupeau entre, celui qui sera toréé selon tous les préceptes de cet art, jeu de capes, pose des banderilles, pique et enfin nuque couronnée par la poignée de l'épée, car la pointe et la lame m'ont traversé le cœur, olé. Ils arrivent, poussés par la garde, ils viennent de près et de loin, de lieux déjà mentionnés dans ce récit, mais pas de Monte Lavre, par un de ces hasards, et, peu à peu, les arènes s'emplissent, pas les gradins, quelle idée, le public est différent et la garde qui se dispose autour recherche l'ombre là où c'est possible, mais en cernant tout, fusil en position, car sans fusil ils sont incapables de se sentir des hommes. Les arènes s'emplissent d'un bétail sombre, rassemblé sur des lieues et des lieues de combats héroïques menés par la garde, à l'assaut, à la charge, la voici qui arrive, chargeant les animaux de la grève, les lions à la faucille, les hommes de la souffrance, Voici les captifs de la dure bataille, à vos pieds, seigneur, nous déposons les drapeaux et les canons pris à l'ennemi, voyez comme les drapeaux sont rouges, moins qu'au début de la guerre car entre-temps nous les avons jetés dans la poussière, nous avons craché dessus, vous pouvez les suspendre dans le musée ou la chapelle de la corporation, là où les recrues vont à genoux attendre que leur soit révélée notre aventure mystique de gardes, mais peut-être serait-il préférable de les brûler, seigneur, car leur vue offense les sentiments que vous nous avez appris à ressentir, nous n'en voulons pas d'autres. Le préposé à l'ouverture des portes, sur autorisation bienveillante du président des arènes, avait fait répandre sur le sable des bottes de paille où les hommes épuisés, finalement ce sont des hommes, pas des lions, et ils n'ont pas apporté de faucille, s'assoient ou s'étendent, plus ou moins regroupés par lieu d'origine, on ne peut pas éviter ce grégarisme, mais il y a aussi d'autres hommes, peu nombreux, qui se déplacent de groupe en groupe, disant un mot ici et posant une main sur une épaule, jetant plus loin un regard et faisant un geste discret, jusqu'à ce que toute chose, dans la mesure du possible, devienne sûre et claire, et maintenant il faut attendre.

Les gardes regardent d'en haut et l'un d'eux dit à un autre avec un rire militaire tonique, On dirait le village des singes, si j'avais des cacahouètes je leur en jetterais, ça serait divertissant, ils se chamailleraient tous. Ce qui veut dire que la garde a voyagé, elle connaît le jardin zoologique, elle a pratiqué les règles de l'observation superficielle et de la classification expéditive et si ces gardes déclarent que les hommes de la souffrance parqués dans les arènes de Montemor sont des singes, qui sommes-nous pour les contredire, d'autant plus qu'ils pointent leur flingot dans notre direction. Les gens bavardent pour passer le temps ou pour empêcher qu'il ne passe, c'est une façon de lui mettre la main sur la poitrine et de dire ou de supplier, Ne t'en va pas, ne bouge pas, si tu avances d'un pas, tu me piétines, quel mal t'ai-je donc fait. C'est aussi comme me baisser, poser la main sur la terre et lui dire, Arrête, ne tourne pas, je veux encore voir le soleil. Sur ces entrefaites, pendant que nous catapultions des mots sur des mots pour voir si de nouveaux mots en résulteraient, personne n'a remarqué que le préposé aux portes est descendu dans l'arène à la recherche d'un homme, un seul pour le moment, qui n'est même pas un lion à la faucille et qui n'est pas venu de loin, et cet homme, si on lui donnait un cahier pour écrire ce qu'il sait et, comme le feront le lendemain les quatre de Monte Lavre, Escoural, Safira et Torre da Gadanha, il inscrirait sur la première ligne ou sur toutes, pour qu'il n'y ait aucun doute et ne pas changer d'idée de page en page, s'il inscrivait son nom, disais-je, il écrirait Germano Santos Vidigal en toutes lettres.

Il a été découvert. Deux gardes l'emmènent, où que nous tournions nos regards nous ne voyons pas autre chose, on l'entraîne hors des arènes, vers la sortie à la porte du secteur six, deux autres gardes les rejoignent, et maintenant on dirait que c'est fait exprès, le terrain se met à monter, c'est comme si nous regardions un film sur la vie du Christ, voici le calvaire en haut, voici les centurions en bottes rigides et ruisselants d'une sueur guerrière, leurs lances sont munies de balles, il fait une chaleur suffocante, halte là. Des hommes épars dévalent la rue et donc, craignant qu'il ne s'agisse à nouveau de José Gato et de sa bande, le caporal Tacabo dit, Écartez-vous, cet homme est prisonnier. Les hommes épars s'écartent autant qu'ils le peuvent, au ras du mur, aucun danger n'est à craindre de leur part, on dirait même que l'ordre et l'information leur ont fait plaisir, le cortège n'a plus qu'une centaine de mètres à parcourir là-haut, nous apercevons par-dessus un mur une femme qui suspend un drap à une corde, ce serait amusant si cette femme s'appelait Véronique, mais non, elle s'appelle simplement Cesaltina et ne fréquente guère les églises. Elle voit passer l'homme entre les gardes, elle le suit des yeux, elle ne le connaît pas, mais elle a un pressentiment, elle approche le visage du drap humide comme un suaire et dit à son enfant qui s'obstine à jouer au soleil, Viens, on rentre.

Les gardes traversent la route qui monte vers le château et s'élargit dans sa partie basse, ressemblant donc à une petite place, il y a encore quelques pas à faire, le gain de vie est si faible, si vous croyez que c'est là ce que pense le prisonnier vous vous trompez sérieusement, nous ne saurons pas quelles sont et seront ses pensées, ce qu'il faut maintenant c'est nous mettre à réfléchir. Si nous étions restés de l'autre côté, si nous avions suivi Cesaltina et si nous nous étions mis, par exemple, à jouer avec son fils, tout le monde aime les enfants, nous n'aurions pas su ce qui allait se passer, donc nous ne le ferons pas. Deux sentinelles sont à la porte, toute la garde est sur le pied de guerre, relevez aujourd'hui de nouveau la splendeur du Portugal, il est vrai que d'ici on aperçoit un bout de paysage, Notre-Dame de la Visitation, on ne peut plus miraculeuse, nous ne voulons pas de pèlerinages nationaux ici, et quelques rares jardins, l'espace ne permet pas davantage en ce lieu encaissé. Rentrons, dit Cesaltina à son fils, Rentrons nous aussi par ici, passons entre les sentinelles, elles ne nous voient pas, c'est notre privilège, traversons la cour, pas par ici, c'est une grande bâtisse, une sorte d'entrepôt des délits en gros et au détail, demain des hommes de Monte Lavre et venus d'ailleurs arriveront ici, des cas sans importance, la bonne porte est ici, mais pas par ce corridor, tournons à ce coude-ci, encore dix pas, attention, ne trébuchez pas sur ce banc, c'est ici, inutile d'aller plus loin, nous sommes arrivés, il suffit d'ouvrir la porte.

Nous ne sommes pas arrivés assez tôt pour assister aux préliminaires. Nous nous sommes attardés à regarder le paysage, à jouer avec le gamin qui aime tant s'amuser au soleil malgré les remontrances de ses parents, à poser des questions à Cesaltina, dont par hasard l'homme n'a rien à voir avec ces vicissitudes, il travaille à la mairie et s'appelle Ourique, et tout ce que nous venons de faire n'a été que prétextes, manœuvres dilatoires, une façon de détourner les yeux, mais à présent, entre ces quatre murs passés à la chaux, sur ce sol carrelé, observons les coins cassés, il a dû en passer des pieds par ici, l'usure a creusé des petites cuvettes dans les carreaux, et cette file de fourmis est intéressante, elle suit les interstices élargis comme si c'étaient des vallées, tandis que là-haut, projetées contre le ciel blanc qu'est le plafond et le soleil qu'est l'ampoule allumée, de hautes tours se déplacent, ce sont des hommes, les fourmis le savent bien parce que de génération en génération elles ont senti le poids de leurs pieds et le long jet chaud qui sort d'une espèce de tripe qui leur pend du corps, elles sont mortes noyées et macérées ainsi partout sur la terre, cette fois-ci cependant il est à supposer qu'elles échapperont à ça, car les hommes sont occupés à autre chose. Les fourmis ont un appareil auditif et une éducation musicale qui ne leur permettent pas de comprendre ce que disent et chantent les hommes, il ne leur est pas donc pas possible de saisir entièrement le sens de l'interrogatoire, mais les différences ne sont pas grandes, demain, dans ce même poste de la garde, mais dans un lieu moins retiré, les hommes de Monte Lavre, de Torre da Gadanha, de Safira et d'Escoural seront interrogés et nous saurons alors, et les insultes aussi, fils de pute, couillon, fils de pute, salaud, fils de pute, pédé, tout ça est banal, les gens ne s'offensent pas pour si peu, ce sont des histoires aussi ridicules que celles des commères, espèce de ceci, espèce de cela, qui s'en chiffonne, dans trois jours elles se seront rabibochées, mais pas dans ce cas-ci.

Prenons cette fourmi, ou plutôt ne la prenons pas, car il faudrait l'attraper, contentons-nous de l'observer parce qu'elle est une des plus grandes et lève la tête comme un chien, elle avance en ce moment le long du mur à la queue leu leu avec ses sœurs, elle aura le temps de faire dix fois son long voyage entre la fourmilière et nous ne savons pas quoi d'intéressant, de curieux ou simplement de comestible dans cette pièce à l'écart, avant que l'épisode ne se conclue obligatoirement par la mort. À l'instant même un des hommes vient de tomber, il est au niveau des fourmis, nous ne savons pas s'il les voit mais elles le voient, et il tombera si souvent qu'à la fin elles connaîtront son visage par cœur, la couleur de ses cheveux et de ses yeux, le dessin de son oreille, l'arc sombre de ses sourcils, l'ombre si douce de la commissure de ses lèvres, et de tout cela on en parlera longuement dans la fourmilière pour l'édification des générations futures, car il est utile que les jeunes sachent ce qui se passe dans le monde. L'homme est tombé et aussitôt les autres l'ont relevé brutalement, lui ont hurlé de chaque côté une question différente, comment pourrait-on y répondre même si on le voulait, ce qui n'est pas le cas, car l'homme qui est tombé et qui a été relevé mourra sans dire un seul mot. Seuls des gémissements sortiront de sa bouche et des plaintes profondes dans le silence de son âme, mais même lorsque ses dents seront cassées et qu'il lui faudra en recracher des morceaux, ce qui donnera d'autres raisons plus fortes encore aux deux autres de recommencer à le tabasser, car on ne souille pas ce qui appartient à l'État, même alors le bruit sera celui produit par le crachement, il n'y en aura pas d'autre, la mécanique inconsciente des lèvres, puis la retombée par terre ici et là de la salive épaissie de sang pour stimuler les papilles gustatives des fourmis qui se télégraphient l'une à l'autre la pluie de cette nouvelle manne d'un rouge singulier venue d'un ciel aussi blanc.

L'homme est tombé une nouvelle fois. C'est le même, dirent les fourmis, le dessin de l'oreille, l'arc des sourcils, l'ombre de la bouche, il n'y a pas de confusion possible, comment se fait-il que ce soit toujours le même homme qui tombe, ne se défend-il donc pas, ne se bat-il pas. Ce sont là critères de fourmis et de leur civilisation, elles ignorent que le combat de Germano Santos Vidigal n'est pas avec ceux qui le rouent de coups, Escarro et Escarrilho, mais avec son propre corps, en cet instant avec la douleur foudroyante entre ses jambes, dans ses testicules, pour employer un langage de manuel de physiologie, ses couilles dans ce parler grossier qui s'apprend plus facilement, boules fragiles, ballons remplis d'un éther impondérable qui dans les moments de transe nous élèvent justement, je veux parler des hommes, ce sont ces ballons qui nous soulèvent en un voyage entre le ciel et la terre, mais pas ces malheureuses que les mains protègent anxieusement et qui les lâchent à présent car un fracas et un coup brutal avec un talon se sont abattus sur les reins. Les fourmis sont surprises, mais juste en passant. Après tout elles ont leurs obligations, des horaires à respecter, elles font déjà beaucoup quand elles lèvent la tête comme les chiens et aiguisent leur faible vue pour vérifier si l'homme tombé est bien le même ou si une variante a été introduite dans l'histoire. La plus grande fourmi a contourné le reste du mur, elle est passée sous la porte, un certain temps s'écoulera avant qu'elle ne revienne et elle trouvera alors tout changé, c'est une façon de parler, car il continuera à y avoir trois hommes, mais les deux qui ne tombent jamais s'amusent, c'est sûrement un jeu, on ne voit pas d'autre explication, espérons que l'enfant de Cesaltina ne se divertira jamais ainsi, ils s'amusent à pousser l'autre contre le mur, ils l'attrapent par les épaules et le projettent contre lui et alors c'est selon, ou bien c'est le dos qui prend et la tête qui heurte en plein le mur, ou bien c'est la face et le pauvre visage déjà tout meurtri qui s'écrase sur la chaux et y imprime un peu de sang, pas beaucoup, celui qui coule de la bouche et de l'arcade sourcilière droite. Et si on le laisse là, il glisse évanoui, l'homme, pas le sang, le long du mur, jusqu'à s'effondrer par terre, enroulé, à côté du petit chemin des fourmis, soudain effrayées en entendant tomber de haut cette grande masse, qui finalement ne les atteint pas, ne les effleure même pas. Et pendant tout le temps qu'on l'a laissé ainsi, une fourmi s'est accrochée à ses vêtements, elle a eu envie de le voir de plus près, la stupide, elle va être la première à mourir car à l'endroit précis où elle se trouve en cet instant le premier coup de gourdin va s'abattre, le second elle ne le sent déjà plus, l'homme si, qui de douleur sent bondir, non pas lui-même, mais son estomac, et de nouveau il s'effondre, pris de nausées, c'est l'estomac, le heurt violent en plein dedans ou un coup de pied et aussitôt après un autre dans les parties, mot si courant qu'il n'offense pas l'oreille.

Un des hommes est sorti, il est allé se reposer de l'effort. C'est Escarrilho, né de mère et de père, marié et avec des enfants, et c'est peu dire car l'autre, Escarro, celui qui est resté à l'intérieur pour garder le prisonnier, est lui aussi né d'une mère et d'un père, lui aussi est marié et a des enfants, comment les distinguer si ce n'est par les traits de leur visage, et même ainsi ce n'est pas facile, et aussi par leur nom, l'un se nomme Escarro, l'autre Escarrilho, ils ne sont pas parents bien qu'appartenant à la même famille. Il fait les cent pas dans le corridor, il trébuche de fatigue contre le banc, Ça me tue ces types qu'ouvrent pas la bouche, mais j'aurai sa peau, ou bien je m'appelle pas Escarrilho, ça fait pas un pli que je l'aurai sa peau. Il va boire une énorme rasade d'eau, c'est une fièvre ardente et il est pris alors d'une nervosité brutale, il fait irruption dans la pièce, il a retrouvé ses forces, c'est un ouragan, il se lance comme un chien sur Germano Santos Vidigal, c'est un chien et il s'appelle Escarrilho, et c'est comme si Escarro faisait Tsé, tsé, il ne lui reste plus qu'à mordre, peut-être mordra-t-il, on constatera plus tard que ça, ici et ici, ce sont des traces de dents, d'homme ou de chien, le doute est permis, car il vient parfois des dents de chien aux hommes, tout le monde sait ça. Pauvres chiens, lesquels apprennent à mordre celui qu'ils devraient respecter et là où ils ne devraient pas, ici, à cet endroit de moi où je suis homme, pas davantage qu'au bras ou au menton, ou à cet autre endroit qui est le cœur, un autre genre d'yeux, ou dans le cerveau, yeux véritables. Mais on m'a dit depuis que j'étais tout petit que c'est dans cette machine inquiète que je suis le plus homme et, bien que je ne le croie pas réellement, je l'apprécie et il n'est pas juste que des chiens la mordent.

La grande fourmi en est à son cinquième voyage et le jeu continue. Cette fois c'est Escarro qui est sorti se reposer, il est allé fumer une cigarette dans la cour déserte, il est passé dans le bureau du lieutenant Contente pour s'informer de l'évolution des opérations de campagne, des grandes manœuvres, et le lieutenant lui a dit qu'il procédait à une rafle générale des grévistes dans tout le district, avec tous les effectifs en action, il aurait été bon qu'on nous envoie des renforts, il comptait enfin en attraper autant que ceux qui sont déjà dans les arènes, Et ce Germano Vidigal, il a parlé, demande discrètement le lieutenant Contente, car au fond ce ne sont pas ses oignons et Escarro n'était pas obligé de répondre, mais il répondit, Pas encore, le type est coriace, et le lieutenant, empressé et serviable, Il faut employer les grands moyens. Ce petit torquemada de Montemor est un bon assistant, il fournit le toit et la protection, plus des conseils et, ayant allumé une cigarette, il entend la réponse revêche d'Escarro, Nous savons très bien ce que nous faisons, et il est sorti en claquant la porte, Quel crétin, et peut-être à cause de ça, de cette contrariété, il est entré dans la pièce où se trouvaient les fourmis et a sorti du tiroir un fouet renforcé d'acier, arme mortelle, il a passé la dragonne autour de son poignet pour avoir une meilleure prise et quand cet homme, maintenant un être de souffrance, étourdi, cherchait à se soustraire aux assauts d'Escarrilho, il a abattu le fouet sibilant sur ses épaules, puis le long de son dos, centimètre après centimètre, comme s'il battait du seigle vert, jusqu'aux reins, s'y attardant, aveugle avec les yeux bien ouverts, car il n'est pas pire aveugle, rythmant méthodiquement les coups sur l'homme maintenant tombé par terre afin de ne pas trop se fatiguer, tout se paie sauf la fatigue, mais peu à peu il perd le contrôle de lui-même et tout son être se transforme en une machine à battre entrée soudain dans un délire, en un automate ivre, si bien qu'Escarrilho vient lui poser la main sur le bras, Attends, l'ami, n'exagère pas, l'homme finira par y rester. Les fourmis le savent, elles sont habituées à voir leurs morts et à faire des diagnostics à première vue, elles sont parfois sur leurs pistes en train de remorquer une barbe d'épi quand elles trébuchent sur une petite chose ratatinée, presque méconnaissable, mais elles n'hésitent pas, elles agitent leurs antennes d'un côté et de l'autre, gênées par leur fardeau, mais elles se font très bien comprendre dans leur morse, Il y a ici une fourmi morte, puis on se distrait à regarder dans une autre direction et quand on revient au même endroit, le cadavre a déjà disparu, les fourmis sont ainsi, elles ne laissent pas à la vue de tous leurs morts tombés dans l'accomplissement du devoir, et c'est à cause de tout ce qui vient d'être dit que la grande fourmi, qui se trouvait en être à son septième voyage et qui passe en ce moment, lève la tête et regarde le gros nuage devant ses yeux, mais ensuite elle fait un effort, ajuste son mécanisme de vision et pense, Comme cet homme est pâle, on ne dirait pas que c'est le même, il a le visage enflé, les lèvres tuméfiées, et les yeux, pauvres yeux, on ne voit rien entre les paupières gonflées, il est si différent de ce qu'il était en arrivant, mais je le reconnais à son odeur, l'odorat étant encore le meilleur sens des fourmis. Pendant qu'elle pense cela le visage cesse soudain d'être à sa portée car les deux autres hommes le traînent et le mettent sur le dos, lui jettent de l'eau sur la figure, une pleine cruche qui par hasard est fraîche, tirée du fond du puits noir avec une pompe, une eau qui ne savait guère à quoi elle allait servir, une eau venue des entrailles de la terre, voyageuse longtemps souterraine, après avoir connu d'autres lieux, les degrés pierreux d'une source, la rugosité lumineuse du sable, la douceur tiède de la vase, la stagnation pourrie d'un marécage et le feu du soleil qui lentement l'a effacée de la terre, où est-elle passée, personne ne l'a vue et finalement elle est dans ce nuage qui passe, combien de temps plus tard, soudain elle est tombée sur la terre, elle est venue d'en haut sans défense, belle est la terre que l'eau aperçoit et si l'eau peut choisir l'endroit où elle va tomber, si elle le pouvait, il n'y aurait pas autant de soif ou autant d'abondance un certain laps de temps après, soudain elle est tombée sur la terre, elle a voyagé, elle s'est décantée, eau pure, eau très pure, jusqu'à rencontrer la veine, le cours d'eau secret, la nappe perforée à cet endroit par une pompe aspirante, puits sonore et sombre, et soudain une cruche, l'eau emprisonnée dans le piège transparent, quel destin à présent, étancher une sécheresse, mais non, on la répand de haut sur un visage, chute brusque, mais vite amortie par ce lent écoulement sur des lèvres, sur des yeux, sur le nez et le menton, sur des joues hâves, sur un front mouillé par cette autre eau qu'est la sueur, et elle fait connaissance ainsi du masque de cet homme pour l'instant encore vivant. Mais l'eau coule par terre, elle a tout éclaboussé à l'entour et le carrelage est devenu rouge, sans parler des fourmis mortes noyées, la plus grande en a réchappé car elle en est à son huitième voyage et ne se fatigue pas.

Escarro et Escarrilho soulèvent Germano Santos Vidigal en l'attrapant sous les bras et le remettent debout, il ne voudrait pas qu'ils se dérangent, et ils vont l'asseoir sur une chaise. Escarro a encore le fouet à la main, retenu à son poignet par la dragonne, sa furie meurtrière est passée, mais il hurle, Salopard, et crache au visage de l'homme effondré sur la chaise comme une veste tout juste ôtée et qui est vide. Germano Santos Vidigal ouvre les yeux et, aussi incroyable que cela paraisse, il aperçoit la procession des fourmis, peut-être parce qu'elle est plus dense à l'endroit sur lequel par hasard ses yeux s'arrêtent en s'ouvrant, cela n'a rien d'étonnant, le sang humain est un mets de choix pour les fourmis et d'ailleurs, quand on y pense, elles ne vivent pas d'autre chose, et trois gouttes de sang sont tombées là ensemble, père Agamedes, et trois gouttes de sang font une mare, un lac, une mer océane. Il a ouvert les yeux, si on peut appeler ça ouvrir, des fentes très étroites par où la lumière peut à peine pénétrer et celle qui entre est de trop, tant la douleur dans les pupilles est aiguë, ressentie uniquement pour ce qu'elle est, une douleur nouvelle, une lame s'enfonçant là où cent autres sont plantées et se retournent dans la chair et, après avoir poussé un gémissement il a balbutié quelques mots auxquels Escarro et Escarrilho se raccrochent anxieusement, se repentant déjà d'un châtiment aussi sévère, il ne pourra peut-être pas parler, mais ce que veut Germano Santos Vidigal, pauvre homme encore assujetti aux besoins de son corps, c'est aller là-bas afin d'y soulager sa vessie qui, allez savoir pourquoi, vient d'émettre un signal urgent, sinon elle se déversera ici même. Escarro et Escarrilho ne veulent pas souiller le sol plus que ce que l'on a déjà vu, et aussi dans l'espoir d'avoir enfin brisé la résistance de l'obstiné et que ce soit là le premier signe, l'un va voir à la porte si le corridor est libre, il fait un signe et rentre et tous deux soutiennent Germano Santos Vidigal sur les cinq mètres qui le séparent de la latrine, ils l'adossent à la paroi de l'urinoir et le malheureux doit se déboutonner avec ses doigts gourds, cherchant et extrayant de la braguette l'instrument torturé, la flûte, n'osant pas toucher les testicules tuméfiés, le scrotum lacéré, puis il se concentre, il appelle tous ses muscles à la rescousse, il leur demande de se contracter d'abord, puis de se relâcher d'un seul coup afin que les sphincters se desserrent et soulagent la terrible tension, il essaie une fois, deux fois, trois fois et soudain le jet s'échappe, un jet de sang, peut-être aussi d'urine, qui les distinguera maintenant dans cet unique jaillissement vermeil, comme si toutes les veines du corps s'étaient rompues et trouvaient là leur unique exutoire. Il se retient, mais le jet ne faiblit pas. C'est la vie qui s'enfuit par là. Elle s'écoule encore quand enfin il se rajuste, sans force pour se reboutonner. Escarro et Escarrilho le ramènent, ses pieds traînant déjà par terre, dans la pièce des fourmis, ils le rassoient sur la chaise, et Escarrilho lui demande d'une voix pleine d'espoir, Tu veux parler maintenant, à son idée puisqu'ils l'ont laissé aller là-bas il doit parler, un geste se paie avec un autre geste, mais Germano Santos Vidigal laisse pendre ses bras, sa tête retombe sur sa poitrine, la lumière s'éteint dans son cerveau. La grande fourmi disparaît sous la porte après avoir terminé son dixième voyage.

Quand elle reviendra de la fourmilière, elle verra la pièce remplie d'hommes. Il y aura là Escarro et Escarrilho, le lieutenant Contente, le sergent Armamento, le caporal Tacabo, deux soldats anonymes et trois prisonniers triés sur le volet pour témoigner que lesdits agents, ayant tourné le dos une minute, pas plus, pour s'occuper d'affaires urgentes, ont trouvé en revenant le prisonnier pendu à un fil de fer, dans la position actuelle, une extrémité du fil enroulé à ce clou là-bas et l'autre faisant deux fois le tour du cou de Germano Santos Vidigal, oui il s'appelle Germano Santos Vidigal, c'est important pour le certificat de décès, il faut appeler le responsable de la santé et, comme vous voyez, il est à genoux, ça n'a rien d'étonnant, quand on veut se pendre, on peut le faire même de la barre de son lit, ce qu'il faut c'est vouloir, quelqu'un en doute-t-il, Pas moi, disent le lieutenant, et le sergent, et le caporal, et les deux soldats et les trois prisonniers qui, grâce à leur bonne étoile, seront probablement remis en liberté aujourd'hui même. Cela suscite une vive indignation parmi les fourmis qui ont assisté à tout, tantôt les unes, tantôt les autres, mais entre-temps elles se sont réunies et ont assemblé ce qu'elles ont vu, elles détiennent la vérité tout entière, jusqu'à la plus grande fourmi qui a été la dernière à voir le visage de l'homme en gros plan, comme un gigantesque paysage et on sait que les paysages meurent parce qu'on les tue et non parce qu'ils se suicident.

Le corps a déjà été emporté. Escarro et Escarrilho remisent les instruments du métier, le gourdin, le fouet, ils frictionnent les articulations de leurs doigts, ils inspectent les bouts de leurs souliers et les talons, au cas où y seraient restés incrustés filaments d'étoffe ou taches de sang dénonçant aux yeux très perçants du détective Sherlock Holmes la faiblesse de leur alibi et l'absence de concordance dans les heures, mais il n'y a pas de danger, Holmes est mort et enterré, aussi mort que Germano Santos Vidigal, aussi enterré que celui-ci ne tardera pas à l'être, les années passeront sur ces histoires et le silence s'appesantira sur elles jusqu'à ce que les fourmis acquièrent le don de la parole et disent la vérité, toute la vérité et rien que la vérité. En attendant, si nous nous dépêchons, nous rattraperons encore monsieur le docteur Romano, qui avance là-bas devant, tête baissée, sa mallette noire au bras gauche, et nous pouvons donc lui demander de lever la main droite, Jurez de dire la

173

vérité, toute la vérité et rien que la vérité, pour les médecins ça doit se passer ainsi, ils ont l'habitude de faire les choses avec beaucoup de solennité, Dites donc, docteur Romano, médecin responsable de la santé publique, assermenté en souvenir d'Hippocrate et avec des mises à jour de forme et de sens, dites-nous donc, docteur Romano, ici sous ce soleil qui nous éclaire, s'il est réellement vrai que l'homme s'est pendu. Le docteur responsable de la santé publique lève la main droite, nous dévisage avec des yeux candides, c'est un homme très estimé dans le bourg, ponctuel à l'église et méticuleux dans ses relations sociales, et nous ayant montré la pureté de son âme, il dit, Si quelqu'un a enroulé un fil de fer deux fois autour de son propre cou et que l'autre bout du fil est accroché à un clou au-dessus de sa tête, et si le fil est tendu à cause du poids, fût-il partiel, du corps, il s'agit, sans le moindre doute, techniquement, d'une pendaison, et, ayant dit cela, il a baissé la main et s'en va vaquer à ses affaires, Un instant, docteur Romano, responsable de la santé publique, ne partez pas si vite, ce n'est pas encore l'heure du dîner, si tant est que vous ayez de l'appétit après ce à quoi vous avez assisté, j'envie un estomac pareil, attendez un instant et dites-moi si vous n'avez pas vu le corps de l'homme, les ecchymoses, les taches noires, l'appareil génital éclaté, le sang, Je n'ai pas vu ça, on m'a dit que le prisonnier s'était pendu et il était pendu, il n'y avait rien d'autre à voir, Seriez-vous un menteur, Romano docteur et responsable de la santé publique, comment avez-vous contracté, et à quelle fin, et depuis quand, cette vilaine habitude de mentir. Je ne suis pas un menteur, mais je ne peux pas dire la vérité, Pourquoi, Par peur, Allez en paix, docteur Pilate, dormez en paix avec votre conscience, forniquez vigoureusement avec elle, elle les mérite sacrément, vous et la fornication, Adieu, monsieur l'auteur, Adieu, monsieur le docteur, mais écoutez le conseil que je vous donne, évitez les fourmis, surtout celles qui lèvent la tête comme les chiens, ce sont des bestioles très observatrices, vous n'imaginez pas, docteur Pilate, vous allez être sous le regard de toutes les fourmilières, n'ayez pas peur, elles ne vous feront pas de mal, c'est juste pour voir si un jour votre conscience vous fera cocu, ce serait là votre salut.

La rue où nous nous trouvons s'appelle de la Parreira, on ignore pour quelle raison, peut-être qu'au temps jadis une treille avec une vigne célèbre y donnait de l'ombre, et comme il n'y a pas de nom de saint, de politicien, de bienfaiteur ou de martyr à inscrire sur la plaque au coin, elle continuera à se nommer de la Parreira, Dieu sait jusqu'à quand. Que ferons-nous à présent si les hommes de Monte Lavre, Escoural, Safira et Torre da Gadanha n'arrivent que demain, si les arènes sont fermées et que personne n'y entre, que ferons-nous, car nous allons au cimetière, qui sait si Germano Santos Vidigal est déjà arrivé là-bas, les morts, quand la fantaisie les en prend, marchent vite, et ce n'est pas loin, nous longeons cette rue, l'après-midi fraîchit, après nous tournons à droite, comme si nous allions à Évora, c'est facile, puis nous prenons à gauche, impossible de nous tromper, on aperçoit les murs blancs et les cyprès, comme partout. La maison mortuaire se trouve là, mais elle est fermée, ils ont tout bouclé et emporté la clé, nous ne pouvons pas entrer, Bonjour, monsieur Ourique, vous êtes encore au travail, C'est vrai, mais comment faire, des gens ne meurent pas tous les jours, mais tous les jours il faut arranger leurs lits, balayer les allées, bref, J'ai vu là-haut votre femme Cesaltina et votre fils, vous avez un bel enfant, C'est la vérité, Un joli mot que celui-là, monsieur Ourique, C'est la vérité, Alors dites-moi si c'est la vérité que le corps qui se trouve dans la maison mortuaire est mort de mauvais traitements ou simplement parce que son ancien patron a décidé de le pendre, C'est la vérité que mon fils est un bel enfant avec cette habitude qu'il a de vouloir jouer au soleil, c'est la vérité que le corps qui se trouve là-bas a été pendu, c'est la vérité que dans l'état où il était il n'aurait pas eu la force de se pendre, c'est la vérité que ses parties sont complètement éclatées, c'est la vérité qu'il n'est plus qu'une pâte sanguinolente, c'est la vérité que même après sa mort les enflures dues aux coups, grosses comme des œufs de perdrix, n'ont pas désenflé et c'est la vérité que moi je serais mort pour beaucoup moins, or j'ai davantage l'habitude de la mort, Merci, monsieur Ourique, vous êtes fossoyeur et vous êtes un homme sérieux, peut-être parce que vous aimez tellement votre fils, dites-moi donc de qui est ce crâne que vous tenez dans les mains, est-ce celui du fils du roi, Cela je ne le sais pas, il n'est pas de mon temps, Au revoir, monsieur Ourique, ça va être l'heure de fermer le portail, rappelez-moi au bon souvenir de Cesaltina et embrassez votre fils parce qu'il aime tant jouer au soleil.

On dit ces choses-là en guise d'adieu, d'ici en bas on aperçoit le château, si seulement on pouvait raconter toutes les histoires le concernant, les histoires passées comme les futures, ce serait une grave erreur que de croire que parce que aujourd'hui on fait la guerre à l'extérieur des châteaux, les actions auxquelles ils prennent part sont finies, même minables, même peu glorieuses, comme disait le marquis de Marialva, J'ai déjà fait part à votre majesté de la manière dont Manuel Ruiz Adibe qui gouverne Montemor n'a pas la capacité de gouverner cette place, car outre ses insuffisances dans tous les domaines, il dispense les hommes travailleurs de venir œuvrer à la fortification en raison de l'argent qu'ils coûtent et c'est la cause pour laquelle la fortification est tellement en retard ainsi qu'on peut le voir, et je demande donc à votre majesté de vouloir bien m'autoriser à l'informer des personnes qui conviendraient le mieux pour ce poste, le lieutenant général d'artillerie Manuel da Rocha Pereira présentant en l'occurrence toute la suffisance de qualités, activité et zèle, et bonne disposition à occuper ce poste, votre majesté ayant la bienveillance de lui faire mander sa patente, avec pour titre lieutenant maître de camp général, et Manuel Ruiz Adibe pourra jouir de sa solde pour ses divertissements comme le font les autres capitaines de cavalerie que votre majesté a pensionnés, mais il ne manque pas de biens ni n'a tant d'obligations qu'il ne puisse vivre dans l'aisance même si sa solde ne lui est pas entièrement versée. Diable d'Adibe qui s'occupait si mal des affaires de sa majesté et si bien des siennes, les temps ont changé, maintenant il y a des fonctionnaires zélés qui tuent dans le poste de garde de Montemor et qui sortent fumer une cigarette, qui adressent un signe, à demain, à la sentinelle qui scrute courageusement la ligne d'horizon, au cas où les Espagnols pointeraient leur nez là-bas, puis d'un pas assuré ils descendent sereinement la rue en bavardant, en dressant le bilan du travail de la journée, tant de coups de poing, tant de coups de pied, tant de coups de gourdin, et ils estiment avoir fait du bon travail, aucun d'eux ne s'appelle Adibe, ils ont pour nom Escarro et Escarrilho, on dirait des jumeaux, ils s'arrêtent en face du cinéma qui annonce le film de dimanche, déjà demain, inauguration de la saison d'été avec l'intéressante comédie Le Paresseux Magnifique, Ce serait une bonne idée d'y emmener les femmes dès que les choses seront plus calmes, ça leur plaira, les pauvrettes, ça doit valoir la peine, mais fameux, ce qui s'appelle vraiment fameux, ç'a été le spectacle du jeudi, Estelita Castro, la diva de la chanson et de la danse, secondée par Antonio Vico, Ricardo Merino et Rafaela Satorres dans la merveilleuse comédie musicale Mariquilla Tremblement de terre, olé.

Entre les morts et les blessés, ceux-ci en ont réchappé. Nous ne les ne nommerons pas l'un après l'autre, il suffira de savoir que certains sont allés vivre à Lisbonne dans des prisons et des cachots et que les autres ont repris le collier, cette fois avec le nouveau salaire pendant la durée de la moisson. Le père Agamedes admoneste paternellement les égarés, il leur rappelle indirectement, quand ce n'est pas directement, combien ils lui doivent et combien ils ont d'autant plus l'obligation d'accomplir leurs devoirs de chrétiens, la sainte mère ayant montré avec tant d'éclat son pouvoir et son influence qu'il lui a suffi de toucher les verrous de la prison pour que ceux-ci tombent, pour que les grilles s'ouvrent, alléluia. Il adresse ces paroles grandiloquentes à une église dépeuplée en dehors des vieilles femmes, car les autres ruminent ce que la gratitude leur a coûté et ne se résignent pas. À Monte Lavre on sait très peu de choses à propos des emprisonnements, tout demeure vague, même si Sigismundo Canastro prétend qu'ils ont été nombreux et l'on ne commencera à être au courant de la mort survenue que le lendemain, dans les conversations au sein des équipes avec son voisin de sillon, mais la lassitude des vivants semble plus lourde que l'agonie irrémédiable, Mon père va mal, je ne sais pas ce qu'on peut faire, ce sont là des lamentations particulières concernant le foyer de chacun, ça évite de parler de la moisson qui s'achèvera bientôt et après que se passera-t-il. Ce ne sera pas différent des autres années, mais maintenant Norberto, Alberto, Dagoberto vitupèrent par la bouche des régisseurs, disant que ce tas de jean-foutre se repentira de la grève et que ce qu'ils touchent en plus leur coûtera cher. Adalberto a déjà écrit de Lisbonne qu'une fois moisson et battage terminés, il ne garderait que les hommes des cochons et des brebis ainsi que le gardien, il ne veut pas que des grévistes et des tire-au-flanc mettent le pied dans ses domaines, il indiquera plus tard s'il y a davantage à faire, ça dépendra des olives, de comment se présentera leur récolte. Le régisseur répondra, mais tout ça c'est de la correspondance courante que personne ne conserve, on reçoit la lettre, on fait ce qu'elle dit ou on répond aux questions posées, et après où est-ce que j'ai bien pu la fourrer, ce serait amusant de classer ces écrits dans l'ordre et de s'en servir pour raconter l'histoire, ce serait une autre façon de la narrer, notre erreur c'est de penser que seules les grandes choses sont importantes, on s'attache à les relater et ensuite, quand on veut savoir comment les événements se sont passés, qui était là, ce que les gens ont dit, c'est pratiquement impossible.

Elle s'appelle Gracinda Mau-Tempo et elle a dix-sept ans. Elle épousera Manuel Espada, mais ce ne sera pas de sitôt, La fille est jeune, elle ne peut pas se marier comme ça du jour au lendemain, sans trousseau déjà constitué, que tous deux prennent donc patience. Ce sont là des empêchements évidents, sans compter qu'ils n'ont pas de maison où habiter, Tu imagines ça, toi, devoir aller vivre dans un autre village, Tu ne voudras pas faire comme ton frère, toujours par monts et par vaux, je sais bien que ce n'est pas pareil, toi tu es une fille, mais j'ai déjà un fils loin de mes yeux, ça me suffit comme ça, ah, ce garçon. Ainsi dit Faustina, et João Mau-Tempo fait oui de la tête, il a toujours une douleur dans la poitrine quand on parle de son fils, ce diable de garçon, il n'a que dix-huit ans et déjà cet instinct de prendre le large, comme son grand-père qui est dans l'au-delà. Gracinda Mau-Tempo racontera ensuite l'essentiel de ces conversations à Manuel Espada et il répondra, Ça m'est égal d'attendre, ce que je veux c'est me marier avec toi, et il dit ça d'un air grave, comme c'est son habitude en toute occasion, c'est une façon d'être qui le fait paraître plus vieux, et la différence d'âge n'est déjà pas si mince, comme avait déclaré Faustina quand sa fille lui avait dit que Manuel Espada lui avait demandé d'être sa promise, Mais il est bien plus vieux que toi, C'est vrai, mais qu'est-ce que ça peut faire, avait répondu Gracinda, offensée et à juste titre, car ce n'était pas la question, la question était qu'elle était tombée amoureuse de Manuel Espada lors de ce jour de juin à Montemor, il ne manquait plus que d'évoquer la différence d'âge, encore que Manuel Espada n'eût pas oublié cet aspect lorsqu'il lui avait parlé, J'ai sept ans de plus que toi, et elle, avec un demi-sourire, mais sans y voir très clair dans ses pensées, Qu'est-ce que ça peut faire, l'homme doit être plus vieux, et quand elle eut fini de dire ça elle devint toute rouge car elle avait dit oui sans dire oui, ce que Manuel Espada comprit parfaitement et il passa à la question suivante, Alors, tu acceptes, J'accepte, et désormais Manuel Espada put courtiser Gracinda selon les règles, sur le seuil de la porte, il était encore trop tôt pour qu'il entre, mais les règles ne furent pas observées quand Manuel Espada décida de parler immédiatement aux parents, au lieu d'attendre que les sentiments se confirment et que le secret mal caché se divulgue. João Mau-Tempo et Faustina avancèrent alors leurs raisons, lesquelles n'étaient pas très origi-nales, à savoir qu'ils n'avaient pas les moyens pour un mariage et que donc ils devraient attendre, J'attendrai le temps qu'il faudra, dit Manuel Espada, et il s'en alla, disposé à travailler et à économiser, bien qu'il dût aider ses parents avec qui il vivait. Ce sont là des détails propres aux vies modestes, ils ne varient pas ou si peu qu'en deux générations on ne remarque pas les différences, et Gracinda Mau-Tempo sait aussi que dorénavant elle devra calculer, marchan-der avec sa mère la part de son salaire qu'elle pourra consacrer à son trousseau, comme il est de son devoir.

On a beaucoup parlé des hommes, un peu des femmes, mais quand on l'a fait, ce fut en tant qu'ombres passagères ou parfois en tant qu'interlocutrices indispensables, chœur féminin, habituelle-ment silencieuses en raison du grand poids de leur charge ou de leur ventre, ou alors mères douloureuses pour diverses raisons, un enfant mort, un autre devenu un vaurien, ou une fille déshonorée, ce qui n'est pas rare. Nous continuerons à parler d'hommes, mais aussi de plus en plus de femmes, et pas à cause de ces fiançailles ni du futur mariage, car fiancées furent aussi Sara da Conceição et Faustina, grand-mère déjà morte et mère heureusement encore vivante de Gracinda Mau-Tempo, et de cela peu de choses furent dites, les raisons sont autres, encore qu'imprécises peut-être, et c'est que les temps sont en train de changer. Notamment le fait que des sentiments aient été déclarés à la porte d'une prison ou d'un poste de garde et lieu de mort, en l'occurrence c'est du pareil au même, est contraire aux traditions et aux convenances en une heure d'une telle tristesse, encore que contrebalancée, il est vrai, par les joies d'une liberté encore craintive, quand un garçon dit à une fille, Je veux faire de toi ma fiancée, la jeunesse d'aujourd'hui ne ressemble en rien à celle de mon temps.

Gracinda était née deux ans avant sa sœur Amélia, mais, du fait que celle-ci avait été pubère très tôt, la différence d'âge s'effaçait aux yeux de qui n'était pas au courant. Elles ne se ressemblaient pas beaucoup, peut-être parce que leurs sangs étaient très mêlés et fort prompts à manifester leur singularité. Nous pensons à cet ancêtre venu des froidures du nord qui avait violé la jouvencelle à la source sans avoir été châtié par son seigneur Lamberto Horques, préoccupé par d'autres ascendances et chevauchées. Cependant, pour nous convaincre de la modestie et de la petitesse de ce monde, voici Manuel Espada qui demande à Gracinda Mau-Tempo d'être sa fiancée à côté de cette même source, près d'un lit de fougères qui cette fois n'ont été ni écrasées ni brisées comme c'était arrivé aussi longtemps que le corps vaincu de la violentée ne s'était pas détendu. Si nous pouvions réunir les fils épars, le monde serait la plus forte et la plus justifiée de toutes les choses. Et si la source pouvait parler, c'est une supposition, mais ce serait mérité et juste, car elle a déversé son eau chantante avec tant de constance, et cela depuis bien cinq cents ans, et même davantage si elle est l'œuvre des Maures, si elle pouvait parler, parions qu'elle dirait, Cette jeune fille est déjà venue ici, confusion excusable, car avec le temps même les sources s'embrouillent dans leurs souvenirs, sans parler de la grande différence, évidente pour ce qui est de Manuel Espada, lequel se contente de prendre la main de Gracinda Mau-Tempo, Alors, tu acceptes, et ils se remirent à gravir la côte en laissant les fougères pour une autre occasion.

Le savoir de ces enfants est grand et varié. Entre António Mau-Tempo, qui est l'aîné, et Amélia Mau-Tempo, qui est la benjamine, quatre années s'interposent, pas plus. Il y eut une époque où ils furent trois petits paquets de chair mal nourrie et mal vêtue, comme ils le sont encore aujourd'hui, adolescents, si ce mot n'est pas trop élégant pour ces paysages et dans ce latifundium. Ils ont été transportés sur le dos de leur père et de leur mère, dans des paniers portés sur la tête quand ils ne pouvaient pas encore marcher ou que leurs jambes se fatiguaient trop vite, à califourchon sur les épaules de leur père ou dans les bras de leur mère, ils ont marché eux-mêmes et, proportionnellement à leur âge, ont davantage voyagé que le juif errant. Ils ont livré de grandes batailles contre les moustiques en terres de rizières, pauvres innocents sans défense qui n'avaient même pas assez de discernement pour chasser de leur joue l'escadron de lanciers volants qui vrombissaient de pur plaisir paroxystique. Mais comme la vie des moustiques est brève et que les enfants n'étaient pas morts, nous parlons de ceux-ci, pas des autres qui n'ont pas manqué de mourir de fièvre paludéenne, s'il y eut des vainqueurs dans cette guerre ce furent les tenants de la résistance passive. Ce n'est pas fréquent, mais ça arrive.

Voyez maintenant ces enfants, ou celui-ci, n'importe lequel d'entre eux, l'aîné, ou celui du milieu, ou celle-ci, la benjamine, couchée ici dans une caisse à l'ombre d'une yeuse, pendant que sa mère travaille à proximité, mais pas assez près pour l'apercevoir distinctement et, sachant comme nous le savons ce que sont les enfants, surtout s'ils ne sont pas encore capables de parler, survient un petit mal au ventre, ou même pas cela, juste l'évacuation en temps opportun des excréments, et heureusement que cette fois-ci nous n'avons pas une dysenterie, et quand Faustina vient la reprendre, c'est l'heure du déjeuner, Gracinda est toute barbouillée, couverte de mouches comme le tas de fumier qu'elle est, sauf votre respect. Pendant qu'elle nettoie tant bien que mal pas seulement le petit corps souillé jusqu'aux épaules, mais aussi les chiffons qui l'enveloppaient et qui sécheront, nous l'espérons, sur ce tas de bois, le temps a passé et l'appétit aussi. Et en cet instant nous ne savons pas de qui nous occuper, de Gracinda, pour le moment propre et rafraîchie, mais bien seulette, ou de Faustina qui retourne à son labeur en grignotant un quignon de pain sec. Restons ici, sous le chêne vert, et éventons le petit visage de l'enfant qui a envie de dormir avec une branche car les mouches reviennent et aussi pour éviter un chagrin aux parents, au cas où passerait par là le cortège d'un roi et de ses chevaliers et où la camériste de la reine stérile apercevrait ce petit ange couché et emporterait Gracinda au palais, et alors comme ce serait vilain que la petite fille trouvée ne reconnaisse pas ses vrais parents, simplement parce que maintenant elle n'est vêtue que de velours et de brocart et qu'elle joue du luth dans sa haute chambre donnant sur le latifundium. Sara da Conceição racontera plus tard des histoires de ce genre à ses petits-enfants et Gracinda ne nous croirait même pas si nous lui disions le grand danger qu'elle aurait couru si nous n'avions pas été présents, assis sur une pierre, en train de l'éventer avec une branche.

Mais quand ils le peuvent, les enfants grandissent. Tant qu'ils n'ont pas l'âge de travailler, ils sont confiés à la grand-mère, ou restent avec leur mère, s'il n'y a pas de travail pour elle, ou avec leur mère et leur père, s'il n'y a pas de travail non plus pour le père et, si le temps a passé, s'ils n'ont plus grand-chose d'un enfant mais tout d'un travailleur, s'il se trouve qu'il n'y a pas de travail pour les pères, les mères, les enfants et les grands-parents, vous avez là, mesdames et messieurs, la famille portugaise comme vous vous plaisez à l'imaginer, réunie dans la même faim, et alors tout dépend de la saison. Si c'est celle de la chute des glands, le père va en ramasser tant que Norberto, Adalberto ou Sigisberto n'envoient pas la garde patrouiller de nuit, car madame la république, à peine a-t-elle vu le jour, l'a aussi dressée pour ça. Ce sont de larges et longues histoires. Mais la nature est prodigue, mamelle abondante qui se déverse dans chaque sillon, Allons cueillir des cardons, des blettes, du cresson, et dites-nous ensuite s'il y a meilleure façon de s'approvisionner. Qui dit blettes, dit épinards, à première vue identiques, la différence ne se remarque qu'au goût, mais une fois cuites, après qu'on les a bien fait revenir avec l'unique oignon qui reste, excusez-moi si j'ai roté. Et il y a les cardons. Hache-moi ces cardons et ajoute-leur dix grains de riz, c'est un banquet, vous êtes servi, monsieur le curé Agamedes, qui a pris la viande peut bien prendre les os. Tout chrétien, et même celui qui ne l'est pas, doit avoir ses trois repas quotidiens, le déjeuner, le dîner et le souper, qu'on les nomme ainsi ou autrement, peu importe, ce qu'il faut c'est que l'assiette ne soit pas vide, ou l'écuelle, ou si le repas est fait de pain et d'un accompagnement, ce sera toujours mieux qu'une simple odeur. C'est là une règle d'or aussi valable que tout autre noble précepte, un droit de la personne humaine qui vaut aussi bien pour les parents que pour les enfants, afin que je ne sois pas obligé de manger une seule fois pour qu'eux puissent faire trois repas, encore qu'il soit vrai que ceux-ci sont davantage faits pour tromper que pour être réellement touchés du doigt. Les gens parlent, parlent, mais ne savent pas ce qu'est le besoin, tourner autour de la huche à pain et savoir que le dernier croûton a été mangé hier, et malgré tout lever le couvercle une fois encore, au cas où se serait produit le miracle des roses, lui aussi au demeurant impossible, car ni toi ni moi ne nous rappelons avoir jamais mis des roses dans la huche, pour ça il aurait fallu les cueillir, vous pensez peut-être qu'elles poussent sur les chênes-lièges, ça serait fichtrement bien, mais ce genre de délire est seulement la conséquence de la faim, Aujourd'hui c'est mercredi, va au manoir, Gracinda, vas-y avec ta sœur Amélia, conduis-la par la main, Gracinda, cette fois-ci António n'ira pas. C'est une incitation à la mendicité, voilà l'éducation que les parents donnent à leurs enfants, que ma langue ne se noue pas quand je dis ça, qu'elle ne tombe pas par terre en frétillant comme la queue d'un lézard, ainsi j'apprendrais à mesurer mes paroles et à ne pas parler le ventre plein, car c'est malpoli.

Mercredi et samedi sont les jours où Dieu Notre Seigneur descend sur la terre, métamorphosé en lard et en haricot. Si le père Agamedes était présent, il crierait à l'hérésie, il en appellerait à la sainte inquisition contre nous qui avons dit que le Seigneur est un haricot et un bout de couenne, mais l'ennui avec le père Agamedes c'est qu'il n'a pas beaucoup d'imagination, il a pris l'habitude de voir Dieu dans une pastille de farine de blé et n'a jamais été capable de l'inventer autrement, à l'exception de la grande barbe et des yeux sombres du Père, et de la barbichette et des yeux clairs du Fils, cette différence de couleur étant peut-être due à des épisodes de source et de fougères dans l'histoire sainte. Dona Clemência, épouse et coffre de vertus depuis Lamberto jusqu'au dernier Berto, en sait davantage sur ces transfigurations, car les mercredis et samedis elle préside à la composition des petites aumônes, dirigeant et surveillant l'épaisseur de la tranche de lard, choisie avec le moins de viande possible, c'est encore mieux s'il n'y a que du gras, c'est plus nourrissant, passant par scrupule de pure justice l'égalisateur sur le tout petit boisseau de haricots, cela par charité, afin d'éviter les guerres de l'envie enfantine, T'en as plus que moi, J'en ai moins que toi. C'est une belle cérémonie, les cœurs fondent de sainte compassion, aucun œil ne reste sec, les nez non plus, car c'est l'hiver maintenant et surtout là dehors, les gamins de Monte Lavre venus chercher leur aumône s'aplatissent contre le mur du manoir, voyez comme ils souffrent, leurs pieds sont nus, douloureux, regardez les fillettes lever un petit pied puis l'autre pour échapper au sol gelé, elles mettraient les deux pieds en l'air si durant leur vie des ailes leur poussaient comme on dit qu'elles pousseront quand elles seront mortes, si elles ont le bon sens de mourir tôt, regardez comme elles tirent sur leur pauvre petite robe, non par pudeur offensée, car pour l'instant les gamins ne prêtent pas attention à ce genre de choses, mais par frilosité inquiète. La file attend, chacun avec une petite boîte en fer-blanc à la main, tous le nez en l'air, ravalant leur morve, quand enfin la fenêtre à l'étage s'ouvre et le panier suspendu à une cordelette descend très lentement du ciel, la magnanimité n'est jamais pressée, il ne manquerait plus que ça, la hâte est plébéienne et avide, si la file n'engloutit pas les haricots sur-le-champ c'est parce qu'ils sont crus. Le premier dans la queue place son petit récipient en fer-blanc dans le panier, commence alors la grande ascension, va et ne tarde pas, le froid le long du mur coupe comme une lame aiguisée, qui donc peut supporter ça, or tous le supportent au nom de ce qui va venir, surgit alors la tête de la servante, le panier redescend avec le récipient plein ou à moitié plein, pour apprendre aux petits malins ou aux débutants que la taille du récipient n'influence pas la donatrice de cette cathédrale de bienfaisance. On pourrait penser que quiconque a vu ça a tout vu. Eh bien, ce n'est pas vrai. Personne ne quitte les lieux avant que le dernier n'ait reçu sa part et que le panier soit rangé jusqu'à samedi. Il faut encore que dona Clemência se montre à la fenêtre, bien emmitouflée dans des vêtements chauds, pour son geste d'adieu et de bénédiction, pendant que l'adorable et frais chœur enfantin dit merci en différentes langues, à l'exception des sournois qui se contentent de remuer les lèvres, ça suffit bien, Ah, monsieur le curé Agamedes, comme ça me fait du bien à l'âme, et si quelqu'un jure que ces paroles sont hypocrites, il fait erreur, car dona Clemência sent la différence dans son âme les mercredis et les samedis, en comparaison avec les autres jours. Et maintenant reconnaissons et louons la mortification chrétienne de dona Clemência qui, ayant à sa disposition, en temps comme en moyens de fortune, la possibilité d'un réconfort permanent et assuré de son âme immortelle, y renonce en ne donnant pas de lard et de haricots tous les jours de la semaine, tel est son cilice. D'ailleurs, dona Clemência, ces enfants ne doivent pas prendre de mauvaises habitudes, ça serait du propre quand ils grandiront, où s'arrêteraient leurs exigences.

Quand elle fut grande, Gracinda Mau-Tempo n'alla pas à l'école, Amélia non plus n'y ira pas. António non plus n'y était pas allé. Dans des temps très anciens, le père de ces trois-là était encore un môme, les propagandistes de la république étaient allés clamer dans les villages, Envoyez vos enfants à l'école, ils étaient comme des apôtres à barbiche et à moustache et en chapeau mou annonçant la bonne nouvelle, la lumière de l'instruction, ils prêchaient la croisade, avec l'immense différence que cette fois il ne s'agissait pas d'expulser le Turc de Jérusalem et du Saint-Sépulcre, il n'était pas question d'ossements absents, mais de vies présentes, vies qui allaient ensuite avec un petit sac en toile grossière suspendu par une ficelle à l'épaule et contenant l'abécédaire offert par cette même république, laquelle faisait charger la garde quand leurs géniteurs réclamaient une augmentation de salaire. Voilà pourquoi João Mau-Tempo fut suffisamment instruit pour pouvoir écrire sur le cahier à Montemor son nom avec une faute, João Mautenpo, encore que dans son incertitude il écrivît souvent João Mautempo, ce qui était déjà bien mieux, sinon correct, car Mau-Tempo est un étalage manifeste de prétention grammaticale. Le monde avance, mais c'est selon. À Monte Lavre il n'a pas assez avancé pour que les deux sœurs et le frère aillent à l'école et maintenant comment Gracinda écrira-t-elle à son amoureux s'il est loin, voilà une bonne question, et comment António Mau-Tempo enverra-t-il des nouvelles si ce pauvre garçon n'a rien appris et vagabonde et fréquente des bandes de vauriens, espérons qu'il n'a pas été contaminé par le poison, et il ne l'a pas été, dit Faustina à son mari, De toi il n'a eu que de bons exemples.

João Mau-Tempo fait oui de la tête, mais dans son cœur il doute. Il est malheureux de ne pas avoir son fils à ses côtés, de regarder autour de lui et de n'apercevoir que des femmes. Faustina, si différente de ce qu'elle était dans sa jeunesse et déjà alors elle n'était pas bien jolie, et ses filles, dont la fraîcheur résiste encore aux travaux de défrichage, dommage que les dents d'Amélia soient si gâtées. Mais João Mau-Tempo n'a pas la certitude d'avoir donné de bons exemples. Toute sa vie durant il n'a rien fait d'autre que gagner son pain et encore pas tous les jours, et aussitôt un nœud aveugle se forme dans sa tête parce qu'un homme vient au monde sans avoir rien demandé, qu'enfant il connaît le froid et la faim plus qu'il n'est normal, si tant est qu'il puisse y avoir une norme, parce que lorsqu'il grandit la faim redouble pour punir le corps d'avoir été capable de supporter tant de choses, et après avoir été maltraité par des patrons et des régisseurs, par des gardiens et les hommes de la garde, arrivé à quarante ans quand il dit ce qu'il veut, il est emprisonné comme du bétail destiné à la foire ou à l'abattoir, et en prison tout est fait pour rabaisser un homme, même la liberté est une gifle, un morceau de pain lancé par terre, pour voir si vous allez le ramasser. Voilà ce que nous faisons avec le pain quand il tombe, nous le prenons dans la main, nous soufflons doucement dessus comme pour lui restituer son esprit, puis nous lui donnons un baiser, mais je ne vais pas le manger tout de suite, je le partage en quatre morceaux, deux plus gros, deux plus petits, prends Amélia, prends Gracinda, ce morceau-ci est pour toi, celui-là pour moi, et si quelqu'un demande pour qui ont été les deux plus gros morceaux, ce quelqu'un-là est moins qu'un animal, car je sais qu'un animal le saurait, lui.

Les parents ne peuvent pas tout faire. Les parents mettent les enfants au monde, ils font pour eux le peu dont ils sont capables et ils s'attendent à ce que tout se passe pour le mieux, ils ont même l'impression que s'ils étaient très attentifs, ou même pas tellement, un père se laisse leurrer par n'importe quoi, il croit être attentif et ne l'est pas, mais enfin, il est impossible que mon fils soit un vagabond, ma fille une écervelée, mon sang empoisonné. Quand António Mau-Tempo passe des périodes à Monte Lavre, João Mau-Tempo oublie qu'il est père et plus âgé et il se met à tournicoter autour de son fils comme s'il voulait découvrir la vérité de ses absences, dans des endroits aussi éloignés que Coruche, Sado, Samora Correia, Infantado et même de l'autre côté du Tage, et les histoires véridiques qui par la bouche du fils viennent confirmer ou jeter la confusion dans la légende de José Gato, nous disons légende, bien qu'il faille de la mesure en tout, José Gato est un petit plastronneur sans gloire, il a laissé les gars de Monte Lavre aller en prison, ces anecdotes ont davantage de valeur parce qu'elles impliquent António Mau-Tempo, parce qu'il était sur place ou en a entendu parler, qu'en tant qu'information pittoresque pour la chronique de la petite délinquance rurale. Et João Mau-Tempo a parfois une pensée qu'il ne réussirait pas à exposer avec de longs mots mais qui, entrevue, semble dire que s'il s'agit de bons exemples, peut-être ceux donnés par José Gato ne sont-ils pas aussi mauvais que ça, même s'il vole et n'est pas présent dans les moments les plus nécessaires. Un jour António Mau-Tempo dira, Dans ma vie j'ai eu un maître et un précepteur, et maintenant, à l'âge que j'ai, je suis revenu au commencement pour tout réapprendre. S'il faut se mettre à préciser d'ores et déjà certaines choses, disons que le père a été le maître, José Gato le précepteur, et que ce qu'apprendra António Mau-Tempo, il ne sera pas le seul à l'apprendre.

Ces Mau-Tempo assimilent bien les leçons. Quand Gracinda Mau-Tempo se mariera, elle saura déjà lire. Une partie des fiançailles a été consacrée à ça, à un abécédaire conçu par le pédagogue João de Deus, avec des lettres noires et un autre avec des lettres en pointillés à tracer en gris pour bien distinguer les syllabes, il n'est pas naturel que ces subtilités se fixent dans des mémoires nées au milieu d'autres façons de parler, il suffit de continuer à lire en hésitant et de ménager des intervalles entre les mots en attendant que s'allume dans le cerveau la petite guirlande des lumières de l'entendement, ce n'est pas acega, Gracinda, c'est acelga, ne confonds pas. Manuel Espada entre maintenant dans la maison, sans l'abécédaire il serait encore cantonné pendant un bout de temps de l'autre côté du seuil, mais finalement cela faisait mauvais effet de donner un cours pendant que des gens passaient et les fiançailles paraissaient solides, Manuel Espada est un brave garçon, disait Faustina et João Mau-Tempo se mettait à regarder son futur gendre et le revoyait aller à pied de Montemor à Monte Lavre, dédaignant carrioles et charrettes, juste pour mettre en pratique ses idées afin de ne rien devoir à des gens qui lui avaient refusé du pain. C'était aussi une leçon et il la prenait pour telle, bien que Sigismundo Canastro eût dit, Manuel Espada a bien fait, mais nous n'avons pas mal fait, il n'a rien gagné en allant à pied et nous n'avons pas perdu en allant à cheval, tout est dans la conscience des gens. Et Sigismundo Canastro, qui a un rire malicieux, encore qu'assez édenté, a ajouté après, Sans compter que lui est jeune et qu'à nous les jambes commencent à nous peser. Eh oui, mais s'il y eut trente-trois raisons pour l'accueil favorable que reçut la proposition de fiançailles de Manuel Espada dans l'esprit des parents de Gracinda, la première de toutes, si jamais João Mau-Tempo se l'avoua à lui-même, fut les vingt kilomètres parcourus à pied, le refus impétueux du gars, cette façon de se montrer un homme avec constance pendant presque quatre heures sous le soleil, ses bottes martelant le macadam, comme s'il portait un immense drapeau qui n'acceptait pas de se soumettre à un voyage dans les voitures du latifundium. De la sorte, comme ça s'est toujours passé depuis que le monde est monde, le vieux a appris avec le jeune.

Mai est le mois des fleurs. Le poète poursuit son chemin en quête des pâquerettes dont il a entendu parler et s'il ne compose pas une ode ou un sonnet, il composera un quatrain, ce qui demande un savoir-faire plus courant. Le soleil n'est pas la folie de juillet et d'août, une brise fraîche souffle et où que se posent les yeux, d'ici, de cette hauteur qui a dû servir jadis de tour de guet, tout n'est que champs de blé vert, il n'est pas de spectacle plus propice aux épanchements de l'âme, seul un cœur endurci ne sentirait pas la caresse du bonheur. De ce côté-ci, la forêt est un jardin qui n'exige ni arrosage ni jardinier, elle est faite de plantes qui ont dû apprendre à leurs propres dépens à se réconcilier avec la nature, avec la pierre brute qui résiste à la pénétration des racines, et c'est peut-être pour cette raison, à cause de cette énergie obstinée dans des lieux qu'évitent les hommes, là où a lieu le combat entre le végétal et le minéral, que les essences sont si pénétrantes et, quand le soleil brûle la colline, tous les parfums s'en exhalent et nous pourrions nous endormir ici indéfiniment, mourant peut-être le visage contre la terre pendant que les fourmis qui lèvent la tête comme les chiens avancent, protégées par des masques à gaz, car ici c'est aussi leur lieu de vie.

C'est de la poésie facile. Il est bizarre qu'on n'aperçoive pas d'hommes. Les blés poussent, ils sont d'un vert éclatant, la forêt paisible embaume, et quand on le regarde de nouveau le blé a perdu sa tendre fraîcheur, minuscule goutte jaune dans l'immensité de

191

l'espace, elle ne se remarque presque pas, et les hommes, où sont les hommes que nous ne voyons pas dans ces paysages si riants, finalement il n'est pas vrai qu'ils soient comme les serfs de la glèbe, attachés comme chèvre à son piquet pour ne manger qu'autour de lui et uniquement ce qui se trouve là. Les loisirs sont grands finalement en attendant que le blé pousse, un homme a jeté la semence sur la terre et si l'année est bonne, étends-toi, jambe, appelez-moi quand l'heure de moissonner sera venue. On ne comprend donc pas pourquoi ce mai fleuri est un mois à la mine revêche, nous ne parlons pas du temps, lequel est beau et prometteur, mais de ces visages et de ces yeux, de cette bouche et de cet air renfrogné, Il n'y a pas de travail, disent-ils, et si la nature chante, grand bien lui en fasse, mais nous, nous ne sommes pas d'humeur à chanter.

Allons faire un tour dans les champs, grimpons sur la colline, dans sa course le soleil a éclairé cette pierre, elle scintille et nous, qui croyons si aisément au bonheur, nous disons, C'est de l'or, comme si tout ce qui brille était de l'or. Nous ne voyons pas les hommes travailler et aussitôt nous déclarons, Ils se la coulent douce, le blé est en train de pousser et les travailleurs ne courbent pas l'échine. Toutefois, entendons-nous bien. L'hiver se passe comme nous avons déjà dit, en grands banquets et ripailles de cardons, blettes et cresson, avec un minuscule oignon pour agrémenter le tout, quelques petits grains de riz et un tout petit peu de pain, en nous retirant la nourriture de la bouche pour qu'elle ne manque pas complètement à nos enfants, il ne devrait pas être nécessaire de le répéter, les gens vont penser que nous nous glorifions de nos sacrifices, en voilà une idée, nos parents ont fait de même ainsi que leurs parents et les parents de leurs parents, jusqu'au temps de monsieur Lamberto, et plus loin encore dans le passé, jusqu'à des époques dont plus personne ne se souvient, l'hiver s'est écoulé ainsi et si quelqu'un est mort de faim, les noms ne manquent pas pour des causes de mort moins offensantes pour la pudeur et la décence. On est à la mi-janvier, d'aucuns font déjà élaguer les arbres, peu importe que ce soit Dagoberto ou Norberto, les travailleurs commencent à gagner quelques sous, mais pas tous, Choisissez des gens convenables, qui ne provoquent pas de conflits, et ensuite, une fois les arbres élagués, le bois est par terre et les charbonniers arrivent, ils achètent ici et là, et commence alors le travail des arts du feu, avec les vocables pertinents comme fendre le bois, l'empiler et l'enfourner, le recouvrir de terre et de poussière, tandis que nous savourons les mots, les hommes font ce que disent les mots, ce n'est pas notre affaire, nous nous contentons de connaître les mots et d'ailleurs nous ne les connaissions pas avant, nous les avons appris en vitesse parce que ça urgeait, et si tout est prêt, nous allons ensacher et emporter, adieu, à l'année prochaine, je m'appelle Peres, j'ai à Lisbonne vingt-cinq magasins de charbon, plus quelques autres dans les environs, et dites à votre patronne que ce charbon est fameux, c'est du chêne-liège, ça brûle lentement, c'est pourquoi il est plus cher, mais c'est obligé. Nous brûlons, l'ami, quelle sécheresse, quelle poussière, quelle fumée, y a-t-il quelque chose à boire par ici, j'approche la cruche de ma bouche, je renverse la tête en arrière, l'eau glouglouté, si seulement elle était plus fraîche, elle coule aux coins de la bouche et trace des ruisseaux de peau claire entre des rives de charbon. Nous devrions tous être passés par ces choses et par d'autres, par toutes, car la vie, bien que brève, suffirait pour tout cela et pour bien davantage, certains n'ont pas vécu longtemps et ont consumé toute leur vie dans ces activités.

Les marchands de charbon sont partis, et maintenant que se passera-t-il. C'est le mai des fleurs, celui qui sait faire des vers, qu'il essaie donc d'en vivre. Il y a des brebis à tondre, pour ceux qui s'y entendent dans cet art, Moi je sais, moi je sais, peu s'y entendent, et les autres vont continuer leur vie de coq en pâte, des semaines et des semaines de vie mauvaise, sors de chez toi, rentre chez toi, jusqu'à ce que les champs de blé soient prêts pour la moisson, ici plus tôt, là-bas plus tard, maintenant c'est à vous d'y aller, les autres attendent, la chèvre est attachée au piquet et elle n'a plus rien à brouter. Et le temps passe, À combien est le salaire journalier, demandent les travailleurs sur la place où on embauche et les régisseurs se promènent le long des bataillons désarmés, la faucille est à la maison et le marteau nous ne savons pas le manier, et tout en se promenant ils disent, ou alors ils s'arrêtent en enfilant les doigts dans la poche de leur gilet, Le salaire journalier est comme celui des autres, ce que les autres paient la maison le paiera. C'est une conversation très ancienne, déjà au temps des seigneurs rois on disait ça et la république n'a rien changé, les choses ne changent pas parce qu'on remplace un roi par un président, le mal réside dans d'autres monarchies, de Lamberto est né Dagoberto, de Dagoberto est né Alberto, d'Alberto est né Floriberto, puis sont venus Norberto, Berto et Sigisberto, et Adalberto et Angilberto, Gilberto, Ansberto, Contraberto, comme c'est étonnant qu'ils aient des noms si semblables, c'est comme dire latifundium et son propriétaire, les autres baptêmes comptent peu, voilà pourquoi l'intendant ne précise pas de noms, il dit les autres et personne ne demandera qui sont ces autres, seuls les gens des villes se montreraient aussi naïfs.

On en est là, Combien va-t-on gagner, et le régisseur ne se déboutonne pas, Ce que les autres donneront, et le cercle se referme aveuglément ainsi, j'ai demandé, tu n'as pas répondu, Allez bosser et on verra après. Avec d'autres mots, pas tellement différents, l'homme dit la même chose à sa femme, Je vais au boulot et on verra après, et elle pense ou dit à haute voix et peut-être ne devrait-elle pas le dire car ces choses-là font mal, Au moins tu as du travail, et le lundi les paysans sont dans les champs, chacun attelé à sa tâche, et ils se disent les uns aux autres, Combien ça sera, combien ça ne sera pas, et ils ne le savent pas, Et ceux qui sont là-bas à l'autre bout, chez l'autre cultivateur, J'ai déjà demandé, ils ne savent pas non plus, et on arrive ainsi au samedi et alors le responsable vient enfin dire, Le salaire journalier est de tant, toute la semaine les travailleurs ont trimé sans savoir ce que valait leur labeur et le soir la femme demandait, Alors tu sais maintenant, et l'homme répondait de mauvaise humeur et à contrecœur, Je ne sais pas, ne m'embête pas, femme, et elle disait, Ce n'est pas pour moi, c'est le boulanger qui a demandé à cause des dettes, ah, ces misérables dialogues. Qui continuent, Si peu, Je ne sais pas, je ne sais pas, si les autres paient, je paierai. Des feintes, nous savons tous ce qu'il en est, mais tout ça a été combiné entre Ansberto et Angilberto, entre Floriberto et Norberto, entre Berto et Latifundium, qui est l'autre manière de tout dire.

Tous les ans, à date fixe, la patrie appelle ses enfants. C'est une façon outrancière de s'exprimer, habile copie de certaines proclamations en usage aux heures de crise nationale, ou de qui parle en son nom, quand il importe, à des fins avouées ou inavouées, que nous soyons montrés comme constituant une immense famille composée entièrement de frères, sans distinction d'Abel et de Caïn. La patrie appelle ses enfants, on entend la voix de la patrie appeler, appeler, et toi qui jusqu'à aujourd'hui n'as rien mérité, ni le pain pour la faim que tu ressens, ni le remède pour la maladie qui te tenaille, ni le savoir pour l'ignorance, toi, le fils de cette mère qui a attendu depuis que tu es né, tu vois ton nom sur un papier à la porte du conseil de la paroisse, tu es incapable de le lire, mais quelqu'un qui a des lettres désigne avec l'index la ligne où s'enroule et se déroule un lombric noir, c'est toi, tu apprends que ce lombric c'est toi et ton nom, inscrit par le rond-de-cuir du district de recrutement, et un officier, qui ne te connaît pas et qui ne s'intéresse à toi que pour ça, appose son nom à lui en dessous, c'est un lombric encore plus entortillé et confus, tu ne parviens pas à savoir comment l'officier s'appelle et désormais tu ne peux plus fuir, la patrie te regarde fixement, elle t'hypnotise, il ne manquerait plus que tu offenses la mémoire de nos aïeux et celle des découvertes, Tu t'appelles António Mau-Tempo, je t'attends depuis que tu es venu au monde, mon fils, pour que tu saches quelle mère dévouée je suis et si toutes ces

195

années durant je ne t'ai pas prêté grande attention, tu devras me pardonner parce que vous êtes nombreux et je ne peux pas m'occuper de tous, j'ai formé les officiers qui te commanderont, on ne peut pas vivre sans officiers, comment apprendrais-tu les mouvements de la marche, un, deux, gauche, droite, demi-tour, halte, ou le maniement des armes, attention quand tu charges par la culasse, espèce de plouc, laisse le doigt reculer, et on me dit que tu ne sais pas lire, j'en suis abasourdie, n'ai-je pas installé des écoles primaires à des endroits stratégiques, pas des lycées, non, tu n'en as pas besoin, ta vie est différente, et tu viens me dire que tu ne sais ni lire, ni écrire, ni compter, tu me donnes bien du souci, António Mau-Tempo, tu vas devoir apprendre dans la caserne, je ne veux pas de fils analphabètes sous mes drapeaux, et si après tu oublies ce qu'on t'aura appris, tant pis, ce ne sera pas ma faute, c'est toi qui es un âne, un péquenot, un cul-terreux, en vérité je te le dis mes armées sont pleines de ploucs, heureusement c'est pour peu de temps, une fois ton service militaire achevé tu retourneras à ta besogne, toutefois si tu en désires une autre, aussi lucrative que l'autre, ça pourra s'arranger.

Si les patries disaient la vérité et si nous entendions ce discours, à quelques virgules près, nous aurions alors le chagrin de cesser de croire à de touchantes histoires à dormir debout, celles d'hier et celles d'aujourd'hui, tantôt d'armure et de gant, tantôt de dragonne et de grève, par exemple celle du petit soldat qui se trouvait dans une tranchée et pensait avec nostalgie à sa mère de chair, sa mère céleste étant déjà morte, il regardait la photo de celle qui lui avait donné la vie, jusqu'au jour où une balle perdue ou au contraire fort bien tirée par un tireur d'élite de l'ennemi pulvérisa la photo, envoya au diable l'effigie de la douce vieille dame et vénérable mère, après quoi, fou de douleur, le petit soldat saute hors de la tranchée et se précipite, arme au poing, sur les tranchées adverses, mais il n'alla pas bien loin, il fut atteint par une rafale qui le faucha, c'est le terme employé dans ces récits de guerre, laquelle rafale fut tirée par un soldat allemand qui lui aussi a dans sa poche le portrait de sa mère et douce vieille dame, nous ajoutons cette anecdote pour compléter les histoires de mères et de patries et de ceux qui meurent ou tuent pour des histoires de ce genre.

António Mau-Tempo a abandonné le travail à l'endroit où il en avait, il est descendu à Monte Lavre, est sorti du train à Vendas Novas, a regardé de l'extérieur la caserne où il devrait se rendre dans trois jours et s'est mis en route, il a trois lieues à parcourir et, comme le temps était radieux, il a avancé d'un pas assuré, mais sans se hâter, laissant à main gauche le polygone de tir, certains lieux ont un mauvais destin, celui-ci est affligé de troubles stériles, comme certains hommes, il le perd enfin de vue ou, plus exactement, ne le voyant plus, il oublie qu'il est là et se sent agité rien qu'à l'idée qu'il sera privé de liberté pendant un an et demi. Il se souvient de José Gato, a-t-il fait son service militaire, lui, et il sent dans son cœur un grand soulagement, comme si le destin lui ouvrait une porte vers les routes en lui disant, Laisse tomber tout ça, pourquoi irais-tu te fourrer dans une caserne, entre les quatre murs d'une caserne, pour recommencer après à couper du liège, à piocher, à moissonner, tu es bête, pense à José Gato, ça, oui, c'est vivre, qui ose s'attaquer à lui, il a les hommes de sa bande, il est le chef, ses hommes font ce qu'il dit, et même si tu ne deviens pas un chef tout de suite, tu dois apprendre, tu es jeune, ce ne serait pas mal pour commencer. Des tentations chacun en a, à la mesure de ce qu'il peut et de ce qu'il a appris. Cela paraîtra bien étourdi de la part d'un garçon qui vient de familles honorables, avec seulement la souillure de la vie et de la mort du grand-père Domingos Mau-Tempo, on ne peut pas passer sa vie à penser toujours à ça, que jette la première pierre celui qui n'a jamais rêvé à ce genre d'actions ou à pire, d'autant plus qu'à ce stade António Mau-Tempo ne connaît pas encore toute l'histoire de José Gato, il manque encore celle qui doit arriver, et il ne lui trouve que la bonne saveur de la viande de porc qu'il lui a achetée clandestinement avec un argent honnêtement gagné.

Avec quinze kilomètres à parcourir, un homme a le loisir de penser, il fait le bilan de sa vie, hier encore il était un gamin et bientôt il sera une recrue, mais l'homme qui avance sur la route d'un pas ferme est le meilleur arracheur de liège parmi les neuf débutants qui ont appris avec lui, qui sait s'il n'en retrouvera pas certains dans la troupe. Le temps s'est réchauffé, le sac ne pèse pas lourd, mais il ballotte et glisse de l'épaule, je vais m'asseoir ici pour souffler un peu, à quelques mètres de la route, pas loin, mais à l'abri, j'étends la couverture pliée en deux à cause de l'humidité du sol, je pose la tête sur le sac et je m'endors, j'ai bien le temps d'arriver à Monte Lavre. Une vieille très vieille s'est assise à côté de moi, ce n'est pas de chance pour moi, tant mieux pour elle qui possède une force extra-ordinaire, mais à quoi me sert-elle, est-ce de la sorcellerie, elle me prend la main, ouvre mes doigts serrés et dit, Prière sur ta main, António Mau-Tempo, tu ne te marieras jamais et tu n'auras pas d'enfants, tu feras cinq longs voyages dans des contrées lointaines et tu t'abîmeras la santé, tu n'auras pas de terre à toi sauf celle de ta sépulture, tu n'es pas meilleur que les autres, et même celle-là ne sera à toi que lorsque tu deviendras poussière et rien d'autre, sauf les os qui resteront, comme ceux de tout le monde, et qui finiront n'importe où, ma divination ne va pas aussi loin, mais tant que tu seras vivant tu ne feras rien de mal, même si on t'affirme le contraire, et maintenant lève-toi, c'est l'heure. Mais António Mau-Tempo, qui savait qu'il rêvait, fit semblant de ne pas avoir entendu l'ordre et continua à dormir, ce fut une erreur car ainsi il ne sut pas qu'à côté de lui était assise une princesse en larmes qui avait pris sa main très rude et calleuse en dépit de son jeune âge, il était encore si jeune, et alors, après avoir attendu un long moment, la princesse se retira en traînant sur les genêts épineux et les cistes sa robe en satin, voilà pourquoi, quand António Mau-Tempo se réveilla, les buissons étaient couverts de fleurs blanches qu'il n'avait pas aperçues auparavant.

La vie du latifundium a beaucoup de ces histoires qui paraissent invraisemblables et qui sont la vérité pure. António s'en fut de là à Monte Lavre d'un air pensif car il avait découvert deux gouttes d'eau dans la paume de sa main et il ne devinait pas d'où elles venaient, d'autant plus qu'elles ne se mélangeaient pas l'une avec l'autre, elles roulaient comme des perles, ce sont là des prodiges également habituels dans le latifundium, seuls les présomptueux n'y croient pas. Nous sommes d'avis qu'António Mau-Tempo aurait encore aujourd'hui ces gouttes d'eau, si en arrivant chez lui, dans le geste d'embrasser sa mère, elles ne lui avaient pas échappé des mains et ne s'étaient pas envolées par la porte dans un froissement d'ailes blanches, Quels sont ces oiseaux, Je ne sais pas, ma mère.

Certains ont le sommeil pesant, d'autres léger, certains en s'endormant se détachent de ce monde, d'autres ne savent être que de ce côté-ci et par conséquent ils rêvent. Nous dirons que pour Joana Canastra c'est selon. Si elle peut dormir paisiblement, comme ça lui arrive quand elle est malade et qu'elle ne souffre pas trop, elle le fait alors de la façon qui lui est restée du berceau, dirait celui qui l'a connue en ce temps-là, la joue sur la main ouverte, très brune et fatiguée, dans un très long et très profond sommeil. Mais si elle a une obligation et si cette obligation a une heure fixe, quinze minutes avant ladite heure elle ouvre les yeux brusquement, comme si elle obéissait à un mécanisme d'horlogerie interne, et elle dit, Sigismundo, lève-toi. Si ce récit était relaté par la personne qui l'a vécu on verrait aussitôt que des altérations sont déjà intervenues, les unes involontaires, les autres préméditées et obéissant à des règles, car ce que Joana Canastra a vraiment dit ce fut, Sismundo, lève-toi, et là on peut voir à quel point la marge d'erreur est réduite quand tous deux savent de quoi il s'agit, la preuve c'est que Sigis-mundo Canastro, à qui les doutes orthographiques ne manquent pourtant pas, rejette la couverture, saute du lit en caleçon et traverse la maison pour aller ouvrir le volet et jeter un coup d'œil dehors. Il fait encore nuit noire, seuls un œil très perçant, que Sigismundo n'a déjà plus, ou une expérience millénaire, qu'il a en abondance, per-mettraient de distinguer le changement infime du côté où le jour se

200

lève, que comprenne qui le peut ces mystères de la nature, peut-être
l'éclat plus vif des étoiles, alors que ce devrait être le contraire. La
nuit est froide et ce n'est pas surprenant, novembre est un bon mois
pour ça, mais le ciel est dégagé et le restera, comme c'est souvent
le cas aussi en novembre. Joana Canastra est déjà levée, elle allume
le feu, elle y pousse la cafetière noircie par la suie pour chauffer le
café, c'est le nom qui continue à être donné à cette mixture d'orge
ou de chicorée ou de graines de lupin brûlées et moulues, les gens
ne savent même pas ce qu'ils boivent, et elle va chercher dans la
huche un demi-pain et trois sardines frites, il n'y est pas resté
grand-chose d'autre, si tant est qu'il y soit resté quoi que ce soit,
elle pose tout cela sur la table et dit, Le café est chaud, viens
manger. Ces paroles sembleront triviales, le parler indigent de personnes dotées de peu d'imagination qui n'ont jamais appris à
magnifier les menus actes de l'existence à l'aide de superlatifs,
voyez si l'on peut comparer les adieux de Juliette et de Roméo sur
le balcon de la chambre où la damoiselle perdit son pucelage avec
les mots adressés par l'Allemand aux yeux bleus à la non moins
damoiselle, mais plébéienne, dont le pucelage lui fut pris de force
sur les fougères. Et avec ce qu'elle lui dit. Si ces dialogues se
déroulaient au niveau élevé de leurs circonstances, nous saurions
que, bien que ce ne soit pas la première, cette sortie de Sigismundo
Canastro est particulière et donc nous en parlerons. Sigismundo
Canastro mangea une demi-sardine et un morceau de pain, sans
assiette ni fourchette, découpant le poisson en petits morceaux et le
pain en petites bouchées avec la pointe méticuleuse de son couteau,
il versa sur cette bouillie dans son estomac le chaud réconfort du
café adultéré, d'aucuns jurent mordicus que l'existence du café et
son affinité avec la sardine frite sont la preuve de l'existence de
Dieu, mais ce sont là questions de théologie et non pas de voyages
matinaux, il enfonça son chapeau sur sa tête, laça ses bottes, enfila
une veste de berger toute râpée et dit, À plus tard, femme, si on me
demande, dis que tu ne sais pas où je suis allé. Cette recommandation était superflue, c'est toujours la même, et d'ailleurs Joana
Canastra ne pourrait pas dire grand-chose, car quoique sachant ce

201

que va faire son mari et cela elle ne le dirait jamais, dût-on la tuer, elle ignore où il va et par conséquent même si on la tuait elle ne pourrait pas le dire. Sigismundo Canastro passera toute la journée dehors, il reviendra à la nuit tombée, plus à cause du chemin et de la distance qu'en raison du temps réellement occupé, encore qu'on ne sache jamais. La femme dit, À plus tard, Sismundo, elle insiste pour prononcer son nom ainsi, nous ne devons pas rire, ni même sourire, c'est un nom, et après qu'il eut franchi la grille du jardin elle alla s'asseoir sur un tronc de liège à côté du feu et resta là jusqu'au lever du soleil, mains jointes, mais il n'est pas prouvé qu'elle priait.

À l'autre extrémité de Monte Lavre, Faustina Mau-Tempo n'a pas l'habitude, c'est la première fois. Pour cette raison, bien qu'elle sache que son mari ne devra quitter la maison qu'après le lever du soleil, elle n'a pas fermé l'œil de la nuit, étonnée de constater que João Mau-Tempo, généralement d'un tempérament inquiet, dormait paisiblement, comme s'il n'avait rien à craindre alors qu'il aurait dû avoir des motifs d'inquiétude. Le corps compense quand l'âme est troublée. Lorsque João Mau-Tempo se réveille, il fait jour, mais le soleil n'est pas encore levé, le souvenir de ce qu'il va faire lui revient si subitement qu'il ferme les yeux et ce n'est pas par peur qu'il sent son estomac se contracter, mais par une sorte de respect, comme dans une église, un cimetière ou face à la naissance d'un enfant. Il est seul dans la chambre, il entend les bruits de la maison et ceux de l'extérieur, un chant frileux d'oiseau oublié, la voix de ses filles et le crépitement du bois en train de brûler. Il se lève, on a déjà dit que c'est un homme petit et sec, avec des yeux bleus, lumineux et anciens, et à cet âge de quarante-deux ans qu'il a atteint, ses cheveux se raréfient et ceux qui lui restent blanchissent, mais avant de se mettre debout il doit faire une pause, accoutumer son corps au point de côté que la position couchée ressuscite chaque nuit, et il ne devrait pas en être ainsi, ce devrait être le contraire puisque le corps s'est reposé. Il s'est habillé et est entré dans la cuisine, qui est la pièce donnant sur la rue, il s'approche du feu comme s'il voulait conserver encore la chaleur du lit, on ne dirait pas qu'il a l'habitude des grands froids, il dit, Bonjour, et ses filles vont lui baiser la main, c'est une joie que de voir la famille réunie, tous au chômage, il faut bien qu'elles s'occupent à quelque chose, comme ravauder des vêtements, Gracinda s'occupe de son trousseau, elle avance lentement, quand elle le peut, le mariage n'est que pour l'an prochain, l'après-midi elle ira avec sa sœur laver le linge dans le ruisseau, un ballot qu'elles sont allées chercher au manoir, ça fera toujours vingt escudos. Faustina, qui devient sourde, n'a pas entendu son mari, mais elle l'a senti, peut-être à cause de la vibration sismique de la terre foulée aux pieds ou le déplacement de l'air que seul le corps de son mari peut causer, chacun a le sien, c'est vrai, mais ces deux-là vivent ensemble depuis vingt ans, seul un aveugle se tromperait peut-être et elle n'a aucune raison de se plaindre de ses yeux, c'est l'ouïe qui commence à flancher, bien qu'il lui semble, et c'est son excuse de tous les jours, que les gens ont maintenant une façon embrouillée de parler, comme s'ils le faisaient exprès. On dirait des histoires de vieux, mais ce sont juste des histoires de personnes fatiguées avant l'âge. João Mau-Tempo s'est alimenté avant son expédition, il a bu du café, aussi mauvais que celui de Sigismundo Canastro, il a mangé son pain mélangé qui ne contient du blé qu'en partie et s'est envoyé dans la panse un œuf cru, un trou d'un côté, un trou de l'autre, c'est un de ses grands plaisirs dans la vie quand il peut se le permettre. Sa crampe d'estomac lui est passée et une grande hâte s'empare de lui maintenant que le soleil se lève, il dit, À plus tard, si quelqu'un me demande, vous ne savez pas où je suis allé, et ce ne sont pas des mots sur lesquels ils se sont mis d'accord, c'est naturel chez quelqu'un qui a des phrases toutes faites dans la bouche et qui ne va pas se mettre à chercher d'autres raisons. Ni Gracinda ni Amélia ne savent où va leur père et elles le demandent dès qu'il est sorti, mais leur mère est sourde, comme nous le savons déjà, et elle feint de ne pas avoir entendu. On ne peut pas lui en vouloir, les filles sont jeunes et étourdies, mais uniquement à cause de leur âge, pas par légèreté, calomnie qui offenserait au moins Gracinda, au courant des aventures de Manuel Espada, premier gréviste connu de Monte Lavre, plus ses compagnons, quand il était encore un blanc-bec.

La rencontre a été fixée dans la Terra Fria. Ce sont des noms donnés à des lieux, sûrement pour une raison compréhensible, mais ce nom de Terra Fria dans un latifundium aussi torride en été et aussi glacial en hiver, ne s'expliquerait qu'en remontant aux origines, mais celles-ci se sont perdues dans la nuit des temps, comme ont coutume de dire les endormis. Mais avant d'arriver là, Sigismundo Canastro et João Mau-Tempo se rejoindront sur la colline d'Atalaia, pas tout en haut, bien entendu, il ne manquerait plus que ces hommes s'exposent à la vue de ceux qui passeraient par là, encore que le latifundium ne soit pas dans cet endroit particulier et en cette saison aussi fréquenté que la place du Giraldo à Évora, si vous voyez ce que nous voulons dire. Ils se retrouveront au pied de la colline où les arbres sont touffus, Sigismundo Canastro connaît bien l'endroit, João Mau-Tempo pas tellement, mais même sans bouche un homme arrive à Rome. Et de là ils iront ensemble à la Terra Fria, par des chemins que jamais Dieu n'a foulés et le Diable seulement s'il y était obligé.

Personne n'est sur le balcon circulaire du ciel, celui au-dessus de l'horizon qui sert de tribune habituelle aux anges lorsqu'il y a des gros remous dans les arènes du latifundium. Et c'est la grande et fatale erreur des armées célestes que de tout juger à l'aune des croisades. Elles dédaignent les petites patrouilles, les détachements aventureux, les volontaires pour cette mission, les points minuscules que sont deux hommes ici, un autre là-bas, un autre déjà plus loin, un autre encore loin et en retard, tous convergeant, même lorsqu'ils semblent s'écarter du chemin, vers un lieu qui au ciel n'a pas de nom, mais qui ici-bas s'appelle Terra Fria. On pense peut-être dans le paisible empyrée que ces humains vont banalement au travail, bien que celui-ci manque comme même au ciel on devrait le savoir par les messages occasionnels du père Agamedes, et à vrai dire il s'agit bien de travail. D'une moisson très différente, et c'est une responsabilité si grande que João Mau-Tempo demandera à Sigismundo Canastro quand ils se rencontreront, après les premiers pas ensemble, ou alors pas tout de suite, mais quand il aura réussi à vaincre sa timidité, Tu crois qu'ils vont m'accepter, et Sigismundo

Canastro répondra, avec l'assurance du plus vieux dans ce domaine et en âge, Tu as déjà été accepté, n'aie pas peur, tu ne viendrais pas aujourd'hui avec moi s'il y avait le moindre doute.

Il y en a un qui arrive à bicyclette. Elle sera cachée dans un fourré, en un endroit facile à repérer, de peur de perdre le nord ensuite. Cette fois il n'est pas nécessaire de se préoccuper du problème de la plaque d'immatriculation, tout se passe à l'intérieur du district, la garde ne lui ordonnerait de s'arrêter que par rosserie ou méfiance subite, Où allez-vous, d'où venez-vous, montrez-moi votre permis, et ce ne serait pas une bonne chose, par hasard cet homme s'appelle Silva, mais aussi Manuel Dias da Costa, c'est une supposition, Silva pour ceux qu'il va rejoindre sur la Terra Fria, pour la garde Manuel Dias da Costa, pour l'état civil un nom différent et aussi pour le père Agamedes qui l'a baptisé très loin de là. D'aucuns prétendent que sans le nom que nous portons nous ne saurions pas qui nous sommes, c'est une affirmation qui semble perspicace et philoso-phique, mais ce Silva ou Manuel Dias da Costa qui pédale ferme sur un chemin charretier boueux a heureusement déjà quitté la route par où la garde passe à l'improviste ou se tapit des jours entiers avant de se montrer, mais on ne sait jamais, celui qui le devine en sait plus que nous, ce cycliste avance tellement en paix avec son âme qu'on voit bien que ces subtiles questions d'identité ne le tracassent guère, tant la sienne que celle figurant sur ses papiers. Toutefois, à y regar-der de plus près, il n'en est pas tout à fait ainsi, l'homme est plus sûr de qui il est que des documents qui le nomment. Et comme il est un homme enclin à réfléchir, il trouve singulier que la garde voie moins ce qu'elle voit, c'est-à-dire l'homme et sa bicyclette, qu'un papier écrit et timbré, déjà fatigué d'être ouvert et refermé, Vous pouvez y aller, mais pendant qu'il pose le pied sur la pédale et lui donne une impulsion, il se dit qu'il fera bien de ne pas repasser de sitôt sur cette route, voilà pourquoi il est venu pour la première fois par ce chemin-ci et il a eu de la chance que personne ne lui ordonne de s'arrêter.

D'autres voyagent en train, qu'ils partent de São Torcato, sur la ligne de Setil, ou de Vendas Novas, ou même de Montemor, plus loin si la rencontre a lieu à Terra da Torre, dans les gares d'ici si elle a lieu à Terra Fria. Dans ce cas-ci c'est facile pour celui qui vient de São Geraldo, c'est à un saut de puce, mais si aujourd'hui quelqu'un est parti de São Geraldo pour la même affaire, il est descendu plus loin, peut-être pas par hasard, ce sera prémédité et sûrement bien pensé. À cette heure, la matinée est déjà à moitié écoulée, on ne voit plus la bicyclette, les trains sont loin, en voilà un qui siffle, et au-dessus de la Terra Fria un milan chasseur plane, il est beau, mais ce qui est encore plus beau c'est de le regarder et de l'entendre soudain crier, un long piaillement que personne ne peut exprimer avec des mots, mais dès qu'on l'entend on a envie de le décrire et c'est difficile, les bêtes qui piaillent ne manquent pas, parmi les poussins de toute espèce c'est le verbe courant, mais ce cri-là est différent, si sauvage dans sa nature qu'il donne la chair de poule, je ne serais pas surpris qu'à force de l'écouter il nous pousse des ailes, on a vu des choses encore bien plus extraordinaires. Planant haut, le milan laisse pendre un peu la tête, c'est juste une affectation, sa vue n'a pas besoin d'un rapprochement aussi infime, c'est nous qui souffrons de ces plaies que sont la myopie, l'astigmatisme, mots dont nous devons nous méfier, soit dit en passant, car en cet endroit du latifundium, les anges pourraient le confondre avec stigmates, se pencher au balcon, à la recherche de François d'Assise et découvrir un simple milan s'égosillant et cinq hommes qui s'approchent, les uns près, les autres loin, de la Terra Fria. Celui qui les voit tous de là-haut c'est le milan, mais il n'est pas oiseau à aller raconter ce qu'il a vu.

Les premiers à arriver furent Sigismundo Canastro et João Mau-Tempo, ils s'y sont efforcés parce que l'un d'eux est un nouveau venu. Pendant qu'ils attendaient assis au soleil pour ne pas se refroidir trop vite, Sigismundo dit, Si tu ôtes ton chapeau, pose-le de façon à ce qu'on n'en voie pas l'intérieur, Pourquoi, demanda João Mau-Tempo et Sigismundo Canastro répondit, À cause du nom, nous ne devons pas connaître les noms des uns et des autres, Mais je connais le tien, Oui, mais tu ne le prononceras pas, les camarades non plus, au cas où on nous arrêterait, si on ne connaît pas les noms, on est à l'abri. Ils dirent encore d'autres choses, c'est une conversation à bâtons rompus, mais João Mau-Tempo se mit à penser à la recommandation de son compagnon, tant de prudence, et quand l'homme à la bicyclette arriva, il comprit qu'il ne connaîtrait jamais le vrai nom de celui-ci, peut-être à cause du respect que lui témoignait Sigismundo Canastro bien qu'il le tutoyât, à moins que tutoyer ne soit, justement, la plus grande marque de respect. Voici le nouveau camarade, dit Sigismundo Canastro, et l'homme à la bicyclette lui tendit la main, ce n'était pas la main grossière d'un travailleur des champs, mais une main robuste et solide quand on la serrait, Camarade, le mot n'est pas nouveau, c'est ce que sont les compagnons au travail, mais c'est comme dire tu, c'est pareil et à la fois si différent que les genoux flageolent et que la gorge se serre, chose bizarre chez un homme qui a passé la quarantaine et vu beaucoup de choses dans le monde et la vie. Tous trois attendent patiemment l'arrivée des autres, On attend encore une demi-heure et si les autres n'arrivent pas, on commence, et tout à coup João Mau-Tempo ôte son chapeau et avant de le poser par terre comme Sigismundo Canastro le lui a recommandé, il regarde en catimini l'intérieur du chapeau et voit écrit sur le ruban João Mautempo, en lettres de chapelier, c'était la coutume provinciale de ces époques alors que dans les villes on cultivait déjà l'anonymat. L'homme venu à bicyclette, cela nous le savons nous, mais João Mau-Tempo pensait que lui aussi avait fait tout le chemin à pied, l'homme à la bicyclette porte un béret, il n'est pas du tout certain qu'un nom soit inscrit à l'intérieur et, si c'était le cas, quel serait-il, les bérets s'achètent dans les foires, chez des colporteurs qui n'ont pas la prétention de faire du commerce élégant ni ne possèdent d'instrument de pyrogravure ou de dorure et à qui peu importe que le client perde son bonnet ou le retrouve.

À de brefs intervalles, chacun de son côté, les deux hommes qui manquaient arrivèrent. Ils se connaissaient pour s'être vus et rencontrés d'autres fois, sauf João Mau-Tempo, qui était là comme un objet dans une vitrine, sauf votre respect, et que les autres dévisageaient ouvertement afin de bien fixer ses traits dans leur mémoire, ce qui n'était pas difficile, avec ces yeux-là on ne pouvait pas se tromper. L'homme à la bicyclette leur demanda d'une voix grave et simple d'être plus ponctuels à l'avenir, tout en reconnaissant qu'il n'était pas facile de calculer le temps sur d'aussi grandes distances, Moi-même je suis arrivé après ces camarades et j'aurais dû être le premier. Il y eut ensuite le paiement de petites sommes, toutes en pièces de monnaie, et chacun reçut des tracts qui furent comptés et emballés, et s'il avait été permis de dire des noms, ou si, les ayant entendus, le milan les avait répétés, ou si les chapeaux s'étaient espionnés mutuellement en cachette, nous aurions entendu, Ceux-là sont pour toi, Sigismundo Canastro, ceux-ci pour toi, Francisco Petinga, ceux-ci pour toi, João dos Santos, toi, João Mau-Tempo, tu n'emportes rien cette fois-ci, tu aideras Sigismundo Canastro, et maintenant raconter-moi ce qui se passe, commence, toi. Il se trouva que c'était Francisco Petinga, lequel dit, Les patrons ont découvert maintenant un nouveau truc, une façon d'économiser un jour quand ils doivent nous embaucher sur ordre de la maison du peuple, quand le samedi arrive, ils nous renvoient, personne ne reste, et ils nous disent alors, Lundi, allez à la maison du peuple, déclarez que je vous envoie dire que je veux les mêmes travailleurs, voilà ce que dit le patron, je ne sais pas si tu te rends compte, et le résultat c'est que nous perdons le lundi à aller à la maison du peuple et que le patron ne commence à nous payer qu'à partir du mardi, que peut-on faire. João dos Santos dit ensuite, Dans mon coin, la maison du peuple est de mèche avec les patrons, sinon elle ne ferait pas ce qu'elle fait, elle nous répartit, on se rend de là-bas dans les propriétés et les patrons ne nous embauchent pas, alors on retourne à la maison du peuple, Là, ils ne nous acceptent pas, ils nous redisent d'aller dans les exploitations, et ça continue comme ça, les patrons ne veulent pas de nous et la maison du peuple n'a pas la force de les obliger à nous accepter ou alors elle se paie la tête des travailleurs, que peut-on faire. Sigismundo Canastro dit, Les travailleurs sélectionnés gagnent seize escudos du lever au coucher du soleil, mais il y en a beaucoup qui ne réussissent pas à être placés, la faim est pareille pour tous, seize escudos ça ne suffit pas, les patrons se moquent de nous, ils ont du travail à donner et ils laissent les propriétés dans un état qui fait pitié, elles ne produisent rien, nous devrions occuper les terres et si nous mourons, nous mourrons une bonne fois pour toutes, je sais bien, le camarade l'a déjà dit, ce serait un suicide, mais ce qui se passe est un suicide, je parie que personne parmi nous ne peut se vanter d'avoir mangé quoi que ce soit qui lui tienne au corps, ce n'est pas du découragement, que peut-on faire. Ils hochèrent tous la tête, ils étaient d'accord, ils avaient senti leur estomac gargouiller, midi était déjà passé, et ils se dirent qu'ils pourraient mastiquer sur place le petit morceau de pain et son accompagnement apportés de chez eux, mais en même temps ils avaient honte que ce soit si misérable, même si tous savaient ce qu'est la misère. L'homme à la bicyclette, insuffisamment vêtu, on ne lui voyait aucun renflement des poches annonçant un déjeuner, et nous dirons aussi, les autres ne sont pas au courant, que les fourmis peuvent s'abstenir d'escalader la bicyclette et d'en redescendre, elles n'y découvriront pas la moindre miette, l'homme à la bicyclette se tourna vers João Mau-Tempo et lui demanda, Et toi, as-tu quelque chose à dire, question inattendue, interpellation qui fit sursauter le novice, Je ne sais pas, je n'ai rien à raconter, et il se tut, mais tous se taisaient, le regardant, ça ne pouvait pas continuer comme ça, cinq hommes assis sous un petit chêne vert se dévisageant mutuellement, et comme ils n'avaient rien d'autre à dire, João Mau-Tempo déclara, Nous nous tuons à trimer jour et nuit quand il y a du travail et nous n'arrivons pas à alléger le fardeau de notre vie famélique, je pioche quelques arpents de terre quand on m'en donne à cultiver et jusqu'à très tard le soir, en ce moment le chômage est général, et ce que je voudrais savoir c'est pourquoi les choses sont comme ça et si ça va continuer ainsi jusqu'à ce que nous mourions tous, il n'y a pas de justice si les uns ont tout et les autres rien, et je voulais juste dire que les camarades peuvent compter sur moi, voilà tout ce que je voulais dire et rien d'autre.

Chacun a exposé ses raisons, vus à distance ils sont comme des statues, on les voit si immobiles, ils attendent à présent ce que l'homme à la bicyclette dira, va dire, est déjà en train de dire. Il suit le même ordre, il parle d'abord à tous, puis à Francisco Petinga, ensuite à João dos Santos, plus brièvement à Sigismundo Canastro, mais il s'adresse longuement à João Mau-Tempo, c'est comme un assemblage de pierres sur une chaussée ou sur un pont, plutôt un pont, car les années passeront dessus, les pas, les fardeaux, et dessous c'est l'abîme. À cette distance la scène est muette, nous voyons seulement les gestes et ils sont rares, tout vient de la parole et de son emphase, et aussi du regard, mais d'ici nous ne distinguons même pas le regard si bleu de João Mau-Tempo. Nous n'avons pas des yeux de milan, celui qui vole et plane très haut en cercles au-dessus du jeune chêne vert et qui descend parfois à cause de la faiblesse de la sustentation de l'air et ensuite, d'un battement d'ailes lent et souple, s'élève à nouveau pour embrasser du regard le proche et le lointain, ceci et cela, l'immense latifundium et la patience dans sa juste mesure.

La rencontre est terminée. Le premier à s'éloigner est l'homme à la bicyclette, puis, dans un même mouvement d'expansion, comme un soleil qui exploserait, les hommes se dirigent vers leur destin, certains seraient encore visibles s'ils se retournaient, mais ils ne le font pas, c'est aussi une règle, ensuite ils se cachent, ils ne se cachent pas, ils sont cachés par le dénivellement d'un fossé ou leur silhouette s'estompe au loin derrière le flanc d'une colline, ou simplement à cause de la distance et de la rigueur du froid, enfin ressentie, qui oblige à fermer les yeux à moitié, car outre le fait qu'il est nécessaire de voir où on met les pieds, on ne peut pas errer ici au hasard. Alors le milan lance un grand cri qui résonne dans toute la voûte céleste et il s'éloigne vers le nord, pendant que les anges, effarés, accourent vers le balcon en se bousculant, mais ils n'aperçoivent plus personne.

Les hommes grandissent, les femmes grandissent, tout en eux et en elles grandit, le corps et l'espace des besoins, l'estomac grandit pour être à la mesure de la faim, le sexe à la mesure du désir, et les seins de Gracinda Mau-Tempo sont deux vagues de la mer et deux lacs laissés par la houle, mais le lyrisme habituel s'arrêtera là, le chant d'amour et d'ami, car la force de ses bras à elle et la force de ses bras à lui, nous parlons de Manuel Espada, ne connurent pas l'inconstance des sentiments, au contraire elle fut pleine de fermeté, et trois années déjà ont passé, la force de leurs bras est requise ou dédaignée par le latifundium avec peu de différence, car finalement la différence entre femme et homme n'est pas si grande, sauf en ce qui concerne le salaire. Ma mère, je veux me marier à présent, dit Gracinda Mau-Tempo, voici mon trousseau, c'est un trousseau de pauvre, mais il suffira pour que Manuel et moi puissions nous coucher dans un lit qui sera à lui et à moi et où nous serons mari et femme, où il entrera en moi et où je serai en lui et où nous serons comme depuis toujours, car je ne sais pas très bien ce qui s'est passé avant que je naisse, mais tout mon sang se souvient d'une jeune fille qui, à la source de l'Amiero, a appartenu à un homme qui avait des yeux bleus comme notre père et je sais que de mon ventre naîtra un fils ou une fille qui aura les mêmes yeux, à quelle fin, cela je l'ignore.

Il ne manquait plus que ça, que Gracinda Mau-Tempo ait dit ces mots, ce serait une révolution dans le latifundium, mais nous avons le devoir de comprendre ce que ses vraies paroles ont dit, disent maintenant ou diront, car nous savons bien ce que coûte ce parler si sobre qui est celui de tous les jours, parfois parce que nous ne savons pas quel mot s'accorde le mieux avec tel sens, ou des deux mots à notre disposition lequel est le plus exact, très souvent parce que aucun vocable ne convient et alors nous espérons qu'un geste explique, qu'un regard confirme, qu'une inflexion de la voix soit un aveu. Mère, dit Gracinda Mau-Tempo, le peu que je possède suffit à monter notre ménage, Mère, Manuel Espada dit qu'il est grand temps, ou alors rien de tout cela, juste un grand cri de milan femelle solitaire, Mère, si je ne me marie pas j'irai m'étendre sur les fougères de la source de l'Amiero ou au milieu d'un champ de blé et j'attendrai là Manuel Espada pour qu'il vienne ouvrir mon corps et après je retrousserai ma robe et je me laverai dans le ruisseau, ce sang venu de moi coulera jusqu'à ce qu'on ne sache plus où il est, mais moi je saurai qui je suis. Et peut-être les choses ne se sont-elles pas passées ainsi, peut-être qu'un soir quelconque Faustina aura dit à João Mau-Tempo, au moment même où il envisageait peut-être de cacher des tracts le lendemain dans le creux d'un arbre préalablement signalé, Nous ferions bien de marier notre fille, son petit trousseau est prêt, et João Mau-Tempo aura répondu, Il faudra que ce soit un mariage modeste, j'aimerais beaucoup que ce soit un beau mariage, mais ce n'est pas possible, et António ne peut pas aider, là-bas au service militaire, dis à Gracinda de s'occuper des papiers et nous ferons ce que nous pourrons. Les parents ont encore le dernier mot.

Ils ont une maison, en rapport avec la bourse qui doit la payer, la bourse est bien petite, donc la maison est petite, en location, pour qu'on ne pense pas que Gracinda Mau-Tempo et Manuel Espada soient tentés de dire, Cette maison est à nous, ils voudraient même la garder secrète, J'habite par là-bas, dans un endroit quelconque, et se mettre à jouer aux quatre coins ou au torchon brûlé, sauf si ce sont là jeux d'école et de la ville, afin que personne ne sache où j'habite, dans cette maison qui n'est que murs et porte, une pièce en bas et une autre au-dessus, avec une petite échelle qui vacille quand je mets le pied dessus et un feu éteint quand nous serons absents. Nous allons habiter sur cette côte de Monte Lavre, dans un minuscule jardin où nous n'aurions même pas la place de lever la houe si nous voulions y cultiver un chou, il est vrai que le soleil y donne toute la journée, mais ça nous fait une belle jambe, nous n'en sommes pas plus gras pour autant. Nous dormirons en bas, dans la cuisine, qui n'en sera pas une lorsque, du fait que nous y dormirons, elle sera chambre à coucher, laquelle n'en sera pas une non plus lorsque nous serons levés, quel nom lui donner, cuisine quand nous cuisinerons, salle de couture quand Gracinda Mau-Tempo y ravaudera des vêtements et quand moi je regarderai les collines en face, mes deux mains aban-données entre mes genoux, salle d'attente, plus tard nous saurons de quoi, nous avons l'air de jouer avec les mots et on ne veut pas comprendre que ce sont des formes d'anxiété qui se bousculent, chacune veut parler la première.

Si nous nous mettons à beaucoup anticiper, nous ne tarderons pas à parler d'enfants et de soucis. Aujourd'hui, c'est jour de fête, Manuel Espada va épouser Gracinda Mau-Tempo, il y a longtemps qu'on n'a pas vu un mariage pareil à Monte Lavre, une telle diffé-rence d'âge, lui a vingt-sept ans, elle vingt, mais ils forment un beau couple, lui plus grand, comme il se doit, mais elle n'est pas petite non plus, elle ne tient pas de son père. Je les ai sous les yeux, elle dans une robe rose qui lui descend jusqu'à mi-jambe, à encolure montante, avec des manches longues boutonnées au poignet, s'il fait chaud elle ne sent pas la chaleur ou elle la sent si peu que ce pourrait aussi bien être l'hiver, et lui porte un costume sombre, une veste qui est davantage un veston qu'un paletot, un pantalon ajusté et des chaussures que rien ne parvient à faire briller, une chemise blanche et une cravate à ramages indéchiffrables, comme le feuillage d'un arbre que personne n'élague, ne nous méprenons pas, l'arbre est là uniquement à titre de comparaison, la cravate est neuve et probable-ment ne servira plus jamais ou alors pour un autre mariage, si nous y sommes invités. Le cortège des mariés n'est pas grand, mais amis et connaissances ne manquent pas, ni les gamins attirés par l'odeur des bonbons, ni les vieilles sur le pas de leur porte disant Dieu sait quoi, on ne sait jamais ce que les vieilles marmonnent, bénédictions ou menaces, les pauvrettes, à quoi leur sert la vie.

Nous nous sommes mariés après la messe, comme le veut la coutume, heureusement c'est pendant un moment où l'ouvrage ne manque pas, les visages peuvent donc être plus joyeux. Et il fait beau, Elle est jolie la mariée, et les jeunes gars n'osent pas lancer des plaisanteries de mariage parce que Manuel Espada est plus âgé, il a presque trente ans, c'est une exagération comme nous avons pu le constater, elle n'est pas de notre cru, la situation est intéressante, même les hommes mariés s'abstiennent de lancer des blagues salaces, après tout le marié n'est plus un gamin et il arbore un air sérieux, petit garçon il était déjà comme ça, on ne sait jamais ce qu'il pense, il tient de sa mère qui est morte l'an passé. Celui que ça préoccupe se méprend gravement, il est vrai que Manuel Espada a un visage grave, une physionomie sérieuse, comme on disait jadis, mais en dedans, pas même lui ne saurait l'expliquer quand bien même le voudrait-il, c'est comme un chantonnement d'eau entre des pierres, plus loin, à Ponte Cava, cet endroit sévère qui fait frissonner un peu au crépuscule, mais ensuite, quand le jour se lève, on se rend compte qu'il n'y avait aucune raison d'avoir peur et que l'eau chantonne entre les pierres.

On commet de grandes injustices à cause des apparences, comme dans le cas de la mère de Manuel Espada, une femme qui semblait taillée dans du granit et qui la nuit fondait tendrement dans le lit, ce qui explique peut-être que le père de Manuel Espada pleure doucement, certains disent, C'est de joie, et lui seul sait que ce n'est pas vrai. Il y a ici, combien, vingt personnes, et chacune serait une histoire, on n'imagine pas, des années et des années de vie, ça représente beaucoup de temps et beaucoup d'événements, si chacun écrivait sa vie, quelle grande bibliothèque, il nous faudrait charrier les livres sur la lune et quand nous voudrions savoir qui est ou fut Untel, nous voyagerions dans l'espace pour découvrir ce monde-là, pas la lune, mais la vie. En tout cas ça donne envie de revenir en arrière et de raconter par le menu la vie et les amours de Tomás Espada et de Flor Martinha, n'étaient l'urgence de ces événementsci et la nouvelle vie et les amours de leur fils et de Gracinda Mau-Tempo, lesquels sont déjà entrés dans l'église, les plus jeunes tout excités et pêle-mêle, il ne faut pas s'en formaliser, ce sont des gamineries, et les plus vieux, qui ont de l'expérience et connaissent les rites et les prêches, entrent tranquillement, engoncés dans de vieux costumes datant d'une époque où ils étaient plus sveltes. Rien que cette entrée dans l'église et l'installation à l'intérieur, rien que ces visages, un trait après l'autre, et lentement chaque ride, donnerait des chapitres aussi vastes que le latifundium qui ressemble à une mer autour de Monte Lavre.

Le père Agamedes est à l'autel, je ne sais pas ce qui lui a pris aujourd'hui, quel bon vent lui a soufflé au visage lorsqu'il s'est levé, c'était peut-être le Saint-Esprit, non pas que le père Agamedes soit homme à beaucoup se vanter d'avoir des accointances particulières avec la troisième personne de la Très Sainte Trinité, nourrissant lui-même des doutes au sujet de la simplicité des énoncés théologiques, mais, quelle qu'en soit la raison, ce diable de curé est de bonne humeur, ce qui ne l'empêche nullement d'être circonspect, mais il a l'œil qui brille et ce n'est sûrement pas dû à la perspective de satisfaire sa gourmandise car le déjeuner ne sera pas d'une abondance étourdissante. Nous dirons que c'est peut-être dû au simple plaisir de bénir, finalement le père Agamedes est un curé très humain, ainsi qu'on a pu le constater en tout temps et tous lieux au long de cette histoire, et il doit se dire, même sans penser aujourd'hui aux besoins, fort variables, du latifundium en main-d'œuvre, il doit se dire que cet homme s'unit à cette femme et qu'ils feront des enfants qu'il faudra ensuite élever et que ça apportera quelques bénéfices à l'église sous forme de naissances, mariages et décès, comme l'ont déjà fait et le feront encore les membres de l'assistance. Il vaut mieux que ce troupeau donne peu de laine que pas du tout, car c'est avec ces miettes-là qu'on fait la brioche, Prenez-en encore une tranche, monsieur le curé, et buvez donc ce petit verre de vin de porto, et encore une autre tranche, Je suis rassasié, dona Clemência, complètement rassasié, Mais faites ce sacrifice, monsieur le curé, c'est ce qu'il fait le plus volontiers, le sacrifice de la sainte messe, Et maintenant approchez-vous, je veux vous marier.

La confusion règne parmi les parrains, ils ne se souviennent jamais de quel côté ils doivent se placer, et le père Agamedes débite les paroles, enroule son étole et la déroule, jette un regard en coin sur le sacristain qui est en retard, mais qu'est-ce que c'est donc que cette idée, cet homme-ci n'est pas Domingos Mau-Tempo, tout ça remonte à très loin dans le temps et le curé n'est pas le même, les gens ne sont pas éternels. Personne n'a rien remarqué, la lumière n'a pas changé, l'église ne s'est pas emplie de trônes et de séraphins, et une colombe qui roucoulait dans la cour continue à roucouler, occupée peut-être par d'autres mariages, Gracinda Mau-Tempo regarde Manuel Espada et peut dire, C'est mon mari, et Manuel Espada peut regarder Gracinda Mau-Tempo et dire, C'est ma femme, et peut-être n'est-ce qu'à partir de maintenant que ce sera vrai, car les fougères de la source n'ont pas accueilli ces deux-là, bien qu'il semblât que ce fût annoncé.

Les jeunes mariés parcourent déjà la très courte nef quand António Mau-Tempo apparaît à la porte de l'église dans son uniforme militaire, il arrive en retard au mariage de sa sœur à cause de trains trop lents, de correspondances ratées, et il est furieux, comptant les kilomètres qui restaient à parcourir, mais après des jurons capables de faire fondre le métal des essieux et après des courses alternées avec des pas agités le long de la route, heureusement que le diable ne guette pas toujours derrière la porte, une camionnette de poissons qui passait par là a cédé au prestige de l'uniforme, Où allez-vous, À Monte Lavre, pour y marier ma sœur, et elle l'a déposé au bas de la rampe, Félicitations aux mariés, et il a escaladé la côte comme un cabri, est passé devant le manoir et le poste de garde sans lui jeter un regard, tas de merde, et soudain il s'avise que le mariage a peut-être déjà eu lieu, mais non, il y a des gens sur la place, une course de plus, deux bonds pour gravir les marches du parvis, et voici ma sœur, voici mon beau-frère, Heureusement que tu es venu, mon frère, Je serais venu même s'il m'avait fallu bouter le feu au régiment. Pendant une minute, déjà dans la rue à présent, on ne parle

216

plus du mariage, mais d'António Mau-Tempo, venu en permission au mariage de sa sœur, et comme il faut embrasser tout le monde, père et mère, parents et amis, le cortège se défait quelque peu, il faut être indulgent, Gracinda Mau-Tempo n'est pas jalouse, Manuel Espada est à ses côtés, il est son homme magnifique, elle lui donne le bras comme dans les mariages élégants et elle est si rougissante, Dieu du ciel, comment peux-tu ne pas voir ces choses-là, ces hommes et ces femmes qui, ayant inventé un Dieu, ont oublié de lui donner des yeux, ou alors ce fut intentionnel, car aucun dieu n'est digne de son créateur et par conséquent il ne devra pas le voir.

Manuel Espada et Gracinda Mau-Tempo redeviennent les rois de la fête, la perturbation n'a pas duré longtemps, António Mau-Tempo est resté derrière, avec ses amis d'enfance, il doit chaque fois consolider ces amitiés intermittentes à cause de ses longues absences du côté de Salvaterra, Sado et Lezírias, plus au nord, et vers Leiria, et maintenant en raison du service militaire. La noce se tient dans une maison prêtée. Il y a du vin, du ragoût d'agneau, des petits gâteaux de mariée, deux bouteilles de vin doux fortement alcoolisé, et aussi des rillons bien relevés, rien de très bourratif, c'est un mariage de gens pauvres, si pauvres que nous verrions João Mau-Tempo porter la main à sa tête avec angoisse si nous voulions qu'il pense à la dépense faite, mais ce serait de la cruauté, et à la dette qui a quadruplé chez l'épicier et le mercier, les fameux chiens qui aboieront ensuite aux tibias du débiteur, mais qui se taisent perfidement pour le moment, Voyez donc si vous n'avez besoin de rien d'autre, votre fille ne se marie pas tous les jours.

En attendant l'arrivée du père Agamedes, personne ne mange, ce satané curé, s'il avait aussi faim que moi, avec ce petit fumet de ragoût qui me titille l'estomac, je ne sais pas comment j'ai réussi à tenir jusqu'ici, je n'ai pas soupé hier pour avoir plus d'appétit aujourd'hui. Ces choses-là ne s'avouent pas, il ne manquerait plus que ça, des mesquineries comme celle de ne pas souper pour pouvoir bâfrer davantage aux dépens d'autrui, mais nous connaissons tous suffisamment les faiblesses humaines, et donc aussi les nôtres, pour pouvoir excuser celles d'autrui. D'autant plus que le père

Agamedes est arrivé, il va dire deux mots à Tomás Espada et au couple Mau-Tempo, Faustina ne comprend pas très bien ce qu'il dit, mais elle hoche vigoureusement la tête et donne à son visage une expression d'onction mêlée de respect filial, non pas qu'elle soit hypocrite, pauvre créature, mais parce que le timbre de voix du père Agamedes lui provoque un bourdonnement dans les oreilles, sinon elle entendrait parfaitement. Le père Agamedes se montre paternel avec les mariés, il gesticule avec la main droite, bénissant à tort et à travers, la faim a été distraite un instant, mais à présent elle revient au galop, nous allons enfin pouvoir commencer. Plats et soupières sont arrivés, tous prêtés, c'est une façon de parler, deux ne l'étaient pas, et quant à la maigre vaisselle de Gracinda Mau-Tempo sa mère fut tout à fait catégorique, Elle n'ira pas à la noce, nous nous arrangerons, il ne manquerait plus que tu commences ta vie de femme mariée avec de la vaisselle cassée, ça porterait même malheur. On mangea enfin, d'abord goulûment, puis lentement, car les convives savaient qu'il n'y aurait pas grand-chose d'autre après et ils montrèrent donc du bon sens en faisant durer le ragoût et les rillons, heureusement, il y avait du vin en abondance.

Soudain, le père Agamedes se leva, fit un geste pour demander le silence, un seul geste, il ne le demandait même pas, il l'imposait rien qu'en se levant, de haute taille et très maigre, à la grande perplexité de sa paroisse qui avait du mal à comprendre où le père Agamedes pouvait bien fourrer tout ce qu'il mangeait et ce n'était pas peu, comme il en apportait la preuve dans les mariages et les baptêmes, il se leva, regarda autour de lui les convives attablés, fronça le nez et les sourcils devant le désordre sur la table, ces gens-là n'ont aucune éducation, dona Clemência, mais ensuite il ressentit de la charité, probablement chrétienne, et il prit la parole, Chers enfants, je m'adresse à tous et plus spécialement aux mariés en ce jour heureux où j'ai eu la bonne fortune d'unir par les liens sacrés du mariage Gracinda Mau-Tempo et Manuel Espada, elle fille de João Mau-Tempo et de Faustina Gonçalves, lui fils de Tomás Espada et de feue Flor Martinha. Vous avez prononcé les vœux de fidélité et d'assistance que notre sainte mère l'église exige de ceux qui viennent à elle pour sanctifier l'union de l'homme et de la femme aussi longtemps que la mort ne les séparera pas. Le père Agamedes a eu grand tort de parler de mort, car déjà Tomás Espada a fermé les yeux pour que les larmes n'en débordent pas, mais il ne peut les retenir, elles sont comme l'eau qui sourd d'une fissure martyrisée dans un mur, tous feignent de ne pas les remarquer, c'est le mieux qu'ils puissent faire, et le père Agamedes parle et continue à parler, il poursuit, Notre village est petit, mais heureusement il y a entre nous une grande amitié, on n'y voit pas de discorde ni d'empoignades comme en d'autres endroits par où je suis passé et, s'il est vrai que vous n'allez pas souvent à l'église, cette mère très aimante qui attend ses enfants à toute heure, il est également vrai que presque personne ne manque aux sacrements et ceux qui y manquent sont des brebis égarées depuis si longtemps que malheureusement je n'ai plus l'espoir de les sauver, Dieu me pardonne, car un ministre du Seigneur ne doit jamais perdre l'espoir de conduire son troupeau au grand complet dans le giron de Dieu. Un des relaps était présent, ainsi que sa femme, qui ne le cédait en rien à son mari, c'étaient Sigismundo Canastro et Joana Canastra, tous deux souriant comme si les paroles du père Agamedes étaient des corbeilles de roses, Sans me vanter, j'ai donné la preuve de mes soins constants de bon pasteur, comme il y a trois ans, j'espère que vous en avez tous gardé le souvenir, au moment des grèves, certains de ceux que j'ai fait sortir de prison sont ici, ils ne me démentiront pas et peut-être que sans la bonne réputation de Monte Lavre vingt-deux d'entre vous auraient été jetés dans les arènes comme c'est arrivé à d'autres hommes de villages moins estimés par Notre Seigneur et la Sainte Vierge, encore que je sache très bien que pareil crédit ne soit pas à mettre au compte de mes mérites, pécheur que je suis, quoique repenti.

Au même instant, João Mau-Tempo rougit très fort et comme il fallait bien qu'il regarde quelqu'un il regarda Sigismundo Canastro dont les yeux sérieux étaient fixés sur le curé et ne riaient plus et l'on entendit alors la voix d'António Mau-Tempo qui disait, Nous sommes au mariage de ma sœur, monsieur le curé, ce n'est pas le moment de parler de grèves ni de mérites, et la voix était si sereine qu'elle ne semblait pas une voix de colère, mais elle l'était, tous attendirent en silence ce qui allait se passer, le curé dit qu'il buvait à la santé des mariés et se rassit. Ce ne fut vraiment pas une bonne idée, monsieur le curé, dit plus tard Norberto, qu'est-ce qui vous a donc pris de rappeler ces choses-là, c'est comme parler de corde dans la maison d'un pendu, Vous avez raison, répondit le père Agamedes, je ne sais pas quelle tentation m'est venue, je voulais leur montrer que sans nous, église et latifundium, deux personnes de la très sainte trinité, la troisième étant l'État, blanche colombe s'il en est, que sans nous, comment sustenteraient-ils leur âme et leur corps et à qui donneraient-ils leurs voix aux élections ou à qui les attribuerions-nous, mais j'avoue que j'ai péché, c'est ma faute, ma très grande faute, à cause de cela je ne suis pas resté là-bas beaucoup plus longtemps, j'ai donné comme excuse mes obligations pastorales et je suis parti, un peu éméché, il est vrai, bien que je n'aie pas beaucoup bu de cette piquette qui me cause de l'acidité gastrique, il n'y a de bon vin que dans votre cave, monsieur Lamberto.

Alors António Mau-Tempo, qui avait remis de l'ordre dans la conversation, dit, Le père Agamedes est parti, maintenant nous sommes en famille, que chacun dise ce qu'il veut, selon ses inclinations et ce que dicte son cœur, et donc Manuel Espada parlera avec sa femme Gracinda et ma sœur, et il y a sûrement quelqu'un que mon autre sœur Amélia aura envie de regarder, même si elle ne peut pas parler, et s'il n'y a personne, qu'elle réfléchisse, et nous comprendrons tous, parfois on ne peut pas faire autre chose, et que mes parents se souviennent de leur vie et de la nôtre et de ce qu'ils étaient dans leur jeunesse, et alors ils nous pardonneront nos erreurs, et les autres s'occuperont tous d'eux-mêmes et de leurs proches, dont certains sont déjà morts, je le sais, mais si on les appelle ils reviennent, les morts ne désirent pas autre chose, je sens déjà ici la présence de Flor Martinha, quelqu'un l'a appelée, mais comme c'est moi qui ai la parole je continue et ne vous étonnez pas de mes phrases alambiquées, au service militaire on n'apprend pas seulement à tuer, celui qui le veut vraiment apprend à lire, à écrire et à compter, après on peut déjà commencer à comprendre le monde et un petit peu la vie, la vie ce n'est pas seulement naître, travailler et mourir, il faut parfois se rebeller et c'est ce que je m'en vais vous conter.

Les conversations en cours s'arrêtèrent, les yeux se séparèrent mais pas les mains de Gracinda Mau-Tempo et de Manuel Espada, Flor Martinha prit congé, à bientôt, Tomás, et les coudes s'installèrent autour de la table, ces gens-là n'ont aucune manière de table et si quelqu'un a mis le doigt dans sa bouche pour extraire d'une dent creuse un filament d'agneau tout mâchonné, qu'on ne s'en formalise pas, nous vivons dans un pays où on ne peut pas gaspiller la nourriture, d'autant plus qu'António Mau-Tempo, dans son uniforme en coutil, est en train de parler de cela même, de nourriture, Il est vrai que dans nos villages nous sommes affamés, nous sommes obligés de manger de l'herbe et nous avons le ventre tendu comme une peau de tambour et c'est probablement pour ça que le commandant du régiment pense qu'un âne affamé mange des chardons et comme nous sommes des ânes, dans la cour de la caserne on n'entend pas d'autre mot, hé, toi, l'âne, on en entend d'autres, certes, mais pires, alors mangeons donc des chardons, eh bien moi je dis qu'il vaut mieux bouffer des chardons que la tambouille de la caserne, seuls les cochons ne la refuseraient pas, et encore.

António Mau-Tempo s'interrompt, boit une gorgée de vin rapide pour s'éclaircir la voix, s'essuie la bouche avec le dos de la main, il n'est pas de serviette plus naturelle, et il poursuit, Ils pensent que puisque nous avons faim dans nos villages nous devrions nous soumettre à n'importe quoi, mais c'est là qu'ils se trompent, notre faim est une faim propre, et les chardons que nous devons nettoyer, ce sont nos mains qui les nettoient, car même lorsqu'elles sont sales, elles sont propres, il n'y a pas de mains plus propres que les nôtres, c'est la première chose que nous apprenons en entrant dans la caserne, ça ne fait pas partie de l'instruction militaire, mais ça se devine, et un homme peut choisir entre la faim pure et simple et la honte de manger ce qu'on nous donne, alors qu'il est vrai aussi qu'on est venu m'appeler à Monte Lavre pour servir la patrie, disent-ils, mais je ne sais pas ce que c'est que servir la patrie si la patrie c'est ma mère et c'est mon père, qu'ils disent aussi, je sais qui sont mes vrais parents, et tous savent qui sont les leurs, ils ont retiré du pain de leur bouche pour que la nôtre n'en manque pas, alors la patrie devra retirer du pain de sa propre bouche pour que la mienne n'en manque pas, et si je dois manger des chardons que la patrie en mange avec moi, ou alors les uns sont des fils de la patrie et les autres des fils de pute.

Plusieurs femmes furent scandalisées, plusieurs hommes froncèrent le sourcil, mais à António Mau-Tempo, qui a quelque chose d'un vagabond malgré son uniforme, on pardonnera tout puisqu'il a su remettre le père Agamedes à sa place et qu'il prononce ces autres paroles qui sont comme le vin de la cave de monsieur Lamberto, du moins c'est ce que nous imaginons car nous n'en avons jamais approché nos lèvres, Alors, là-bas, à la caserne, il a été décidé de faire une grève de la faim, de ne pas manger une seule miette de ce qu'on nous mettait sous le nez, comme si nous étions des porcs refusant la bauge dans laquelle on avait versé plus de cochonneries que ce que tolère un cochon, peu nous importe de bouffer un demi-boisseau de terre par an, la terre est aussi propre que nous, mais ça, non et non, et moi, António Mau-Tempo qui vous parle, j'ai été celui qui a eu cette idée et j'en suis très fier, on ne sent une différence qu'après avoir fait ce genre de choses, j'ai parlé aux camarades et ils ont été d'accord, que pouvait-on nous faire de pire sauf nous cracher dessus, et le jour est enfin arrivé, l'heure de la tambouille a sonné et nous nous sommes assis comme si nous allions manger, mais la nourriture est restée comme à son arrivée, les sergents avaient beau brailler personne n'a empoigné sa cuiller, c'était la révolution des cochons, après l'officier de quart a débarqué, il a prononcé un discours comme ceux du père Agamedes, mais nous c'était comme si on ne comprenait ni la messe ni le latin, il a d'abord voulu nous prendre par la douceur, avec des paroles mielleuses, mais la gentillesse a vite disparu, il s'est mis à gueuler, il nous a ordonné de nous mettre en rang et ça nous l'avons compris, nous voulions sortir du réfectoire, nous l'avons quitté en nous adressant mutuellement en catimini des paroles d'encouragement, ne renonce pas, sois fort, courage, ici personne ne flanche, et alors nous nous

222

sommes mis en rangs, nous sommes restés comme ça pendant une demi-heure et quand nous croyions que c'était ça le châtiment, nous les avons vus installer trois mitrailleuses tournées vers nous, tout ça dans le respect des règles, tireurs et servants, caisses de bandes, et alors l'officier a dit que soit nous mangions, soit il donnait l'ordre de faire feu, c'était ça la voix de la patrie, c'était comme si ma mère me disait ou bien tu manges ou bien je te coupe le cou, aucun de nous n'y a cru, mais c'est allé jusqu'au point où nous avons entendu armer les mitrailleuses et à partir de là nous ne savions plus ce qui allait arriver, je parle pour moi, j'ai senti un frisson me parcourir l'échine, si c'était vrai, s'ils tirent, s'il y a ici un massacre à cause d'une assiette de soupe, le jeu en vaut-il la chandelle, non pas que nous étions en train de flancher, mais dans ce genre de situation on ne peut pas s'empêcher de réfléchir et alors dans nos rangs, personne n'a jamais su d'où ça venait, même les camarades qui étaient tout près ne l'ont pas dit, on a entendu une voix très calme dire, comme si elle prenait simplement des nouvelles de notre santé, Camarades, personne ne bouge d'ici, et une autre voix, du côté opposé, Vous pouvez tirer, et alors, je ne sais toujours pas comment c'est arrivé, aujourd'hui encore ça me donne envie de pleurer, toute la parade a crié, c'était un défi, Vous pouvez tirer, moi je pense qu'ils n'auraient pas fait feu sur nous, mais s'ils l'avaient fait, je sais que nous serions tous restés là et c'est ça qui a été notre victoire, pas que la tambouille se soit améliorée, car parfois on commence par lutter pour une chose et on finit par en obtenir une autre et c'est celle-là qui était la meilleure des deux. António Mau-Tempo s'interrompit, puis ajouta, bien plus sage que l'âge qu'il avait, Mais pour gagner la seconde, il faut commencer par lutter pour la première.

Ici nous verrons les femmes pleurer et les hommes avec la larme à l'œil, c'est la plus belle noce qu'on puisse imaginer, on n'en a jamais vu une pareille à Monte Lavre, alors Manuel Espada se lève et vient serrer António Mau-Tempo sur sa poitrine en pensant que ces soldats sont bien différents, lui qui pendant son service militaire dans les Açores avait entendu ce collègue dans sa compagnie dire, en menaçant on ne savait qui, Quand je retournerai à la vie civile, j'entrerai dans la police de surveillance et de défense de l'État, car si on prend un type en grippe, on l'arrête et si l'envie te vient de le descendre, tu lui tires dessus et tu dis qu'il a tenté de s'enfuir, c'est simple comme bonjour.

Maintenant Sigismundo Canastro s'est levé, grand et svelte comme une tige sèche de ciste, il porte un toast aux mariés, À votre santé, et tous ayant avalé avec satisfaction le petit vin doux, il déclare qu'il va raconter une histoire qui ne ressemble pas à celle d'António Mau-Tempo, mais qui est peut-être analogue, car ces histoires et ces anecdotes, quand on cherche bien, on finit toujours par leur trouver des similitudes, même quand ça paraît impossible, Il y a de nombreuses années, et après cette première remarque il s'interrompt pour s'assurer que tout le monde est attentif, et c'est le cas, les gens regardent droit devant eux, certains légèrement éteints, mais résistant encore, et alors il peut continuer, Il y a de nombreuses années, j'étais à la chasse, il s'est produit un fait, Qu'est-ce que tu nous racontes là, encore des histoires de perdrix, tout ça c'est des menteries, mais Sigismundo Canastro ne plaisante pas et ne réagit pas à l'interpellation, il se borne à regarder autour de lui d'un air affligé par tant d'inconscience et, que ce soit à cause de ce regard ou de la curiosité de connaître la taille de ce mensonge, le silence se fait, et João Mau-Tempo, qui connaît très bien Sigismundo Canastro, sait de science certaine qu'il y a là anguille sous roche, il s'agit simplement de comprendre ce qui est en jeu, À l'époque je n'avais pas encore de fusil, j'en empruntais un, tantôt à l'un, tantôt à l'autre, comme ça se trouvait, et je n'étais pas du tout un mauvais chasseur, pas du tout, les gars de mon temps pourront le confirmer, j'avais alors un petit chien que j'avais dressé pendant une saison, j'en avais fait un bijou, il avait un flair extraordinaire, et un jour je suis allé à la chasse avec des camarades, chacun avec son chien, nous formions un joli groupe, nous avons fait un grand tour, nous étions tous bien préparés, cette histoire s'est passée du côté de Guarita do Godeal, tout à coup une perdrix isolée se lève et s'envole comme un éclair, je la mets en joue, elle tombe au moment même où j'allais tirer, ce qu'il y a de sûr c'est que je ne l'avais pas touchée avec le moindre

224

grain de plomb, d'ailleurs aucun camarade n'était à proximité, heureusement pour ma honte, mais Constante, c'était le nom de mon chien, s'élance en direction de la perdrix, il pensait peut-être qu'elle était blessée au milieu des genêts épineux, très touffus dans ce coin-là, je n'ai jamais vu pareille chose, il y avait là de grands rochers qui me bouchaient la vue, le fait est que mon chien a disparu, j'ai eu beau l'appeler, Constante, Constante, beau siffler, il n'est pas reparu, ce fut une honte encore bien plus cuisante de rentrer à la maison sans ma bête, sans parler du chagrin, car il ne lui manquait que la parole à ce chien. L'assistance était très attentive, écoutant et digérant, il n'est pas besoin de grand-chose pour qu'un homme soit heureux et une femme contente, et même si cette histoire était un énorme bobard, elle était bonne et bien racontée, et Sigismundo reprenait son récit, Deux ans plus tard, il se trouva que j'allais par là-bas et je suis tombé sur une grande surface de broussailles nettoyée, on avait défriché par là, mais ensuite, je ne sais pourquoi, on avait renoncé, alors m'est revenu en mémoire ce qui était arrivé là, je me suis faufilé au milieu des rochers, ça n'a pas été facile, je ne sais ce qui me poussait, on aurait dit que quelqu'un m'encourageait, ne renonce pas, Sigismundo Canastro, et soudain, qu'est-ce que je vois, le squelette de mon chien debout, agrippant le squelette de la perdrix, ils étaient restés comme ça pendant deux ans, aucun des deux n'avait cédé, et je le vois encore, mon chien Constante, avec son petit museau tendu, sa patte levée, aucun vent ne l'avait abattu et aucune pluie n'avait démantelé ses os.

Sigismundo Canastro n'en a pas dit plus et s'est rassis. Tous ont gardé le silence, personne n'a ri, même pas les plus jeunes, génération moins crédule, alors António Mau-Tempo a dit, Ces deux-là, le chien et la perdrix, sont toujours là-bas, j'ai rêvé d'eux un jour, il n'y a pas de meilleure preuve, après quoi l'assistance s'est exclamée en chœur, Ils sont toujours là-bas, ils sont toujours là-bas, et alors, oui, ils ont cru et ont poussé un énorme éclat de rire. Et ayant ri, ils ont continué à bavarder, ils ont passé ainsi tout l'après-midi, je dis, tu dis, buvons tous les deux, dans la caserne la cour est déserte à cette heure, tandis que les orbites vides du chien Constante fixent les orbites vides de la perdrix, aucun des deux n'a cédé. Et quand la nuit est arrivée ce fut l'heure des adieux, certains ont accompagné Gracinda Mau-Tempo et Manuel Espada jusqu'à la porte de leur maison, demain est jour de travail et nous avons de la chance d'en avoir, Ne tarde pas, Gracinda, Je ne tarderai pas, Manuel. Dans le potager à côté, un chien s'étonne de ce voisinage et aboie.

José Calmedo est un garde parmi les gardes. S'il se trouve dans sa formation, on ne le remarque pas, il n'y occupe pas plus de place que le tout-venant de sa corporation, et quand il est à l'extérieur, dans des missions de patrouille et d'enquête, c'est un homme discret, paisible, comme s'il faisait tout ça distraitement, en pensant à autre chose. Un jour, sans que personne ne s'y attende, peut-être même pas lui-même, il remettra au commandant du poste de Monte Lavre, pour qu'il la fasse suivre, sa lettre de démission, et il s'en ira avec sa femme et ses deux fils loin de là, il apprendra à poser le pied par terre comme un civil et passera le reste de sa vie à oublier qu'il fut garde. C'est donc un homme avec une histoire, qu'on ne peut malheureusement pas relater ici, sauf celle de son nom, brève et amusante, qui illustre bien la beauté des mots et la singularité de leur provenance, l'ennui c'est notre mémoire défaillante ou notre absence de curiosité qui font que nous ne savons pas ou avons oublié que sousa veut dire pigeon ramier, c'est magnifique, contrairement à cette banalité inscrite sur le certificat de naissance, à qui on coupe les ailes dès le départ, il est vraiment dangereux d'écrire et de parler. Mais le plus intéressant c'est quand la beauté des noms est le fruit de violences exercées contre d'autres noms précédents ou de mots prononcés sans intention d'en faire des noms, comme transformer Pantaleão en Espanta Leões, Épouvantail à lions, famille chanceuse qui porte un nom pareil et se promène dans le

227

monde avec cette obligation nouvelle de faire reculer les lions de la forêt et de la ville. Mais nous parlions du garde José Calmedo et de la brève et aimable histoire de son nom, venu, et c'est ça l'histoire, de la témérité involontaire d'un ancêtre qui, alors qu'il aurait dû être effrayé, n'éprouva par inattention aucune frayeur et répondit donc à celui qui voulut savoir la raison de cette absence de peur, Qual medo, Quelle peur, et la désinvolture de la question fut telle et si naturelle qu'elle causa de l'émerveillement et devint ainsi Calmedo le courageux involontaire, et par la suite ses descendants, jusqu'à ce garde-ci et déjà aussi ses enfants, bien qu'ultérieurement une autre version eût vu le jour, à savoir que Calmedo veut dire calme plat, grande chaleur, comme celle qu'il fait à l'heure où le garde sort du poste pour une mission, après avoir reçu ses ordres confidentiels.

Il a trois kilomètres à parcourir à l'aller et autant au retour, ce sont des tâches pour des piétons, la vie d'un garde est ainsi, il en est autrement pour les hommes de la cavalerie, et voici donc José Calmedo qui se met en route, il descend de Monte Lavre dans la vallée, il contourne le bourg par le ponant puis se dirige vers le nord, profitant de la route, il a des rizières sur sa gauche, c'est une belle matinée de juillet, chaude, ainsi qu'il fut dit, de calme plat comme disent d'aucuns, ce sont là des variantes, mais dans l'après-midi la chaleur empirera. Un ruisseau coule en contrebas, une grande soif, peu d'eau, la botte foule avec fermeté le bas-côté de la route, il se sent un homme fort marchant sur le bord du chemin pendant que sa tête pense des nuages épars, des mots qui avaient un sens et qui l'ont perdu, nous avancions sur le macadam surélevé et nous avons déjà dévalé le talus sur la droite, ombre fraîche sous le viaduc et maintenant sous le bruissement des hautes branches des frênes, tout ça est devenu un désert, qui t'a vu et qui te voit, le réservoir est vide, le moulin à eau est en ruine et, plus haut, le four de la tuilerie est défoncé, on dirait que le latifundium ronge tout ce qui lui retire de l'espace. José Calmedo accommode son fusil sur son épaule, ôte sa casquette et éponge avec un mouchoir un front sur lequel se voit l'effet du soleil et de son absence sous forme de peau sombre et de peau claire, on dirait même qu'en haut sa tête ne lui appartient plus, elle appartient à la casquette, ce sont là des suppositions d'un homme en quête de réalité.

José Calmedo n'est plus très loin du but, il va à Cabeço do Desgarro, d'après ses calculs il arrivera là-bas à l'heure du déjeuner. Il ramènera avec lui au retour João Mau-Tempo en le leurrant avec une histoire insignifiante qui n'a même rien à voir avec lui, l'histoire n'a pas besoin d'être compliquée, plus elle sera simple, mieux ça vaudra, plus elle sera crédible. Il aperçoit le logis entre les arbres, les hommes à côté du feu en train de retirer le chaudron avant qu'il ne bouille ou n'ébouillante, ce sera rapide, il suffira de s'approcher et de dire, Venez avec moi au poste, mais José Calmedo ne fait pas les deux pas qui le mettraient en position d'être vu de tous, au cas où ils regarderaient. Il recule derrière de hauts buissons et se poste là, calculant le temps que prendra João Mau-Tempo pour expédier son déjeuner frugal, pendant que dans le ciel des nuages épars continuent à passer, si peu nombreux qu'on ne remarque même pas l'ombre qu'ils projettent. Assis par terre, José Calmedo fume une cigarette, il a posé son fusil contre le tronc d'un arbre, il s'est désarmé lui-même. C'est une bonne vie cette vie de garde, avec peu d'obligations, regarder passer les jours, de loin en loin seulement il y a des tâches plus sérieuses, bien qu'on en pressente d'autres, à part ça un mois arrive, un mois s'en va, calme et tranquillité dans le latifundium, tranquillité et calme dans le poste et sa région, entre inculpations et rondes, entre procès-verbaux et inévitables plaintes de voisins râleurs. Il va ainsi vivotant et heureusement que l'âge de la retraite approche. Ce sont des pensées d'homme pacifique, on ne dirait pas qu'il a un fusil et une cartouchière, de lourdes bottes de sept lieues, au-dessus de la tête de José Calmedo un oiseau quelconque chante, les oiseaux ne portent pas de collier avec leur nom, il sautille de branche en branche, on aperçoit de là sa silhouette, un éventail de queue et d'ailes. Si nous regardions par terre, nous verrions le monde rampant des insectes, la fourmi qui lève la tête comme les chiens, l'autre qui la baisse toujours, la minuscule araignée, où fourre-t-elle donc tout ce qu'elle engloutit, mais nous ne pouvons pas nous laisser distraire, nous devons aller appréhender un homme, nous le laissons simplement finir son déjeuner, nous sommes garde, mais nous avons un cœur, qu'est-ce que vous croyez.

On ne fait pas de grands festins dans le latifundium. José Calmedo regarde entre les arbustes, à présent tous ont fini de manger. Alors il se lève en soupirant, peut-être à cause de l'effort qu'il vient de faire ou va faire, il glisse une épaule dans la bandoulière de son fusil, geste après geste, non pas qu'ils soient importants, mais parce qu'ils sont des points d'appui, une façon pour cet homme de s'accrocher, de ne pas s'égarer dans la déraison des actes, et il commence à descendre la côte vers la combe où se trouvent les hommes. Ceux-ci l'aperçoivent de loin, Dieu sait combien de cœurs se mettent à battre plus vite, les lois du latifundium sont strictes, qu'elles réglementent la propriété des glands ou l'imprévisible aubaine du bois de chauffage, quand il ne s'agit pas de délits plus graves. José Calmedo approche enfin et, restant à l'écart, appelle le chef d'équipe, il ne veut pas se mêler à la conversation générale, un homme n'est pas une demoiselle, mais il a ses pudeurs, Dites à João Mau-Tempo que je veux lui parler.

Le cœur de João Mau-Tempo bat précipitamment comme celui d'un oiselet. Non pas qu'il se reconnaisse coupable de fautes extraordinaires, du genre à ne pas être absoutes par une amende et une bonne rossée. Il pressent que c'est à lui qu'on en a, qu'à partir du moment où le chef d'équipe dira, João Mau-Tempo, va donc parler là-bas au garde, ce sera comme arracher un grand morceau d'écorce de liège, l'entendre craquer et savoir que l'effort devra arriver à sa fin, mon effort, l'effort de l'arbre, il manque ici l'exclamation de l'homme, han, le hurlement de l'écorce qui se détache, crrra, Alors, monsieur José Calmedo, que me voulez-vous donc, demande João Mau-Tempo d'un air aussi serein que s'il félicitait le garde de sa mine épanouie, mais heureusement que les cœurs sont cachés, sinon tous les hommes seraient condamnés tôt ou tard pour leur innocence, si ce n'est pour leur crime, car le cœur est un impulsif indompté et sans retenue. Celui qui a fait les cœurs connaissait mal son métier, mais les astuces s'apprennent et heureusement, sinon comment José Calmedo aurait-il pu dire, sans que personne le lui ait soufflé, Ce n'est pas grave, c'est juste pour faire la lumière dans l'histoire de deux types qui ont chapardé quelques gerbes de céréales, le propriétaire dit que c'est eux, jure que c'est eux, mais eux disent que João Mau-Tempo est témoin qu'ils n'ont rien volé, figurez-vous que c'est tellement embrouillé que même moi j'y comprends rien. C'est toujours comme ça, on s'emberlificote quand on ne le devrait surtout pas et ce qu'on dit se transforme en cape du diable, qui cache autant qu'elle ne révèle, la cape du diable est courte, et encore plus quand João Mau-Tempo, cette fois complètement innocent dans cette affaire, dit, Mais qu'est-ce que j'ai à voir avec ça, je ne suis au courant de rien, après quoi l'autorité recourt à l'argument décisif et le plus convaincant, N'ayez pas peur, on va là-bas, vous dites ce que vous avez à dire et vous vous en retournerez après.

Ainsi soit-il. João Mau-Tempo s'apprête à rassembler ses affaires et le reste de ses provisions, mais José Calmedo poursuit sur la lancée de son imagination et dit, C'est pas la peine, vous reviendrez vite, ça ne prendra pas longtemps. Et sa mesure de mensonges remplie, il s'éloigne, emmenant derrière lui un João Mau-Tempo pas très rassuré, crapahutant dans les sabots ouverts qu'il enfile pour aller au travail. De là jusqu'à Monte Lavre José Calmedo arbora une mine fâchée, comme il sied à un garde qui a fait un prisonnier qu'il escorte, mais la raison n'était pas celle-là, c'était plutôt la tristesse d'une victoire aussi minable, avait-il fallu que deux hommes naissent pour ça ? Plongé dans ses pensées et son angoisse qui n'était pas mince, João Mau-Tempo s'efforçait de se convaincre qu'il y avait vraiment eu un vol de gerbes de céréales et deux innocents que son témoignage allait sauver.

João Mau-Tempo entre de nouveau dans le poste où il avait été emprisonné pendant plusieurs heures quatre ans plus tôt. Tout semble pareil, le temps n'a pas passé. Le garde José Calmedo va informer le caporal que le détenu est arrivé, tout s'est bien passé, mission accomplie, mais s'il vous plaît gardez les médailles pour une autre occasion, laissez-moi vivre ma vie, avec mes pensées en forme de nuages, un jour je tendrai devant moi une feuille de papier cachetée, monsieur le commandant de la garde nationale républicaine, monsieur, et le caporal Tacabo leur ordonne d'entrer et dit, Asseyez-vous, monsieur Mau-Tempo, il ne faut pas s'étonner de cette courtoisie, on ne se conduit pas toujours en bourreau, Savez-vous pourquoi vous êtes convoqué au poste. João Mau-Tempo est sur le point de dire que si c'est à cause des gerbes de céréales, il ne sait rien, mais il n'a pas le temps d'ouvrir la bouche et heureusement, car il aurait attribué alors une réputation de menteur à José Calmedo, par bonheur le caporal Tacabo ajoute aussitôt, plus il expédierait rondement cette affaire, mieux ça vaudrait, Alors, vous ne savez pas ce que vous avez fabriqué du côté de Vendas Novas, Ça doit être une erreur, je n'ai rien fait, Eh bien figurez-vous que j'ai ici l'ordre du poste de Vendas Novas de vous arrêter en tant que communiste.

Voilà un exemple de dialogue simple, direct, sans harmonisation ni arpèges sur les cordes, sans accompagnement ni incrustation de pensées et de subtilités, on ne dirait vraiment pas qu'il s'agit de questions sérieuses, c'est comme s'ils se disaient, Comment allez-vous, Bien, merci, et vous-même, Un ami à vous vous envoie ses amitiés de Vendas Novas, Faites-lui les miennes quand vous le rencontrerez de nouveau. Le battant d'une cloche résonna soudain dans la tête de João Mau-Tempo, un grand fracas retentit comme si on fermait brutalement les portes d'un château, ici personne n'entre. Mais le châtelain tremble, ses mains et sa voix tremblent, Défends-toi, mon âme, mais cela ne dura qu'une seule seconde, le temps de simuler la stupéfaction, la surprise, l'innocence offensée et outragée, Oh, monsieur, ne me dites pas ça, ça fait quatre ans que j'ai abandonné toutes ces histoires, depuis que j'ai été arrêté à Montemor, c'est sûrement une erreur, et le caporal Tacabo dit, Ça vaudrait mieux pour vous et si vous n'êtes pas complice l'autorité vous relâchera sur-le-champ. Peut-être la chose en restera-t-elle là, peut-être s'agit-il d'une fausse alarme, peut-être personne n'est-il en train de se noyer, peut-être l'incendie s'éteindra-t-il tout seul, sans qu'il s'y brûle les mains, Alors, monsieur le caporal, je vous demande d'avoir la bonté de faire dire à ma femme de venir me parler. Rien de plus naturel que pareille demande, mais le commandant, le commandant est caporal, ici à Monte Lavre on n'est pas dans un bourg important, mais dans un petit village du latifundium, on n'y a pas besoin de plus qu'un caporal de la garde, lequel répond avec la fermeté du général commandant qui commande à Lisbonne, Non, monsieur, votre femme ne peut pas vous parler, ni elle ni personne, vous êtes qualifié de dangereux, dites ce dont vous avez besoin, un soldat ira chercher ça chez vous.

Qualifié de dangereux, lui, João Mau-Tempo. On l'emmena dans la pièce qui servait de prison, de nouveau ce fut José Calmedo qui l'y conduisit, on avait l'impression qu'il n'y avait personne d'autre dans le poste, et avant de se laisser enfermer João Mau-Tempo lui dit, Alors comme ça vous m'avez berné, et tout d'abord José Calmedo ne répondit pas, il était blessé, il avait voulu bien faire et voilà sa récompense, mais il ne pouvait pas demeurer muet comme s'il avait commis un crime, Je ne voulais pas que vous vous tracassiez, ce José Calmedo ne mérite vraiment pas l'uniforme qu'il porte et c'est d'ailleurs pourquoi il le jettera un de ces jours aux orties et ira commencer une vie nouvelle dans un endroit où on ne saura pas qu'il a été garde, et voilà tout ce que nous apprendrons à son sujet.

Faustina Mau-Tempo et ses deux filles rôdent autour du poste. Angoissées, elles sont en pleurs, elles ignorent les chefs d'accusation, elles savent seulement que le mari et le père sera envoyé à Vendas Novas, et comme il y a des coïncidences malheureuses, c'est ce qu'on dit habituellement, à l'instant où toutes les trois se sont absentées de là pour une raison ou pour une autre arrive de Vendas Novas une jeep avec une patrouille armée de fusils et de baïonnettes pour chercher le criminel. À leur retour elles apprendront que celui qu'elles sont venues voir n'est plus là, ces trois femmes ont fait tout ce chemin, elles sont à la porte du poste de garde, on leur en refuse l'entrée, Il n'est plus là, ce sont les ordres que nous avons reçus, retournez chez vous, le moment venu vous saurez tout, dit-on à ces pauvres malheureuses, sans doute par dérision, comme ce fut par dérision que les gardes venus de Vendas Novas dirent à João Mau-

Tempo avec un rire placide, Sautez donc là-dedans, on va aller faire un tour. La garde ne convoque pas cet homme pour qu'il aille se promener ailleurs, dans une voiture financée par la patrie, laquelle paie ce genre d'excursion en puisant dans notre bourse à tous, João Mau-Tempo aimerait bien voyager, sortir du latifundium et voir d'autres terres, mais comme il a été qualifié de dangereux, on ne tient compte ni des inconvénients que cela entraîne pour la garde, laquelle apprécie son repos, ni du prix de l'essence, ni de la dépréciation du matériel roulant, et on déniche aussitôt une jeep et une patrouille armée de fusils et de baïonnettes pour aller quérir le malfaiteur à Monte Lavre et le conduire en toute sécurité à Vendas Novas, Sautez donc là-dedans, on va aller faire un tour, si ce n'est pas de la dérision, je me demande bien ce que c'est.

Le voyage est court et silencieux, les gardes ont vite épuisé leur réserve de blagues, toujours les mêmes, et João Mau-Tempo, ayant réfléchi et recommencé à réfléchir, se dit que, perdu pour perdu, personne ne recevra de sa bouche des informations compromettantes pour d'autres, mieux vaudra que se brisent tous les miroirs du monde et que se ferment les yeux qui me voient, afin que je n'aperçoive pas mon propre visage au cas où je parlerais. Cette route évoque de grands souvenirs, c'est ici qu'Augusto Pintéu est mort en traversant la rivière avec sa charrette tirée par des mules et que là-bas, derrière ce mamelon, j'ai couché pour la première fois avec Faustina, c'était l'hiver et l'herbe était mouillée, comment avons-nous pu, ce que c'est que d'être jeune tout de même. Et lui vient à la bouche le goût du pain et du saucisson qu'ils ont mangés après et ce fut leur premier repas d'homme et de femme mariés selon les lois de la nature. João Mau-Tempo porte les mains à ses yeux comme s'ils lui brûlaient, admettons que ce sont des larmes, et un garde dit, Ne pleure pas, mon vieux, et un autre enfonce le clou, Quand ils sont arrêtés, ils se mettent à chialer, or ce n'est pas vrai, Je ne chiale pas, répond João Mau-Tempo, et il a raison, même s'il a les yeux pleins de larmes, est-ce sa faute si les gardes ne comprennent rien aux hommes.

À présent João Mau-Tempo est à l'intérieur du poste de Vendas

234

Novas, le voyage fut comme un rêve, et ce civil, impossible de se tromper, qui en a vu un les a vus tous, João Mau-Tempo en a une expérience plus qu'abondante, ce civil dit pendant que le commandant du poste se cure les dents, Oui monsieur, voici le personnage qui va aller se promener avec moi à Lisbonne, c'est vraiment une idée fixe chez ces gens-là, ils ne parlent que de se promener, on va aller faire un tour, et parfois ce sont des promenades dont on ne revient pas, entend-on dire, mais pour le moment le civil se tourne vers un garde et lui donne un ordre, le commandant du poste est ici pour obéir, c'est un béni-oui-oui, un larbin, Emmenez-moi cet homme dans la maison de plaisance pour qu'il s'y repose jusqu'à demain, et João Mau-Tempo se sent agrippé brutalement par le bras et emmené à l'arrière, c'est un jardin, ah, ce goût pour les fleurs qu'a la garde, à cause de lui bien des péchés lui seront peut-être pardonnés, les pauvres gardes aiment les fleurs parce que tout n'est peut-être pas perdu dans leur âme endurcie, un moment de beauté et de grâce rachète aux yeux du juge suprême le pire des crimes, celui d'arracher João Mau-Tempo à Monte Lavre pour le flanquer dans des geôles de passage et d'autres plus durables, sans parler de ce qu'on apprendra seulement plus tard. Ceci pour l'heure est une cellule de province et ceci un châlit avec une natte et des couvertures en haillons qui donnent la nausée, et aussi une cruche d'eau, ma soif est grande, je la porte à ma bouche et l'eau est tiédasse, mais pour ce faire j'ai attendu que le garde soit sorti, et à présent je peux enfin pleurer, ne m'en voulez pas, j'ai quarante-quatre ans, allons, voyons, à quarante-quatre ans vous êtes un jeunot, vous êtes dans la force de l'âge, on ne parle pas comme ça dans le latifundium ni devant moi qui me sens si las, avec ce point de côté qui ne me lâche jamais et ces rides, que pour le moment le miroir peut encore me montrer, si c'est ça la force de l'âge, alors laissez-moi pleurer.

Passons sur la nuit où João Mau-Tempo n'a pas dormi, il n'a pas arrêté d'aller et venir, quatre pas dans un sens et dans l'autre car il n'a pas voulu poser son corps sur le châlit. Le jour s'est levé, cet homme est fatigué et inquiet, que vais-je devenir, et quand neuf heures ont sonné la porte s'est ouverte et un garde a dit, Sors devant moi, c'est leur façon de parler, on ne leur a pas appris à le faire autrement, et maintenant c'est le civil qui dit, Allons au train, c'est l'heure, allons faire notre promenade. Et ils sortent, accompagnés jusqu'à la porte par le commandant du poste qui dans ce domaine-là est très scrupuleux et bien élevé, À bientôt, dit-il, et si João Mau-Tempo est innocent, il ne l'est pas assez pour penser que cet adieu est pour lui, mais en chemin pour la gare, sur cette place déserte, il jure avec désespoir, Monsieur, je suis innocent. Si le train n'était pas sur le point de partir, nous aurions pu nous asseoir ici et discuter jusqu'à découvrir la vérité de ce qu'est l'innocence et être innocent, et si João Mau-Tempo croit réellement ce qu'il a juré, comment se fait-il que ce jurement ressemble à un parjure, nous verrions alors, si le temps et l'argutie le permettaient, la différence qu'il y a entre être innocent d'une faute et d'une faute innocenté, bien que ces subtilités ne soient guère en accord avec l'accompagnateur de João Mau-Tempo qui répond avec véhémence, Arrête tes jérémiades, à Lisbonne tu verras ce qui t'attend.

Passons à présent sur le voyage, dès lors qu'il ne s'agit pas d'un chapitre admis dans l'histoire des chemins de fer au Portugal. Le corps est un seigneur si souverain que João Mau-Tempo parvint à somnoler au gré du balancement monotone du wagon et du battement des roues sur la jonction des rails, clac-clac, mais ensuite il rouvrait les yeux, angoissé, et découvrait à chaque fois qu'il ne rêvait pas. Après, il alla en bateau jusqu'au Terreiro do Paço, et si je me jetais à l'eau, ce sont là des pensées noires, je mettrais fin à mes jours et pas dans un acte héroïque, João Mau-Tempo a cela de particulier qu'il n'est jamais allé au cinéma et il ne sait donc pas combien un saut par-dessus bord sans s'aider de ses mains est facile et applaudi, le plongeon impeccable et cette nage américaine qui mène le fugitif jusqu'au mystérieux navire affrété qui attend à l'écart avec la comtesse au visage voilé, laquelle pour accomplir cette action a brisé les liens sacrés de la famille et les préceptes du patrimoine comtal. Mais João Mau-Tempo n'apprendra que plus tard qu'il est fils de roi et l'unique héritier du trône, vive, vive João Mau-Tempo, roi de Portugal, voilà le bateau qui accoste au ponton, ceux qui dormaient se réveillent et quand le prisonnier retrouve ses esprits deux hommes se tiennent devant lui, Alors y a que lui, demandent-ils et celui qui faisait office d'accompagnateur répond, Cette fois-ci y en a pas d'autres.

Passons aussi sans observation particulière sur le trajet en ville, les tramways, les charrettes à plateforme basse qui abondent par ici, les passants, quelle est la main droite du cheval de D. José, ils traversent en diagonale, João Mau-Tempo reconnaît les lieux, une place aussi vaste ne s'oublie pas, et les arcs, plus grands que ceux du Giraldo, mais soudain tout est nouveau pour lui, ces raccourcis par des ruelles qui grimpent toutes, le chemin commence à lui paraître long quand brusquement il s'abrège, une demi-porte s'ouvre en biais, la mouche est attrapée au centre de la toile, point n'est besoin de comparaisons plus élégantes ni plus originales.

Et maintenant il faut gravir des marches. João Mau-Tempo est toujours entre les deux hommes, on ne prend jamais assez de précautions, haute sécurité, il a été qualifié de dangereux. En haut comme en bas c'est une fourmilière, une termitière, un affairement, une activité de bourdons vrombissants, on entend des sonneries de téléphone, mais à mesure qu'on monte, premier étage, deuxième étage, de hautes volées de marches, le bruit et l'agitation diminuent, les personnes se font rares et au troisième étage le silence est presque total, arrivent juste de la rue des bruits étouffés de moteurs d'automobiles et le brouhaha indistinct de la ville dans la chaleur de l'après-midi. C'est ici que se trouvent les combles et ce couloir mène à une longue pièce au plafond bas qui vous effleure presque la tête, plusieurs hommes sont installés sur de longs bancs, à côté de qui vais-je m'asseoir moi aussi, João Mau-Tempo, natif de Monte Lavre et y habitant, âgé de quarante-quatre ans, fils de Domingos Mau-Tempo, savetier, et de Sara da Conceição, folle, qualifié de dangereux, comme le caporal Tacabo du poste de mon village m'a fait la faveur de m'informer. Les hommes assis regardent João Mau-Tempo, mais personne ne dit mot. C'est la maison de la patience, on y attend son destin immédiat. Le plafond est vraiment très près de notre tête, il craque à cause de la chaleur, si on jetait de l'eau dessus il bouillirait, João Mau-Tempo n'a rien mangé depuis vingt-quatre heures et pour lui il n'y a pas de chaleur, c'est un jour d'hiver, il tremble comme s'il était exposé au vent de décembre dans le latifundium, sans autre vêtement que sa peau nue. C'est la comparaison qui s'impose, une peau aussi fine que celle des autres, et elle correspond à la vérité pure, ce banc est celui des nus, chacun pour soi, ici personne n'aide personne, couvre-toi avec ta force et ta fermeté, solitude de lande, haut vol de milan enfin descendu à ras de terre pour compter les siens et évaluer leur courage.

Pourtant, il faut nourrir les victimes, il ne faudrait pas que nous les perdions avant le moment approprié. Une demi-heure a passé, puis une autre, quand un factotum quelconque est entré, apportant à chaque prisonnier une écuelle de brouet de prison et deux décilitres de vin, un souvenir de la patrie à l'intention de ses fils adoptifs, vous pouvez la remercier. Quand João Mau-Tempo raclait avec la cuiller le fond de son écuelle, il entendit un policier dire à un autre, tous les deux de faction à la porte pour garder le troupeau et rassembler des papiers, Ce type là-bas est pour l'inspecteur Paveia et l'autre répondit, Eh bien, il sera entre de bonnes mains, et João Mau-Tempo se dit, C'est de moi qu'il s'agit et c'était vrai, comme il le sut plus tard, et mieux eût valu qu'il l'ignorât. Assiettes et verres furent emportés à l'intérieur et l'attente continua, qu'allons-nous devenir, la feuille de route arriva presque à la nuit tombée, les uns vont ici, les autres là-bas, Caxias ou Aljube, affectation provisoire pour tous, car d'autres changements ne tarderont pas, tous pour le pire, surtout quand un nom se changeait en un visage et le visage en une cible. Et la voix de dona Patrocínio, fonctionnaire de ce service d'utilité publique, était sûrement la voix de la patrie, Untel va ici, Untel va là-bas, elle ne pouvait porter un nom mieux adapté à sa fonction de patronage, c'est exactement la même chose que pour dona Clemência qui est sûrement en train de converser en ce moment avec le père Agamedes, Alors comme ça João Mau-Tempo a été arrêté, C'est vrai, madame, il a fait tant de bêtises qu'il a fini par les payer toutes ensemble, et quand je pense à la peine que je me suis donnée pour lui et pour les autres, Il avait l'air d'un si brave homme, Ce sont les pires, dona Clemência, les pires, Il ne fréquentait même pas les tavernes, Mieux eût valu qu'il les fréquentât, ça lui aurait évité de se lancer dans de pernicieuses activités, Lesquelles, Ah, ça je ne saurais le dire, mais s'il était innocent, il n'aurait pas été arrêté, Il faudra à l'avenir apporter une petite aide à sa femme, Vous êtes une sainte, madame, sans votre parrainage plein de bonté je ne sais pas ce que ces miséreux deviendraient, mais laissez le temps passer, qu'ils apprennent un peu à ne pas être orgueilleux, l'orgueil est leur pire défaut, Vous avez raison, monsieur le curé, l'orgueil est un péché mortel, Le pire de tous, madame, car c'est lui qui soulève l'homme contre son patron et contre son dieu.

En revenant, la camionnette passa par Boa-Hora pour y prendre plusieurs prisonniers qui étaient jugés là. Tout ça est très calculé et mesuré, vous pouvez consulter l'ordre de service, tout fourgon cellulaire doit être utilisé jusqu'à la limite de sa capacité, ce qui revient à dire que celui qui prend les feuilles prend aussi les écorces et comme la patrie est fort pauvre les prisonniers seraient les premiers à être d'accord là-dessus et qui sait s'ils ne l'auront pas suggéré eux-mêmes, Passons par Boa-Hora, et d'aucuns auront pensé, Quel fichu nom, et prenons ceux qui sont jugés là-bas par des juges très méritants, comme ça nous voyagerons tous ensemble, plus on est de fous plus on rit, dommage qu'il n'y ait pas de guitare pour accompagner nos douleurs. Jamais João Mau-Tempo n'avait autant voyagé de sa vie. Comme n'importe quel autre habitant du latifundium, mais pas autant que son fils António, à présent militaire, qui s'était baladé par obligation de vie et nécessité de bouche avec une besace sur le dos, une houe et une faux, une hache et une herminette, mais la terre du latifundium est partout pareille, avec plus ou moins de chênes-lièges ou de chênes verts, plus ou moins de blé ou de riz, plus ou moins de gardes ou de régisseurs, d'administrateurs ou de contremaîtres, peu importe, mais ici il s'agit d'autres aventures, une bonne route goudronnée, s'il faisait jour on y verrait plus clair. La patrie s'occupe très bien de ses fils désobéissants, comme on peut le voir à la sécurité de ces hauts murs et à ces précautions de garde, oh messieurs, est-ce donc là une plaie, les gardes sont partout, ont-ils été maudits à leur naissance et ont-ils pour destin d'être partout où il y a des gens qui souffrent, mais pas pour s'occuper de malheurs connus, pour ça ils n'ont ni yeux ni mains, mais pour dire, Sautez dans cette jeep, on va faire une promenade, ou, Circulez, y a rien à voir, ou, Marchez devant, on va au poste, ou, Vous avez chapardé des glands, eh bien, payez l'amende et prenez une raclée, ça doit être à cause des études qu'ils ont faites, sinon ils ne seraient pas gardes, car personne ne naît garde.

Il faut distinguer ce qui est réflexions du narrateur de ce qui est pensées de João Mau-Tempo, mais reconnaissons qu'il s'agit d'une seule et même certitude, et, s'il y a des erreurs, qu'elles soient partagées. Cette bureaucratie de registres, de fiches et de paperasse est pareille depuis le jour de notre naissance, ne nous en occupons pas, sauf s'il devient possible un jour de venir ici et d'étudier en détail les systèmes d'ordonnancement et de traitement des données à partir de la ligne pointillée où l'on inscrit le nom, João Mau-Tempo, âgé de quarante-quatre ans, marié, natif de Monte Lavre et y résidant, où cela se trouve-t-il, dans le district de Montemor-o-Novo, tu dois être une bonne bête de boucherie. João Mau-Tempo est conduit dans une pièce où se trouvent déjà d'autres prisonniers, qu'il dorme s'il le peut, quant à la faim, qu'il la supporte, car l'heure du dîner est déjà passée. La porte est fermée, le monde est fini. Monte Lavre est un rêve, Faustina est sourde, la pauvre, cependant ne disons pas, pour une raison de sottes comparaisons superstitieuses, que c'est l'heure des chauves-souris, des hiboux et des chouettes, pauvres bestioles qui ne sont pas coupables d'être laides, tu es peut-être persuadé que tu es beau, regardez-moi donc cet imbécile.

João Mau-Tempo restera là vingt-quatre heures. Il n'aura pas l'occasion de beaucoup bavarder, toutefois, le lendemain, un prisonnier s'approchera de lui et dira, Écoutez, l'ami, nous ne savons pas pour quel motif vous avez fini ici, mais pour votre bien et votre gouverne, prenez bonne note des conseils suivants.

Trente jours d'isolement font un mois qui ne peut figurer sur aucun calendrier. On a beau calculer et apporter la preuve réelle, ce sont toujours des jours de trop, c'est une arithmétique inventée par des fous, nous nous mettons à compter, un, deux, trois, vingt-sept, quatre-vingt-quatorze, et finalement nous nous étions trompés, seuls six jours étaient passés. Personne ne l'a interrogé, on l'a amené de Caxias, cette fois en plein jour pour qu'il puisse voir le paysage par des fentes, c'est comme vouloir apercevoir le monde par le chas d'une aiguille, et après avoir reçu l'ordre de se déshabiller, une autre manie de la patrie, déjà une fois on m'a mis nu, les docteurs de l'inspection militaire, bon pour le service, pas bon, mais pour ceci je suis bon, ils ne vont pas me renvoyer, ils fouillent dans mes poches, les tournent, les retournent, les secouent, et ils arrachent les semelles de mes chaussures, oh les petits malins qui savent où se cachent les choses clandestines, mais ils ne trouvent rien, sur les deux mouchoirs que j'ai emportés ils m'en prennent un, sur les deux paquets de cigarettes ils m'en piquent un, adieu couteau, parfois aussi ces policiers sont distraits, ce n'est que maintenant qu'ils m'enlèvent mon couteau, ce compagnon, imaginez que j'aie voulu me tuer. Ils me débitent la tirade, Aussi longtemps que vous serez en situation d'incommunicabilité vous ne recevrez pas de visites, vous ne pourrez pas non plus écrire à votre famille, et encore ceci, et encore cela, sinon vous serez puni. Mais un jour,

241

beaucoup plus tard, j'ai reçu l'autorisation d'écrire et du linge propre est arrivé, lavé par les mains de Faustina et repassé au fer, aspergé de quelques larmes, peuple sentimental dont ces sources-là ne sont pas encore taries.

Le vingt-cinquième jour, il était trois heures du matin, João Mau-Tempo dormait mal, si mal qu'il se réveilla dès que la porte de sa cellule s'ouvrit, le garde dit, Mau-Tempo, levez-vous et habillez-vous, vous quittez la cellule. Qu'avez-vous dit, l'homme, vous allez voir qu'on me renvoie et me libère, l'imagination des malheureux n'a pas de frein, ils prennent tout positivement ou négativement au gré de leur humeur, et celui-ci est attiré par les extrêmes, veuille le ciel qu'on ne l'abatte pas. Il est conduit au rez-de-chaussée où des gens attendent, il y a là un roquet à la mine hargneuse à qui le garde dit d'un ton railleur, Voici le plaisantin qui meurt d'envie d'aller faire une promenade, ces formules sont indéniablement une idée fixe, on a déjà vu ce que sont ces promenades, elles ne trompent personne, mais elles reviennent et se répètent, il semblerait que les gardes ne savent pas dire autre chose, ou alors avec très peu de variations, Marche devant moi, que je t'apprenne le chemin de la brigade, aboie le roquet à l'adresse de João Mau-Tempo et le garde d'Aljube plaisante, diable d'homme qui à l'aube blême et dans ce climat d'angoisse peut encore dire, Faites bon voyage. La parole n'a pas été donnée à l'homme, il n'aurait plus manqué que ça, il l'a conquise et parfois mal utilisée, et il est des paroles qui devraient se vendre très cher, en fonction de celui qui les dit et dans quel but, comme en l'occurrence, Faites bon voyage, quand on sait que le voyage ne sera pas bon, les animaux sont plus charitables les uns envers les autres, eux au moins ne parlent pas. Mais ce roquet qui me conduit dans des rues désertes, comme la nuit est belle, encore que d'elle il n'aperçoive que ce corridor de ciel au-dessus des immeubles et à gauche une église, la cathédrale, et à droite une autre, petite, celle de Santo António, et ensuite plus bas, une, ni petite ni grande, celle de la Madalena, c'est un chemin d'églises, j'avance sous la protection de la cour céleste, ce roquet parle d'une voix suave, sans doute pour cette raison, Ne dites à personne que je vous l'ai dit, mais votre cas se présente mal, il m'est revenu que dans votre patelin un de vos camarades a donné votre nom, vous feriez mieux d'avouer ce que vous savez, c'est la meilleure façon de retourner rapidement dans votre famille, vous n'avez rien à gagner en vous obstinant. Cette rue porte le nom de São Nicolau et celle en face celui de São Francisco, et si j'ai oublié un saint en chemin, profitez-en, Je ne sais pas de quoi vous parlez, monsieur le policier, je ne suis coupable de rien, dans ma vie je n'ai fait que travailler depuis que je suis né, je ne suis au courant de rien, j'ai été arrêté jadis, mais tout ça c'est du passé, depuis je n'ai plus jamais fait de politique, ces paroles c'est João Mau-Tempo qui les prononce, les unes véridiques, les autres mensongères, et inutile de s'en écarter, c'est l'avantage des paroles, c'est comme traverser un ruisseau sur des pierres, toujours de la même manière, il faut veiller à ne pas trébucher car l'eau coule si vite qu'elle vous brouille la vue, attention. Maintenant le roquet aboie, João Mau-Tempo connaît déjà cet endroit, cette rampe avec les rails des tramways qui luisent, Ah, c'est comme ça, eh bien tu vas voir ce que tu vas voir, et l'aube douce souffre des insultes lancées, espèce de ceci, espèce de cela, des mots qu'on connaît à peine dans le latifundium. Maintenant João Mau-Tempo sent ses forces l'abandonner, ça fait vingt-cinq jours qu'il est enfermé dans une cellule, sans presque bouger, de la cellule aux latrines, des latrines à la cellule, avec sa pauvre tête qui n'arrête pas de penser, nouant des fils aussitôt cassés par des imaginations angoissées, et les nuits blanches, et à présent cette marche qui lui paraît si longue, mais qui n'est rien comparée aux distances dans le latifundium que ses jambes connaissent, et soudain il a peur de ne pas pouvoir tenir, de dire ce qu'il sait et ce qu'il ne pourrait jamais savoir, mais il entend de nouveau le prisonnier de Caxias, Écoute, l'ami, nous ne savons pas pour quel motif vous avez fini ici, mais pour votre bien et votre gouverne, prenez bonne note des conseils suivants, et il s'en souvient à temps, les derniers mètres c'est comme s'il rêvait, il a déjà franchi la porte, il gravit l'escalier, de nouveau le premier étage, on n'y aperçoit personne, il y règne un silence à faire peur, deuxième étage, troisième étage, nous sommes arrivés, le

destin de João Mau-Tempo l'a attendu ici, jambes croisées, c'est là
le grand défaut des destins, ils ne font rien, ils attendent de voir
et c'est nous qui devons tout faire, par exemple apprendre à parler et
apprendre à nous taire.

Au bout de quelques minutes dans ce bureau où l'a poussé le
roquet qui est resté là de garde, la porte s'est ouverte brusquement et
est entré un monsieur bien mis, rasé de frais, fleurant la lotion matinale et la brillantine, il a fait signe à l'autre de sortir et s'est mis
immédiatement à hurler, À cause de cette canaille, de ce salopard de
communiste, je ne vais pas à la messe aujourd'hui, nous racontons
ces choses véridiques et peut-être ne nous croira-t-on pas, mais c'est
la vérité, ces bonnes habitudes sont sans doute dues à l'influence du
voisinage ecclésiastique déjà mentionné pendant que nous venions
d'Aljube, plus l'église des Martyrs et la place des Deux Églises, celle
de l'Encarnação et l'autre, comment diable s'appelle-t-elle, c'est le
père Agamedes qui aimerait habiter ici, il entendrait en confession
cet inspecteur Paveia qui est furieux de rater sa messe, mais quoi,
cette police n'a-t-elle pas son propre chapelain, et maintenant, afin
que l'édification soit complète, imaginons que João Mau-Tempo
dise, Oh, monsieur, ne ratez pas la messe à cause de moi, si vous
voulez je vous accompagne. Personne ne le croit et João Mau-
Tempo lui-même ne sait pas pourquoi il a dit ça, mais pour l'instant
nous n'avons pas le temps d'examiner ces traits de courage ou
d'inconscience car l'inspecteur ne nous laisse même pas réfléchir,
Crapule, pédé, couillon, enculé, excusez-moi, monsieur le curé, mais
c'est comme ça qu'il parle, ce n'est pas ma faute, et, Tais-toi immédiatement, sinon tu vas au trapèze, João Mau-Tempo ne sait pas de
quelle acrobatie de cirque il s'agit, mais il voit l'inspecteur Paveia se
diriger vers une table, il porte un nom qui ne lui va vraiment pas
quand on sait que paveia est cette javelle d'épis de blé que je serre
contre ma poitrine, et sortir du tiroir un revolver, un gourdin et une
grosse règle, Il va me tuer, a pensé João Mau-Tempo, et l'autre, Tu
vois ça, c'est pour toi si tu ne racontes pas tout et dis-toi bien que tu
ne sortiras d'ici qu'après avoir tout craché, tu resteras ici, debout,

sans bouger, pas même le petit doigt, si tu bouges tu vas sacrément déguster.

Toutes les trois heures, un sort et un autre entre. La victime, elle, est toujours la même, Alors, qu'est-ce que tu fabriquais là-bas dans ton trou, Je travaillais pour gagner de quoi nourrir ma famille, première question et première réponse, aussi classique l'une que véridique l'autre, et cet homme devrait pouvoir s'en aller puisqu'il a dit la vérité, Tu travaillais ou tu distribuais des tracts, tu crois que nous ne sommes pas au courant, Oh, monsieur, je ne trempais pas dans ce genre de choses, Alors comme ça, tu ne distribuais pas de tracts, très bien, tu te faisais enculer, toi et tes potes vous vous faisiez enculer par le contrôleur pour qu'il vous inculque la doctrine de Moscou, c'est ça, hein, eh bien si tu veux retourner à Monte Lavre et revoir tes gosses, mets-toi à table, ne couvre pas les potes avec qui tu organisais des réunions, pense à ta famille et à la liberté. João Mau-Tempo pense à sa famille et à la liberté, il se souvient de l'histoire du chien et de la perdrix racontée par Sigismundo Canastro et ne répond pas, Allons, va, raconte, comment vous dites vous autres, ces canailles, ces voleurs au gouvernement ne nous donnent pas ce que nous voulons, mais nous allons mettre fin à leur règne, nous allons fomenter tellement d'agitation contre eux et contre les lois de Salazar, c'est ce que vous vous dites les uns aux autres là-bas, c'est ce que vous comptez faire, dis la vérité, communiste, ne dissimule pas, si tu te mets à table, tu pars dès demain pour Monte Lavre et tu retrouves tes mômes, et João Mau-Tempo, squelette de chien accroché à la perdrix, répète, Monsieur, j'ai raconté mon histoire, j'ai été arrêté en mille neuf cent quarante-cinq, mais depuis cette date je n'ai plus jamais eu d'activités, et si quelqu'un a dit le contraire, il a menti. On l'a poussé contre le mur, on l'a battu, on lui a lancé tous les mots d'insulte qui aient été inventés en portugais, et ce fut fait et répété avec une constance égale de part et d'autre, mais la victime, elle, était toujours la même.

João Mau-Tempo va faire la statue pendant soixante-douze heures. Ses jambes enfleront, il aura des vertiges, il sera frappé avec la règle et avec le gourdin, pas trop fort, mais pour blesser, chaque fois que ses jambes flancheront. Il ne pleurait pas, mais il avait des larmes dans les yeux, ses yeux flottaient dans les larmes, même une pierre aurait eu pitié. Au bout de plusieurs heures il a désenflé, mais des veines altérées, presque de la grosseur d'un doigt, ont commencé à apparaître sous la peau. Le cœur a changé de place, il est un marteau qui tape et étourdit, qui résonne à l'intérieur de la tête, puis, vers la fin, ses forces l'ont complètement abandonné, il ne parvient plus à se tenir debout, il se courbe de plus en plus sans s'en apercevoir et maintenant il est accroupi, c'est un pauvre vagabond du latifundium exprimant la merde de la dernière faiblesse, Lève-toi, espèce d'âne, mais João Mau-Tempo ne réussissait pas à se lever, ce n'était pas de la frime, c'était une autre de ses vérités. La nuit d'avant, il avait entendu crier et gémir dans le bureau à côté et aussitôt après l'inspecteur Paveia était entré avec un grand accompagnement de policiers et pendant que les cris recommençaient, de plus en plus aigus, Paveia s'était approché avec une lenteur calculée et avait dit d'un ton fait pour terroriser, Alors, Mau-Tempo, tu es déjà allé à Monte Lavre et tu en es revenu, tu peux raconter l'histoire. Du fond de son malheur, presque au ras des planches du sol, cassé en deux au niveau des reins, les yeux pleins de nuages, João Mau-Tempo a répondu, Je n'ai pas d'histoire à raconter, j'ai déjà dit ce que j'avais à dire. C'est une phrase modeste, c'est le squelette du chien au bout de deux ans, elle mérite à peine d'être consignée, alors que d'autres ont été proférées, Du haut de ces pyramides quarante siècles vous contemplent, Plutôt reine pendant une heure que duchesse toute la vie, Aimez-vous les uns les autres, mais le sang de l'inspecteur Paveia bouillonne, Ah oui, et alors les vingt-cinq tracts que tu distribuais dans ton patelin, si tu le nies tu peux dire adieu à ce qui te reste de vie. Et João Mau-Tempo a pensé, La mort ou la vie, et il a gardé le silence. L'inspecteur Paveia était peut-être de nouveau en retard pour la messe, ou bien soixante-douze heures de statue suffisaient pour un premier assaut, ce qui est certain c'est qu'il a dit, Conduisez-moi ce saligaud à Aljube, qu'il s'y repose, après il reviendra ici raconter son histoire ou alors il ira au cimetière.

Avancent alors deux dragons, ils saisissent João Mau-Tempo par les bras et le traînent dans l'escalier, du troisième étage au rez-de-chaussée, et tout en le tirant ils disent, Mau-Tempo, raconte donc l'histoire, ça vaudra mieux pour toi et pour les tiens, si tu ne racontes pas, monsieur l'inspecteur t'enverra à Tarrafal, dis-toi bien qu'il sait déjà tout, un ami à toi de Vendas Novas a donné ton nom, tu n'as plus qu'à confirmer. Et João Mau-Tempo, qui ne tient plus sur ses jambes, qui sent ses pieds retomber de marche en marche comme s'ils ne lui appartenaient pas, répond, Si vous voulez me tuer, tuez-moi, mais je n'ai rien à raconter. Ils l'ont jeté dans le fourgon cellulaire, le voyage a été bref, il n'y avait pas eu de tremblement de terre, toutes les églises étaient debout et triomphantes, et quand ils sont entrés dans la prison d'Aljube et ont ouvert la porte du véhicule, Saute dehors, le pauvre est tombé parce qu'il n'y avait pas de marchepied et on l'a de nouveau emmené en le traînant, le pied déjà plus ferme, mais pas suffisamment, et on l'a poussé à l'intérieur de la cellule qui, par hasard ou intentionnellement, était la même. Presque défaillant, João Mau-Tempo a rampé jusqu'au châlit, mais tout en ayant l'impression de rêver il a eu la force de l'ouvrir et de s'y laisser choir, il est resté là comme mort pendant quarante-huit heures. Il est habillé et chaussé, c'est une statue en morceaux, rattachés uniquement par les fils de fer à l'intérieur, pantin du latifundium qui montre sa tête au-dessus du drap et fait des grimaces en dormant, sa barbe pousse et un filet de salive s'écoule du coin de sa bouche et se fraye un lent chemin entre les poils et la sueur. Pendant ces deux jours le gardien viendra voir si l'occupant de la cellule est mort ou vif, rassuré la deuxième fois parce que l'endormi a changé de position, ce sont des pages connues, quand les gars reviennent de la statue ils dorment comme ça, ils n'ont même pas besoin de manger, mais maintenant assez dormi, le sommeil est moins profond, Réveillez-vous, l'homme, le déjeuner est sur l'étagère, et João Mau-Tempo s'est assis sur le châlit, il ne sait pas s'il a rêvé, dans la cellule il n'y a plus personne, pourtant il y a une odeur de nourriture, il ressent une grande faim urgente et, à sa première tentative de se mettre debout, ses jambes flageolent et ses yeux se troublent, ça vient de ce qu'il est faible, il essaie de nouveau, il n'y a que deux pas jusqu'à l'étagère, l'ennui c'est qu'il ne pourra pas s'asseoir, car ici on mange debout pour que la nourriture glisse plus vite et João Mau-Tempo est cette créature de petite taille qui n'a jamais vraiment forci, il n'atteint pas l'étagère, pour manger il doit se dresser sur la pointe des pieds, un martyre pour quelqu'un d'aussi affaibli, et s'il fait la moindre tache par terre il sait qu'il n'échappera pas à une punition, qui fournit le pain fournit l'éducation.

Cinq jours ont passé, qui donneraient autant à raconter que n'importe quels autres, mais voilà les défaillances du récit, lequel doit parfois opérer des sauts dans le temps, hop, hop, car soudain le narrateur est pressé, pas de finir, le moment n'est pas encore venu, mais d'arriver à une péripétie importante, à une modification du plan, par exemple, au fait que le cœur de João Mau-Tempo a fait un bond parce que le gardien est entré dans sa cellule en disant, Mau-Tempo, prépare tes affaires, tu vas quitter cette prison et tu dois rendre au dépôt les couvertures, le gobelet et la cuiller, je veux que tout ça soit rangé vite fait bien fait, je reviens tout de suite. L'ennui avec ces hommes du latifundium, surtout quand ils sont innocents, c'est qu'ils prennent tout au pied de la lettre, le pain est le pain, le fromage le fromage, ce qui explique que João Mau-Tempo soit si content, il rêve déjà de fêtes populaires, Si ça se trouve je suis remis en liberté, cet homme est bête, comme on le comprend dès que le policier revient pour l'accompagner au dépôt où il rend couvertures, cuiller et gobelet et où il reçoit les quelques effets d'usage personnel entreposés là, et maintenant, Tu vas dans la salle commune, tu n'es plus au secret désormais, tu peux écrire à ta famille et te faire envoyer ce dont tu as besoin, il a ouvert la porte et là-dedans il y avait des masses de gens, de toutes les nationalités, c'est une façon de parler, ça veut dire qu'il y avait là beaucoup de monde, bien que là aussi il y eût sûrement des étrangers, mais la timidité de João Mau-Tempo et son parler strictement de l'Alentejo ne lui permet-traient pas d'arriver au stade de la familiarité, et à peine la porte s'était-elle refermée que déjà la foule portugaise l'entoure, curieuse

248

de connaître les raisons de son emprisonnement et si possible d'avoir des nouvelles de l'extérieur. João Mau-Tempo n'a rien à cacher, il raconte tout ce qui lui est arrivé et il est très ferme dans son affirmation que depuis mille neuf cent quarante-cinq il n'a plus eu d'activités politiques, il le répète même ici, or ce n'était pas nécessaire, car personne ne le lui demandait.

João Mau-Tempo devint si populaire dans cet endroit, que trouvant un camarade de prison en train de fumer il lui demanda une cigarette, ce fut assez audacieux car il ne le connaissait ni d'Ève ni d'Adam, et aussitôt plusieurs lui offrirent du tabac, mais le plus beau de tout fut qu'un autre qui écoutait la conversation à l'écart s'approcha avec un paquet de tabac supérieur, un carnet de papier à cigarettes et une boîte d'allumettes, Camarade, quand vous aurez besoin de quelque chose, vous n'aurez qu'à le dire, ici quand il y en a pour un il y en a pour tous, imaginez l'effet que ces mots firent à João Mau-Tempo, à la première bouffée il grandit de la largeur d'une main, à la deuxième il retrouva sa taille naturelle, mais bien plus vigoureuse, lui petit au milieu des autres qui le regardaient fumer en souriant. Et comme même dans la vie des prisonniers il y a des concomitances heureuses et des coïncidences, deux jours plus tard João Mau-Tempo fut appelé dans un bureau hors de la salle commune et là un gardien lui dit d'un air affable, comme si le cadeau venait de lui, les gardiens ont de ces incongruités, Mau-Tempo, voici des vêtements pour vous et quatre onces de tabac et vingt escudos qu'un monsieur de votre village vous a apportés. João Mau-Tempo fut tout ému, plus par l'allusion à Monte Lavre que par le cadeau inattendu et il demanda, Qui est ce monsieur, et le gardien répondit, Peu importe, pour un gardien, un porteur est un porteur et rien de plus, João Mau-Tempo ne le savait pas. Il retourna dans la salle commune avec son trésor et à peine entré poussa un cri qui dut s'entendre d'un bout à l'autre du latifundium, Maintenant, camarades, pour qui a envie de fumer, voici du tabac, et une autre voix, puissante elle aussi, lui répondit, C'est comme ça, camarades, tant qu'il y en a pour un il y en aura pour tous, ici nous sommes tous frères, avec les mêmes droits. En général, on a coutume de choisir pour des démonstrations de solidarité aussi

249

manifestes des sujets autrement plus substantiels, mais chacun prend ce dont il a besoin et donne ce qu'il a, cigarettes, bribes de tabac enroulées dans le fin papier blanc, et maintenant le bord tremblant de la langue passe le long de l'arête, et le mouvement final, l'œuvre est achevée, celui qui ne comprendrait pas la grandeur de ces gestes aurait bien peu d'humanité.

Certains sortent, d'autres pas, de nouveaux visages arrivent, mais en général ils ne sont pas inconnus, il y a toujours quelqu'un pour dire, Alors toi aussi tu as abouti ici, et quelques jours plus tard un policier apparaît à la porte et dit, Mau-Tempo, préparez-vous, enfilez votre veste, on va faire un tour, mais vous reviendrez après, ne prenez rien d'autre. On croit que non, que ce sont juste des façons de s'exprimer, mais João Mau-Tempo est là pour affirmer que son cœur a fait un bond et c'est beaucoup plus véridique que son affirmation de ne pas avoir eu d'activités depuis quatre ans. Il reprend le même chemin en compagnie d'un roquet, cette fois un gars presque imberbe, mais qui semble nerveux, il n'a peut-être pas l'habitude, il porte constamment la main à sa poche arrière et ne dit mot, au moins João Mau-Tempo peut regarder les passants, savent-ils que je suis prisonnier, contempler les tramways, jeter un coup d'œil aux vitrines, c'est quasiment une promenade, il allait presque oublier d'avoir peur, et maintenant la peur arrive en force, sème la pagaille dans ses pensées, met son sang en déroute et il regrette la salle commune, la cigarette fumée au milieu des camarades et les conversations qu'ils ont eues. L'angoisse de la statue envahit son corps, les gens ne pensent pas à ça, mais qui sait ce qu'il en coûte à ces bronzes et à ces marbres de se maintenir debout, comment se fait-il qu'ils n'aient pas de crampes, ces hommes aux bras tendus, ces chevaux arrêtés dans le même effort, ne cédant pas, ne s'élançant pas, alors que manque à tous la volonté que possède l'homme de chair, et malgré ça il flanche, il s'accroupit, déjà les coups de pied ne le font plus se relever, il se cramponne au remous de cette dernière faiblesse, il peut même faire dans sa culotte, il suffit que sa langue ne parle pas, sauf pour répéter toujours le même mensonge. Mais deviner que le supplice va recommencer, retrouver la douleur connue ou l'imaginer pire encore, voilà ce que pense João Mau-Tempo et soudain une grande obscurité s'abat sur la ville, pourtant le jour est clair et il fait chaud comme au mois d'août, ces jours-ci ne sont guère plaisants, que vais-je devenir, quel martyre m'attend. La demi-porte s'est de nouveau ouverte, João Mau-Tempo a gravi l'escalier, poussé par le roquet de la compagnie, ils sont entrés dans ce bureau, regarde donc qui est là, c'est le type de Vendas Novas, celui qui est allé en voyage et en promenade jusqu'au Terreiro do Paço avec João Mau-Tempo, il s'appelle Leandro Leandres et il dit maintenant d'un ton méprisant, Sais-tu ce que tu viens faire à la brigade, et João Mau-Tempo toujours de façon urbaine et respectueuse, Non, monsieur, je ne le sais pas, et Leandro Leandres, Tu viens raconter le reste de l'histoire, et désormais inutile de répéter, c'est comme pleuvoir sur un terrain mouillé, toujours la même rengaine, combien de journaux étaient distribués, et pourquoi le comité local revient-il, et pourquoi abandonne-t-il les réunions, combien y sont allés et qui y assistait, il y a là un type qui a donné ton nom et donc c'est vrai, si tu n'avoues pas, tu ne sors pas vivant d'ici, ce sera mieux pour toi si tu parles, mais João Mau-Tempo n'en est pas convaincu, et même s'il l'était, Ça fait quatre ans que je n'ai pas touché à un tract, juste ceux que je ramassais dans les rues et sur la route, à part ça je ne me souviens plus de qui me les donnait, des années ont passé depuis, je ne pense plus qu'au travail, je le jure. Mais si tout était la même rengaine, mêmes questions et mêmes réponses, mêmes démonstrations de force et mêmes mensonges, cette fois il n'y avait pas de coups et la statue de João Mau-Tempo était dans sa position naturelle, assise sur une chaise, on dirait qu'elle pose là pour un portrait, bien que son âme bondisse à l'intérieur de son cœur comme une pauvre folle apeurée et que sa volonté, pâle mais constante, dise, Tu ne dois pas parler, mens autant que tu veux, mais ne parle pas. Et il y avait une autre différence et c'était qu'un roquet d'un grade inférieur tapait à la machine les questions et les réponses, et au bout d'un certain nombre de feuillets il n'a plus rien eu à écrire car la conversation ressemblait à une noria puisant de l'eau avec des godets sans fond, toujours en cercles, avec une mule

251

piétinant déjà son propre fumier et le soleil qui descendait de plus en plus bas, alors les déclarations ont pris fin et le scribe a demandé, Où est la déposition de cet individu, et Leandro Leandres a répondu, Ici, à côté de celle d'Albuquerque, il ne s'était pas rendu compte de ce qu'il venait de dire, João Mau-Tempo s'était tellement tourmenté à tenter de deviner qui avait donné son nom et maintenant il savait, c'était Albuquerque, la douleur que ça lui cause et aussi la peine, que lui avait-on fait pour qu'il ait parlé, ou alors avait-il parlé de son propre gré, qu'est-ce qui avait bien pu lui passer par la tête, les gens parfois, et João Mau-Tempo ne pressent pas que quelques années plus tard il verra Albuquerque le dégonflé traverser Monte Lavre, c'était pourtant lui qui disait naguère, s'ils viennent ici je leur tire dessus, oui je le fais et le promets, or finalement il s'était mis à table et quand il a été relâché il s'est mis en tête de devenir pasteur de protestants, ce n'est pas que je n'aime pas les religions, mais pourquoi se mêle-t-il de prêcher le salut de tous les hommes alors qu'il n'a même pas été fichu de sauver ses quelques camarades, Dieu sait ce qu'il se dira à lui-même à l'heure de sa mort, mais aujourd'hui João Mau-Tempo ressent une grande peine et du soulagement de n'avoir pas parlé, peut-être que maintenant on ne me battra plus et on ne m'obligera pas à faire la statue, je ne sais pas si je le supporterais.

João Mau-Tempo est retourné à l'Aljube, quelques jours plus tard il a été transféré de là à Caxias, et ces nouvelles parviendront enfin à Monte Lavre. Des lettres seront échangées, tout sera minutieusement concerté entre Faustina et João Mau-Tempo, car on ne plaisante pas avec ces choses-là, il faut que tout soit très précis quand on vient de si loin pour se trouver à un certain endroit à une certaine heure, même si la rencontre n'est pas clandestine, même si c'est la police elle-même qui ouvre la porte et dit, Entrez, il faut que le récit contienne toutes les péripéties, de Monte Lavre à Vendas Novas en carriole, ensuite de Vendas Novas à Barreiro en train, peut-être dans le même wagon que celui qui a transporté João Mau-Tempo et Leandro Leandres, et maintenant le bateau, c'est la deuxième fois que Faustina Mau-Tempo voit la mer, ce ruisseau d'une taille démesurée, puis de nouveau le train jusqu'à Caxias, la mer, subitement, est bien plus vaste, Ah, ma commère, ça c'est vraiment la mer, et la compagne venue l'attendre à Terreiro do Paço et qui habite en ville sourit de compréhension et de bienveillance devant son peu de savoir et dit que oui, ça c'est vraiment la mer, mais elle tait sa propre ignorance de ce qu'est véritablement la mer, pas ce modeste écartement de bras entre deux tours, mais une inquiétude liquide infinie, un remuement incessant de masses vitreuses et écumeuses, une dureté minérale qui se ramollit et gèle, le lieu des grands poissons et des naufrages endeuillés, de la poésie.

Il est bien vrai que celui qui sait ne sait pas tout et la compagne de Faustina Mau-Tempo sut descendre du train à Caxias, mais où donc est la prison, elle ne veut pas s'avouer vaincue et s'engage sur une route, ça doit être par là, nous sommes en août, la chaleur est torride à cette heure qui approche de celle qui a été laborieusement communiquée et apprise par cœur, l'heure de la visite, elles durent alors interroger un passant et apprirent qu'elles s'étaient trompées de chemin et elles revinrent sur leurs pas, furieuses de cette expédition, Faustina Mau-Tempo se déchaussa car ses pieds n'étaient pas habitués à être enserrés dans des souliers et elle resta en bas, mais ce fut à fendre l'âme, nous serions sans cœur si nous nous mettions à en rire, ce sont là des humiliations qui vous brûlent ensuite la mémoire tout le restant de votre vie, le goudron était ramolli par la forte chaleur et dès les premiers pas les bas y adhérèrent, plus Faustina tirait dessus, plus les bas s'étiraient, c'est un numéro de cirque, le meilleur de la saison, assez, assez, la mère du clown vient de mourir et tout le monde pleure, le clown ne fait pas rire, il est effaré, nous nous postons donc à côté de Faustina Mau-Tempo et nous lui servons de paravent afin que sa compagne l'aide à retirer ses bas discrètement, car la pudeur des femmes d'un seul homme est intraitable, à présent elle marche pieds nus et nous retournons chez nous, et si quelqu'un parmi nous sourit c'est de tendresse. Mais quand Faustina Mau-Tempo arrivera au fort, elle aura les pieds blessés et les meurtrira encore davantage quand elle remettra ses souliers sans bas, ses pieds, noirs de goudron et en sang à cause des écorchures, font pitié, la vie des pauvres est bien difficile.

Les visiteurs sont sortis, l'heure est passée et personne n'est venu voir João Mau-Tempo, poussés par une sorte de virilité sotte ses compagnons se sont gaussés de lui, Elle ne veut plus rien savoir de toi, Tu ne t'attendais pas à ça, hein, tandis qu'à la porte la pauvre Faustina Mau-Tempo se battait pour entrer, Est-ce ici que se trouve mon mari, demandait-elle, il s'appelle João Mau-Tempo, et l'homme à la porte, d'humeur facétieuse, répondait, La personne que vous cherchez n'est pas ici, madame, et un autre s'est moqué d'elle, Alors, comme ça, votre mari a fini en prison, ils font ça pour s'amuser, la vie de ces gens-là est monotone, ils ne tabassent même pas les prisonniers, d'autres s'en chargent, mais Faustina Mau-Tempo ne s'en rend pas compte, Si, monsieur, il est ici, c'est vous qui l'avez amené ici, il est donc ici, et c'était une fureur de petit moineau, un hérissement de poule, une violence d'agneau, rien de bien grave, mais l'homme se mit enfin à feuilleter un registre et dit, Vous avez raison, il est bien ici, dans la salle six, mais vous ne pouvez plus le voir, l'heure des visites est passée. Faustina Mau-Tempo a droit à sa crise de larmes. Elle est une colonne qui s'écroule, regardons-la se fissurer et les morceaux dégringoler, cette colonne du latifundium a les pieds blessés, à présent elle peut aussi pleurer à cause de ça, à cause de tout ce qu'elle a enduré dans sa vie et devra encore endurer, c'est le moment de pleurer toutes les larmes de ton corps, exagère-les si tu peux, Faustina Mau-Tempo, fonds en larmes, peut-être réussiras-tu à toucher le cœur de ces dragons de fer, ou, s'ils n'ont pas de cœur, peut-être ne voudront-ils pas être incommodés, et comme tu es une pauvre femme ils ne te mettront pas dehors avec brutalité, pleure donc, réclame ton mari, Taisez-vous donc, femme, je vais voir s'il est possible d'ouvrir une exception, c'est un langage que Faustina Mau-Tempo ne comprend pas, cette prison s'appellerait-elle exception, ils vont donc l'ouvrir pour que je puisse voir mon mari. On arrive aussi au but par des chemins erronés, tout ça n'aura pas pris plus de cinq minutes, mais c'est suffisant pour une si grande nostalgie, comme ça ne pouvait durer plus longtemps voici donc João Mau-Tempo et il est plein d'espoir car ses camarades lui ont dit, C'est sûrement ta femme, et c'est elle, Faustina, João, et ils s'embrassent et ils pleurent tous les deux, il veut savoir comment vont les enfants, elle veut savoir comment il va lui, et trois minutes sont déjà passées, es-tu en bonne santé, et comment as-tu vécu, as-tu eu du travail, et Gracinda, et Amélia, et António, ils vont tous bien, mais toi tu as maigri, prends garde à ne pas tomber malade, cinq minutes, adieu, adieu, dis-leur qu'ils me manquent, ah, ils me manquent tellement, ensuite on se mettra d'accord pour que tu reviennes, maintenant je sais où c'est, je ne me perdrai plus, et moi je ne me suis pas perdu, adieu.

Il y aura d'autres visites, différentes celles-là, plus tranquilles, les filles viendront, son frère Anselmo viendra, António Mau-Tempo viendra et repartira fâché, personne ne l'a fâché, mais il part fâché, il regardera le fort de loin avec une expression de colère, il ne ressemble plus à l'António Mau-Tempo insouciant, Manuel Espada viendra, il entrera d'un air grave et sortira avec une lumière sereine sur le visage, et viendront aussi des cousins et des oncles, certains vivent à Lisbonne, mais la visite de ceux-ci aura lieu dans les corridors, derrière un grillage si serré qu'on aura du mal à voir la personne de l'autre côté et il y aura toujours un policier faisant les cent pas d'un côté à l'autre, à l'écoute des plaintes. Et les mois passeront, les longs jours et les nuits interminables de la prison, l'été s'achèvera, l'automne s'en est allé, l'hiver arrive, João Mau-Tempo est là, il n'est plus appelé pour des interrogatoires, on a oublié qu'il existe, qui sait s'il ne restera pas toujours prisonnier, jusqu'au jour où, de façon inattendue, il a vu Albuquerque et Sigismundo Canastro, Sigismundo aussi était emprisonné et il ne le savait pas, à cause d'Albuquerque, apprendra João Mau-Tempo plus tard, quand ils seront à Monte Lavre et qu'il entendra dire que Sigismundo Canastro a été libéré et qu'il arrive, tous deux s'embrasseront d'un cœur libre, Je n'ai pas parlé, Moi non plus je n'ai pas parlé, c'est Albuquerque qui, et Sigismundo a encore plus souffert, mais il rit, tandis que João Mau-Tempo ne peut éviter une certaine mélancolie en raison de l'injustice dont il a été la victime. On bavarde beaucoup dans la salle six, on discute de politique et d'autres questions, certains étudient ou enseignent, des leçons de lecture, d'arithmétique sont données, d'autres dessinent, c'est une université populaire, il s'agit de faits connus, il n'y a rien d'autre à en dire, ou alors l'éternité n'y suffirait pas.

Aujourd'hui c'est le jour de la libération. Six mois ont passé, on est en janvier. La semaine dernière João Mau-Tempo a encore travaillé sur la route d'accès avec d'autres compagnons de salle sous la pluie et celle-ci était froide comme de la neige fondue, maintenant il est assis et réfléchit, il se demande quel sera son sort, certains sont déjà passés en jugement, mais pas lui, d'aucuns lui ont garanti que c'était bon signe, quand la porte s'ouvre et qu'apparaît un gardien qui appelle, avec l'habituelle voix arrogante, João Mau-Tempo, et João Mau-Tempo se met au garde-à-vous comme le prévoit le règlement de la prison, et le gardien dit, Préparez vos affaires pour quitter la prison, et que ça saute. Quelle joie chez ceux qui restent, comment est-ce possible, c'est comme si les libérés c'étaient eux, et l'un d'eux dit, Plus tôt on videra les geôles, mieux ça vaudra, ici on se tourne les pouces, déclaration aussi logique que de dire, Plus vite vous me donnerez des outils, plus tôt je commencerai à travailler, et alors c'est une agitation joyeuse, on dirait une mère habillant son fils, les uns lui enfilent ses chaussures ou l'aident à passer sa chemise, secouent sa veste, on dirait que João Mau-Tempo va être présenté au pape, on n'a jamais vu ça, on dirait des enfants, bientôt ils se mettront tous à pleurer, non, pas eux, mais João Mau-Tempo pleurera quand ils lui diront, Alors, Mau-Tempo, tu n'as pas d'argent pour retourner dans ton village, et il répondra, Camarades, je n'en ai pas beaucoup, mais je me débrouillerai, et ils commenceront alors à réunir des fonds, l'un donne cinq escudos, un autre dix, et entre eux tous ils s'arrangeront pour qu'il en ait assez pour le voyage et qu'il y en ait même de reste, et alors en voyant comme l'argent pauvre peut devenir grand amour, João Mau-Tempo ne retiendra plus ses larmes et dira, Merci, camarades, et adieu, bonne chance pour tous en abondance et merci aussi pour tout ce que vous avez fait pour moi. Chaque fois que l'un d'eux est libéré, il y a fête, ce sont les joies de la prison.

Il faisait déjà nuit lorsque la fourgonnette a laissé João Mau-Tempo à la porte de l'Aljube, on dirait que cette diablesse de veuve joyeuse ne connaît pas d'autre chemin, et quand João Mau-Tempo met le pied à terre, pied à présent libre, le policier lui dit, Allez, file, on dirait presque qu'il regrette de le voir partir, ces policiers sont ainsi, ils s'attachent aux prisonniers et la séparation leur coûte. João Mau-Tempo descend la rue en courant, comme si le diable était encore à ses trousses, il regarde même par-dessus son épaule pour voir si personne ne le poursuit, qui me dit que la police ne joue pas à faire semblant de libérer un prisonnier pour organiser ensuite une grande chasse, le pauvre a beau s'enfuir il tombe dans le filet et le voilà de nouveau capturé, jeté dans le fourgon cellulaire, pendant que tous s'esclaffent, les policiers se tiennent le ventre, ah là là, comme c'est drôle, je n'en peux plus, je ne me suis jamais autant diverti, pas même au cirque. Ce genre de raffinements se pratique encore.

La rue est déserte, vraiment déserte, la nuit est complètement tombée, heureusement il ne pleut pas, mais le vent entre ces immeubles hauts est comme la lame émoussée d'un barbier pressé, il passe et repasse sur les pauvres hardes de João Mau-Tempo, le vent est aussi nu que lui, c'est l'impression qu'il donne. João Mau-Tempo ne court déjà plus, ses jambes sont devenues maladroites, il a le souffle coupé, il ne sait même plus marcher, il s'adosse à un coin de rue, avec son sac et sa valise attachée avec des ficelles, et bien que son bagage soit léger, ses bras ont du mal à le porter et il le pose par terre, qui a vu cet homme, les fardeaux qu'il a coltinés, et à présent il ne parvient même plus à soulever une chatte par la queue, s'il ne faisait pas aussi froid il se laisserait choir par terre lui aussi, son dos a connu trop de souffrances pour rester droit et pourtant il se redresse. Des gens passent, il y a toujours des passants, mais ils ne le regardent même pas, chacun pense à ses propres affaires, j'ai assez à faire comme ça, ils n'imaginent pas que cet homme là-bas au coin arrive de Caxias où il a passé six mois, fait la statue pendant soixante-douze heures et été tabassé, on ne croit pas que pareilles choses puissent se passer dans notre beau pays, celui qui raconte ça exagère sûrement. Que fera João Mau-Tempo dans une ville qui ne le connaît pas, il n'y a aucune porte à laquelle il puisse frapper, Camarades, donnez-moi un abri pour la nuit, je viens d'être libéré, la conversation serait différente, il ne sait pas quelles sont ces maisons, il a simplement été arrêté à Monte Lavre par le garde José Calmedo et il doit retourner là-bas, non, pas aujourd'hui, il fait nuit, mais demain, avec cet argent qui m'a été donné par des hommes qui en avaient bien besoin, il sait qu'il y a là-bas des camarades, mais il lui faudrait revenir à Caxias et aller frapper à la porte de la salle six, à supposer qu'il puisse entrer librement, et quand ils ouvriraient il dirait, Camarades, abritez-moi pour cette nuit, je viens juste d'entrer, il est certainement fou ou alors il s'est endormi malgré le froid, il s'est sûrement endormi, si bien qu'il n'est déjà plus debout comme on le croyait, mais assis sur sa valise, et maintenant il a l'idée, il l'avait déjà eue avant, mais il l'a de nouveau, d'aller frapper à la porte de l'immeuble où sa sœur est bonne à tout faire et dire, Maria da Conceição, crois-tu que tes patrons me laisseraient dormir ici cette nuit, toutefois, il n'ira pas, dans d'autres circonstances ils n'y verraient peut-être pas d'inconvénient, ils ordonneraient à Maria da Conceição d'étendre une paillasse dans la cuisine, on ne peut pas laisser un chrétien dormir dans la rue comme les chiens sans maître, mais dans les circonstances présentes, venant tout juste de sortir de prison, de cette prison-là et pour les motifs que l'on sait, même s'ils acceptaient, ils feraient ensuite grise mine à sa sœur, la pauvrette, qui ne s'est même pas mariée, qui travaille toujours pour le même patron, comme si elle était née pour ça, Dieu sait ce qu'ils lui ont déjà dit, d'ailleurs ce n'est pas difficile à deviner, Ce sont des ingrats, sans nous ils mourraient de faim, les idées pernicieuses de ton frère finiront par lui coûter cher, ces gens-là sont contre nous, essaie donc de comprendre, ils sont tous contre nous, heureusement que nous sommes tes amis, nous ne te ferons pas payer pour sa mauvaise tête, mais dorénavant il vaut mieux qu'il ne mette pas les pieds ici à la maison, et toi prends garde, nous t'avons avertie.

Ce sont simplement les litanies domestiques de la maîtresse de maison et de la patronne, car le patron, lui, est catégorique et moins verbeux, Il ne met plus jamais les pieds ici et je vais dire à Monte Lavre que je ne veux plus qu'il travaille sur nos terres, qu'il aille donc à Moscou. On dirait que João Mau-Tempo s'est rendormi, il doit être très fatigué, parvenir à dormir par ce froid, il est même gelé, il frappe le sol de ses pieds et le bruit résonne, multiplié en échos dans l'espace glacial, un policier va peut-être venir et l'arrêter de nouveau pour avoir troublé la tranquillité publique, alors João Mau-Tempo empoigne son sac et sa valise et descend la rue, il tient à peine sur ses pieds, il boite, il a le vague souvenir que la gare est sur sa gauche, mais il a peur de s'égarer, il se renseigne donc auprès d'un passant qui lui dit, Vous êtes sur le bon chemin, et il ajoute quelques explications, heureusement pour João Mau-Tempo qui agrippe plus vigoureusement la poignée de la valise et le nœud du sac avec ses mains engourdies et il s'apprête à poursuivre sa route, mais l'autre demande, Voulez-vous que je vous aide, ici nous tremblerions devant cette aventure, qui sait si ce passant n'est pas un filou qui songe déjà à voler le paysan, ce serait si facile, bien qu'il fasse nuit on voit bien que son corps est épuisé, Non monsieur, merci beaucoup, dit João Mau-Tempo poliment, et l'autre n'insiste pas, finalement ce n'est pas un détrousseur, il demande simplement, Vous avez fait de la prison, vous en avez tout l'air, et nous qui connaissons João Mau-Tempo et savons combien il est sensible aux paroles gentilles, nous l'entendons déjà tout raconter, qu'il a passé six mois à Caxias et qu'il vient de là-bas, on l'a relâché ici et il doit s'en retourner dans son village, à Monte Lavre, district de Montemor, je suis de l'Alentejo, oui, monsieur, vous ne savez pas s'il y a un bateau à cette heure ou un train, Je vais aller voir à la gare, Non, je n'ai pas où dormir, une sœur à moi est bonne à tout faire, mais je ne veux pas la déranger, ses patrons pourraient se fâcher, et l'autre demande, c'est un homme curieux, Alors s'il n'y a ni bateau ni train, où dormirez-vous, et João Mau-Tempo répond avec simplicité, Je passerai la nuit dans la gare, il doit bien y avoir un banc làbas, le pire c'est le froid qu'il fait, mais j'y suis déjà habitué, merci beaucoup de votre amabilité, et ayant terminé il s'éloigne, mais l'autre dit, Je vous accompagne là-bas, laissez-moi voir votre sac, je vous aide, et João Mau-Tempo, qui hésite, il vient de passer six mois avec des hommes plein d'humanité qui se sont occupés de lui, qui lui ont enseigné des choses, qui lui ont donné du tabac, de l'argent pour le voyage, il serait malvenu de se montrer méfiant, il tend donc le sac à l'autre, parfois la ville offre des spectacles de ce genre, tous deux se mettent en route, descendent les dernières rues, puis c'est la vaste esplanade le long des arcades, ensuite la gare, João Mau-Tempo a du mal à comprendre le tableau des horaires, les chiffres minuscules, l'homme l'aide, parcourt les colonnes du doigt, Non, il n'y a pas de train avant demain matin, en entendant ça João Mau-Tempo cherche déjà un endroit où pouvoir se pelotonner, mais l'homme lui dit, Vous êtes fatigué et on voit que vous avez faim, venez dormir chez moi, vous y mangerez une assiettée de soupe et vous vous reposerez, si vous restez ici vous allez mourir de froid, voilà ce qu'il dit, personne ne croit que pareille chose puisse arriver, or c'est la vérité vraie, João Mau-Tempo ne put que répondre, Merci beaucoup, c'est une œuvre de miséricorde, ici le père Agamedes chanterait hosanna, pousserait des vivats en l'honneur de la bonté des hommes, le curé a tout à fait raison, cet homme qui porte le sac sur son dos mérite des louanges, même s'il n'est pas une personne à fréquenter les églises, non pas qu'il l'ait dit, mais ce sont des choses que le narrateur sait, sans parler d'autres, qui n'ont rien à voir ici, car cette histoire concerne le latifundium et pas la ville. L'homme est plus âgé que João Mau-Tempo, mais plus vigoureux et plus ingambe, il doit donc ralentir sa marche pour s'adapter au pas douloureux du ressuscité et pour l'encourager il dit, J'habite près d'ici, dans l'Alfama, et déjà il a tourné dans la rue de l'Alfândega, João Mau-Tempo a repris courage, ensuite ils se sont engagés dans des ruelles humides et escarpées, humides, pas étonnant avec ce temps, une porte, un escalier très étroit, une mansarde, Bonsoir, Ermelina, ce monsieur couchera ici cette nuit, il retourne demain dans son village et n'a pas où dormir. Ermelina est une grosse femme qui ouvre la porte comme si elle ouvrait les bras, Entrez, et João Mau-Tempo, les chichiteux et ceux qui ne prisent et n'aiment que les grandes péripéties dramatiques voudront bien lui pardonner, la première sensation qu'il éprouve est celle d'une odeur de nourriture, une soupe de légumes et de haricots secs en train de mijoter, l'homme lui dit, Mettez-vous à l'aise, puis, Comment vous appelez-vous, et João Mau-Tempo est déjà assis, une torpeur soudaine s'empare de son corps, mais il décline son nom et l'autre fait de même, Je m'appelle Ricardo Reis et ma femme s'appelle Ermelina, ce sont des noms de personnes, c'est tout ce que nous connaissons d'elles, guère plus, et aussi ces assiettes de soupe sur la table dans la cuisine, Mangez sans façon, déjà le froid s'atténue, finalement Lisbonne est une ville douce, la fenêtre à l'arrière donne sur le fleuve, on aperçoit les petites lumières des bateaux, sur l'autre rive elles sont rares, qui aurait dit qu'un jour, vues d'ici, elles seront une fête, Buvez encore un verre, et peut-être est-ce aussi à cause de cela, de cet autre verre d'un vin épais, que João Mau-Tempo sourit telle-ment, même quand il raconte ce qu'il a subi dans la prison et quand il a fini il est déjà tard, il tombe de sommeil, Ricardo Reis est très grave et Ermelina Reis s'essuie les yeux, ils lui disent alors, Mainte-nant allez dormir, c'est l'heure, vous avez grand besoin de vous reposer, et João Mau-Tempo ne remarque même pas qu'il est dans un lit double, il entend des pas dans le couloir, mais ce ne sont pas ceux du gardien, pas ceux du gardien, pas ceux du gardien, et, libre, il s'endort.

Six mois de changements se sont écoulés, tantôt ils paraissent peu nombreux, tantôt excessifs. Cela se remarque à peine dans le paysage, sauf en ce qui concerne les variations saisonnières, mais le vieillissement des gens est stupéfiant, de ceux qui sortent de prison, de ceux qui n'ont pas quitté Monte Lavre, et comme les enfants ont grandi, on ne voit avec les mêmes yeux que João Mau-Tempo et Sigismundo Canastro, qui est arrivé hier et dit déjà qu'il faut qu'ils se rencontrent pour avoir une conversation, quelle obstination, quelle détermination, on ne peut pas lui en vouloir. On prend plaisir à regarder certaines personnes, comme Gracinda Mau-Tempo, devenue ravissante, le mariage lui a fait du bien, disent les commères bienveillantes ainsi que les gerfauts lubriques, mais ceux-là se contentent de convoiter, il y a sûrement eu d'autres changements, par exemple chez le père Agamedes qui, entre-temps, de grand et maigre est devenu petit et gros, et la liste des dettes, laquelle n'a cessé de s'allonger, ce qui est naturel quand l'homme est absent. Pour cette raison, la saison venue, João Mau-Tempo est parti avec sa fille Amélia pour les rizières dans la région d'Elvas et voyez un peu la géographie de ces péquenots, à Monte Lavre ils disaient que là-bas c'était l'Estrémadure de l'Espagne, où donc sont-ils allés pêcher ce savoir universaliste qui fait fi des frontières, et si nous cherchons des raisons à cette excursion, ce sont les habituelles, plus une essentielle, à savoir les soupçons que nourrissait le latifundium à propos des astuces et des ruses de João Mau-Tempo, prisonnier politique, C'est vrai qu'il a été relâché sans être jugé, mais ça c'est la faute de la police qui n'est pas aussi efficace qu'elle le devrait. Quand les mois auront passé, la roue retournera à l'ornière, mais pour l'instant mieux vaut qu'il s'éloigne, ça évitera qu'il ne contamine notre cher village, et quant à Sigismundo Canastro, dites-lui qu'il n'y a pas de travail, qu'il se débrouille où il pourra.

João Mau-Tempo alla donc du côté d'Elvas et emmena avec lui sa fille Amélia, celle aux dents gâtées qui, si elle avait eu une belle dentition, ne l'aurait cédé en rien à sa sœur. Disons d'ores et déjà que l'enfer n'est pas loin. Cent cinquante hommes et femmes sont divisés en cinq équipes et cette condamnation durera seize semaines, c'est un ramassis de gale et de fièvres, un labeur de souffrance, nettoyer et planter depuis le soleil qui ne s'est pas encore levé jusqu'au soleil qui s'est déjà couché et, quand la nuit tombe, cent cinquante fantômes se traînent jusqu'à la colline où se trouve leur cantonnement, hommes ici, femmes là-bas, mais tous sans distinction grattant la gale attrapée dans les parcelles inondées, tous pâtissant des fièvres des rizières, Avec du sucre, du lait et du riz, plus des œufs, on cuisine ce mets délicieux, et pour cuire le riz, Maria, combien de fois dois-je vous le dire, il faut que les grains se détachent et pas cette bouillie, il faut pouvoir le déguster grain à grain, quand l'apprendrez-vous donc. Tout le long de la nuit on entend dans les logements les soupirs et les gémissements de ces malheureux provoqués par les grattements anxieux des ongles noirs et durs sur la peau qui saigne déjà, pendant que d'autres travailleurs claquent des mâchoires tellement ils sont pris de tremblements et ils lèvent vers le toit des yeux rendus vitreux par la fièvre. Il n'y a pas de grande différence entre ça et les camps de la mort, simplement on y crève moins, probablement à cause de la grande charité chrétienne et de l'intérêt collatéral qui poussent les patrons à charger presque chaque jour des camionnettes de misère galeuse et fébrile pour la transporter à l'hôpital d'Elvas, aujourd'hui les uns, demain d'autres, c'est un va-et-vient vertigineux, les pauvres arrivent comme morts, ils sont sauvés par le médicament miraculeux qui en trois ou quatre jours les rend comme neufs, bien que très faibles et les jambes flageolantes, mais qui a cure de ces détails insignifiants, toi tu sors de l'hôpital, toi itou, et toi, et toi, c'est ainsi que les médecins nous traitent, et la camionnette s'en retourne pour décharger sur la colline sa cargaison à la santé en berne, car comme le travail est payé à la tâche, il ne faut pas perdre de temps, Vous allez mieux, père, a demandé Amélia, et il a répondu, Oui, ma fille, comme on le voit, rien n'est plus simple.

Finalement, les changements ne sont pas si nombreux. Le sarclage et la plantation du riz se font comme au temps de mon grand-père, la vermine aquatique n'a changé ni de dard ni de bave depuis que Notre Seigneur l'a créée et si un tesson invisible taillade un doigt, le sang a la même couleur. Il faudrait beaucoup d'imagination pour inventer des événements extraordinaires. Ce genre d'existence est fait de mots et de gestes répétés, l'arc que décrit la faux s'ajuste au millimètre près à la longueur du bras et le sciage de la dentelure sur les tiges sèches du blé produit le même bruit, invariablement le même bruit, comment les oreilles de ces hommes et de ces femmes n'en sont-elles pas lassées, c'est aussi le cas de cet oiseau rauque qui vit dans les chênes-lièges, entre l'écorce et le tronc, et qui crie quand on lui arrache la peau ou peut-être les plumes, et la chair hérissée et douloureuse est alors exposée à la vue, mais ce sont complaisances du narrateur que d'imaginer que les arbres s'arrachent les cheveux et hurlent. Nous ferions mieux d'observer Manuel Espada juché en haut d'un chêne-liège, pieds nus, il est un oiseau sérieux et déchaussé qui saute de branche en branche et ne chante pas, il n'a pas envie de chanter, c'est la hache qui commande le travail, tac, tac, la ligne qui contourne les branches ou qui sur le tronc est tracée à la verticale, ensuite le manche de la cognée sert de levier, allons-y et alors, c'est vrai, voici l'oiseau rauque qui vit à l'intérieur du chêne-liège, il pousse un hurlement, mais personne ne ressent de pitié. Les écorces enroulées pleuvent d'en haut, elles tombent sur les morceaux déjà arrachés au tronc, il n'y a aucune poésie là-dedans, nous aimerions bien voir qui composerait un sonnet quand un de ces hommes envoie de biais la hache qui glisse le long de la branche en faisant sauter des éclats de liège et atterrit sur le pied nu, crasseux et rude, mais si fragile qu'en matière de peau et de tranchant de hache il y a peu de différence entre le petit pied rose de la demoiselle des villes et la couenne de l'arracheur de liège, en tout cas le sang met le même temps pour gicler.

Nous parlions des travaux et des jours et nous avons failli oublier le soir de l'arrivée de João Mau-Tempo à Monte Lavre quand se sont réunis chez lui, et ayant du mal à y tenir tous, ses amis les plus proches avec leur femme, ceux qui en avaient encore une, et un essaim de gamins, certains des intrus, sans la moindre parenté avec l'un quelconque des présents, mais qui allait s'en offusquer, et António Mau-Tempo, qui venait de finir son service militaire et qui travaillait à Cortiçadas, plus ses sœurs Gracinda et Amélia et son beau-frère Manuel Espada, bref, une foule de gens. Faustina pleura sans arrêt, tellement elle était heureuse et encore affligée, il lui suffisait de se souvenir du jour où son mari avait été arrêté sans rime ni raison, emmené à Vendas Novas et à Lisbonne, Dieu sait quand il reviendra, s'il revient. Elle ne parla pas du triste épisode des bas abîmés sur le goudron, pas un mot, ça restera à tout jamais le secret de ce couple, chacun en éprouvant une légère honte, même à Monte Lavre il ne manquerait pas de gens pour se gausser de cette mésaventure, la pauvre femme avec ses bas collés au goudron, il faut l'avoir vu pour y croire, mais personne parmi nous ne ferait preuve d'une telle cruauté. João Mau-Tempo raconta ses malheurs, il n'en tut aucun, chacun apprit donc combien on souffre entre les mains des dragons de la police et de la garde. Tout cela serait confirmé et répété plus tard par Sigismundo Canastro, mais lui, s'il ne prenait pas les choses à la légère, sauf à être inconscient, racontait ces incidents effrayants comme s'ils étaient naturels, il donnait à tout un air de simplicité si parfaite que même les femmes ne larmoyaient pas de pitié et les gamins s'éloignaient, déçus, c'était comme si la conversation portait sur l'état des champs de blé, et après, qui sait. C'est peut-être pour cette raison qu'un jour Manuel Espada s'était approché de Sigismundo Canastro afin de lui dire deux mots, avec le respect dû à la différence d'âge, Monsieur Sigismundo, si on veut bien de moi, je peux aider. Mais nous nous sommes grandement trompés quand nous avons supposé que cette démarche venait du récit serein de Sigismundo Canastro qui, finalement pour des tempéraments comme celui de Manuel Espada, aurait pu être à l'origine d'une décision d'une portée aussi considérable, la preuve de notre erreur c'est que Manuel Espada dit, On ne traite pas un homme comme mon beau-père a été traité, et Sigismundo répondit, On ne traite pas les hommes comme nous avons été traités, nous en reparlerons plus tard, l'air a été troublé après ces emprisonnements, laisse passer le temps jusqu'à ce que tout ça se décante, c'est comme un filet de pêche qui prend plus de temps pour être réparé que pour se déchirer, et Manuel Espada de conclure, J'attendrai le temps qu'il faudra.

Parfois, on se met à lire l'histoire de cette terre portugaise et on y découvre des disproportions qui donnent envie de sourire, c'est le moins qu'on puisse dire, un rire franc serait bien plus à sa place ici, non pas pour offenser, chacun fait ce qu'il peut ou ce que lui ordonne sa hiérarchie et si fort estimable et louable fut la décision prise par dona Filipa de Vilhena d'armer ses fils chevaliers afin qu'ils aillent se battre pour la restauration de la patrie, que dire de Manuel Espada qui sans la moindre chevalerie déclara, Me voici, et ce ne fut pas sur l'ordre de sa mère, laquelle est morte, mais de par sa propre volonté d'homme. Maintes personnes louèrent cette dona Filipa et en exaltèrent les mérites, notamment João Pinto Ribeiro, le comte d'Ericeira, Vicente Gusmão Soares, Garrett et même Vieira Portuense qui peignit un petit tableau, seuls Manuel Espada et Sigismundo Canastro n'ont personne pour les parrainer, c'est une conversation entre deux hommes, ils ont dit ce qu'ils avaient à dire et maintenant chacun s'en retourne vaquer à ses affaires, il ne manquerait plus qu'ils bénéficient de l'avantage de la plume et du pinceau, en l'occurrence le narrateur suffit.

D'autant plus que pour que l'on comprenne bien ces histoires il conviendra que nous refassions un tour à loisir dans le latifundium, sans but préconçu, afin d'y cueillir la pierre et la fleur et de leur donner le nom qu'elles ont, afin de regarder les animaux qui y vivent et savoir pourquoi, et comme on entend des tirs d'arme à feu de ce côté-ci, qu'est-ce que ça peut bien être, commençons donc par ici, voyez quelle coïncidence, c'est le chemin qu'avait pris José Calmedo lorsqu'il s'en était allé arrêter João Mau-Tempo, on dirait même que le latifundium est devenu minifundium, tant il est facile de se retrouver là où l'on s'est déjà trouvé auparavant. À vrai dire, nous sommes passés ici en une occasion moins extravagante, voici les ruines du moulin à eau et, plus haut, invisible, le four de la tuilerie, toutefois il ne faut pas avoir peur des tirs, les tireurs visent en l'air, qu'est-ce que c'est, qu'est-ce que ce n'est pas, c'est un tir de balles, de la belle ouvrage, pas une de ces menues grêles de plombs qui ne valent que pour le petit gibier, ici il s'agit d'acrobaties fort différentes.

Le feu vient de cesser, nous pourrions passer sans crainte majeure, mais d'où partaient les tirs descend un individu qui d'après ses façons et manières est un homme du peuple, il traverse le vallon, ce parterre lisse de terre très sombre, il avance sur un petit pont bordé d'un parapet bas, au-dessus d'un ruisseau large de trois pas seulement, et il commence à remonter de l'autre côté dans une broussaille épineuse traversée par un mauvais sentier qui s'y perd, Que va donc faire là-bas cet homme sans houe ni pioche, sans hache ni serpe, asseyons-nous ici pour souffler un instant pendant qu'il grimpe, il devra forcément redescendre et alors nous saurons, tout ça est laissé à l'abandon, a-t-il dit, C'est parfaitement vrai et qu'on n'aille pas croire que le sentier qui serpente entre les ronces sera d'une grande utilité pour le laquais qui vient de passer, C'est un laquais, Oui, monsieur, c'est un laquais, Mais il ne portait pas de livrée, C'était une habitude ancienne, qui date du temps où la comtesse a armé ses fils chevaliers, je ne sais pas si vous êtes au courant, ces laquais-ci s'habillent comme n'importe qui d'entre nous, pas comme vous, monsieur, qui êtes de la ville, ici les gens ne les reconnaissent qu'à leurs actes, Mais pourquoi dites-vous que le sentier ne lui sera pas très utile, Parce que ce qu'il va chercher se trouve en dehors du chemin et il ne peut pas revenir sur ses pas, ce serait encore pire, il doit aller tout droit, c'est l'ordre qu'il a reçu, il a un bâton de berger pour abattre les arbustes, c'est comme s'il n'avait rien, Pourquoi fait-il ça, Parce qu'il est un laquais et qu'il sera d'autant plus apprécié qu'il apparaîtra bientôt complètement égratigné. Se comporte-t-on aussi comme ça ici, Oui, mais pour en revenir à notre conversation, je vous disais que tout ça était laissé à l'abandon, or sachez qu'il n'en a pas toujours été ainsi, il fut un temps où tout ça était couvert de cultures maraîchères jusqu'en bas, la terre est bonne et les sources ne manquent pas, sans parler du ruisseau, Alors comment en est-on arrivé à ce désert, Eh bien, il se trouve que le père des propriétaires de ce terrain, de ceux qui tiraient des coups de fusil, s'était tellement démené qu'il avait fini par s'emparer de tous les environs, le processus habituel, il y avait par ici des petits agriculteurs qui avaient des difficultés d'argent, et alors lui, je ne me rappelle plus bien comment il s'appelait, Gilberto, ou Adalberto, ou Norberto, un nom dans ce genre, leur prêtait de l'argent qu'ensuite ils étaient incapables de rembourser, des années de vaches maigres, et lui peu à peu accaparait tout, Ça paraît impossible, Ce n'est pas impossible du tout, ça s'est toujours fait dans le latifundium, le latifundium est comme les mules qui ont la manie de mordre leurs compagnes, Vous m'en racontez des choses, Pas tant que ça, si je vous racontais tout, nous passerions ici le reste de nos jours à en parler et l'histoire devrait se poursuivre jusqu'à nos petits-enfants, je ne sais pas si vous en avez, mais, attention, voilà le laquais qui arrive, suivons-le.

Le vacarme était celui d'un objet lourd, de pieds que l'on traîne et de grands éboulements le long de la pente, Un jour l'homme est tombé et a dégringolé jusqu'en bas, il a failli se tuer, Que porte-t-il sur le dos, Un bidon, il sert de cible aux propriétaires du terrain et du laquais, Mais l'esclavage a été aboli, C'est ce que vous croyez, Mais comment peut-il accepter ça, Demandez-le-lui, Je m'en vais le lui demander, eh l'ami, que portez-vous donc sur le dos, Un bidon, Mais il est tout troué, il ne peut plus servir à transporter de l'eau ou d'autres liquides, le remplit-on de pierres, C'est la cible de mes patrons, Alberto et Angilberto, ils tirent dessus et après je vais chercher le bidon pour qu'ils comptent ce qu'ils ont atteint ou raté, puis je replace le bidon au même endroit et quand le bidon est comme une passoire j'en apporte un autre et ainsi de suite, Et vous vous soumettez. Le monde est ainsi fait qu'on ne peut même pas bavarder, Alberto et Angilberto se mettent à brailler de l'autre côté, impatients de ce retard exagéré, l'heure avance et nous avons encore ici deux caisses de balles, ils tancent le laquais et le pauvre esclave traverse le vallon au petit trot, il franchit le pont, le bidon lui fait une énorme bosse couleur de rouille et, pendant qu'il gravit la pente de l'autre côté, ce qu'on aperçoit d'ici ce n'est pas un homme, c'est un scarabée, Alors, vous croyez toujours que l'esclavage a été aboli, Ça semble impossible, Vous vous répétez, que savez-vous donc des impossibilités, Il va falloir que j'apprenne, Alors, écoutez encore ça, là-bas sur la rive droite de la rivière, après le viaduc, des terrains s'étendent jusqu'aux coteaux, vous les voyez, eh bien les tireurs là-bas ont vendu ces terres à des petits agriculteurs et, s'ils avaient été des hommes intègres, comme ils devraient l'être, ils auraient vendu jusqu'à la rivière, mais non, ils ont gardé par-devers eux dix ou vingt mètres et quand les agriculteurs veulent de l'eau ils doivent creuser des trous et des puits, que me dites-vous de ça, Ça paraît impossible, Ça paraît tout à fait impossible, c'est comme si vous étiez assoiffé et que j'aie un verre d'eau et que je vous le refuse, si vous voulez de l'eau, eh bien creusez donc le sol avec vos ongles pendant que je vide mon verre et m'amuse à regarder l'eau couler, Même un chien peut aller boire à la rivière, mais pas les agriculteurs, Vous commencez enfin à comprendre, regardez, voilà le laquais qui revient avec un bidon neuf, Alors, vos patrons ont bien visé, Oui, monsieur, mais ils ont demandé qui vous étiez et j'ai dit que je ne savais pas, et ils ont dit que si vous ne partiez pas immédiatement, ils feraient venir la garde. Les deux promeneurs se sont retirés, la menace a son poids et l'argument de l'autorité, intrusion dans la propriété d'autrui, même si celle-ci n'est pas clôturée, ça constituera un délit grave si la garde est de mauvais poil, vous aurez beau arguer qu'on ne distingue pas les limites, ici, par exemple, où il n'y a pas de chemin de desserte, vous avez eu beaucoup de chance de ne pas attraper un pruneau, On aurait fait semblant qu'il s'agissait d'une balle perdue, ils la cherchaient vraiment cette balle, frérot Alberto.

Mais il est des occasions où il ne serait que justice qu'un grand éclat de rire retentisse au-dessus du latifundium si nous étions en appétit de divertissements, mais je ne sais pas si ça en vaudrait la peine, tellement les gens ont l'habitude de rire et aussitôt après envie de pleurer ou de pousser un hurlement de rage qui s'entende au ciel, mais quel ciel, quelle merde, le père Agamedes est plus près de lui et n'a rien entendu ou alors il fait la sourde oreille, un hurlement qui s'entendrait tout autour de la terre pour voir si les hommes nous entendent et viennent à notre rescousse, mais peut-être ne nous entendent-ils pas parce qu'eux aussi crient. Racontons donc l'histoire et rira qui pourra, d'autant plus que la garde sert précisément à cela, pas pour que nous riions d'elle, que Notre Seigneur nous délivre de cette tentation, mais pour qu'on l'appelle et lui donne des ordres, et s'il est vrai que dans la plupart des cas c'est le gouverneur civil ou d'autres entités officielles qui l'appellent et lui donnent des ordres, le latifundium a lui aussi un grand pouvoir et beaucoup d'autorité sur elle, comme on le verra à un excellent récit qui concerne Adalberto, un berger, deux aides, trois chiens, six cents brebis, une jeep, une patrouille de gardes républicains, pour ne pas exagérer et parler de détachement, avec la panoplie réglementaire de fusils, et en avant, marche.

Ces troupeaux n'avancent pas vite. Ils se trouvent sur les terres de Berto et se dirigent vers celles de Berto, supposition généralisatrice et finalement façon inadéquate de raconter, car il s'agit d'Adalberto et de nul autre que lui, et au cours de cette transhumance les troupeaux passent sur les terres de Norberto et chemin faisant ils broutent, car des troupeaux de brebis ne sont pas des meutes de chiens auxquels on peut mettre des muselières, et si c'était une pratique habituelle et si les brebis l'acceptaient, le berger ne les leur mettrait pas, car alors l'incursion n'en vaudrait plus la peine, encore qu'il faille ajouter une autre hypothèse qui consisterait pour le berger, au cas où il ne pourrait pas arguer de l'excuse qu'il va d'une terre à une autre appartenant au même propriétaire, à faire semblant de s'être égaré et d'avoir dépassé les limites, quand le vrai savoir-faire consiste à profiter du polygone des limites pour donner à ces incursions une apparence de naturel consommé, d'innocence évidemment offensée par des soupçons aussi injustes, je ne m'étais pas rendu compte, j'avançais avec le bétail, je dois être aveugle, j'ai coupé tout droit, je croyais être encore sur les terres du patron, c'est juste à cause de ça. Le berger était peut-être rusé, disent les plus pressés et ils n'en démordent pas, non, messieurs, bien que ces histoires soient plus subtiles et ce qu'il faudrait vérifier d'abord c'est si en commettant cet acte on ne peut plus irrégulier le berger ne pense pas davantage à la panse de ses brebis qu'à l'intérêt de son patron Berto ou de tout autre Berto. Et ayant apporté cette précision afin de ne négliger aucune éventualité, revenons à notre histoire, aux six cents brebis qui avancent en folâtrant, surveillées par le berger, ses aides et ses chiens, et nous, qui sommes de la ville, nous nous réfugions à l'ombre, regarder le cheptel s'éparpiller sur la pente ou sur un sol plat est un spectacle admirable, quelle sérénité loin de l'agitation malsaine des villes, du tumulte effréné des métropoles, Entonnez, mes muses, entonnez le chant bucolique, et nous avons la chance que le troupeau avance vers nous, nous pourrons ainsi savourer l'épisode depuis son début, pourvu que les chiens ne nous mordent pas.

Le destin voulut que ce jour-là Adalberto sorte se promener dans son automobile et fasse un tour champêtre et de propriétaire dans ses domaines, on sait que l'amour de la nature a parfois besoin de ce genre d'expansion et si le véhicule ne peut pas se faufiler au milieu de la végétation, dans les ornières et les jachères, il a tout de même suffisamment de liberté de mouvement car avec un peu d'adresse au volant et grâce à la patience des ressorts, les chemins charretiers suffisent pour ce genre de circulation, il faut juste ne pas être pressé. Alberto voyage seul pour mieux jouir de la solitude champêtre, du gazouillis des petits oiseaux, encore que le moteur de la voiture trouble le calme et l'ordre, il faut toutefois savoir faire coexister l'ancien et le moderne, ne pas se cramponner à des plaisirs dépassés, le trot alerte du cheval tirant le tilbury, et, de profil, le chapeau campagnard sous les ondulations élastiques du fouet qui vient de temps à autre caresser la croupe du trotteur, point n'est besoin de davantage, la bête comprend. Ces beautés du latifundium se font de plus en plus rares, un cheval coûte une fortune, il mange même quand il ne travaille pas, nous savons très bien qu'un cheval fait beaucoup plus distingué, il rappelle l'époque féodale, mais les temps changent, qu'y faire, et à vrai dire l'automobile est autrement plus propre, elle laisse le bas peuple bouche bée et évite la familiarité, allons-y, il se fait tard.

Aujourd'hui, pourtant, Adalberto avance tranquillement, dessinant de lentes courbes, un coude négligent dépassant par la fenêtre ouverte, toute cette terre est à moi depuis Lamberto, même si ce n'est plus toute celle qui lui a appartenu, ce serait une autre bonne histoire que celle du partage, de la répartition, du remembrement et de l'accroissement, mais nous n'en avons plus le temps, nous aurions dû commencer plus tôt, maintenant Adalberto pointe le nez entre les arbres, la carrosserie polie et les chromes étincellent au soleil, soudain il s'arrête, Il a dû nous apercevoir, nous ferions bien de commencer à descendre de ce côté-ci, ça évitera les questions, je suis un homme paisible et respectueux de la propriété, et lorsque nous regardons de nouveau pour voir si un Adalberto furibond nous suit et nous talonne de près, nous le découvrons avec stupéfaction en train de sortir de sa voiture, de regarder d'un air colérique le troupeau imperturbable qui ne le remarque même pas, tout comme il ne nous a pas remarqués non plus, pas plus que les chiens, occupés à flairer des lapins, et après un geste menaçant le voilà qui remonte dans son automobile, fait demi-tour en cahotant sur le terrain rocailleux et disparaît dans un nuage de poussière, comme on dit habituellement dans les romans. Nous n'allons pas quitter les lieux, il va se passer quelque chose, pourquoi l'homme est-il reparti, c'est un troupeau de brebis et pas une troupe de lions, mais seul Adalberto connaît les raisons, il roule maintenant magnifiquement tout droit vers Monte Lavre pour y quérir des renforts, lesdits renforts étant la garde en train de mourir d'ennui à l'instant même dans le poste, le latifundium est comme ça, de grandes agitations et de grandes somnolences y alternent, tel est finalement le lot de ceux qui vivent militairement, voilà pourquoi des manœuvres et des exercices sont organisés, toutefois, mon caporal, n'exagérons pas.

Déjà Adalberto met pied à terre à la porte du poste dans un nuage de poussière et, bien que son corps lui pèse à cause de l'âge et d'autres excès, il entre d'un pas léger, l'espace n'y est pas très vaste mais il a quand même permis sans trop d'embarras le passage, les entrées et les sorties au temps des trente-trois escudos, vous vous en souvenez certainement, et quand il ressort il est accompagné du caporal Tacabo et d'un soldat, ils prennent place dans l'automobile, Mon Dieu, madame Maria, où donc va la garde qu'elle est si pressée, les vieilles sur le banc à la porte ne le savent pas, mais nous si, ils se dirigent vers le troupeau en train de paître pendant que le berger se repose sous une yeuse et que les aides tournent autour des ovins pour les protéger, secondés par les chiens, c'est une manœuvre de basse stratégie, mais qui n'est pas sans justification, il faut savoir se débrouiller pour qu'un troupeau aussi nombreux broute ensemble sans trop se disperser, même les brebis ça aime bien respirer à l'aise. Et maintenant, en attendant l'arrivée d'Adalberto, il y a une chose qui m'intrigue, à quoi est due cette bonne entente entre le latifundium et la garde, Est-ce de la naïveté de votre part ou de la distraction, nous en sommes à ce stade du récit et vous avez encore des doutes, ou alors est-ce une ruse, vous faites semblant de douter, ce sont peut-être des artifices de rhétorique, un effet de répétition, mais quoi qu'il en soit même un enfant sait que la garde est ici pour garder le latifundium, Le garder contre quoi, il ne peut pas s'enfuir, Contre les dangers du vol, du pillage et autres perversités, car ces gens dont nous n'avons cessé de parler sont de mauvaise caste, imaginez-vous que des misérables qui, toute leur vie durant et durant celle de leurs parents et grands-parents, et celle des parents de leurs grands-parents, ont eu faim, ne vont pas convoiter le bien d'autrui, Est-ce donc mal de convoiter, C'est le pire qui soit, Vous vous moquez de moi, Bien sûr, mais il ne manque pas de gens ici pour prendre au sérieux l'idée que cette horde de culs-terreux veut voler les terres, ces très saints domaines qui viennent de loin, et donc la garde a été envoyée ici pour leur faire respecter l'ordre, pas même un soupir n'est toléré ici, Et la garde aime ça, La garde aime, la garde a ses compensations, l'uniforme, la botte, la carabine, l'autorité d'en user et d'en abuser, et la gratitude du latifundium, je m'en vais vous donner un exemple, pour cette opération militaire extraordinaire, le caporal Tacabo va recevoir plusieurs décalitres d'huile, plusieurs cargaisons de bois, et le garde, lui, si l'autre en reçoit soixante-dix, en recevra moins pour des raisons de hiérarchie, mais il en aura trente ou quarante, dans ces cas-là le latifundium est très correct, il ne manque jamais d'honorer ce genre de dettes et malgré tout la garde est facile à contenter, j'imagine ce que ça sera à Lisbonne, à huis clos, De bien tristes histoires, Ne vous mettez pas à pleurer, que feriez-vous si vous deviez venir de loin avec un sac de bûches sur le dos après avoir déboisé, haletant comme une bête de somme, et que la garde surgisse au milieu du chemin, arme braquée sur vous, haut les mains, qu'est-ce que vous transbahutez là, vous répondez, je viens d'ici ou de là, et ils s'informent pour savoir si c'est vrai, car si c'est faux, tu nous le paieras, Plutôt José Gato, au moins lui, Plutôt José Gato, mais le pire encore c'est de tomber plus loin sur une charretée de six cents ou sept cents ou mille kilos de bois bien scié et bien rangé destinée aux gardes, offerte par le latifundium en paiement de leurs bons et loyaux services, Les gens se vendent pour peu, Se vendre pour peu ou pour beaucoup ne fait aucune différence, le mal ne réside pas dans les centimes ou les millions.

La conversation ne se poursuivit pas, d'ailleurs elle n'avait plus d'intérêt, dans la mesure où le narrateur avait pu dire tout ce qu'il avait à dire, c'est son privilège, et maintenant voici Adalberto et son armée, il arrête son automobile, les portières s'ouvrent, c'est une invasion, un débarquement, de là-haut ils adressent de grands signes au berger, mais ce berger est un fainéant, un animal rendu sournois par la solitude, il était assis, assis il est resté et, montrant ostensiblement combien il lui en coûtait, il a fini par se lever et a hurlé, Que se passe-t-il, et le caporal Tacabo fait sonner la charge, à l'attaque, ordonne d'appuyer sur le bouton de la bombe, mieux vaut ne pas prêter attention à ces exagérations guerrières, qu'y pouvons-nous, les occasions sont si rares, le berger a déjà tout compris, la même chose était arrivée à son père, en lui c'est comme une aurore de rires, ça se voit à la plissure de ses yeux, c'est à se rouler par terre, Alors, on fait ça sans demander l'autorisation, la question émane du caporal Tacabo qui fulmine, seigneur de la loi et de la carabine, Amende de cinq escudos par tête de brebis, calculons, six cents brebis à cinq escudos, six fois cinq font trente, mettons maintenant les zéros, un jeu d'enfant, trois mille escudos d'amende, la pâture revient bien cher, alors le berger dit, Y a sûrement erreur, les brebis elles sont au patron qui m'écoute et moi je suis sur ses terres à lui, Hé ho, qu'est-ce que tu nous chantes là, s'est fâché le caporal Tacabo, le soldat qui l'accompagnait s'est mis à regarder les nuages et Adalberto, raccommodant les choses, Alors, comme ça, tout ça m'appartient, Oui, monsieur, et moi je suis le berger de ces brebis, ces brebis sont à vous, Muses chéries, disparaissez, la chanson est finie.

Les forces de l'ordre réintégrèrent la caserne, les trois membres de l'expédition se taisaient, et en arrivant chez lui Adalberto donna des ordres pour l'huile, pendant que le caporal Tacabo et le soldat remisaient leurs armes en faisant les comptes du bénéfice et demandaient à l'archange saint Michel de leur envoyer la grâce d'autres aventures d'un risque et d'un profit semblables. Ce sont là des petits épisodes du latifundium, mais c'est aussi avec de la menue pierraille qu'on fait un mur et une moisson avec des épis séparés, Et ce piaulement, c'est quoi, Un hibou, et bientôt un autre se mettra à lui répondre, Domingos, celui qui est près du nid.

Parce que Sigismundo Canastro a raconté en temps opportun l'histoire du chien Constante et de la perdrix vagabonde, qu'on n'aille pas croire qu'il est le seul connaisseur attitré d'anecdotes de chasse singulières. António Mau-Tempo en a vécu certaines lui aussi, sans parler de celles dont il a eu connaissance par ouï-dire, et en telle quantité et variété qu'il aurait fort bien pu être le narrateur de l'épisode en question et Sigismundo Canastro n'aurait plus eu alors qu'à en confirmer la véracité grâce à la preuve irréfutable de son rêve. Ceux que déconcerte cette liberté de présenter, de retirer et de modifier n'ont qu'à penser à l'étendue du latifundium, à la disparition des mots et à leur redécouverte, et peu importe que ce soit quelques jours plus tard ou des siècles après, par exemple, être assis sous un chêne-liège et entendre la grande conversation du tronc avec un tronc voisin, des histoires très anciennes et assez confuses, il est vrai, avec l'âge les chênes-lièges radotent un peu, mais ce n'est la faute de personne, ou alors c'est notre faute à nous qui n'avons pas voulu apprendre ces langages. Celui qui s'égare dans ces lieux finit par faire la distinction entre le paysage et les mots qu'il contient, ce qui explique que parfois nous rencontrions un homme immobile au milieu de la campagne, comme si, poursuivant tranquillement son chemin, quelqu'un l'avait soudain retenu par la main, écoutez donc un peu ça, il est sûr et certain qu'il est en train d'entendre des paroles, des histoires, des péripéties, il se trouve qu'il est passé par là au moment précis où il était la personne qu'on attendait, le flux aérien se donne libre cours et peut contenir aussi bien l'événement magnifique du chien Constante que la démonstration véridique de la curiosité des lièvres présentée par António Mau-Tempo et prouvée par tous les rêves de Sigismundo Canastro, faute de quelqu'un d'autre qui ait eu envie de parler de ses rêves.

Il faut d'abord trouver une bonne pierre bien plate, haute de la largeur d'une main et assez grande pour une demi-page de journal. Il ne faut pas que la journée soit venteuse, afin que ne se disperse pas le petit tas de poivre qui, dans la confusion des titres et des minuscules caractères en italique et en romain, sera la détente de ce fusil-ci. Comme chacun le sait, le lièvre est curieux, Encore plus que le chat, C'est sans comparaison, il suffira de dire que le chat ne s'intéresse pas à ce qui se passe dans le monde, ça lui est égal, tandis que le lièvre ne peut voir un journal tombé par terre sur une route sans aller aussitôt regarder ce que c'est, tant et si bien que certains chasseurs ont mis au point un système, ils se postent aux aguets derrière une levée de terre et quand le lièvre s'approche pour prendre connaissance des nouvelles, poum, ils font feu, l'ennui c'est que le journal est déchiqueté par le plomb et il faut s'en procurer un autre, a-t-on déjà vu un chasseur avec une cartouchière bourrée de journaux, ça ferait mauvais effet, Mais le poivre alors, Monsieur, c'est dans le poivre que réside le grand secret de cet art, mais pour ça il faut qu'il n'y ait pas de vent, c'est d'ailleurs aussi une condition quand le journal se trouve sur une route, si le vent souffle et si les feuillets s'envolent, le lièvre n'y fait pas attention car il aime lire les nouvelles tranquillement, Vous me racontez une drôle d'histoire, Je vous en raconterai bien d'autres si nous en avons tous les deux l'occasion, et alors, équipé de cet attirail, pierre, journal et poivre, il ne reste plus qu'à attendre, si ça prend du temps c'est que l'endroit est mauvais pour les lièvres, ça arrive parfois, après il ne faut pas se plaindre qu'il n'y avait pas de gibier, c'est entièrement votre faute, mais quand on connaît le terrain, ça ne rate jamais, très vite un premier lièvre apparaît en bondissant, il mordille par ici, croque par là, et le voilà soudain avec les oreilles dressées, il a aperçu le journal, Que fait-il, Le pauvre, il ne se méfie pas, dans son impatience de connaître les nouvelles il se précipite sur le journal et commence à lire, c'est un lièvre heureux et satisfait, pas une ligne ne lui échappe, mais voici qu'il approche le nez du petit tas de poivre et le renifle, Et que se passe-t-il, Ce qui se passerait si vous étiez à sa place, il éternue, se cogne la tête contre la pierre et meurt, Et après, Après, il n'y a plus qu'à aller le ramasser, mais si on veut on peut repasser quelques heures plus tard et alors il y a tout un ceinturon de lièvres arrivés les uns après les autres, c'est leur défaut, ils sont très curieux, ils ne peuvent pas voir un journal, Dites-moi un peu, tout ça c'est vraiment vrai, Demandez à qui vous voudrez, même un nourrisson sait ces choses-là.

António Mau-Tempo n'avait pas de fusil et heureusement. S'il en avait eu un, il aurait été un vulgaire chasseur équipé d'une arme au lieu d'être l'inventeur du poivre de saint Hubert, mais ça ne veut pas dire qu'il méprisait l'art de la visée, la preuve est ce fusil se chargeant par le canon qu'il acheta un jour pour vingt escudos à un fermier désargenté et avec lequel il se mit à faire des merveilles. L'habitant des villes apprend à se méfier, pour un oui pour un non il exige aussitôt des preuves et des serments, ce n'est pas bien, nous devons croire aux choses telles qu'elles nous sont rapportées, ce fut le cas le jour où António Mau-Tempo, déjà propriétaire du susdit fusil se chargeant par le canon, avait de la poudre pour le charger, mais il lui manquait les plombs. C'était l'époque des lapins, et il convient de le préciser d'ores et déjà au cas où quelqu'un demanderait pourquoi António Mau-Tempo n'appliquait pas le système de la pierre, du poivre et du journal comme il faisait pour les lièvres. Seul un ignorant de l'art de la chasse ne sait pas que les lapins sont des bêtes totalement dépourvues de curiosité, voir un journal par terre ou un nuage dans le ciel est bonnet blanc et blanc bonnet pour eux, sauf que des nuages il pleut et pas des journaux, et donc on ne peut pas se passer d'un fusil ou d'un lacet ou d'un gourdin, mais maintenant nous parlons de fusils.

Il n'y a assurément pas plus grand malheur pour un chasseur que d'avoir un bon fusil, même à pierre, de la poudre en quantité, mais pas de plomb, Pourquoi n'êtes-vous pas allé en acheter, Je n'avais pas d'argent, c'était bien ça l'ennui, Alors, comment avez-vous fait, D'abord, je n'ai rien fait, je me suis mis à réfléchir, Et avez-vous trouvé, J'ai trouvé, quand on réfléchit on trouve toujours, Expliquez-moi comment vous avez résolu le problème, ça m'intéresse, J'avais par là un cornet de clous à ferrer pour mes bottes et je m'en suis servi pour charger mon fusil, Quoi, vous avez chargé votre fusil avec des clous à ferrer, Oui, monsieur, vous ne me croyez peut-être pas, Je vous crois, mais je n'avais jamais entendu une chose pareille, Il faudra bien un jour que vous commenciez à croire à ce dont vous n'avez jamais entendu parler, Racontez donc le reste, J'étais déjà dans les champs quand m'est venue une idée qui m'a presque fait rebrousser chemin, Laquelle, Je me suis dit qu'un lapin attrapé avec une charge de clous ne serait plus qu'une pâte sanguinolente, toute déchiquetée, qu'on ne pourrait pas manger, Alors, Je me suis remis à réfléchir, Et avez-vous trouvé, J'ai trouvé, quand on réfléchit on trouve toujours, je me suis placé dans la direction d'un arbre avec un gros tronc et j'ai attendu, Vous avez attendu longtemps, J'ai attendu le temps nécessaire, on n'attend jamais ni trop peu ni trop longtemps, Jusqu'à ce qu'arrive le lapin, Oui, monsieur, dès qu'il m'a aperçu il s'est mis à courir vers l'arbre, j'avais étudié le terrain et quand il est passé au ras du tronc, poum, j'ai tiré, Donc il n'a pas été déchiqueté, Mais voyons, pourquoi m'étais-je mis à réfléchir, pouvez-vous me le dire, les clous l'ont atteint aux oreilles et cloué au tronc du chêne vert, car c'était un chêne vert, Elle est bien bonne celle-là, Oui, elle est bien bonne, et je n'ai plus eu qu'à lui asséner un bon coup sur la nuque et à retirer les clous, et même que quand j'ai mangé le lapin mes bottes étaient ferrées de neuf.

Les hommes sont ainsi faits que même lorsqu'ils mentent ils disent une autre vérité et si, au contraire, c'est la vérité qu'ils veulent entendre sortir de leur bouche, cette vérité s'accompagne toujours d'une sorte de mensonge, même quand ce n'est pas intentionnel. Voilà pourquoi nous n'en finirions jamais si nous nous mettions à discuter la part de mensonge et de vérité dans ces histoires de chasse d'António Mau-Tempo, il suffit que nous sachions et ayons le courage de reconnaître que tout ce qu'elles contiennent peut se toucher du doigt, qu'il s'agisse du lièvre ou du lapin, une fois ceux-ci attrapés, du fusil se chargeant par le canon car il y en a encore, de la poudre qui ne coûte pas cher, des clous avec lesquels on ferre la pauvreté des mal-chaussés, de la botte qui est le témoin, du poivre qui est miraculeux depuis l'Inde, de la pierre qui est ce qui ne manque pas, du journal que les lièvres savent mieux lire que les hommes, et d'António Mau-Tempo qui est ici, conteur d'histoires, lesquelles n'existeraient pas s'il n'y avait pas quelqu'un pour les conter.

Je vous en ai déjà donné une, je vous en ai déjà donné deux, je vous en donne à présent une troisième, trois est le compte qu'a fait Dieu, le père, le fils et le saint esprit de l'oreille par où a été capturé le lapin de l'excellente anecdote que je m'en vais vous relater, Comme ça ce n'est pas amusant, puisque nous connaissons déjà la fin de l'histoire, Et quelle importance cela a-t-il, la fin des hommes aussi est la mort et ce qu'il y a de mieux chez eux c'est la vie racontée et celle qui reste à raconter, Alors, racontez celle du lapin, J'avais le même fusil, je m'étais tellement habitué à lui que ceux à deux canons me donnaient envie de rire, ou à quatre, des canons de guerre qui devraient être interdits, Pourquoi, N'est-il pas plus beau de charger son fusil, trouca, trouca, d'y introduire la poudre, d'y mettre en place la bourre, de mesurer le plomb, quand on en a, tout ça tranquillement, et de regarder passer le gibier et de se dire, Va, va, cette fois tu en as réchappé, on se sent rempli d'amitié pour la bête à plume ou à poil qui s'éloigne, le tout c'est de croire au destin, son heure n'était pas encore venue, C'est une façon de voir les choses, et après, Pas après, avant, il s'est trouvé que cette fois-là encore je n'avais pas d'argent pour acheter du plomb, Mais enfin, l'ami, vous n'aviez jamais d'argent, Ça vous étonne, à vous entendre on pourrait croire que vous n'en avez jamais manqué vous-même, Bon, inutile de changer de sujet, je connais mes besoins, racontez le reste, J'étais sans argent pour acheter du plomb, mais j'avais une bille d'acier, du genre qu'on trouve dans les roulements des coussinets, je l'avais découverte dans les gravats d'un atelier, alors j'ai appliqué la même recette, mais cette fois sans l'arbre, l'arbre était juste pour les clous à ferrer, Expliquez-moi ça plus clairement, J'ai pensé qu'une bille d'acier, si je visais bien, serait un peu comme une balle, elle ne détruirait pas la chair de l'animal, elle n'abîmerait pas non plus sa peau, il fallait simplement bien viser, et ça, sans me vanter, je m'y entendais, Et après, Après, je suis allé dans un champ, un endroit que je connaissais, un terrain sablonneux, fréquenté habituellement par un lapin grand comme un cabri, c'était le père des lapins, sûr et certain, car la mère des lapins personne ne l'avait jamais vue, elle ne sort jamais du terrier qui est aussi profond que le gouffre de Ponte Cava, il descend très loin dans la terre et personne ne sait où il se trouve, Bon, ça va, c'est déjà une autre histoire, Vous vous trompez, tout ça c'est la même histoire, mais je n'ai pas le temps de la raconter, Et après, Ce lapin m'avait déjà joué des tours avant, il avait le don de se cacher dès que je levais mon fusil, quand il était chargé de plomb, Alors, ça ne vous ennuyait pas d'abîmer sa peau, Avec un lapin de cette taille, ça n'avait pas d'importance, Mais vous venez de dire vous-même, Comme ça, je ne peux pas raconter, Ça va, conti-nuez, J'ai attendu, attendu, une heure a passé, deux heures ont passé, et tout à coup voilà la bête qui apparaît en sautillant, c'est une façon de parler, elle bondissait comme un cabri, je l'ai déjà dit, et là, à l'instant précis où elle était en l'air, j'ai fait comme si c'était une perdrix, poum, feu, Vous l'avez tuée, Non, monsieur, le lapin a secoué ses oreilles avant même de retomber sur le sol, il a terminé son bond, en a fait un autre, et encore un autre, et moi j'étais désarmé, il s'est mis à courir tout droit vers une haie, il a refait un saut, un de ces longs sauts qu'on aurait cru qu'il allait voler par-dessus la haie, ça faisait loin, comme d'ici à là-bas, et qu'est-ce que je vois, Quoi, Le lapin arrêté, en train de se débattre, on aurait cru que quelqu'un le retenait par une oreille, alors je me suis approché et j'ai tout vu, Eh l'ami, ne vous taisez pas aussi longtemps, je brûle de curiosité, Si ça se trouve, vous êtes comme les lièvres, Trêve de plaisanterie, racontez la suite, Il se trouvait qu'on avait élagué la haie et qu'il était resté des pointes de la grosseur de ce doigt-ci, et comme la bille avait percé une oreille du lapin, la bête était restée clouée là, l'oreille trouée s'était enfilée sur une pointe, vous imaginez un peu, Alors vous l'avez libérée et vous lui avez asséné un coup sur la nuque, Non, monsieur, je l'ai libérée et je l'ai laissée filer, Je n'en crois rien, Mais puisque je vous le dis, l'atteindre à l'oreille n'était pas viser la cible, c'était le hasard, c'était la chance, et le père des lapins ne pouvait pas mourir par hasard, Une belle histoire, celle-là, Elles sont toutes vraies, comme est vrai que cette nuit-là les lapins ont dansé jusqu'à l'aube, c'était la pleine lune, Pourquoi, Ils étaient contents que le père des lapins en ait réchappé, Vous les avez vus, Non, mais je l'ai rêvé.

Cela se passe ainsi. Le poisson meurt par la bouche quand, trop petit au bout de l'hameçon et faisant triste figure dans le réfrigérateur, l'homme le rejette à l'eau, un acte dont on ne sait s'il est de compassion devant l'âge tendre de l'animal ou défense de l'intérêt futur, il grandit et reparaît, mais ce qui sauva le père des lapins, lequel ne pouvait sûrement pas grandir davantage, ce fut d'une part l'honnêteté d'António Mau-Tempo, lequel, parfaitement capable d'inventer de bonnes histoires, n'avait pas inventé celle-ci, encore meilleure, selon laquelle il était plus difficile d'atteindre une oreille que tout le reste du corps, alors qu'on sait très bien, et dans le silence du latifundium il l'avoua très vite, déjà les échos du coup de feu s'étaient dissipés au-dessus des chaumes, qu'il n'aurait pas eu la conscience en paix s'il avait dû affronter durant le restant de ses jours l'œil colérique et dilaté du lapin le regardant approcher de la haie.

Le latifundium est un champ de piques et sur chacune un lapin à l'oreille trouée se débat, trouée non pas à cause d'un fusil, mais de naissance, ces lapins restent là toute leur vie, ils labourent le sol avec leurs griffes, ils l'engraissent avec leurs excréments et s'il y a un peu d'herbe ils la broutent seulement jusque là où leurs dents l'atteignent, le museau bien au ras du sol, pendant qu'autour s'affairent les pas des chasseurs, vais-je mourir, ne pas mourir. Un jour, António Mau-Tempo s'est détaché de la haie et a traversé la frontière, il l'a fait cinq années durant, une fois par an, il s'en est allé sur la terre de France, dans le nord de la France, en Normandie, mais il y allait emmené là par l'oreille, tiré par le trou de la nécessité, il est vrai qu'il ne s'était pas marié et n'avait pas d'enfants lui réclamant du pain, mais son père n'était pas en bonne santé, c'était la conséquence de la prison, on ne l'avait pas tué, mais on l'avait sacrément amoché, et à Monte Lavre la crise de l'emploi déterminait tout, en France au moins le travail était garanti et bien payé, comparé à ce que l'on percevait dans le latifundium, en un mois et quelques on gagnait quinze ou seize mille escudos, un pactole. Peut-être, mais en arrivant à Monte Lavre le gros de cette somme servait à payer les arriérés et le reliquat à voir venir.

Et c'est quoi, la France. La France, c'est un interminable champ de betteraves où l'on travaille à biner seize ou dix-sept heures par jour, c'est une façon de parler, car les heures sont si nombreuses que ce sont toutes les heures du jour, plus quelques-unes aussi de la nuit. La France, c'est une famille de Normands qui voit entrer chez elle trois bêtes ibériques, deux Portugais et un Espagnol d'Andalousie, c'est-à-dire nommément António Mau-Tempo et Carolino da Avó, de Monte Lavre, et Miguel Hernandez, de Fuente Palmera, lequel connaît quelques mots de français, une science d'émigrant, et grâce auxquels il annonce que les trois qui ont été engagés sont arrivés. La France, c'est un pailler qui abrite mal le manque de sommeil et l'assiette de pommes de terre, c'est un pays où mystérieusement il n'y a ni dimanches ni jours saints. La France, c'est un éreintement, deux poignards fichés dans les reins, ici et ici, un épuisement, un martyre des lombes, une crucifixion sur un lopin de terre. La France doit être vue avec les yeux à quatre empans de la tige de betterave, les forêts et les horizons de la France sont faits de betteraves, il n'y a rien d'autre là-bas. La France, c'est ce mépris, cette manière de parler et de regarder de façon moqueuse. La France, c'est le gendarme qui vient vérifier vos papiers, ligne après ligne, comparant et interrogeant, à trois pas de distance à cause de votre odeur. La France, c'est une méfiance toujours sur le qui-vive, c'est une surveillance infatigable, c'est un Normand qui va inspecter le travail effectué et plante le pied par terre comme s'il nous piétinait les mains en y prenant plaisir. La France, c'est être mal traité sur le plan de la nourriture et de la propreté, rien qui puisse se comparer aux chevaux de la ferme qui sont gras, pattus et superbes. La France, c'est une clôture hérissée de pointes sur lesquelles des lapins sont enfilés par les oreilles, comme des poissons sur une baguette, l'air commence déjà à manquer, et Carolino da Avó est celui qui le supporte le plus mal, plié en deux à la taille et affaibli comme un couteau dont soudain le ressort s'est brisé et dont le tranchant est émoussé et la pointe cassée, il ne reviendra pas l'an prochain. La France, ce sont de longs voyages en train, une grande tristesse, une liasse de billets attachés par une ficelle et la jalousie stupide de qui est resté au pays et médit maintenant de celui qui est parti là-bas, Il est riche, c'est une envie de pauvre, des animosités mutuelles pour des raisons d'intérêt.

António Mau-Tempo et Miguel Hernandez sont au courant de ces choses-là, ils s'écrivent dans les intervalles, Mau-Tempo de son Monte Lavre et Hernandez de sa Fuente Palmera, des lettres simples avec des fautes d'orthographe à chaque mot, si bien que ce que lit Hernandez n'est pas tout à fait du portugais ni tout à fait de l'espagnol et ce que lit Mau-Tempo, c'est une langue commune à eux deux, la langue de ceux qui savent peu et expriment beaucoup, ils se comprennent, c'est comme si tous deux s'envoyaient des signaux de part et d'autre de la frontière, par exemple, ouvrir et fermer les bras, signe indéniable d'embrassade, ou porter la main à son cœur, signe d'affection, ou simplement regarder, signe de découverte, et tous deux signent leurs lettres avec la même difficulté, la même main grotesque qui transforme le stylo en manche de houe, ce qui explique que les lettres soient tracées comme si la main déracinait quelque chose, signé, haaan, Miguel Hernandez, ou António Mau-Tempo, haaan. Un jour Miguel Hernandez cessera d'écrire, deux lettres d'António Mau-Tempo resteront sans réponse, le chagrin blesse, même sans le vouloir, ce n'est pas vraiment un malheur, ce n'est pas ça qui m'enlèvera l'appétit, mais on dit ça pour se consoler, qui sait si Miguel Hernandez n'est pas mort ou n'a pas été arrêté comme le père d'António Mau-Tempo, si seulement je pouvais aller à Fuente

Palmera pour m'informer. António Mau-Tempo se souviendra long-temps de Miguel Hernandez, il dira, en parlant de ses séjours en France, Mon ami Miguel, et une brume envahit ses yeux, il rit pour donner le change, il raconte une histoire de lapins ou de perdrix, juste pour faire plaisir, sans aucune imagination, jusqu'à ce que la vague du souvenir se rabatte et s'apaise. C'est seulement dans ces occasions-là qu'il a la nostalgie de la France, des nuits passées à bavarder dans le pailler, des histoires d'andalous et d'habitants outre-Tage, de Jaen et d'Évora, de José Gato et de Pablo de la Carre-tera, et ces autres nuits furieuses, en fin de contrat, quand ils allaient chez les putes, le vol du plaisir précipité, allez, allez, quand le sang insatisfait protestait, quand plus ils étaient fatigués, plus ils en vou-laient. Ils sortaient dans la rue, chassés par un sabir rapide qu'ils ne comprenaient pas, allez, allez, les nègres, voilà ce qui arrive aux races brunes, toutes sont noires pour quelqu'un qui a vu le jour en Normandie et se prétend de race pure, même une putain.

Alors vint une année où António Mau-Tempo décida de ne plus retourner en France, sa santé à lui aussi s'était détériorée. Désor-mais, il ne fut plus qu'un lapin de latifundium, à cette pique je m'attache, avec les ongles je gratte, le bœuf retourne au sillon, l'eau à la gouttière familière, à côté de Manuel Espada et des autres, pour arracher le liège, moissonner, élaguer, sarcler, nettoyer, com-ment peut-on ne pas se lasser de pareille monotonie, tous les jours se ressemblent, ne serait-ce que dans la frugalité de la nourriture et dans le désir anxieux de gagner un peu d'argent pour le lendemain, la grande menace dans ces endroits-là, le lendemain, demain aussi est un jour, comme hier l'a été, au lieu d'être teinté d'espoir, d'un tout petit peu d'espoir, si vivre est cela.

Partout, c'est la France. Le domaine de Carriça est situé en France, la carte ne le dit pas, mais c'est la vérité, et si ce n'est pas la Normandie c'est la Provence, en l'occurrence c'est du pareil au même, mais à côté d'António Mau-Tempo il n'y a pas Miguel Her-nandez, mais Manuel Espada, son beau-frère et aussi son ami, bien qu'ils soient de tempéraments très différents, tous deux sont en train de moissonner, engagés à la tâche, nous verrons bientôt comment.

Gracinda Mau-Tempo elle aussi est venue ici, enfin enceinte alors qu'on croyait qu'elle n'aurait jamais d'enfants, et pendant la durée de la moisson tous les trois vivent dans une cabane de petits agriculteurs abandonnée, Manuel Espada est allé la nettoyer pour que sa femme y soit confortablement installée, personne n'y avait habité depuis cinq ou six ans, c'était un tas d'ordures infesté de serpents et de lézards et de toutes sortes d'insectes et, quand tout fut fin prêt, Manuel Espada s'en fut ramasser une botte de joncs qu'il étendit sur le sol pour s'y reposer, c'était frais, la maison avait été arrosée, et il faillit s'endormir là, il y avait un mur en terre avec une petite haie de genêts, un toit de chaume, et soudain un serpent lui passe dessus, aussi gros que mon poignet qui n'est pas des plus minces. Gracinda Mau-Tempo n'en sut rien, Dieu sait ce qu'elle aurait fait si elle l'avait appris, peut-être cela ne lui aurait-il fait ni chaud ni froid, car les femmes dans ces régions ne s'évanouissent pas pour si peu, et quand elle arriva dans la cabane elle la vit toute bien installée, avec un châlit pour le couple, un autre monté par Manuel Espada pour son beau-frère, un sac faisant office de cloison, car telle est la promiscuité campagnarde du latifundium, Ne vous gendarmez pas, père Agamedes, où donc êtes-vous allé, en fait ces hommes ne vont pas dormir vraiment ici, s'ils s'étendent parfois sur le lit c'est pour ne pas mourir instantanément, et maintenant nous pouvons parler des conditions, c'est tant par jour pendant une semaine, plus cinq cents escudos pour le reste de la moisson, tout ça devra être moissonné d'ici samedi. Ça semble très compliqué, mais c'est la chose la plus simple qui soit. Pendant une semaine entière Manuel Espada et António Mau-Tempo moissonneront tout le jour et toute la nuit, il faut comprendre ce que cela signifie, quand ils seront épuisés par un jour entier de travail, ils iront dans la baraque pour y manger et après ils retourneront dans le champ pour continuer à moissonner, pas pour cueillir des coquelicots, ils moissonneront toute la nuit et quand le soleil se lèvera, ils iront dans la baraque pour y casser la graine et s'ils s'y reposent ce ne sera pas plus de dix minutes, chacun sur son châlit en haletant comme un soufflet, puis ils se lèveront et travailleront tout le jour, et viendront manger, Dieu sait quoi, et travailleront toute la nuit, nous savons bien que personne ne le croira, ce ne sont pas des hommes ces gens-là, si, monsieur, ce sont des hommes car s'ils étaient des animaux ils seraient déjà tombés sur le flanc, trois jours seulement ont passé et ils sont deux fantômes avançant sous la lune dans le champ de blé à moitié moissonné, Tu crois que nous y arriverons, Il faut que nous y arrivions, et pendant ce temps Gracinda Mau-Tempo est allée sarcler le riz, elle y va avec son ventre de femme enceinte et quand elle ne pourra plus sarcler, elle ira chercher de l'eau, et quand elle ne pourra plus aller chercher de l'eau, elle fera à manger pour les travailleurs, et quand elle ne pourra plus leur faire à manger, elle retournera sarcler, son ventre sera à fleur d'eau, son enfant naîtra grenouille.

La moisson est enfin finie, elle s'est achevée dans les délais requis, Gilberto est venu payer, il avait deux fantômes devant lui, mais Gilberto en a déjà vu beaucoup de ce genre, et António Mau-Tempo est allé travailler dans un autre endroit de cette France et de cette tuerie. Manuel Espada et sa femme Gracinda Mau-Tempo ont continué à habiter dans la cabane des moissonneurs jusqu'à ce qu'arrive le moment d'accoucher. Manuel Espada a raccompagné sa femme à la maison et s'en est retourné dans le domaine de Carriça, heureusement, il y avait du travail. Celui qui estimera que tout ça n'est pas bien nouveau a grand besoin que ses yeux se dessillent ou qu'on lui pratique un trou dans l'oreille, s'il n'en a pas déjà un et s'il ne voit les trous que dans les oreilles d'autrui.

Gracinda Mau-Tempo accoucha dans la douleur. Elle fut aidée dans cette épreuve par sa mère Faustina et une vieille nommée Belisária, sage-femme à l'ancienne, responsable de plusieurs morts en couches, aussi bien de la mère que de l'enfant et, en guise de compensation, dispensatrice des beaux nombrils de Monte Lavre, détail apparemment risible, mais qui ne l'est pas et qui devrait plutôt faire l'objet de recherches obstétriques, de façon à observer de quelle manière Belisária coupe et suture les cordons ombilicaux afin qu'ils deviennent ensuite des coupelles dignes des mille et une nuits, ce qui, l'occasion se présentant et avec un peu d'audace, pourrait se vérifier en les comparant avec les ventres dénudés des danseuses mauresques qui lors de certaines nuits mystérieuses se dépouillent de leurs voiles à la source de l'Amieiro. Quant aux douleurs de Gracinda Mau-Tempo, elles ne furent ni plus ni moins vives que celles du commun des mortels depuis le bienheureux péché d'Ève, bienheureux, disons-nous, à cause du plaisir qui le précéda, opinion que réfute, par devoir professionnel et peut-être aussi par conviction, le père Agamedes, défenseur du plus ancien châtiment de l'histoire humaine, tel qu'il fut décidé par Jéhovah, Tu accoucheras dans la douleur, et c'est ce qui est arrivé tous les jours à toutes les femmes, y compris celles qui ne connaissent même pas le nom dudit Jéhovah. Finalement, les rancœurs des dieux sont plus durables que celles des hommes. Les hommes sont ces pauvres diables, capables, certes, de terribles vengeances, mais qu'un rien émeut et, si l'heure est favorable et la lumière propice, ils tombent dans les bras de l'ennemi en pleurant sur la très étrange condition humaine, sur le fait d'être un homme, une femme, un membre du genre humain. Dieu, qu'il soit ce Jéhovah ou n'importe quel autre dieu, n'oublie jamais rien, celui qui commet une faute la paye, d'où l'existence de cet interminable étalage de sexes béants, dilatés, volcaniques, par où font irruption, souillés de sang et de mucosités, les nouveaux hommes et les nouvelles femmes, si égaux dans cette misère, si différents dans la minute suivante, selon les bras qui les reçoivent, les haleines qui les réchauffent, les linges qui les emmaillotent, pendant que la mère enclot de nouveau dans son corps cette marée de souffrance, tandis que de sa chair dilacérée goutte doucement l'ultime fleur de sang et que la peau molle du ventre vidé se déplace lentement et retombe en plis, c'est par ce côté de moi que commence à mourir ma jeunesse.

Pendant ce temps, là-haut, les balcons du ciel sont déserts, les anges font la sieste, aucune information concernant Jéhovah et le reste de ses colères n'est parvenue à l'entendement humain et il n'existe aucune preuve que les artificiers célestes aient été invités à concevoir, composer et lancer quelque nouvelle étoile qui brillerait durant trois jours et trois nuits au-dessus de la maison en ruine où vivent Gracinda Mau-Tempo et son homme, Manuel Espada, plus à présent leur fille aînée, Maria Adelaide, car tel est le nom qu'elle portera. Et pourtant nous sommes dans un pays où les bergers ne manquent pas, certains le furent pendant leur enfance, d'autres continuent à l'être et désormais ne seront plus autre chose jusqu'à leur mort. Et les troupeaux sont grands, nous en avons vu un de six cents brebis, et il y a aussi les troupeaux de porcs, mais cet animal-là n'a pas sa place dans une crèche, il lui manque l'air gracieux des agneaux, leur aspect peluchèux, la caresse laineuse, mon amour, où as-tu mis la pelote, avec de semblables bêtes il est possible de confectionner des adorations, alors que le porc, une fois perdue la drôlerie qu'il a à la naissance, son aspect de bonbon rose, devient vite renfrogné et puant, il aime à se vautrer dans des bourbiers et n'est sublime que dans la viande qu'il donnera. Quant aux bœufs, ils sont au travail, d'ailleurs ils ne sont pas assez nombreux dans le latifundium pour être utilisés à des fins d'adoration tardive, et sous le bât les ânes ne présentent que des écorchures, les taons vrombissent, excités par le sang, pendant que chez Manuel Espada des mouches volettent fébrilement au-dessus de Gracinda Mau-Tempo, excitées par son odeur de femelle qui vient de mettre bas, Chassez-moi donc cette nuée de mouches, dit la vieille Belisária, ou alors elle ne le dit même pas, tellement elle est habituée à cette couronne d'anges ailés et bourdonnants chaque fois que c'est l'été et qu'elle se rend à un accouchement.

Il y a cependant des miracles. La nouveau-née est couchée sur le drap, on lui a administré une claque dès qu'elle est venue au monde, elle n'en avait pas besoin car déjà le premier cri de sa vie se formait volontairement dans sa gorge et elle en poussera d'autres, qu'il est impossible d'imaginer aujourd'hui, et elle pleure sans larmes, avec un froncement des paupières, une grimace susceptible d'effrayer un habitant de Mars et qui pourtant devrait nous faire pleurer sans retenue, et comme c'est un jour de lumière claire et chaude et que la porte est ouverte il tombe sur ce côté-ci du drap une luminosité reflétée, ne nous préoccupons pas pour l'instant de savoir d'où elle vient, et Faustina Mau-Tempo, tellement sourde qu'elle n'entend pas les pleurs de sa petite-fille, est la première à apercevoir ses yeux qui sont bleus, bleus comme ceux de João Mau-Tempo, deux gouttes d'eau baignées de ciel, deux pétales ronds d'hortensia, mais aucune de ces comparaisons banales ne leur rend justice, ce sont les descriptions de quelqu'un incapable d'en inventer de meilleures, aucune comparaison ne sera valable, malgré tous les efforts des amoureux de la propriétaire de ces yeux, ils sont bleu d'azur, ni délavés ni couleur de ciel, ni d'un bleu de caprice botanique, ni de forge souterraine, d'un azur intense et brillant, comme ceux de João Mau-Tempo, et quand celui-ci arrivera nous les comparerons et nous saurons alors enfin de quel bleu il s'agit. En ce moment seule Faustina Mau-Tempo le sait et peut donc proclamer, Elle a des yeux comme ceux de son grand-père et alors les deux autres femmes, Belisária, offensée dans ses premiers droits d'accoucheuse, Gracinda Mau-Tempo, jalouse et louve de son louveteau, toutes les deux veulent voir, mais Belisária abuse et regarde à loisir, Gracinda Mau-Tempo est donc la dernière, peu importe, car elle aura le temps de rester attachée par la pointe de ses seins à cette bouche avide, elle aura le temps de se perdre dans la contemplation de ces yeux si intensément bleus pendant que le lait sourd de sa poitrine, ici, sous ces tuiles disjointes, au milieu des champs sous une yeuse, debout quand elle ne peut pas être assise, à la hâte quand elle ne peut pas le faire lentement, le peu et le beaucoup de ce sein, de cette vie, de ce sang blanc dont peu à peu se forme l'autre, le rouge.

Arrivèrent alors les trois rois mages. Le premier fut João Mau-Tempo, il vint à pied, il faisait encore jour, pour lui aucune étoile ne sera nécessaire et s'il n'est pas venu plus tôt c'est seulement pour des raisons de pudeur masculine, car il aurait fort bien pu assister à l'accouchement si pareille chose avait été de mise en ce temps-là et en ce lieu-là, quel mal y aurait-il à regarder sa propre fille accoucher, mais ce n'était pas possible, les ragots n'auraient pas manqué, ce genre d'idées est pour l'avenir. Il est arrivé tôt parce qu'il n'a pas de travail, il était allé sarcler un lopin de terre qu'on lui a donné pour qu'il le cultive et en rentrant chez lui il n'a pas vu sa femme, mais la voisine lui a dit qu'il était le grand-père d'une fille et il en a été content, mais pas autant qu'on aurait pu s'y attendre, il aurait préféré un garçon, en général les gens préfèrent les garçons, alors il est ressorti de chez lui, il avance de son pas balancé entre deux douleurs, une par ici, une autre par là, l'ancien point de côté des lourds fardeaux dans les charbonnières et l'affaiblissement sourd dû à la statue, on dirait un marin au long cours qui vient de débarquer et qui s'étonne de l'immobilité du sol qu'il foule, ou alors c'est comme s'il voyageait sur la bosse d'un chameau, ce navire du désert, et cette comparaison vient à point nommé pour la peinture du tableau car puisque João Mau-Tempo est le premier roi mage, il est juste qu'il voyage comme l'exigent sa condition et la tradition, les autres viendront comme ils pourront, et ne parlons pas d'offrandes, sauf si est reçue en guise d'offrande cette arche de souffrance que João Mau-

Tempo transporte dans son cœur, cinquante années d'épreuves, pas le moindre or, l'encens est fumée d'église, père Agamedes, et s'il nous faut parler de myrrhe, les morts ne manquent pas le long du chemin. C'est peu et mauvais à apporter à quelqu'un qui vient tout juste de naître, mais ces hommes du latifundium ne peuvent choisir qu'entre ce qui leur est accordé, de la sueur en abondance, de la joie qui ne va pas au-delà de ce sourire édenté, et de la terre juste ce qu'il faut pour dévorer leurs os, car le reste est nécessaire pour d'autres formes d'agriculture.

João Mau-Tempo vient donc les mains vides, mais en chemin il se souvient que sa première petite-fille est née et dans un jardin fleuri il arrache une fleur de pélargonium, une tige pleine de nœuds, un parfum de maison pauvre, et c'est un joli spectacle que de voir le roi mage perché sur son chameau couvert d'une housse or et carmin et João Mau-Tempo se pencher et cueillir humblement une fleur de géranium, il n'a même pas envoyé un esclave parmi les nombreux qui l'accompagnent et le servent, voyez ces nobles exemples. Et quand João Mau-Tempo arrive à la porte de la maison de sa fille, on dirait que le chameau connaît ses devoirs, il plie les genoux pour faciliter la descente de ce seigneur du latifundium pendant que la garnison au grand complet du poste de la garde républicaine présente les armes, bien que le caporal Tacabo se demande si des animaux d'une telle prestance et complexion ont le droit d'emprunter la voie publique. Ce sont là fantaisies nées d'un soleil violent, quoique déjà atténué dans le ciel, mais qui recuit encore toutes les pierres du chemin, brûlantes comme si la terre venait d'en accoucher, Ma chère fille, et c'est alors que João Mau-Tempo constate que ses yeux sont immortels, les voici de retour après une longue pérégrination, lui-même n'en connaît pas la plus lointaine, d'où viennent-ils, comment, il lui suffit qu'à Monte Lavre il n'y en ait pas eu d'autres comme ça, ni dans sa famille, ni en dehors, les enfants de ma fille sont mes petits-enfants, ceux de mon fils le seront ou ne le seront pas, personne n'échappe à la malice populaire, mais sur ces petits-enfants-ci personne ne peut nourrir de doutes, regardez-moi bien, regardez mes yeux bleus et voyez maintenant ceux de ma petite-fille, qui va s'appeler Maria Adelaide et qui est le portrait de sa grand-mère d'il y a plus de cinq cents ans et les yeux de son aïeul, violeur étranger de pucelles. Toutes les familles ont leurs légendes, certaines ne les connaissent même pas, comme les Mau-Tempo, qui peuvent bien dire merci au narrateur.

Le deuxième roi mage est arrivé à la nuit tombée. Il revenait du travail, il n'y avait aucune lumière chez lui, le feu dans l'âtre était éteint, pas la moindre promesse d'une marmite pleine, alors son cœur a fait un bond, et aussitôt après un second, quand la même voisine lui a dit, Ta sœur a eu une petite fille, ton père et ta mère sont là-bas, à présent on sait déjà que le nouveau-né est une fille et qu'elle a des yeux bleus, savoir ça est une distraction pour Monte Lavre, mais la voisine ne lui en a pas parlé, c'est une brave femme qui estime que les surprises ont leur raison d'être et leur moment, ça n'aurait eu aucun sel de dire à António Mau-Tempo, Ta nièce a des yeux bleus, il le verra de ses propres yeux marron et sera tout content de l'avoir découvert lui-même. La garde a déjà réintégré le poste, personne n'est là pour présenter les armes à António Mau-Tempo, il ne manquerait plus que ça, celui qui l'a cru est un niais, mais c'est bien un roi mage en chair et en os qui descend la rue, sale comme doit l'être l'homme qui revient du travail, il ne s'est pas lavé, il n'a pas eu le temps, toutefois il n'oublie pas ses devoirs et dans un récipient en fer-blanc passé à la chaux à côté d'une porte il cueille une marguerite et pour qu'elle ne se flétrisse pas entre ses doigts il la glisse entre ses lèvres, l'abreuve de salive et dit quand enfin il entre, Ma sœur, et il lui donne la fleur à effeuiller, il est parfaitement naturel que les fleurs changent de nom, comme on l'a vu avec pélargonium et géranium, et comme on le verra un jour avec l'œillet.

Heureusement qu'António Mau-Tempo ne venait pas avec pour objectif de voir des yeux bleus. La petite dort paisiblement, elle a les yeux fermés, c'est une décision qu'elle a prise, elle ne les rouvrira que pour le troisième roi mage, mais celui-ci arrivera beaucoup plus tard, quand il fera nuit noire car il vient de loin et fait tout le chemin à pied, le voyage dure depuis trois jours ou trois nuits, pour qui aime les informations précises, sachez alors que c'est la troisième nuit où Manuel Espada dort peu, il a déjà l'habitude, heureusement, et pour comprendre plus aisément soyons plus explicite, alors écoutez bien, Comme Manuel Espada travaille très loin de chez lui, il a dormi en chemin dans des cabanes de berger ou des refuges de montagne, peu importe en l'occurrence, mais comme l'heure de l'accouchement approchait, que fait Manuel Espada, il abandonne le travail après le coucher du soleil, il arrive chez lui après minuit passé, de son enfant il ne voit que le volume du ventre, il se repose une heure à côté de Gracinda Mau-Tempo et retourne au travail au milieu de la nuit et à l'aube, et cette nuit est la troisième, mais comme la troisième est la bonne, quand il arrivera il verra sa femme qui a accouché et sa fille qui est née, voyez comme sont les choses.

Faustina, João et António Mau-Tempo ont mangé au souper la poule sacrifiée pour la naissance, Gracinda Espada en a bu sa part de bouillon, salutaire pour une femme qui vient d'avoir un enfant, et comme dans l'intervalle d'autres oncles et d'autres parents sont arrivés, entrés et ressortis, Gracinda a besoin de se reposer, au moins aujourd'hui, adieu, à demain, c'est une jolie petite fille et tout le portrait de son grand-père. L'horloge de la tour a déjà sonné minuit et si le mauvais sort ne s'est pas faufilé dans la vie du voyageur, si celui-ci n'a pas dégringolé d'une colline ou dans un fossé, si aucun vagabond indiscipliné n'a violé la règle consistant à ne pas attaquer aussi pauvre que soi, le troisième roi mage ne devrait pas tarder à arriver, quels présents apportera-t-il, quel cortège l'accompagnera, il viendra peut-être sur un cheval arabe ferré d'or, avec un frein en argent, ce pourrait bien être le cas, au lieu d'un vagabond barbu et d'un sacripant, ce serait une fée, une bonne marraine qui descendrait le chemin et dirait, Ta fille est née et comme elle a des yeux bleus je te donne ce cheval pour que tu puisses les voir plus vite avant que la vie ne les décolore, mais même si ça arrivait, ce sont des suppositions nées de l'imagination, ces chemins sont exécrables et pires encore la nuit, déjà le cheval est fourbu ou s'est cassé une patte, si bien que Manuel Espada fera le chemin à pied, ô grande nuit étoilée et immense, nuit, belle nuit de frayeurs et de murmures indéchiffrables, et malgré tout les rois mages détiennent leurs pouvoirs d'Ur et de Babylone, car autrement par quel magie expliquer que volent devant Manuel Espada deux lucioles, il ne peut pas se tromper, il n'a qu'à les suivre comme si elles étaient les deux côtés d'un chemin, qui aurait pensé que pareils sortilèges soient possibles, qu'une bête naturelle serve de guide et que de la sorte les collines soient escaladées et les vallées descendues, les rizières longées et les plateaux traversés, voici les premières maisons de Monte Lavre, à présent les vers luisants se sont posés sur les montants de la porte, à hauteur de tête, ils éclairent, gloire à l'homme sur la terre, et Manuel Espada passe entre eux, qu'au moins ne manquent pas ces honneurs-là à celui qui revient du dur labeur et qui devra y retourner avant le lever du soleil.

Manuel Espada n'apporte pas de cadeau, ni d'ici, ni de là-bas. Il tend les mains et chacune d'elles est une grande fleur, il dit, Gracinda, il ne connaît pas d'autre mot et lui donne un baiser sur la joue, un seul, mais nous ne savons pas ce que recèle cet unique baiser pour nous serrer ainsi la gorge, si encore nous étions de la famille, même si nous avions quelque chose à dire en cet instant nous ne le pourrions pas, et juste au moment de ces gestes et de ces murmures particuliers Maria Adelaide ouvre les yeux, on aurait vraiment dit qu'elle attendait, c'est sa première prouesse enfantine, et elle aperçoit une haute silhouette et de grandes mains ouvertes, c'est son père, elle ne sait pas encore ce que ça signifie, Manuel Espada le sait, lui, si bien qu'il lui semble que son cœur se détache de sa poitrine, ses mains désarmées tremblent, comment pourra-t-il saisir cette créature qui est sa fille, les hommes sont si maladroits, alors Gracinda Espada dit, Elle te ressemble, peut-être bien, mais on ne sait jamais à cet âge, si peu d'heures, mais celui qui a raison c'est João Mau-Tempo qui proclame, Mais elle a mes yeux, tandis qu'António Mau-Tempo écoute en silence car il est seulement l'oncle, et Faustina, si sourde, devine tout et dit, Mon amour, elle ne sait même pas pourquoi elle a dit cela, ce sont des mots qui ne s'emploient pas dans le latifundium en pareil cas, une question de pudeur ou d'économie de moyens.

Deux heures plus tard, même s'il avait disposé de davantage de temps ça lui aurait paru trop court, Manuel Espada est sorti de la maison, il va devoir presser le pas pour arriver au travail avant le lever du soleil. Les deux lucioles qui avaient attendu se sont remises à voler au ras du sol, avec une clarté telle que les sentinelles des fourmilières ont crié vers l'intérieur que le soleil était en train de naître.

L'histoire des moissons se répète avec une constance remarquable, encore qu'avec certaines variantes. Ce n'est pas dû au fait que le blé soit prêt à être coupé plus ou moins tard ou tôt, car cela dépend de la pluie, absente ou trop abondante, du soleil qui a eu ses dérèglements de fournaise ou d'oubli, ni au fait d'avoir été semé sur des collines ou dans des terres profondes, des sols argileux ou plutôt sableux. Les hommes du latifundium sont habitués aux perversités de la nature et à leurs propres erreurs, ils n'ont perdu ni le nord ni le sud pour si peu ou pour des raisons inéluctables. Et s'il est vrai que les variantes évoquées, chacune isolément et en raison de leurs effets d'ensemble, mériteraient une présentation plus détaillée, sans hâte, avec des retours en arrière à cause d'une motte de terre oubliée, sans avoir à craindre l'impatience de celui qui écoute, malheureusement il est également vrai que pareilles considérations ne sont pas de mise en matière de narration, quand bien même il s'agirait de latifundium comme ici. Restons donc avec le regret de voir les différences et de ne pouvoir les décrire, ajoutons à ces défauts mineurs celui, gravissime, de feindre que tout est pareil dans les moissons d'une année à l'autre et demandons-nous simplement à quoi ce retard-ci est dû, pourquoi moissonneurs et machines n'entrent-ils pas dans les champs, alors que même les ignorants des villes perçoivent clairement que le moment est venu et même presque passé, que le bruissement sec des tiges de blé quand le vent souffle est âpre comme un frôlement d'ailes de libellule, bref, demandons-nous quel préjudice se prépare ici et contre qui.

L'histoire des moissons se répète avec des variantes. Dans le cas présent, ce n'est pas que les hommes continuent à s'agiter dans leur demande obstinée d'une augmentation de salaire. À vrai dire, c'est la même litanie tous les ans, à chaque saison et chaque fois qu'il est question de travail, On dirait qu'ils n'ont pas appris à dire autre chose, monsieur le curé Agamedes, au lieu de se préoccuper du salut de leur âme immortelle, si tant est qu'ils en aient une, ils ne pensent qu'au confort de leur corps, ils n'ont pas assimilé la leçon des ascètes, ils ne pensent qu'à l'argent, ils ne se demandent même pas s'il y en a ni si ça m'arrange de payer. L'église est la grande consolatrice dans ces cas-là, elle savoure discrètement la liqueur du calice, s'il vous plaît encore une petite goutte, ne l'éloignez pas de moi, et, pleine de componction, elle lève les yeux au ciel où attendent les récompenses pour le latifundium quand notre heure sera venue, mais le plus tard possible, Monsieur le curé Agamedes, que me dites-vous de ces vauriens qui ont lancé des vivats au général, on ne peut plus faire confiance à personne, un militaire qui semblait si fiable, si apprécié du régime qui avait fait de lui ce qu'il était, se mettre à induire les foules en erreur, comment le gouvernement a-t-il pu laisser les choses en venir là. Toutefois, le père Agamedes ne sait pas quoi répondre à ça, son royaume n'est pas toujours de ce monde, pourtant il a été le témoin et la victime personnelle de la grande frayeur nationale, un exalté était apparu en poussant des cris frénétiques, je le destitue, je le destitue, et de qui s'agissait-il, de rien moins que de monsieur le professeur Salazar, ce n'étaient pas des façons de candidat, un candidat se doit d'être bien élevé, mais il s'est fourré le doigt dans l'œil, on raconte qu'il est en fuite, nous vivions si tranquillement et nous voilà maintenant exposés à des explosions de ce genre, Mais entre nous, monsieur le curé Agamedes, personne ne nous entend, ça aurait pu mal tourner, il a fallu beaucoup d'habileté pour que la situation ne dégénère pas, nous devrons dorénavant nous montrer vigilants et notre première action consistera à donner une leçon à ces vauriens, pas une tige de blé ne sera moissonnée cette année, Pour leur apprendre à vivre, monsieur Norberto, Pour leur apprendre à vivre, monsieur le curé Agamedes. On ignore où cette phrase didactique a vu le jour. À Lisbonne ou à Évora, à Beja ou à Portalegre, ou a-t-elle été émise sur le mode badin au sein du cercle de Montemor, ou à cause d'une audace puisée dans le cognac, ou a-t-elle été rapportée de la maison des dragons par Leandro Leandres, quoi qu'il en soit, elle se répandit en quelques jours dans tout le latifundium, elle passa de Norberto à Gilberto, de Berto à Lamberto, d'Alberto à Angilberto, et ayant été généralement accueillie favorablement, les régisseurs furent convoqués et prirent connaissance des ordres, Toute moisson ayant commencé sera interrompue, aucune autre ne commencera. C'est sûrement dû à des calamités, les champs de blé sont peut-être lépreux et le latifundium a pitié de ses enfants moissonneurs et ne veut pas les voir défigurés, leurs doigts transformés en moignons, leurs jambes en troncs, leurs narines en absences, ils ont déjà assez de malheurs comme ça. Ce pain est empoisonné, installez en lisière des champs des épouvantails avec des têtes de mort grimaçantes faites de pommes de pin pour effrayer même les âmes les plus résolues et si, malgré cela, elles s'obstinent, on appellera la garde qui les mettra au pas. Et le régisseur dit, Ça ne sera pas nécessaire, personne ne sera assez fou pour aller dans les champs sans avoir son gain garanti et s'exposer à recevoir un pruneau dans les reins, le pire c'est le préjudice. Et Alberto dit, Les bagues s'en iront mais il restera les doigts, si nous laissons le blé sur pied cette année, ce n'est pas ça qui ruinera la maison. Et le régisseur dit, Ils veulent une augmentation de salaire, ils disent que la vie est de plus en plus chère et qu'ils ont faim. Et Sigisberto dit, Je n'ai rien à voir avec ça, le salaire est ce que nous voudrons bien leur payer, pour nous aussi la vie est chère. Et le régisseur dit, Ils disent qu'ils vont venir vous voir en groupe. Et Norberto dit, Je ne veux pas de chiens aboyant après moi.

Dans tout le latifundium on n'entend plus que des aboiements de chiens. Les chiens ont aboyé quand, entre le Minho et l'Algarve, entre la côte de la mer et la frontière du levant, les populations se sont agitées en entendant le nom et le verbe du général, et elles ont aboyé d'un aboiement nouveau qui, en langage humain, signifiait clairement, Si tu veux une augmentation de salaire pour ton boulot, vote pour Delgado[1], ce goût pour la rime vient de loin, qu'y faire, nous sommes un pays de poètes, et à force d'aboyer ensemble ils ont commencé à venir aboyer aux portes, Monsieur le curé Agamedes, ils viendront bientôt profaner les églises, c'est la première chose qu'ils font, insulter la face de notre sainte mère l'église, Ne m'en parlez pas, dona Clemência, ne m'en parlez pas, bien que je ne refuse pas la palme du martyre, mais Notre Seigneur ne permettra pas que se répètent sur ces terres-ci des attentats comme celui de Santiago do Escoural, transformer l'église en école, vous imaginez ça, je ne l'ai pas vu, je n'y ai pas assisté, ça ne s'est pas passé de mon temps, mais on m'a raconté, C'est la vérité, monsieur le curé, c'est la vérité, c'est aussi vrai que nous sommes ici, des égarements de la république qui ne se répéteront pas, si Dieu le veut, et prenez garde en sortant à ce que les chiens ne vous mordent pas. Quand le père Agamedes se présente à la porte du manoir, sa voix aiguë demande avec un tremblement, Les chiens sont-ils attachés, et quelqu'un lui répond avec indifférence, Ceux-ci le sont, et dit ainsi, nous ne savons pas quels chiens sont lâchés et quels autres attachés, mais le père Agamedes est persuadé que cette information défendra les intérêts de ses mollets et il sort dans la cour, les chiens sont effectivement attachés, mais quand il franchit le portail et sort dans la rue il y trouve un rassemblement de gens, ce n'est pas qu'ils aboient, il ne manquerait plus que ça, que des hommes aboient, cependant si ce murmure n'est pas semblable à un grondement de chiens, que je perde le nom que je porte, et en outre le père Agamedes ne voit pas les fourmis qui marchent le long du manoir en levant la tête comme les chiens, pour l'instant elles se taisent, mais que deviendrons-nous si un jour toute cette chiennerie s'assemble.

Il a été décrété que pour les punir de leur impertinence habituelle de demander de meilleurs salaires et du crime exceptionnel que furent leur appui à Delgado et leur allégeance à lui dans tous les lieux habités et les rassemblements, il n'y aura pas de moisson cette année dans le

---

1. Humberto Silva Delgado, général, leader de l'opposition à Salazar dans les années 1950.

latifundium. Quant à moi, peu me chaut, dit Adalberto, je veux seulement qu'on me garantisse que le gouvernement de la nation est d'accord, Le gouvernement est d'accord et nous aussi, nous trouvons l'idée magnifique, dit Leandro Leandres. Et les préjudices, monsieur le gouverneur civil, car il y aura des préjudices, vous pouvez compter sur notre bonne volonté, mais c'est uniquement si tout le monde paie que rien n'est cher, et c'est là une remarque justifiée, faite en un endroit du latifundium non précisé, c'est sûrement une ville, car que serait allé faire le gouverneur civil dans un petit bourg en l'absence d'une quelconque inauguration, mais peu importe l'endroit où ladite remarque fut proférée, peut-être sur un balcon donnant sur le paysage, Soyez tranquille, monsieur Berto, en ce moment même des mesures d'aide à l'agriculture sont déjà à l'étude, le gouvernement de la nation connaît les attentes des cultivateurs et n'oubliera pas des services patriotiques comme celui-ci. On a presque hissé les drapeaux, maintenant cela n'en vaut plus la peine, le jour des élections est passé, c'est Tomás [1] qui a été élu président, peu importe que les autres rimaillent, pourquoi n'en ferais-je pas autant, je ne suis pas inférieur à eux, et je peux fort bien composer de jolies rimes moi aussi, qu'est-ce que vous croyez, par exemple, J'ai déjà connu la faim, En hiver comme au printemps, Dit la mort en enfer, La faux t'attend, et après cette antienne chantée en chœur un grand silence s'installe dans le latifundium, que va-t-il se passer, et pendant que nous attendions avec angoisse, les yeux baissés, une ombre rapide passe et en levant la tête nous apercevons le grand milan qui plane, finalement ce gémissement qui m'est sorti de la poitrine était le cri de ce milan.

Ce soir-là Sigismundo Canastro alla chez João Mau-Tempo, et de là il se rendit chez Manuel Espada où il s'attarda. Il visita trois autres maisons, deux isolées en pleine campagne, parlant de telle ou telle façon avec des mots différents, car on ne peut pas dire exactement la même chose à chacun, ou alors si on dit la même chose, celle-ci est comprise différemment, et le message, en substance, incite à aller

1. Americo Tomás, amiral, président de la République de 1958 à 1974, alors que le gouvernement est dirigé par Salazar.

dans deux jours à Montemor pour manifester devant la mairie et à être le plus nombreux possible dans le district à s'y rendre pour demander du travail qui, quand il y en a, n'est pas offert. En chemin, les hommes du latifundium diront ce qu'ils pensent du jeu de dupes qui a placé à la présidence de la république minable le bossu empâté et le béni-oui-oui déjà mentionné, une fois suffit, combien en faudra-t-il encore. Cette amertume dans la bouche ne vient pas d'avoir trop bu ni abondamment mastiqué, ce genre d'excès ne se pratique généralement pas dans le latifundium, encore que ceux qui lèvent un peu trop le coude ne manquent pas, mais il y a des excuses à ça, pour ceux qui passent toute leur vie attachés à un piquet fumer et boire sont des façons différentes de s'échapper, en buvant on s'échappe davantage, mais on meurt à chaque fois. Si ces bouches-là sont tellement amères, c'est pour avoir parlé, espéré mieux parler encore si la liberté advenait, or finalement la liberté n'est pas advenue, quelqu'un l'a-t-il vue, on en a dit tant de choses, mais la liberté n'est pas femme à hanter les chemins, elle ne s'assoit pas sur une pierre en attendant qu'on l'invite à dîner ou à dormir dans notre lit pour le restant de la vie. Les hommes et quelques femmes ont organisé des rassemblements, ont poussé des vivats et maintenant nous avons la bouche amère comme si nous avions bu, nos yeux voient de la cendre et guère autre chose, des champs de blé à moissonner, Qu'allons-nous faire, Sigismundo Canastro, toi qui es plus âgé et as plus d'expérience, Lundi nous irons à Montemor réclamer le pain de nos enfants et des parents qui doivent les élever, Mais c'est ce que nous avons toujours fait, et où sont les résultats, Nous l'avons fait, le faisons et le ferons aussi longtemps que rien ne changera, Une fatigue qui ne finit jamais, Un jour elle finira, Quand nous serons déjà tous morts et quand nos os apparaîtront à fleur de terre, si des chiens les déterrent, Il y aura suffisamment de vivants quand ce jour viendra, ta fille est chaque jour plus jolie, Ce sont les yeux de mon père, dit Gracinda Mau-Tempo, car toute la conversation précédente avait eu lieu avec son mari Manuel Espada, et c'est lui qui dit, Je donne mon âme au diable en échange de ce jour et pour qu'il n'arrive pas demain, mais aujourd'hui, et Gracinda Mau-

Tempo relève du sol sa fille qui a trois ans et rabroue son mari, Bon sang, Manuel, ce ne sont pas des choses qu'on dit, et Sigismundo Canastro, mûri par la vie et l'expérience, sourit, Le diable n'existe pas, il ne passe pas de contrats, ces serments et ces promesses c'est des boniments, ce qu'on n'obtient pas par le travail, on ne l'obtient pas autrement, et maintenant le travail c'est d'aller lundi à Montemor, les gens viendront de partout.

Les nuits de juin sont belles. S'il y a clair de lune, on voit le monde entier du haut de Monte Lavre, on fait semblant, on n'est pas ignorant au point de ne pas savoir que le monde est beaucoup plus vaste que ça, Je suis allé en France, dirait António Mau-Tempo, et c'est loin, mais dans ce silence n'importe qui pourrait le croire, même moi, si on disait, Il n'y a pas d'autre monde en dehors de Montemor où nous irons lundi demander du travail. Et s'il n'y a pas de clair de lune, alors le seul monde qui existe est simplement l'endroit où je pose mes pieds, le reste ce sont des étoiles, peut-être le latifundium existe-t-il aussi sur elles et c'est pourquoi un amiral fluvial devient président, il a joué avec les quatre as du jeu de cartes plus quatre autres de rechange, rien ne vaut d'être à la fois vénérable et tricheur. Si Sigismundo avait nourri ces pensées fielleuses et lucides nous nous serions rangés sur le bord du chemin, chapeau à la main, ébahis par la perspicacité du latifundium, mais il pense qu'il a déjà parlé à tous ceux à qui il devait parler, il valait mieux agir aujourd'hui que demain, et c'est seulement pour cette raison que nous ne savons quoi faire de notre chapeau que de toute façon nous ne devrions pas avoir à la main, Sigismundo Canastro vient de faire son devoir, rien de plus. Et comme en dépit de la gravité de la démarche il a un petit côté malicieux et joyeux, comme ce récit l'a démontré maintes fois, il est passé devant la porte du poste de garde et, la voyant fermée et toutes les lumières éteintes, il s'est approché du mur et y a uriné à son aise et tout son content comme s'il compissait toute la corporation. Ce sont des enfantillages de vieil homme, sa quéquette ne lui sert plus à grand-chose, mais encore à ça, ce beau jet qui se fraie un chemin entre les pierres, ah, si seulement j'avais des litres et des litres d'urine pour rester à pisser là toute la nuit, comme le lac de retenue de Ponte Cava, ce qu'il faudrait faire c'est uriner tous en même temps de façon à inonder le latifundium, j'aimerais bien voir qui en réchapperait. La nuit est magnifique avec toutes ces étoiles dans le ciel. Sigismundo Canastro se reboutonne, l'envie de plaisanter lui est passée, il retourne chez lui, parfois le sang se réveille, on ne sait jamais.

Au temps des pèlerinages on disait que tous les chemins menaient à Rome, il fallait simplement continuer à avancer et demander sa route, c'est ainsi que naissent les dictons qui se perpétuent ensuite et que l'on répète distraitement, c'est le cas de cet autre, qui a une langue dans la bouche à Rome va, ce n'est pas vrai, il y a beaucoup de chemins par ici et tous vont à Montemor, chacun de ces hommes a la bouche fermée et seul un sourd n'entendrait pas le discours tonitruant qui retentit dans tout le latifundium. Les uns vont à pied, ceux qui sont le plus près et d'autres qui viennent de loin, s'ils n'ont pas trouvé un meilleur moyen de transport, certains pédalent sur de vieilles bicyclettes qui brinquebalent et grincent comme des charrettes tirées par des mules, ceux qui le pouvaient ont pris l'autocar, ils se rapprochent ainsi, venus de toutes les directions de la rose des vents, c'est un grand vent qui les pousse. Les échauguettes du château voient approcher les cohortes de Maures qui portent la bannière du prophète pliée en deux sur la poitrine, Sainte Mère de Dieu, voilà les infidèles, messieurs, mettez à l'abri vos filles et vos épouses, fermez les portes et hissez les ponts-levis, car en vérité je vous le dis, c'est aujourd'hui le jour du jugement. Ce sont des exagérations du narrateur, les effets d'une éducation médiévale, que d'imaginer des troupes de gens en armes et des étendards de chevalerie, alors qu'il s'agit tout bonnement d'une troupe clairsemée de rustres, et si on les compte tous ils n'atteignent peut-être pas le millier, malgré tout, pour l'époque, le rassemblement final sera considérable. Toutefois, chaque chose en son temps, il manque encore deux heures, pour le moment Montemor est juste un bourg avec davantage de gens dans la rue que d'habitude, ils sont éparpillés le long du champ de foire, ceux qui en ont les moyens boivent un verre et conversent à voix basse. Ceux d'Escoural sont-ils déjà arrivés, Je ne sais pas, nous on est de Monte Lavre, c'est vrai, ils ne sont pas nombreux, mais ils sont là et il y a une femme parmi eux, Gracinda Mau-Tempo, qui a insisté pour venir, désormais on ne retient plus les femmes, pensent les plus vieux et les anciens, mais ils ne disent rien, qu'auraient-ils fait s'ils avaient entendu la conversation, Manuel, je vais avec toi, et Manuel Espada, bien qu'étant qui il est, crut que sa femme plaisantait et répondit, Dieu sait combien de voix de Manuel répondirent par sa bouche, Ce n'est pas une chose pour une femme, qu'étais-tu donc allé dire là, un homme doit faire attention quand il parle, il ne s'agit pas seulement de propulser des mots hors de sa bouche, après il se déconsidère et perd de son autorité, heureusement que Gracinda et Manuel sont très amoureux l'un de l'autre, mais tout de même. Ils ont parlé de cette affaire tout le reste de la veillée, ils en ont reparlé une fois au lit, la conversation avait avancé, La petite restera avec ma mère et nous irons ensemble, il ne s'agit pas simplement de dormir dans le même lit, Manuel Espada finit par se rendre et fut content d'avoir capitulé, il passa un bras autour de sa femme et l'attira à lui, ce sont là gestes d'homme et abandons de femme, la petite dort et n'entend rien, Sigismundo Canastro dort aussi dans son lit, il a voulu et a réussi, peut-être même que la prochaine fois ce sera encore meilleur, un homme ne finit pas ainsi, bon sang.

Ce sont des sujets dont on ne parle pas à Montemor, ce qu'on a fait avec sa femme ou son mari la nuit passée ou la précédente, ce qu'on fera la nuit prochaine quand finira le jour, comment cela se passera-t-il. La cavalerie sort du poste de garde, c'est l'habitude, et à l'intérieur le lieutenant Contente converse avec Leandro Leandres, l'ordre de mobilisation a déjà été donné et il ne reste plus qu'à attendre les événements, toutefois d'aucuns ont décidé d'aller attendre de l'autre côté, ce sont les propriétaires du latifundium qui vivent à Montemor et ils sont nombreux, finalement c'est vrai, nous parlions d'échauguettes dans un récit imaginaire, or des gradins ont été installés sur la muraille du château, les infants les plus courageux sont assis sur les merlons reconstruits, il y a là tout un chapelet de pères et de mères, eux vêtus en chevaliers, elles en couleurs claires. Les chroniqueurs à la langue plus vipérine diront qu'eux et elles se sont réfugiés là par peur d'une invasion de paysans, cette hypothèse n'est pas entièrement dépourvue de vraisemblance, mais nous ne devons pas non plus oublier que dans ce bourg, en dehors des courses de taureaux et du cinéma, les distractions n'abondent guère, cette fois c'est comme un pique-nique à la campagne, le réconfort de l'ombre ne manque pas, ni, en cas de besoin, les consolations du couvent de Notre Dame de l'Annonciation, priez pour nous. Il est toutefois certain et avéré qu'ils ont quitté leurs demeures à cause d'une peur jusqu'alors jamais ressentie, les domestiques sont restés sur place pour garder les maisons, quand ils entrent en service de bonne heure ils restent fidèles, c'est le cas d'Amélia Mau-Tempo, elle aussi servante à Montemor, ce sont des contradictions et des nécessités, encore que l'époque soit telle qu'on ne puisse faire confiance à personne, ce n'est pas parce que sont réunis là les mendiants du latifundium, la main tendue ne date pas d'aujourd'hui, nous voulons du travail, mais parce qu'on voit aisément comment ces mains peuvent se refermer, il y a ici beaucoup de colère, et une conspiration, ma tante, et une conspiration. Ici, d'en haut, on les voit confluer par des ruelles vers la place de la mairie. On dirait des fourmis, dit un jeune héritier plein d'imagination, et son père rectifie, On dirait des fourmis, mais ce sont des chiens, et voilà comment tout se résume et s'explique dans cette phrase brève et claire, il se fait alors un silence, il ne faut rien rater des événements, regarde le peloton de soldats de la garde déjà posté en face de la mairie, vive la garde, et l'homme là-bas est le sergent, que tient-il dans la main, c'est une mitraillette, pensa aussi Gracinda Mau-Tempo, et, levant les yeux, elle aperçut le château plein de monde, qui cela pouvait-il bien être.

La place s'est remplie. Les gens de Monte Lavre sont ensemble, Gracinda l'unique femme, son homme Manuel Espada, son frère António Mau-Tempo et son père João Mau-Tempo, et Sigismundo Canastro qui dit, On ne se sépare pas, et il y a aussi deux José, un qui s'appelle Picanço et qui est l'arrière-petit-fils des Picanço meuniers de Ponte Cava, et l'autre, Medronho, dont jusqu'à présent il n'a pas été nécessaire de parler. Ils sont dans une mer de gens, le soleil donne sur cette mer et brûle comme un cataplasme d'orties, des ombrelles s'ouvrent dans le château, c'est une fête. Les fusils sont chargés, ça se voit aux visages des gardes, un homme avec une arme chargée a tout de suite un aspect différent, il se durcit, prend un air froid, ses lèvres se plissent et il nous regarde avec rancune. Certains aiment les chevaux, ils leur donnent parfois des noms de personne, comme ce poulain nommé Bon-Temps, je ne sais pas si les chevaux là-bas à l'entrée de la rue ont aussi un nom, on leur attribue peut-être des numéros, dans la garde tout est numéro, on appelle vingt-sept et le cheval avance avec l'homme qui le monte, c'est la confusion.

Les cris ont commencé, Nous voulons du travail, nous voulons du travail, nous voulons du travail, ils n'en disent guère plus, seulement ici et là une insulte, voleurs, mais très bas, comme si celui qui la profère était honteux qu'il y en ait, et certains crient, Élections libres, à quoi ça servirait maintenant, mais la grande clameur s'élève et étouffe tout le reste, Nous voulons du travail, nous voulons du travail, quel monde que celui-ci où certains ont pour métier de se reposer et où d'autres n'ont pas de travail, même quand ils en réclament. Quelqu'un a donné le signal, ou alors il avait été décidé qu'au bout de tant de minutes pendant la manifestation, ou bien Leandro Leandres a téléphoné, ou le lieutenant Contente, ou le président du conseil municipal a regardé par la fenêtre, En tout cas les chiens sont là, la garde montée a dégainé les sabres, ah, ma petite maman, j'en ai la chair de poule rien qu'à voir ce courage, cette charge des héros, et j'oubliais déjà le soleil qui frappe les lames luisantes et produit une lumière divine, on en tremble d'émotion patriotique, nous allons voir ici qui reculera.

Les chevaux se mettent au trot, l'espace ne permettant pas de plus fougueuses cavalcades, et aussitôt tombent à terre quantité de gens qui tentent de s'échapper entre les pattes et les coups de sabre. Un homme peut digérer cette vexation, mais parfois il ne le veut pas ou soudain il devient aveugle, alors la mer se soulève, les bras se lèvent, les mains entravent les rênes ou brandissent des pierres ramassées par terre ou fourrées dans les poches, c'est le droit de ceux qui n'ont pas d'autres armes, et là-bas de derrière des pierres ont volé, elles n'ont probablement atteint personne, ni cheval, ni cavalier, une pierre lancée ainsi au hasard, si pierres il y eut finalement, est morte quand elle tombe par terre. C'était une scène de bataille digne de figurer dans la salle du commandement ou dans le mess des officiers, les chevaux cabrés, la garde impériale sabre au clair, frappant du plat ou du tranchant, comme ça tombait, les fantassins insurgés qui se précipitaient vers l'arrière en une marée qui immédiatement refluait, maudits soient-ils. Ce fut la charge du vingt-trois juin, gravez bien cette date dans votre mémoire, mes enfants, bien que beaucoup d'autres ornent l'histoire du latifundium, également glorieuses pour les mêmes raisons ou pour d'autres, analogues. L'infanterie se distingua aussi ici et notamment le sergent Armamento, homme d'une foi aveugle et d'une loi erronée, la première rafale de mitraillette vient d'être tirée, suivie d'une autre, toutes deux en l'air, à titre d'avertissement, et quand au château on entend les tirs des applaudissements et des vivats éclatent joyeusement, tous applaudissent, les douces jeunes filles du latifundium, rouges de chaleur et d'émotion sanguinaire, et les pères, les mères, et la haie des amoureux frémissant du désir d'opérer une sortie, de faire irruption par la porte du bourg, lance ou espadon au poing, pour parachever l'œuvre commencée, Tuez-les tous. La troisième rafale vise plus bas, on verra maintenant le résultat des entraînements de tir sur cible, attend que la fumée se dissipe, ce n'est pas mal, bien que ça aurait pu être mieux, trois gisent par terre, un se relève en se tenant le bras, il a eu de la chance, et un autre rampe douloureusement, traînant sa jambe, et celui-là plus loin ne bouge pas, C'est José Adelino dos Santos, c'est José Adelino, dit un homme de Montemor qui le connaît. José Adelino dos Santos est mort, il a reçu une balle dans le crâne et au début il ne l'a pas cru, il a secoué la tête comme si un insecte l'avait piqué, mais ensuite il a compris. Ah, les salauds, ils m'ont eu, et il est tombé à la renverse, désemparé, sa femme n'était pas là pour l'aider, le sang lui a fait un oreiller sous la tête, un oreiller rouge, merci beaucoup. On applaudit de nouveau dans le château, on devine que cette fois c'est du sérieux, et la cavalerie charge, disperse la populace, il faut ramasser le corps, que personne n'approche.

Les gens venus de Monte Lavre ont entendu siffler les balles, José

Medronho a le visage en sang, il a eu de la chance, c'est une égratignure, mais il gardera la cicatrice pendant le reste de sa vie. Gracinda Mau-Tempo pleure en se cramponnant à son mari, elle reflue pêlemêle avec d'autres gens dans les ruelles aux alentours, oh, misère, on entend le hurlement triomphal de la garde qui procède à des arrestations et soudain Leandro Leandres apparaît avec d'autres dragons de la PIDE[1], une demi-douzaine, João Mau-Tempo les a aperçus et a pâli, alors il a fait une folie, il s'est posté sur le chemin de l'ennemi en tremblant, mais pas de peur, messieurs, il faut savoir comprendre ce genre d'action, toutefois l'autre ne l'a pas vu ou ne l'a pas reconnu, encore que ces yeux-là ne soient pas de ceux qu'on oublie, et quand les dragons sont passés, João Mau-Tempo n'a pu retenir ses larmes, larmes de rage et aussi de grande tristesse, quand notre martyre prendra-t-il fin. La blessure de José Medronho ne saigne déjà plus, personne ne dira qu'il s'en est fallu d'un centimètre pour éviter d'avoir les os du visage complètement fracassés, comment serait-il à présent. Sigismundo Canastro respire avec difficulté, les autres vont bien et Gracinda Mau-Tempo est une petite fille en larmes, J'ai bien vu, il est resté étendu par terre, il était mort, affirme-t-elle, mais d'autres jurent que non, qu'on l'a emmené à l'hôpital, on ignore comment, est-il parti sur une civière ou à bras d'homme, ils n'auraient pas osé le traîner, bien qu'ils en eussent envie, Tuez-les tous, entend-on du château, il faut cependant respecter certaines formalités, un homme n'est pas mort tant qu'un médecin ne l'affirme pas, et même ainsi. Le docteur Cordo arrive, il porte sa blouse blanche, si seulement son âme était de la même couleur, et au moment où il s'approche du corps Leandro Leandres lui barre le chemin et dit d'une voix autoritaire et pressante, Docteur, cet homme est blessé, il faut l'emmener d'urgence à Lisbonne et il convient que ce soit vous qui l'accompagniez afin de mieux garantir sa vie. Étonnons-nous tous dans ce groupe de gens qui écoutent les récits concernant le latifundium de voir le dragon Leandro Leandres

---

1. Policia Internacional de Defensa do Estado : police politique de l'État portugais pendant le régime de Salazar.

avoir pitié de la victime et vouloir la sauver, Emmenez-le, docteur, une ambulance arrive, une voiture, vite, ne perdons pas de temps, plus vite il sera emmené d'ici, mieux ça vaudra, à l'entendre parler ainsi, si empressé, si diligent, comment croire à ce qui est arrivé à João Mau-Tempo, ou qu'il prétend lui être arrivé, quand il a été arrêté il y a huit ans, finalement il est toujours ici, il n'a pas été si maltraité que ça, juste cette faiblesse due à la statue, et la preuve c'est qu'il est venu de Monte Lavre à la manifestation, ça ne lui a pas servi de leçon, il a eu une sacrée veine que la balle n'ait pas cherché à l'atteindre.

Le docteur Cordo s'approche de José Adelino dos Santos et dit, Cet homme est mort, paroles qui ne devraient pas provoquer de réplique, finalement un médecin passe de nombreuses années à faire des études, il a forcément appris à distinguer un mort d'un vivant, pourtant Leandro Leandres ne se fie pas à cet abécédaire-là, il a une connaissance différente des vivants et des morts et, guidé par sa science et son intérêt, il s'obstine, Allons, voyons, docteur, cet homme est blessé, vous devez l'emmener à Lisbonne, et même un enfant se rendrait compte que ces mots sont proférés sur un ton de menace, mais le médecin répond, finalement son âme est aussi blanche que sa blouse, et si elle est maculée de sang, ça n'a rien d'étonnant, l'âme a du sang, J'emmène des blessés, je n'accompagne pas des morts, et Leandro Leandres perd son calme, il l'entraîne vers un bureau où il n'y a plus personne, Attention à ce que vous faites, si vous ne l'emmenez pas, vous le regretterez, Faites ce que vous voudrez, moi je n'emmène pas un homme mort, et sur ces mots il s'est retiré et est allé soigner des blessés qui l'étaient vraiment, et ceux-ci ne manquaient pas, certains ont été conduits de là en prison, entre ceux-ci et les sains et saufs ils ont dépassé la centaine, et si José Adelino dos Santos finit quand même par être emmené à Lisbonne, la comédie fut organisée par la PIDE pour feindre que tout avait été fait pour le sauver, tout ça est une sorte de mascarade, s'ils emmenèrent José Adelino dos Santos, ils emmenèrent aussi d'autres hommes qui furent emprisonnés là-bas et souffrirent comme souffrit João Mau-Tempo, ainsi que ce fut déjà relaté.

Les gens venus de Monte Lavre échappèrent aux patrouilles qui parcouraient et cernaient le bourg, et parmi ceux qui revinrent il en manque un, António Mau-Tempo, qui déclara à son père, Je reste à Montemor, je reviendrai demain, et le supplier ou non ne servit à rien, car à tous il répondait, Il n'y a pas de danger, soyez tranquilles, lui-même ne savait pas pourquoi il agissait ainsi, c'était juste un besoin de ne pas s'éloigner, alors les autres se mirent en route en empruntant des chemins anciens, ils arriveront fatigués, peut-être qu'un peu plus loin, quand ils déboucheront sur la route, ils trouveront quelqu'un qui les emmènera à Monte Lavre où la nouvelle de la fusillade est déjà parvenue, et voyez comme sont les choses de la nature, Faustina Mau-Tempo entendit aussitôt quand on frappa à sa porte et elle comprit tout, comme si elle avait l'ouïe la plus fine du monde, elle qui était si sourde, après on dira qu'elle feint exprès la surdité.

Cette nuit-là, qui fut aussi d'étoiles et non de lune, et pendant que de nombreuses femmes pleuraient à Montemor et une plus que toutes, il y eut une grande agitation dans le poste de garde. Des patrouilles sortirent à plus d'une reprise pour encercler les alentours, elles pénétrèrent dans les maisons, réveillèrent les gens, tentant d'élucider le mystère des pierres qui tombaient sur la toiture, des tuiles étaient déjà brisées ainsi que plusieurs vitres, un préjudice pour les finances de la nation, c'étaient des cailloux de taille moyenne, peut-être une vengeance des anges ou de simples espiègleries pour passer le temps, lancés du haut des balcons du ciel, car les miracles ne devaient pas consister seulement à donner la vue aux aveugles et une jambe aux boiteux, les jets de pierre ont aussi leur place dans les secrets du monde et de la religion, c'était du moins ce que pouvait penser António Mau-Tempo qui se trouvait sur place dans ce but, pour faire ce miracle, il lance les pierres de son bras vigoureux, il est caché plus haut sur l'escarpement, dans l'ombre très noire projetée par le château, et quand une patrouille avance dans sa direction il se tapit dans une fosse d'où il ressuscite immédiatement après, personne ne l'a vu, heureusement. Vers une heure du matin il a lancé la dernière pierre, son bras était fatigué et il se sentait triste à mourir. Il a contourné le château par le côté sud, a

311

descendu la colline, il est fatigué et a faim, et tout le reste de la nuit, marchant parallèlement à la route, mais à l'écart, comme un vagabond qui se méfie de sa propre conscience, il a parcouru les quatre lieues qui le séparaient de Monte Lavre, faisant parfois des détours lorsqu'un champ de blé intact lui barrait le passage, il ne pouvait pas le piétiner et devait se cacher des gardes du latifundium qui se promenaient, munis de fusils de chasse, et des soldats de la garde, armés de carabines et en uniforme.

Quand il arriva en vue de Monte Lavre, le ciel s'éclaircissait d'une lueur que seuls des yeux exercés auraient pu discerner. Il traversa le ruisseau à gué, de peur que quelqu'un ne l'aperçoive s'il passait sur le pont, puis il suivit le cours d'eau, au ras des saules, jusqu'à parvenir à l'endroit où il devrait grimper, toujours en faisant des détours, car la garde pouvait aussi rôder par là, sous prétexte d'insomnie. Et quand il arriva à proximité de la maison, il aperçut ce qu'il attendait, une lumière, la lampe était allumée, c'était comme le minuscule phare d'une petite embarcation, le lieu où veillait la mère du garçonnet de trente et un ans qui était allé jouer avec des cailloux et qui rentrait tard chez lui. António Mau-Tempo sauta pardessus le mur du potager, désormais à l'abri, cette fois Faustina ne l'entendit pas, occupée qu'elle était par ses larmes et ses pensées noires, mais elle s'aperçut de sa présence au bruit que fit le loquet de la porte ou à cause d'une vibration qui atteignit son âme, Mon fils, et tous deux tombèrent dans les bras l'un de l'autre comme s'il revenait d'exploits guerriers, et, se sachant dure d'oreille, elle n'attendit pas les questions et dit d'une seule haleine, Ton père est bien arrivé, et aussi Gracinda, et ton beau-frère, et les autres, toi seul m'as causé du tourment, et António Mau-Tempo reprend sa mère dans ses bras, c'est la meilleure réponse et la plus facile à comprendre. Alors, de la pièce d'à côté plongée dans l'obscurité, João Mau-Tempo demande, et ce n'est pas la voix de quelqu'un qui vient juste de se réveiller, Tu es revenu sans encombre, et António Mau-Tempo répond, Oui, père. Et comme ce sera bientôt l'heure de manger quelque chose, Faustina Mau-Tempo allume le feu dans l'âtre et met la cafetière sur le trépied.

Le latifundium est une mer intérieure. Elle a ses bancs de poissons minuscules et comestibles, ses barracudas et ses piranhas mortifères, ses animaux pélagiques, ses léviathans ou ses mantes gélatineuses, des bêtes aveugles qui traînent leur ventre dans la vase et y meurent, et aussi de grands anneaux serpentins de strangulation. C'est une mer au milieu des terres, mais elle a des marées et des ressacs, des courants suaves qui mettent du temps à décrire un tour complet, et parfois des élans rapides qui agitent la surface, ce sont des rafales de vent venues de l'extérieur ou des écoulements de flux inattendus, pendant que dans les profondeurs obscures les vagues lentement s'enroulent, entraînant des tourbillons de vase nourrissante, depuis combien de temps cela dure-t-il. Dire que le latifundium est une mer est une comparaison aussi utile qu'inutile, mais elle a sa raison d'être en ceci qu'elle est facile à comprendre, si nous agitons cette eau, toutes les eaux environnantes se déplacent, quelquefois depuis si loin que les yeux nient ce mouvement, voilà pourquoi nous qualifierions à tort cette mer de marécage, et même si elle en était un, celui qui se fie aux apparences vit dans l'erreur, quand bien même ces apparences seraient celles de la mort.

Tous les jours les hommes se lèvent de leur lit, tous les soirs ils se couchent dans leur lit, et dire lit c'est dire ce qui en fait office, tous les jours ils s'assoient devant la nourriture ou la volonté d'en avoir en suffisance, tous les jours ils allument et éteignent une lumière, il n'y a rien de nouveau sous le soleil. C'est la grande mer du latifundium, avec ses nuages de poissons en troupeaux et ses bêtes de la dévoration, et s'il en a toujours été ainsi, on ne voit pas de raisons pour qu'il en soit autrement, même s'il faut supporter quelques changements, il suffit que la vigilance ne faiblisse pas, tous les jours les grandes barques armées vont à l'eau ainsi que les filets destinés à pêcher le pêcheur, Où as-tu été chercher ce sac de glands, ou Ce fagot de bois, ou Que fais-tu ici à cette heure, d'où viens-tu, où vas-tu, un homme n'a pas le droit de mettre le pied hors de l'ornière habituelle, sauf s'il a un contrat et qu'il est donc sous surveillance. Cependant, chaque jour apporte avec sa part de peine sa part d'espérance, ou bien s'agit-il d'une faiblesse du narrateur qui a sûrement lu ces mots ou les a entendu dire et ils lui ont plu, car lorsque l'espérance vient avec la peine, la peine n'en est pas amoindrie pour autant et l'espérance n'est pas autre chose que ce qu'elle est, le père Agamedes ne parlerait pas autrement, lui qui a fait justement de la peine et de l'espérance son fonds de commerce, celui qui penserait le contraire serait stupide ou peu instruit. Il serait alors plus judicieux de dire que chaque jour est ce qu'il est, plus le jour qu'il a été, et que les deux ensemble sont ce que sera demain, même un enfant devrait savoir ces choses simples, mais d'aucuns s'occupent à diviser les jours comme s'ils découpaient des écorces de pastèque à jeter aux cochons, plus les morceaux sont petits, plus l'illusion de l'éternité est grande, voilà pourquoi les cochons disent, Ô Dieu des porcs, quand serons-nous enfin rassasiés.

Des ressacs se produisent dans cette mer du latifundium, des ébranlements, des remontées d'eau, qui suffisent parfois pour abattre un mur ou simplement pour sauter par-dessus, comme nous avons appris que c'était arrivé à Peniche, on voit donc ainsi combien nous avions raison de parler de mer, car Peniche est un port de pêche avec un fort qui sert de prison, mais les prisonniers se sont enfuis et on parlera beaucoup de cette évasion dans le latifundium, qu'est-ce que c'est encore que cette histoire de mer, la plupart du temps c'est une terre sèche, ce qui explique que les hommes disent,

Quand donc étancherons-nous notre soif et celle qu'ont endurée nos parents, plus celle qui sous cette pierre se prépare pour les enfants que nous aurons, si nous en avons. Arriva la nouvelle qu'il ne fut pas possible d'occulter et il ne manqua pas de gens pour expliquer ce que les journaux ne dirent pas, asseyons-nous sous ce chêne-liège, voici l'information dont je dispose. C'est l'occasion pour les milans de voler plus haut, ils crient au-dessus de la vaste terre, celui qui les comprendrait aurait beaucoup de choses à raconter, pour l'instant contentons-nous du langage humain. Dona Clemência peut donc dire au père Agamedes, La tranquillité qui n'a jamais existé est finie, ça semble une contradiction et pourtant cette dame n'a jamais dit quelque chose d'aussi juste, les temps nouveaux sont en train d'arriver à toute vitesse, On dirait une pierre dévalant le flanc de la montagne, lui répondit le père Agamedes qui n'aime pas employer les mots appropriés, l'habitude de l'autel lui est restée, ayons cependant la charité évangélique de le comprendre, ce qu'il veut dire dans sa langue particulière c'est que si on ne s'écarte pas du chemin de la pierre Dieu sait ce qui arrivera, pardonnons-lui ce nouvel artifice, on voit bien qu'il n'est pas nécessaire de s'en référer à Dieu pour savoir ce qui arrivera à celui qui resterait sur le chemin de la pierre qui roule, elle n'amassera pas mousse et n'épargnera pas Lamberto.

Et heureusement que nous n'avions pas terminé cette conversation, c'est une façon de parler, car plusieurs mois de mauvais pressentiments durent s'écouler, le sacrilège s'ajoute à la négligence, car ce fut de la négligence de ne pas sécuriser les cachots et c'est un sacrilège de constater que vogue sur les mers un navire naguère nommé religieusement Sainte Marie et baptisé présentement Sainte Liberté, dona Clemência n'est-elle pas dans la chapelle de sa demeure en train de prier avec ferveur et passion pour le salut de l'église et de la patrie, sans oublier de réclamer le châtiment des émeutiers, c'est parce que nous n'avons pas fait d'exemples que nous en sommes arrivés à ce malheur, on ne joue pas avec la vie d'autrui et encore moins avec mes biens. Toutefois ce sont là des épanchements de maîtresse de maison entre quatre murs et il faudrait encore que Norberto soit d'humeur à les écouter, s'il n'y avait pas le père Agamedes, qui prêterait l'oreille à cette dame qui ne sort presque jamais de chez elle, sauf de loin en loin pour aller à Lisbonne s'informer de la mode ou à Figueira par tradition balnéaire familiale, et on a même l'impression qu'elle déraisonne déjà, est-ce un effet de l'âge de dire mes biens, alors qu'il s'agit d'un bateau qui, s'il navigue sur une mer, ce n'est pas sur la mer intérieure du latifundium, cette dame aurait-elle perdu la tête, celui qui le croirait se tromperait lourdement, car elle détient des actions de la compagnie coloniale de navigation héritées d'Alberto, son père, que Dieu le garde en sa sainte gloire, et c'est là que le bât la blesse.

Ce grand froid qui règne dans le latifundium ne durera pas seulement pendant le mois de janvier. Toutes les fenêtres du manoir sont fermées et si c'était le château de Lamberto et non pas la demeure palatiale de Norberto, nous verrions les créneaux garnis d'hommes en armes, comme il n'y a pas longtemps nous avons vu peuplées de gens apeurés et sanguinaires les ruines de Montemor, les temps sont différents, maintenant les mercenaires de la garde circulent dans le latifundium bottés et sur le pied de guerre, pendant que Norberto lit les journaux et écoute la radio, houspille à grands cris les servantes, quand ils s'énervent les hommes se comportent ainsi. Et ce qui l'indigne le plus, c'est l'air de contentement rusé de la populace, on dirait que pour ces gens-là le printemps est arrivé plus tôt, ils ne sentent même pas le froid, heureusement leur plaisir n'aura pas duré longtemps, deux jours plus tard ils ont dû mettre de l'eau dans leur vin, Dieu ne dort pas et le châtiment viendra à coup sûr, déjà Sainte Marie a ressuscité, priez pour nous, et n'en voulons pas trop au père Agamedes qui a enfin commis le péché de l'envie, il était temps chez une aussi sainte créature, ne pas pouvoir célébrer un Te Deum Laudamus en action de grâce, mais dans ce village mesquin de Monte Lavre avec ses habitants impies, ce serait là des mérites bien mal employés.

C'est une année noire pour le latifundium. La damoiselle se promène sur sa haquenée, sa jupe et la housse ondoient, le voile, comme il est d'usage, volette dans le vent, il n'existe pas de costume plus élégant, quand soudain l'animal trébuche, ce sont des chemins médiévaux, monseigneur, ses pattes cèdent, Jésus Marie, et la damoiselle est par terre, exposant ses intimes pénombres, il semble qu'il n'y aura pas plus grand mal, le pire fut l'impétuosité de l'animal en se relevant, il s'emporte de frayeur et rue, pauvre petite. Ainsi est né le dicton qui promet, Après la chute, la ruade, façon hippique de paraphraser un autre dicton, plus mélancolique, Un malheur ne vient jamais seul, hier encore ces prisonniers à Peniche ont pris la clé des champs, ces affreux communistes, ces bouffeurs d'enfants, hélas, ma voisine, avez-vous vu par là mes petits, hier encore les âmes et les océans ont été agités par cette nouvelle histoire de corsaires, qu'on les fusille tous, un si beau bateau, tout de blanc vêtu, Sainte Marie marchant sur les eaux comme son divin fils, et maintenant des nouvelles arrivent d'Afrique, ce sont les noirs, J'ai toujours dit, sœurette, que nous les traitions trop bien, j'ai prévenu, on n'a pas voulu me croire, celui qui a vécu là-bas sait comment il faut s'y prendre avec eux, ces fainéants n'aiment pas travailler, s'ils ne vont pas trimer de mauvais gré, ils n'y vont pas non plus de bon gré, et le résultat le voilà, on a fait preuve de trop de mansuétude chrétienne, mais enfin la situation n'est pas encore complètement désespérée, nous ne perdrons pas l'Afrique si nous envoyons l'armée là-bas pour une vraie guerre sérieuse, rappelons-nous Gugunhana, le président du conseil a bien parlé, vite et fort, quel chef de guerre il serait s'il avait fait des études militaires, mais au moins il a parlé. Le rêve impérial s'est vite dissipé, maintenant nous devons nous dépêcher, le rapiéçage a été mal exécuté, le faufilage raté, le noir est citoyen portugais, vive le noir qui n'avance pas les armes à la main, mais gardons-le à l'œil, que l'autre meure immédiatement, et un de ces jours, quand nous nous réveillerons de bonne humeur, nous dirons que les provinces d'outre-mer qui furent des colonies deviennent des états, peu importent les dénominations, ce qu'il faut c'est que la merde ne change pas et que continuent à la bouffer ceux que nous avons nourris exclusivement de merde, qu'ils soient noirs ou blancs, celui qui percevra la différence gagnera un prix.

Toutefois, monsieur le curé Agamedes, il semble que Dieu et la Vierge aient détourné leurs yeux bienveillants de la terre portugaise, regardez comme les âmes sont mécontentes et inquiètes, le malin s'est sûrement emparé du cœur débonnaire des Lusitaniens, nous n'avons peut-être pas récité assez de rosaires et de chapelets, les petits bergers nous ont pourtant bien avertis, pour ma part j'ai fait ce que j'ai pu et je ne suis pas avare de conseils, tant en chaire que dans le confessionnal, c'est une conversation à plusieurs voix, tantôt c'est l'un qui parle, tantôt l'autre, mais ce que pense le père Agamedes quand il retourne dans son presbytère c'est autre chose, bien plus propre à un homme de ce temps-ci ou de cet autre, quand les âmes se conquéraient à la pointe de l'épée ou sur le bûcher, Ce qu'il leur faudrait à tous c'est une bonne raclée, voilà qui est bien parler.

On ne sait où donner de la tête, maintenant ce sont les forteresses de l'Inde, pleurez, mânes de Gama, Albuquerque e Almeida et autres Noronhas, il ne nous manquait plus que de voir des cœurs virils fondre en larmes, qu'on ordonne de résister jusqu'au dernier homme, nous donnerons au monde l'exemple de ce que valent les Portugais, celui qui recule d'un seul pas trahit la patrie, bref les bagues s'en vont, mais les doigts restent, le gouvernement s'en remet à nous et nous somme d'accomplir un devoir qui nous agrée. C'est un triste Noël dans la demeure d'Alberto, non pas qu'y manquent les mets délicats et les bénédictions du Seigneur, ce fut une bonne année pour le liège, au moins là nous avons eu de la chance, le pire est cette nuée noire avec des coups de tonnerre plein la panse qui plane au-dessus du pays et du latifundium, que va devenir le Portugal, qu'allons-nous devenir, il est vrai que nous ne sommes pas sans protection, il y a la garde, à chacun son cadeau, capitaine, lieutenant, sergent et caporal, les pauvres, ce n'est que justice, ils gagnent si peu, ils passent leur temps à défendre nos propriétés, imaginez que nous devions les payer nous-mêmes, ça nous reviendrait beaucoup plus cher. On fait contre mauvaise fortune bon cœur, toutefois il ne faut pas oublier que nous n'avons jamais prêté une grande attention à Goa, Damão et Diu, et maintenant on nous enlève ainsi les derniers symboles de la présence portugaise en Orient, soldats et marins, présents, quelle idée, ce n'est pas ça le présent, nous avons déjà parlé du capitaine, du lieutenant, du sergent et du caporal, chacun est venu chercher ce qui lui revenait ou alors, par discrétion et pour éviter les mauvaises langues, ça lui a été apporté, ce présent-ci est différent, c'est celui des soldats et des marins sur le point de mourir qui se soulèvent sur le coude et qui hurlent, exsangues, répondez absents à l'appel, c'est une pratique ancienne, quand il le faut même les morts votent. Heureusement quand même pour nous, ces choses-là se passent loin, l'Inde et même l'Afrique ne sont pas tout près, que les incendies éclatent loin de mes frontières, entre eux et nous il y a la mer, une mer très vaste, ils n'arriveront pas jusqu'ici et le Portugal ne manque pas de fils pour aller défendre là-bas le latifundium d'ici, ne partage pas les poires avec ton maître car il gardera les mûres et te refilera les vertes, vous ne croyez pas aux dictons mais après ne venez pas vous plaindre.

Demain, dit dona Clemência à ses enfants et à ses neveux, c'est le Nouvel An, elle le croyait sur la foi du calendrier, plaçant ses espoirs dans l'année sur le point d'éclore et présentant ses meilleurs vœux pour le bien-être de tous les Portugais, ce ne sont pas ses mots à elle, dona Clemência a toujours usé d'un autre langage, mais elle apprend maintenant à parler celui-ci, chacun choisit ses maîtres, et son dernier mot flotte encore dans l'air quand arrive la nouvelle qu'à Beja la caserne d'infanterie numéro trois a été attaquée, Beja ce n'est ni l'Inde, ni l'Angola, ni la Guinée, c'est la porte à côté, c'est le latifundium, et la chiennerie est là en train d'aboyer, bien que la tentative ait été repoussée, on ne parlera pas d'autre chose pendant les semaines à venir, les mois à venir, finalement il est possible de prendre d'assaut une caserne, seule la chance a fait faux bond et donc il manque toujours quelque chose à la dernière minute, ou alors elle manquait déjà à la première et personne ne s'en était aperçu, c'est notre destin, un fer est tombé du sabot du cheval qui transportait le messager, lequel apportait l'ordre de livrer bataille, ce qui eût changé le cours de l'histoire mais a joué ainsi en faveur de nos ennemis, lesquels vaincront parce qu'un fer à cheval s'est détaché, quelle déveine. Et ce disant nous ne manquons pas de respect envers ceux qui se sont arrachés à la tranquillité de leur foyer pour tenter d'abattre les colonnes du latifundium, que meurent Samson et tous ceux qui sont là, et quand la poussière sera retombée on verra que c'est Samson qui est mort et non pas la colonne, peut-être que si nous nous asseyions sous ce chêne vert et si nous nous disions les uns aux autres ce que nous avons dans la tête et sur le cœur, le pire c'est la méfiance, c'est que chacun aille de son côté, c'était bien d'avoir arraisonné la Sainte Marie, et après, c'était bien d'avoir fait cette tentative à Beja, mais à nous, chiens et fourmis, personne n'a demandé s'il s'agissait de nos navigations ou de nos attaques, Ce que vous faites nous plaît, c'est sûr, même si nous ne vous connaissons pas, mais comme nous sommes des chiens et des fourmis, que dirons-nous demain quand nous aboierons en chœur et que vous nous entendrez aussi mal que nous ont entendus dans ce latifundium ceux que vous voulez encercler, couler et abattre. Le moment est venu d'aboyer ensemble et de mordre à coup sûr, mon capitaine général, et entre-temps vérifiez s'il ne vous manque pas un fer à cheval ou si vous n'avez pas que trois balles là où il en faudra quatre.

Ces hommes et ces femmes sont nés pour travailler, c'est du bétail entier ou du bétail dépecé, nous sortons ou on nous tire du ventre de notre mère, on nous fait grandir tant bien que mal, peu importe, ce qu'il faut ce sont des gens vigoureux et habiles de leurs mains, ne serait-ce que pour un unique geste, quelle importance si au bout de quelques années nos membres deviennent lourds et raides, ce sont des troncs ambulants qui en arrivant au travail se secouent et de la rigidité du corps font sortir deux bras et deux jambes qui vont et viennent, on voit là jusqu'où sont arrivées les bontés et la compétence du Créateur qui a façonné d'aussi parfaits instruments de piochage et de fauchage, d'élagage et d'utilité générale.

Étant nés pour travailler, ce serait une contradiction qu'ils abusent du repos. La meilleure machine est toujours la plus capable de fonctionner continûment, juste assez lubrifiée pour ne pas se gripper, alimentée avec parcimonie et, si possible, dans la limite économique du simple entretien, mais surtout facile à remplacer si elle tombe en panne, si elle est trop vieille, les dépôts de ce genre de ferraille s'appellent des cimetières, ou alors la machine toute rouillée et gémissante s'assoit à la porte, regardant passer le néant, les yeux fixés sur des mains affreusement tristes, qui m'a vu et qui me voit aujourd'hui. En général, dans le latifundium, hommes et femmes ont un temps de vie chichement compté, on s'étonne que certains atteignent l'âge de la vieillesse et encore plus lorsqu'en passant on en rencontre un qui à première vue semble décrépit et dont on nous dit qu'il a quarante ans, ou que telle femme flétrie au visage racorni n'a pas encore trente ans, finalement vivre à la campagne ne procure pas un supplément de vie, ce sont des inventions de la ville, c'est comme ce dicton éminemment sensé, Se coucher tôt et se lever tôt rend sain et fait grandir, c'était amusant de les voir ici, la main sur le manche de la houe et les yeux fixés sur l'horizon, attendant le soleil, ou les reins fourbus, attendant avec impatience une tombée de la nuit qui jamais ne vient, le soleil est un beau salaud, toujours pressé de se montrer et jamais de disparaître. Comme les hommes.

Cependant, les temps de la résignation s'achèvent. Une voix court sur les chemins du latifundium, pénètre dans les bourgs et les villages, s'élève dans les collines et les chênaies, une voix faite de deux mots essentiels et de beaucoup d'autres qui expliquent ces deux-là, huit heures, dire ça ainsi peut sembler ne pas avoir grand sens, mais si on dit huit heures de travail on commence déjà à mieux comprendre, il ne manquera pas de gens pour protester contre ce scandale, que veulent-ils en fin de compte, s'ils dorment huit heures et travaillent pendant encore huit, que feront-ils des huit heures restantes, moi je sais très bien ce que ça signifie, c'est une invitation à la fainéantise, ils ne veulent pas travailler, ce sont des idées modernes, c'est la faute de la guerre, les mœurs se sont dégradées, qui l'eût cru, on nous a volé l'Inde, maintenant on essaie de nous prendre l'Afrique, ce navire qui s'est baladé sur les mers en causant un scandale international, un général de carrière qui se retourne contre ceux qui lui ont donné ses étoiles, à qui faire confiance désormais, dites-le-moi donc, et à présent les huit heures, cette calamité, le mal vient de ce qu'on n'a pas observé la loi de Dieu, avec une heure de plus ou de moins il y a douze heures de jour et douze heures de nuit en comptant le crépuscule et l'aube, et si la loi n'est pas celle de Dieu, que règne alors la loi naturelle et qu'elle soit respectée.

La voix qui parcourt le latifundium n'entend peut-être pas ces paroles et si elle les entend c'est comme si elle ne les entendait pas, ce sont des conversations historiques datant du temps de Lamberto,

Finalement leur distraction c'est le travail, s'ils ne travaillent pas ils s'enfournent dans la taverne et après ils battent leur pauvre femme. Cependant, n'allez pas croire que les chemins soient faciles. Ça fait un an que cette voix arpente les routes et les rues, huit heures, huit heures de travail, et pourtant certains n'y croient pas, ça ne marchera que si le monde était sur le point de finir et que le latifundium voulait sauver son âme, il se présenterait alors au jugement dernier en disant aux anges et aux archanges, J'ai eu pitié de mes serfs qui travaillaient excessivement et pour l'amour de Dieu je leur ai demandé de ne trimer que huit heures par jour, avec repos le dimanche, et en récompense j'espère avoir une place au paradis à la droite du Seigneur, je n'en veux point d'autre. Ainsi pensent certains, craignant que tout changement ne soit pour le pire. Mais les porteurs de la voix n'ont pas chômé de toute l'année, ils ont parcouru tout le latifundium en clamant les deux mots, pendant que la garde et la PIDE secouaient leurs oreilles inquiètes comme font les ânes quand les mouches les harcèlent. Alors les patrouilles furibondes et martiales se sont répandues partout, il leur manquait seulement de se faire précéder par un trio de cornets à pistons et une grosse caisse, non qu'ils n'eussent pas aimé le faire, mais le plan de bataille ne le permettait pas, il n'aurait plus manqué que ça, les conspirateurs étant réunis dans un lieu abandonné ou au revers d'un bois et entendant au loin les trompettes, taratata, nous n'attraperions jamais personne ainsi. La garde fut renforcée, la PIDE aussi, le plus petit village dépourvu de médecin reçoit le médicament de vingt ou trente gardes plus l'armement y afférant, sans oublier la liaison permanente avec les dragons qui défendent l'État et qui ne m'aiment guère, pauvres dragons véritables, laids comme les crapauds et les geckos, mais qui ne commettent pas de mal pesant dans les balances, la preuve c'est que le paradis est rempli de dragons qui crachent du feu par la gueule, ils pullulent là-bas. Et comme chaque garde est un coquin rusé, ils ont inventé un art très subtil consistant à placer sous une pierre, mais si visiblement que même un aveugle les apercevrait, des tracts confisqués à cette engeance communiste qui sillonne le latifundium en prononçant des mots subversifs comme maintenant ceux-ci, huit heures de travail, elle veut livrer le pays à Moscou. Et cette jonglerie accomplie, le garde se tapit derrière une haie ou un repli du terrain ou un arbre ingénu ou un gros rocher et quand passe un innocent imprévoyant, s'il aperçoit les papiers et les fourre dans sa poche ou sous la bande de son chapeau ou entre peau et chemise, ces feuilles de papier blanc couvertes de petites lettres noires, ce n'est pas seulement lire avec difficulté qui est un problème, c'est aussi la vue qui n'aide pas, il n'a pas fait dix pas que le garde lui saute dessus, Halte-là, montrez-moi ce que vous avez dans les poches, si ça n'est pas de la roublardise consommée, force nous sera de conclure que la malveillance envers la garde est considérable, alors qu'elle devrait recevoir uniquement des éloges pour son excellente application des principes de l'hypocrisie et de la sournoiserie mesquine qui lui sont inculqués en même temps que les instructions concernant le maniement des armes et les techniques d'assaut.

Le ramasseur de tracts se retrouve au centre d'un cercle de carabines, il ne lui reste plus qu'à vider ses poches, un petit couteau de gitan, une demi-once de tabac moulu, un carnet de papier à cigarettes, une ficelle, un morceau de pain tout émietté, dix sous, mais ça ne satisfait pas la garde qui a d'autres ambitions, Regardez un peu mieux, c'est pour votre bien, si nous procédons à une fouille au corps, il pourrait vous en cuire, alors, d'entre peau et chemise sortent les papiers déjà humides de sueur, non pas qu'il fasse si chaud que ça, mais un homme n'est pas de fer au milieu de ces gardes qui se tordent de rire, les choses vont se corser maintenant, le caporal Tacabo ou son substitut qui commande l'expédition charge, il sait très bien ce que sont ces papiers, mais il fait l'ignorant, il les examine puis dit d'un air matois, Te voilà dans de beaux draps, nous t'avons surpris avec de la propagande communiste, allez, on va au poste et après ce sera Montemor ou Lisbonne, je n'aimerais pas être dans ta peau. Et quand le découvreur de tracts essaie d'expliquer qu'il vient tout juste de trouver ces papiers, il ne les a même pas lus, il ne sait même pas lire, il passait, il a vu ça, il l'a ramassé par curiosité naturelle, un geste que n'importe qui, il ne peut pas terminer sa phrase car il reçoit un coup de crosse sur la poitrine ou dans le dos, si ce n'est pas un coup de pied, allons, avance ou tu te prends une balle dans la peau ici même, les armes et les héros valeureux, comme dit Camões dans les Lusiades.

Ces propos sont comme les cerises, on prend un mot et aussitôt d'autres suivent, ou alors peut-être comme les tiques quand elles viennent en grappes, la difficulté c'est de les décrocher les unes des autres, c'est exactement ce qui se passe avec les mots, un mot ne vient jamais seul, même le mot solitude a besoin de quelqu'un qui en souffre, et heureusement. Cette garde est d'une constance si inébranlable qu'elle va là où le latifundium la convoque, elle ne pose pas de questions, elle ne discute pas, ce sont des marionnettes, par exemple lors du premier mai passé, hommes et femmes ont célébré leur fête des travailleurs et quand le lendemain ils ont repris le travail, la garde montait la garde, Ici ne travaillent que ceux qui n'ont pas été absents hier, ce sont les ordres, et dire ça était juste une façon de ne pas rester muet, car absents, ils l'avaient tous été. Et maintenant que se passera-t-il, les travailleurs interdits de travail se sont mis à regarder, comment se tireront-ils de ce mauvais pas car la garde avait occupé le terrain et le régisseur était dissimulé au milieu de la garde, il ne venait pas participer à la discussion profession-nelle, l'équipe des travailleurs a décidé de rentrer à la maison, ça se passait de bon matin, ça fera un jour férié de plus, et la garde s'est mise à regarder les fourmis qui vaquaient à leurs affaires et qui, étonnées, levaient la tête comme des chiens. Mais auparavant le gradé, à côté du régisseur ou du contremaître ou du responsable ou du gestionnaire, ce sont des noms différents, mais qui s'emploient ici indifféremment, a appliqué sa méthode d'interrogatoire intelli-gent, Alors, pourquoi n'êtes-vous pas venus travailler hier, drôle de question, Nous ne sommes pas venus parce que c'était le premier mai et le premier mai est le jour des travailleurs, nous sommes des travailleurs et donc. Réponse naïve, ils sont là devant moi, caporal de la garde, s'ils pensent me rouler, comme si je les croyais, ils me regardent tous d'un air grave, ils font toujours ça, ces salopards, ils vous regardent d'un air grave, allez après deviner ce qu'ils pensent, mais moi je leur dis, je sais très bien comment les prendre, vous feriez mieux d'avouer la vérité, c'est pour des raisons politiques que vous n'êtes pas venus travailler, vous croyez pouvoir me berner, et eux n'en démordent pas, Non monsieur, ce n'était pas pour des raisons politiques, le premier mai est le jour des travailleurs, et quand ils répondent ça je leur lance un petit rire narquois, Qu'est-ce que vous en savez, et l'un d'eux répond, dommage que je n'ai pas vu son visage, C'est comme ça dans le monde entier, et cette réponse m'agace à juste titre, Ici, ce n'est pas le monde, c'est le Portugal et l'Alentejo, nous avons nos propres lois, et à cet instant le régisseur me chuchote un secret, ce n'est d'ailleurs pas du tout un secret, nous nous étions mis d'accord au préalable, et je décide, fort de l'autorité dont je suis investi, Ici, travaillent uniquement ceux qui n'ont pas été absents hier, j'avais à peine dit ça qu'ils se sont s'éloignés tous ensemble, c'est une manie, ils font de même quand ils chantent, et au bout de quelques minutes ils se retirent, houe à l'épaule, le travail nécessitait une houe, ils rentrent chez eux tous ensemble, ça éveille en vous un certain respect, je ne sais pourquoi. Les mots sont comme les tiques, on commence par une cerise, en mai elles prennent des couleurs, et si le respect n'est pas la dernière cerise, il est au moins la cerise nécessaire.

En avril, mille parlottes. Dans les champs se tiennent de grands rassemblements nocturnes, les hommes distinguent difficilement les visages des uns et des autres, mais on entend leurs voix, étouffées si l'endroit n'est pas complètement sûr, ou plus libres et claires dans le désert, en tout cas sous la protection de vigies, disposées selon l'art stratégique de la prévention, comme lorsqu'on défend un campement. C'est, de ce côté-ci, une guerre pacifique. Si dans l'obscurité de la nuit la garde approche et à présent ce n'est déjà plus la simple patrouille de deux hommes comme en temps ordinaire, mais des douzaines et des demi-douzaines, et ils se transportent en jeep là où les chemins charretiers le permettent, ils s'approchent ainsi puis se disposent en ligne, comme lorsqu'on lève le gibier, les sentinelles reculent pour avertir et alors, de deux choses l'une, soit la garde passe au large et le silence est la meilleure défense, tous les hommes, assis ou debout, retiennent leur souffle et leurs pensées, ils sont des pierres dressées, des menhirs d'un autre temps, soit la garde fonce droit sur la réunion et donne l'ordre de se disperser par les chemins de traverse, pour l'instant, heureusement, la garde n'a pas encore de chiens.

La nuit suivante, la conversation reprendra au point où elle a été laissée, dans ce même lieu ou dans un autre, car la patience est infinie. Et quand c'est possible ils se rencontrent de jour, en groupes plus restreints, ou ils se retrouvent dans les maisons pour des conversations devant l'âtre, pendant que les femmes font la vaisselle en silence et que les enfants s'endorment dans les coins. Et quand un homme est à côté d'un autre homme, la parole dite et entendue est comme un coup de maillet sur un pieu, elle s'enfonce un peu plus et, à l'heure du repas, avec la casserole ou la marmite posée par terre entre les jambes, pendant que la cuiller monte et descend et que la brise fraîche refroidit le corps, les mots refont surface et c'est avec un rythme posé qu'ils disent, Nous allons réclamer les huit heures, nous avons assez travaillé du lever au coucher du soleil, et alors les prudents craignent pour l'avenir, Que deviendrons-nous si les patrons ne veulent pas nous donner de travail, mais les femmes qui font la vaisselle du dîner pendant que le feu brûle dans l'âtre ont honte que leur homme soit si timoré et elles sont d'accord avec l'ami venu frapper à leur porte pour dire, Nous allons réclamer les huit heures, nous avons assez travaillé du lever au coucher du soleil, car elles aussi triment ainsi, et davantage encore, endolories, ayant leurs règles, enceintes avec un ventre qui leur arrive jusqu'à la bouche, ou, lorsqu'elles ne le sont plus, avec des seins qui répandent un lait qui aurait dû être tété, elles ont de la chance, il ne s'est pas tari, celui qui croit qu'il suffit de brandir un drapeau et de dire, Allons-y, se trompe lourdement. Il faut qu'avril soit un mois où mille mots seront échangés car même les confiants et les convaincus ont des moments de doute, d'angoisse et de découragement, la garde guette, les dragons de la PIDE guettent et l'ombre noire qui s'étend au-dessus du latifundium et qui ne le quitte jamais, il n'y a pas de travail, et nous, allons de nos propres mains réveiller la bête qui dort, la secouer et dire, Demain je travaillerai seulement huit heures, ceci n'est pas le premier mai, le premier mai n'était rien, personne ne peut m'obliger à aller travailler, mais si je dis, Huit heures, seulement ça et rien de plus, c'est comme exciter un chien enragé. Et l'ami dit, assis sur un morceau de liège, ou à côté de moi dans le champ, ou au milieu d'une nuit si noire que je ne vois même pas son visage, Il ne s'agit pas seulement des huit heures, nous allons réclamer aussi quarante escudos de salaire si nous ne voulons pas mourir d'épuisement et de faim, ce sont de bonnes choses à demander et à faire, les obtenir est beaucoup plus difficile. Heureusement on parle beaucoup, les voix sont multiples, et du rassemblement une s'élève, ce n'est pas simplement une façon de dire, c'est la vérité, il y a des voix qui se mettent debout, Comment avons-nous vécu, en deux ans j'ai perdu deux enfants à cause de la maladie de la faim et celui qui me reste, vais-je l'élever pour en faire une bête de somme, répondez-moi, moi-même je ne veux plus continuer à être la bête de somme que je suis, ce sont des mots qui blessent les oreilles délicates, mais ici il n'y en a pas, encore que personne dans ce rassemblement n'aime à se regarder dans un miroir et s'y voir entre deux brancards de charrette, ou avec un bât et un joug, C'est comme ça depuis que nous sommes nés.

Alors une autre voix, elle vient de là-bas, une ombre dont on ne connaît pas l'origine s'abat sur l'ombre de la nuit, quelle idée lui a pris, elle ne parle ni des huit heures ni du salaire de quarante escudos qui sont les sujets pour lesquels la réunion a été convoquée, pourtant personne n'a le courage de l'interrompre, Ils ont toujours voulu rabaisser notre dignité et, en entendant ils, tous comprennent de quoi il s'agit, ils c'est la garde, la PIDE, c'est le latifundium et son maître, Alberto ou Dagoberto, le dragon et le capitaine, la faim aux dents longues et les os brisés, l'angoisse et la hernie, Ils se sont acharnés à rabaisser notre dignité, ça ne peut plus continuer ainsi, ça doit finir, écoutez tous ce qui nous est arrivé, à moi et à mon défunt père, c'est un secret qui nous a appartenu à tous les deux, mais aujourd'hui je ne peux plus me taire, si cette histoire ne vous convainc pas, camarades, alors il n'y a plus rien à faire, nous sommes perdus, un jour, il y a longtemps, il faisait une nuit noire comme celle-ci, mon père est venu avec moi, je suis allé avec lui pour ramasser des glands afin de les manger, il n'y avait plus rien à la maison, j'étais déjà un homme et je songeais à me marier, nous avons pris un petit sac, il n'était vraiment pas grand, d'une contenance ne dépassant pas les deux boisseaux, nous sommes allés ensemble pour avoir de la compagnie, pas à cause du poids du fardeau, et quand le sac a été presque plein, voilà qu'est apparue la garde, la même chose est arrivée à d'autres ici présents, ça n'a rien de honteux, ramasser des glands par terre ça n'est pas voler, et même si ça l'était, la faim est une bonne raison pour voler, qui vole par nécessité bénéficie de cent ans de pardon, je sais bien que ce n'est pas ce que dit le dicton, mais il devrait le dire, si je suis voleur pour avoir volé des glands, leur propriétaire lui aussi est un voleur, car il n'a ni cultivé la terre, ni planté, ni élagué, ni nettoyé l'arbre, alors la garde s'est approchée, ce n'est pas la peine de répéter ce qu'ils ont dit, je ne m'en souviens plus exactement, ils nous ont insultés, comment avons-nous pu supporter autant de mots offensants, et quand mon père leur a demandé pour l'amour de Dieu de nous laisser emporter les glands que nous avions ramassés par terre, ils se sont mis à rire et ont dit oui, que nous pouvions garder les glands, mais à une condition, écoutez bien tous la condition, que nous nous battions l'un avec l'autre pour qu'ils assistent au spectacle, alors mon père a dit qu'il n'allait pas se battre avec son propre fils, ni moi avec mon propre père, mais ils ont répondu que dans ce cas-là nous irions au poste, nous paierions l'amende et recevrions peut-être quelques caresses le long des côtes pour nous apprendre à vivre, alors mon père a dit d'accord, nous nous battrons, camarades, je vous supplie de ne pas penser du mal du pauvre vieux qui est mort, Dieu me pardonne si à cause de ça je le sors de la tombe, mais nous étions affamés, alors mon père a fait semblant de me rentrer dans le chou, et moi j'ai fait semblant de tomber, nous essayions de les tromper, nous croyions pouvoir le faire, mais eux ont dit que soit nous nous battions pour de vrai, jusqu'à nous faire mal, soit ils nous arrêtaient, je ne sais pas avec quels mots vous raconter le reste, mon père était désespéré, sa vue s'est troublée et il m'a frappé, ça m'a fait horriblement mal, mais pas tellement à cause de la violence des coups, et moi je lui ai rendu la monnaie de sa pièce, et une minute plus tard nous roulions par terre, les gardes riaient comme des fous, à un moment ma main a touché le visage de mon père, j'ai senti qu'il était mouillé, et ce n'était pas de sueur, alors j'ai été pris de fureur, je l'ai agrippé aux épaules et je l'ai secoué comme s'il était mon pire ennemi, et lui, d'en bas, m'assénait des coups de poings dans la poitrine, jusqu'où étions-nous tombés, les gardes continuaient à s'esclaffer, c'était une nuit aussi noire que celle-ci et le froid était si perçant qu'il coupait les os à travers la chair, nous étions entourés de champs, les pierres ne s'étaient pas levées, était-ce pour ça que les hommes venaient au monde, quand nous avons repris nos esprits nous étions seuls, les gardes étaient repartis, par mépris je pense, c'était tout ce que nous méritions, alors mon père s'est mis à pleurer et je l'ai bercé comme un enfant, j'ai juré que je ne raconterais jamais ça à personne, mais aujourd'hui je ne peux plus me taire, ce n'est pas pour les huit heures et les quarante escudos de salaire, c'est parce qu'il faut faire quelque chose pour ne pas nous perdre nous-mêmes, car une vie comme celle-ci n'est pas juste, deux hommes, un père et un fils ne peuvent pas se battre l'un contre l'autre, même s'ils ne sont pas père et fils, pour amuser des gardes, il ne leur suffit pas d'avoir des armes alors que nous n'en avons pas, nous ne sommes pas des hommes si cette fois-ci nous ne nous relevons pas de terre, ce ne sera pas pour moi, ce sera pour mon père qui est mort et qui n'aura pas d'autre vie, le pauvre vieux, quand je pense que je l'ai frappé et que les gardes riaient, on aurait dit des ivrognes, si Dieu existait il se serait montré à ce moment-là. Quand cette voix se tut, tous les hommes se levèrent, il ne fut pas nécessaire d'en dire davantage, chacun suivit son destin, ils étaient fermement décidés pour le premier mai, pour les huit heures et pour le salaire de quarante escudos, et aujourd'hui encore, après toutes ces années-là, on ne sait pas lequel d'entre eux s'était battu avec son propre père, quand les douleurs sont trop violentes les yeux ne supportent pas de les voir.

Des collines aux chênaies, ces mots et d'autres font le tour du latifundium, mais pas ceux de la bagarre auxquels personne ne croirait et pourtant c'est la pure vérité, et à Monte Lavre aussi des réunions d'information et de concertation ont eu lieu, si certains avaient peur, d'autres n'étaient pas effrayés, si bien que lorsque le premier mai est arrivé les esprits étaient décidés, ceux qui éprouvaient le plus de crainte se rapprochaient de ceux qui n'en montraient aucune, il en est de même dans les guerres, comme l'expliquent ceux qui y ont pris part d'un cœur vaillant ou timoré. Ce jour-là, on a beaucoup dépensé d'essence et de gazole, l'air du printemps était saturé de gaz d'échappement, un camion ou une jeep passaient, chargés de carabines et de masques de la garde, les gardes enfilent un masque pour que leur visage ne se couvre pas de honte, et quand ils arrivaient dans un lieu habité, s'il y avait un poste local ils y pénétraient pour tenir une conférence d'état-major, ils comparaient leurs ordres et faisaient le bilan de la situation, comment vont les choses du côté de Setúbal et dans le bas Alentejo, et dans le haut, et dans le Ribatejo, lequel fait aussi partie du latifundium, ne l'oublions pas. Des patrouilles armées sillonnaient les rues et les ruelles, flairant la subversion, et du haut des collines elles lançaient des regards d'aigle pêcheur sur la mer intérieure, pour voir si des drapeaux noirs de pirates s'y déployaient ou bien des rouges, pour repérer qui participerait maintenant à une manifestation pareille, c'est l'obsession de la garde, elle ne parvient pas à penser à autre chose, et ce qu'elle réussissait à découvrir n'était rien qui fût caché, les hommes passaient tranquillement ou bavardaient sur les places, vêtus de leurs plus beaux habits, avec des rapiéçages soigneusement faits, les femmes du latifundium s'y entendent à mettre des fonds ou des genoux aux pantalons, il faut les voir fouiller dans le panier à chiffons pour y dénicher une chute de coutil en bon état, la poser sur la jambe du pantalon blessé et ensuite attaquer le tissu d'un ciseau prudent, on entend le crissement de la trame, c'est un travail d'une grande précision, je suis assise sur le seuil de ma porte, je rapetasse le pantalon de mon homme qui ne doit pas aller nu à son travail, il suffit que moi je le sente nu sous les draps.

Il semble que tout ça n'ait rien à voir avec le premier mai et les huit heures et les quarante escudos, il ne manquera pas de gens pour penser ainsi, des gens distraits qui n'observent pas le monde, qui pensent que le monde est seulement cette sphère qui roule dans l'espace, un problème d'astronomie, tu ferais mieux d'être aveugle, alors que rien n'est davantage lié au premier mai que l'aiguille et le fil dans la main de cette femme qui se nomme Gracinda Mau-Tempo afin que son homme se rende de façon présentable au premier mai, jour des travailleurs. La garde passe ici même, devant la porte, une jeep bien belliqueuse, et Gracinda attire à elle sa fille unique, Maria Adelaide, et la fillette, qui a sept ans et les yeux les plus bleus du monde, regarde le défilé, il est incroyable que ces enfants ne soient pas impressionnés par le prestige de l'uniforme, elle les regarde passer d'un air sévère, elle connaît déjà suffisamment la vie pour savoir qui sont ces gardes et ces uniformes.

Le soir les hommes rentrent à la maison. Leur sommeil sera inquiet, comme celui des soldats à la veille d'une bataille, qui sait si j'en reviendrai vivant, grèves et manifestations sont une chose, c'est une habitude ancienne, on sait déjà comment patrons et garde ont coutume de réagir, tandis que ceci est un défi majeur, récuser au latifundium un pouvoir qui lui vient des aïeux de leurs aïeux, Tu travailleras pour moi du lever au coucher du soleil tous les jours de ta vie selon qu'il me plaira et me conviendra, les autres tu feras ce que tu voudras. Maintenant Sigismundo Canastro n'a plus besoin de se lever d'aussi bon matin, ni João Mau-Tempo, ni António Mau-Tempo, ni Manuel Espada, ni aucun des autres hommes et des autres femmes, encore éveillés à cette heure par la pensée de ce que sera le lendemain, huit heures de travail dans le latifundium c'est une révolution, C'est un défi à relever ou à perdre, à Montargil ils ont avancé et ont gagné, nous ne pouvons pas faire moins qu'eux, tard dans la nuit on entend la jeep de la garde patrouiller et revenir patrouiller dans les rues de Monte Lavre, ils veulent nous faire peur, eh bien ils verront.

Ce sont des paroles sorties aussi d'autres bouches, Gilberto et Alberto les ont prononcées, Ils verront, et ce fut un grand moment dans l'histoire du latifundium, même les propriétaires terriens se sont levés aux aurores pour assister à la naissance du jour, qui ne voit pas le sien, le diable le lui prend, le soleil est déjà apparu et on ne voit pas un seul diable arriver au travail, les régisseurs, contremaîtres, responsables sont nerveux, la campagne est une consolation pour les yeux, mai fleuri, le joli mois de mai, et Norberto consulte sa montre, sept heures et demie, personne, Tout ça m'a l'air d'une grève, dit un laquais, mais Adalberto répond brutalement, Tais-toi, il est furieux, son objectif est déjà fixé, comme celui de tous, il n'y a plus qu'à attendre. Et alors les hommes commencent à arriver, ensemble et à l'heure qu'ils ont choisie, ils disent aimablement bonjour, pourquoi être rancunier, et quand il est huit heures ils se mettent au travail, il en a été décidé ainsi partout aux alentours, mais Dagoberto pousse un hurlement, Halte-là, et tous s'arrêtent pour le regarder d'un air innocent, Qu'est-ce qu'il y a, patron, tant de sérénité est à vous rendre fou, Qui vous a ordonné de venir travailler à cette heure, demande Norberto, et dans cette équipe-ci c'est Manuel Espada qui est chargé de répondre, C'est nous qui l'avons décidé, les huit heures sont déjà en vigueur dans certains endroits, nous ne sommes pas inférieurs aux camarades des autres villages, et Berto s'avance vers lui de l'air de quelqu'un s'apprêtant à frapper, mais non, il n'ose pas, Sur mes terres à moi, l'horaire de travail est ce qu'il a toujours été, du lever au coucher du soleil, maintenant à vous de décider, soit vous restez et demain vous devrez me restituer le temps que vous avez perdu ce matin, soit vous partez, je ne veux personne ici, Voilà comment il faut parler, dira dona Clemência, quand son mari se vantera de son attitude, et après, Après, ce Manuel Espada, celui qui a épousé la fille de Mau-Tempo, c'était lui le meneur du groupe, a répondu, oui, monsieur, nous partons, et ils sont tous partis, et quand ils se dirigeaient vers Monte Lavre António Mau-Tempo a demandé, Et maintenant, que ferons-nous, non pas qu'il fût inquiet ou apeuré, il aidait son beau-frère en posant cette question, et celui-ci a répondu, Maintenant on fait ce qui a été décidé, on se réunit sur la place, si la garde se pointe pour nous chercher des poux sur la tête, chacun rentre chez soi, et demain nous retournons travailler, nous démarrons à huit heures, comme aujourd'hui, c'est plus ou moins ce que João Mau-Tempo a dit dans une autre équipe, et Sigismundo Canastro dans la sienne, et ils se sont tous retrouvés sur la place de l'embauche des journaliers et ils ont vu passer la garde, le caporal Tacabo s'est approché, Alors comme ça vous ne voulez pas travailler, Si, monsieur, nous voulons travailler, mais seulement huit heures, et le patron n'accepte pas, il n'y a pas de vérité plus vraie que celle-ci, mais le caporal vérifie les affirmations, Alors, ceci n'est pas une grève, Non, monsieur, ce n'est pas une grève, nous voulons travailler, c'est le patron qui nous a renvoyés, il dit qu'il n'accepte pas les huit heures, et c'est à cause de cette réponse claire que le caporal Tacabo dira plus tard, Je ne sais pas quoi faire, monsieur Dagoberto, les hommes disent qu'ils veulent travailler, que c'est vous qui, et il ne peut même pas terminer sa phrase, Dagoberto bondit, Ce sont des fainéants, soit ils travaillent du lever au coucher du soleil, soit ils meurent de faim, sur mes terres il n'y a pas de travail pour eux, et que je sache le gouvernement n'a pas donné l'ordre de travailler huit heures et même s'il l'avait donné, sur mes terres c'est moi qui commande, c'est moi le patron, et sur ces paroles la conversation avec le caporal Tacabo a pris fin et la journée s'est terminée ainsi, chacun chez soi, les femmes demandant ce qui s'était passé, comme nous avons vu faire dona Clemência et c'est aussi le droit des autres.

On dresse le bilan, ce jour est passé sans qu'un seul salaire soit gagné, combien d'autres jours seront ainsi, c'est selon les endroits, là-bas le latifundium a cédé au bout de deux jours, ailleurs au bout de trois, ailleurs encore au bout de quatre, et il y a eu des endroits où ce jeu de je-te-pousse-tu-me-pousses pour voir qui a plus de force et plus de patience a duré des semaines, à la fin les hommes n'allaient plus au travail pour savoir si on les acceptait à leurs conditions, ils restaient dans les bourgs, cette fois en grève, et quand les choses ont pris cette tournure, il n'en a pas fallu davantage pour que la garde retrouve son habitude de frapper et les machines de guerre se sont mises à sillonner le latifundium d'un bout à l'autre, inutile de répéter, tout le monde est au courant. Dagoberto et Alberto, Humberto et encore un Berto ont résisté dans leur château, toutefois la sainte alliance s'est effilochée et des nouvelles de reddition sont arrivées d'autres parages, qu'allons-nous faire, mais laissez-les donc continuer, ils ne perdent rien pour attendre, Je sais bien, monsieur le curé Agamedes, que les idées de vengeance ne sont pas chrétiennes, je ferai pénitence ensuite, Ce n'est pas tout à fait exact, monsieur Alberto, c'est prévu dans le Deutéronome, À moi la vengeance, je vais le leur faire payer, notre curé Agamedes est un phare de sagesse, comment d'un livre aussi long que la Bible a-t-il pu mémoriser ce passage magnifique, nous n'avons pas besoin d'une autre justification.

Mais ici à Monte Lavre ce qui a été déterminant c'est que les commerçants ont fait crédit et ailleurs aussi, mais ça a eu des conséquences pour le récit, João Mau-Tempo a parcouru les rues, couvert de honte à l'idée de devoir payer et de ne pouvoir le faire, avec sa femme Faustina qui pleurait de misère et de tristesse déchirante, et maintenant c'est lui qui va de boutique en boutique transmettre le message et, quand il est mal reçu, il fait semblant de ne pas s'en apercevoir, la souffrance lui a tanné le cuir, le besoin qui le pousse n'est pas seulement le sien, Madame Graniza, les travailleurs sont en lutte pour les huit heures de travail et les patrons ne veulent pas aboutir à un accord, voilà pourquoi nous sommes en grève, je viens vous demander d'attendre trois ou quatre semaines, dès que nous reprendrons le travail nous commencerons à vous payer, personne ne vous devra rien, c'est un grand service que nous vous demandons, et la propriétaire de ce commerce, une grande femme aux yeux clairs et au regard sombre, pose les mains sur le comptoir et répond avec le respect qui sied à quelqu'un de plus jeune, Monsieur João Mau-Tempo, tout comme il est certain que je m'attends à ce que vous vous souveniez de moi un jour, ma maison est ouverte, et ces paroles sibyllines sont bien dans le caractère de cette femme qui a de grandes conversations mystiques et politiques avec ses clients et qui raconte des histoires et des cas de guérisons miraculeuses et d'intercessions, il y a de tout dans le latifundium, ce n'est pas seulement l'apanage des villes. João Mau-Tempo s'en est allé avec la bonne nouvelle et Maria Graniza a préparé une nouvelle ardoise de dettes, espérons que tous la paieront, comme ils ont doublement le devoir de le faire.

Les oiseaux se réveillent à l'aube et ils ne voient personne travailler. Je trouve le monde bien changé, dit l'alouette. Mais le milan, qui vole haut et lentement, crie que le monde est beaucoup plus changé que ne le pense l'alouette et ce n'est pas seulement parce que les hommes travaillent tout juste huit heures, ce que savent les fourmis qui ont vu beaucoup de choses et qui ont une bonne mémoire, ce qui n'est pas étonnant étant donné qu'elles avancent toujours ensemble. Que me dites-vous de tout ça, monsieur le curé Agamedes, Je ne sais vraiment pas quoi vous dire, dona Clemência, adieu, monde, qui va de mal en pis.

João Mau-Tempo est couché. Aujourd'hui sera le jour de sa mort. Ces maladies des gens pauvres sont presque toujours impossibles à diagnostiquer, les médecins ont un mal fou à rédiger le certificat de décès ou alors ils simplifient, en général on meurt d'une douleur, d'une tumeur, comment traduire ça en notions claires de classification nosologique, à quoi bon tant d'années d'études à la faculté. João Mau-Tempo a passé deux mois à l'hôpital de Montemor, ça ne lui a pas servi à grand-chose, il n'a pourtant pas manqué de soins, mais il y a des guérisons impossibles, on l'a sorti de l'hôpital afin qu'il meure chez lui, non pas qu'il y mourra différemment, mais il le fera sûrement avec plus de sérénité, dans l'odeur de son propre lit, en entendant la voix des passants dans la rue et les gloussements des volailles dans le poulailler au crépuscule quand les poules s'installent sur les perchoirs et que le coq secoue violemment ses ailes, il pourrait avoir la nostalgie de tout ça dans l'autre monde. Tant que João Mau-Tempo a souffert à l'hôpital, il n'a pas dormi la nuit, il entendait les soupirs, les gémissements, toute la désolation de l'infirmerie, et ne s'endormait qu'à l'aube. Ce n'est pas qu'il dorme mieux à présent, toutefois il ne s'occupe plus que de ses propres douleurs, c'est une question qui sera résolue dans le secret de son corps et de son esprit qui le soutient encore, sans autres témoins que la famille, et même eux ne pourront rien comprendre, leur temps viendra, ils ne resteront pas au monde pour

337

servir de semence, ils ne pourront rien comprendre à ce que signifie se trouver seul à seul avec sa mort, sachant sans que personne vous ait dit qu'aujourd'hui est le jour. Ce sont des certitudes qui vous viennent à l'esprit lorsque vous vous réveillez très tôt le matin et que vous entendez la pluie tomber, couler du bord du toit comme les filets d'eau d'une source, quand nous étions petits nous nous perchions sur l'entretoise intérieure de la porte et, ayant repoussé le volet, nous tendions la main sous l'eau qui coulait, c'est ce qu'avait fait João et d'autres que lui. Faustina dort sur la huche, elle s'obstine à dormir là pour que son mari soit plus à l'aise dans le lit conjugal et il n'y a aucun danger que cette femme oublie ses devoirs, pendant toute la nuit, soit que la lumière mourante du feu dans l'âtre, soit que la lampe à huile les éclaire, on voit ses yeux briller, peut-être brillent-ils tellement parce qu'elle est sourde, c'est pour compenser. Mais si elle s'endort et si les souffrances de João Mau-Tempo sont telles qu'il ne peut les supporter seul, il y a une cordelette qui relie le poignet droit de l'homme au poignet gauche de la femme, ce n'est pas maintenant qu'ils sont si vieux qu'ils vont être séparés, il lui suffit de tirer dessus et Faustina sort de son sommeil très léger, elle se lève tout habillée et va jusqu'au lit dans le grand silence de sa surdité, elle prend la main de son mari et comme elle ne peut rien faire de plus elle lui dit des choses gentilles, tout le monde ne peut pas se vanter d'en faire autant.

Aujourd'hui ce n'est pas dimanche, mais avec cette pluie et les champs inondés, personne ne peut aller travailler. João Mau-Tempo aura toute sa famille auprès de lui, ils ne sont pas très nombreux, on ne peut pas compter sur ceux qui sont loin et ne peuvent venir, sa sœur, Maria da Conceição, toujours servante à Lisbonne, toujours chez les mêmes patrons, il y a des fidélités comme ça, ils pourraient lui confier de l'or en poudre et ils le retrouveraient dans son intégralité et peut-être même accru, et son frère Anselmo, depuis qu'il est allé vivre dans le nord il n'a plus jamais donné de ses nouvelles, il est peut-être déjà mort, s'il a prospéré pendant une de ces années-là, comme Domingos, qui s'en souvient, quelqu'un s'en est-il aperçu. Certaines vies sont plus effacées que d'autres, mais c'est uniquement parce que nous avons tellement de choses dans la tête, nous finissons par ne plus les remarquer et vient un jour où nous le regrettons, Je me suis mal conduit, j'aurais dû lui accorder plus d'attention, c'est vrai, tu aurais dû y penser plus tôt, bref, ce sont de petits remords qui nous viennent et qu'on oublie aussitôt, heureusement. Sa fille Amélia ne viendra pas non plus, nous savons tous qu'elle sert depuis son enfance dans une maison à Montemor, elle a eu beaucoup de chance de pouvoir le visiter à l'hôpital, ça lui aura fait de la compagnie, et heureusement qu'Amélia a pu économiser quelques sous pour se faire faire une denture postiche, c'est son luxe, mais c'était trop tard pour sauver son sourire. Des amis seront absents, son compère Tomás Espada, il a eu du mal à supporter l'absence de sa femme Flor Martinha, personne ne les a jamais vus avec une cordelette reliant leurs poignets, certaines choses ne se voient pas, mais elles existent, peut-être même que les intéressés eux-mêmes ne savent pas les expliquer, et Sigismundo Canastro, le plus âgé de tous, viendra, et en cas de besoin Joana Canastra, ne serait-ce que pour réconforter Faustina, elles se connaissent depuis si longtemps qu'elles n'auront même pas besoin de se parler, elles se regarderont sans pleurer, Faustina ne pourra pas verser de larmes et Joana n'en a jamais versé, ce sont des mystères de la nature, qui peut nous dire pourquoi l'une ne peut pas et l'autre ne sait pas.

Il y aura aussi António Mau-Tempo, mon fils qui se lève et approche pieds nus, Comment vous sentez-vous, père, et moi, qui sais qu'aujourd'hui est le jour de ma mort, je réponds, Je me sens bien, le croira-t-il, ses coudes sont posés sur la barre au pied du lit, et il me regarde, il ne m'a pas cru, personne ne convainc personne qui ne soit préalablement convaincu, qui a vu ce garçon et qui le voit à présent, il est encore loin de la cinquantaine et pourtant la France a eu raison de lui, tout a raison de nous, cette douleur, le point de côté, ou peut-être n'est-ce pas le point de côté, c'est une douleur située plus en dessous, je ne sais même pas expliquer. Et mon gendre Manuel Espada viendra, ma fille Gracinda viendra, tous sont ici à côté du lit, de ce lit d'où encore aujourd'hui quelqu'un me retirera, ce sera les deux hommes, ils ont plus de force, mais ce sont les femmes qui me laveront, laver le mort est d'habitude un travail de femme, les choses que les femmes doivent faire, ce qui me console c'est que je ne les entendrai pas pleurer. Et ma petite-fille Maria Adelaide viendra elle aussi, celle qui a des yeux bleus comme moi, ce n'est pas tout à fait vrai, pourquoi est-ce que je me vante ainsi, mes yeux sont deux braises éteintes, comparés aux siens, peut-être quand j'étais jeune, quand je fréquentais les bals et que je faisais la cour à Faustina, quand je l'ai enlevée de la maison de ses parents, alors mes yeux ont dû être aussi bleus que ceux qui viennent tout juste d'entrer, Votre bénédiction, grand-père, comment vous sentez-vous, mieux, et je fais un geste avec la main, c'est tout ce qui reste des bénédictions, plus aucun de nous n'y croit désormais, mais c'est une coutume, et je réponds que je me sens bien, je tourne la tête de son côté, je veux mieux la voir, ah, Maria Adelaide, ma petite-fille, je ne dis pas ces mots, mais je les pense, j'aime la regarder, elle a un foulard sur la tête et une petite veste en tricot, sa jupe est mouillée, le parapluie ne l'a pas protégée et soudain une grande envie de pleurer me vient, Maria Adelaide m'a pris la main, c'est comme si nous avions échangé nos yeux, quelle drôle d'idée, mais un homme sur le point de mourir peut avoir toutes les idées qu'il veut, c'est son droit, il n'a plus de jours pour en fabriquer d'autres ou pour répéter les anciennes, à quelle heure vais-je mourir. Et maintenant Faustina approche avec l'écuelle pour le lait, elle va me le donner à la cuiller, aujourd'hui ça ne me ferait rien d'avoir faim, je m'en irais plus léger, quelqu'un boirait le lait, j'aimerais tellement que ce soit ma petite-fille qui me le donne, mais je ne peux pas demander ça, je ne peux pas causer du chagrin à Faustina dans mon dernier jour, qui la conso-lerait après quand elle dirait, Ah, mon cher mari, je ne lui ai même pas fait boire son lait le jour de sa mort, ça inciterait peut-être la grand-mère à en vouloir à sa petite-fille pendant tout le restant de sa vie, elle pourra peut-être me donner mon remède d'ici peu, comme l'a ordonné le médecin, une demi-heure après le repas, ce sont des désirs impossibles, Maria Adelaide va partir, elle est venue voir comment j'allais et je vais bien, sa mère et son père viendront, et maintenant elle est partie, elle est encore bien jeunette pour de pareils spectacles, elle n'a que dix-sept ans et des yeux bleus comme les miens, je crois l'avoir déjà dit.

Quand João Mau-Tempo se réveille de la torpeur dans laquelle il était tombé après avoir pris son remède, ce fut une chance pour lui, il était dans une pause prolongée de ses douleurs et le remède lui avait fait l'effet d'un sommeil naturel, mais à présent il a de nouveau mal, il se réveille en gémissant, c'est comme si on lui avait enfoncé là un épieu, quand il recouvre toute sa lucidité il voit qu'il est entouré de gens, la pièce ne peut contenir personne d'autre, Faustina et Gracinda se penchent vers lui, et Amélia aussi, finalement elle est venue, c'est le gémissement qui les a appelées, Joana Canastra est un peu en retrait, car elle n'est pas de la famille, les hommes sont plus loin, ce n'est pas encore leur heure, ils sont à côté de la porte donnant sur le potager, ils obstruent la lumière, ce sont Sigismundo Canastro, Manuel Espada et António Mau-Tempo.

Si João Mau-Tempo avait eu des doutes, ils auraient disparu ici, tout le monde sait qu'aujourd'hui est le jour de sa mort, l'un d'eux l'a deviné et ensuite ils se sont passé le mot, mais s'il en est ainsi ils ne m'entendront pas gémir, pensa João Mau-Tempo et il serra les dents, c'est encore une façon de parler, car où sont ses dents, quelques-unes en haut, quelques-unes en bas, c'est tout ce qui reste, et elles ne sont pas alignées, elles ne peuvent pas se serrer, elles heurtent aussitôt les gencives, ah, vieillesse, et pourtant cet homme n'a que soixante-sept ans, ce n'est pas non plus un jeune homme, le temps a passé sur lui, pourtant il y a des hommes plus vieux qui sont en meilleur état, ce sont ceux qui vivent loin du latifundium. Enfin, la question n'est pas d'avoir des dents ou non, ce n'est pas ça le problème, le problème c'est de couper le gémissement dès sa naissance, laisser la douleur augmenter puisqu'on ne peut pas l'éviter, mais lui retirer sa voix, la rendre muette, comme lorsqu'il y a vingt ans quand il avait été emprisonné et avait fait la statue, cette défaillance des reins, quand ils l'avaient frappé sans regarder où, son front est inondé de sueur, tous ses membres se crispent, João Mau-Tempo sent ses bras, mais pas ses jambes, tout d'abord il pense qu'il n'est pas entièrement réveillé, mais ensuite il sait qu'il est conscient, il veut remuer les pieds, au moins les

341

pieds, mais ils restent immobiles, il veut plier les genoux et ce n'est pas la peine, personne ne devine ce qui se passe sous ce drap et cette couverture, c'est la mort, elle s'est couchée avec moi et personne ne l'a vue, on croit qu'elle entre par la porte ou par la fenêtre et finalement elle était dans mon lit, depuis quand, Quelle heure est-il. C'est une question qu'on pose toujours et qui toujours a une réponse, savoir l'heure, on se distrait à penser au temps qui reste encore ou qui est déjà passé et une fois dite l'heure qu'il est, plus personne n'y pense, il a fallu interrompre quelque chose ou mettre en mouvement ce qui était arrêté, maintenant on n'a plus le temps de le savoir, la personne qu'on attendait est arrivée. João Mau-Tempo regarde vaguement, ses parents et ses amis les plus proches sont ici, il y a trois hommes et quatre femmes, Faustina avec la cordelette enroulée autour du poignet, Gracinda qui a vu mourir à Montemor, Amélia soumise jusqu'à quand, Joana la dure, Sigismundo le camarade, Manuel Espada au visage grave, António mon fils, ah, mon fils, et c'est eux que je vais quitter, Où est ma petite-fille, et Gracinda répond d'une voix chargée de larmes, c'est donc vrai que João Mau-Tempo va mourir, Elle est allée chercher des vêtements à la maison, quelqu'un a eu l'idée de l'éloigner, elle est encore si jeune, et João Mau-Tempo ressent un grand soulagement, comme ça il n'y aura pas de danger, si tous étaient là ce serait mauvais, si sa petite-fille est absente il ne peut pas mourir, il ne mourra que lorsque tous seront là, si seulement ils le savaient quelqu'un resterait toujours dehors, au fond c'est si simple.

João Mau-Tempo enfonce les coudes dans le matelas, tire son corps vers le haut, on l'aide, lui seul sait qu'autrement ses jambes ne bougeraient pas, il a la certitude qu'adossé il se sentira mieux, ça soulagera le serrement qu'il sent soudain dans la poitrine, non pas qu'il soit effrayé, il sait que rien n'arrivera tant que sa petite-fille ne sera pas de retour et peut-être qu'un de ceux qui sont ici aura l'idée de sortir, pour voir si le ciel se dégage, on étouffe dans cette chambre, Ouvrez cette porte, c'est celle qui donne sur le potager, il pleut encore, ce n'est que dans les romans que le ciel se dégage en pareille occasion, une lumière blanche entre et soudain João Mau-Tempo cesse de la voir, il ne sait même pas comment ça s'est passé.

Maria Adelaide travaille loin, du côté de Pegões. À une aussi grande distance, plus de trente kilomètres bien comptés, elle ne peut pas faire l'aller et retour dans la journée, il suffit de regarder la carte, et le travail est rude, que le disent ceux qui un jour ont mis les pieds dans une vigne et la main sur une houe, allez, piochez. Et ce n'est pas un travail qu'on termine en une demi-douzaine de jours, ça fait plus de trois mois que Maria Adelaide est venue ici, dans des cas comme celui-ci la couleur des yeux ne fait aucune différence. Elle revient à la maison seulement tous les quinze jours ou toutes les trois semaines, le dimanche, et chez elle elle se repose comme font les femmes dans le latifundium, travaillant à autre chose, puis elle retourne à la vigne et à la houe, sous la vigilance de voisins qui ont le même emploi, c'est d'ailleurs un soulagement pour ses parents, Manuel Espada n'avait pas à se soucier de l'honneur de sa fille unique, surtout quand on vit à Monte Lavre, village très méfiant en matière d'amourette où on ne peut pas voir un garçon parler à une fille, et si cette Maria ou cette Aurora ne sont pas nées bêtes des bois et si elles bavardent d'un air naturel avec les garçons, riant quand il y a motif à rire, oh là là, ce sont aussitôt des filles légères, des écervelées. Au milieu de la rue et en plein soleil Untel et Unetelle se sont parlé pendant deux minutes, rien d'autre n'a été vu. Qui sait ce qu'ils auront manigancé, murmurent aussitôt les vieilles et les moins vieilles, et le ragot étant parvenu aux oreilles paternelles et maternelles, la litanie habituelle commence, qui est ce garçon, que vous êtes-vous dit, tu es prévenue, et même si leur propre histoire d'amour a été belle, comme ce fut le cas de celle de Manuel Espada et de Gracinda Mau-Tempo, bien que pas aussi explicitée qu'elle l'aurait mérité, les parents ont ce défaut-là, ils oublient tout très vite et les coutumes sont lentes à changer. Maria Adelaide a tout juste dix-neuf ans et jusqu'à présent elle n'a pas donné de travail, à elle, oui, on en a donné, ce dur labeur à la houe, il n'y a pas d'autre solution, les femmes ne sont pas élevées pour être des princesses, comme ce fut abondamment illustré dans ce récit.

Tous les jours sont identiques et aucun ne se ressemble. Vers le milieu de l'après-midi, des nouvelles arrivèrent dans la vigne qui inquiétèrent les travailleurs, personne ne savait exactement ce qui s'était passé, On dit qu'il y a quelque chose qui ne va pas avec la troupe à Lisbonne, j'ai entendu ça à la radio, si les choses se passaient ainsi on saurait tout immédiatement, c'est une erreur que de croire que dans une forêt de ceps de vigne éloignée de l'enfer par sept manches de cognée les faits peuvent s'expliquer facilement, ici on ne pioche pas avec une radio autour du cou en guise de sonnaille ou de clochette, ou au fond de la poche, corps parlant et chantant, ce sont là des fantaisies non autorisées, quelqu'un arrivant de quelque part et passant par là aura dit au contremaître qu'il avait entendu ça à la radio, d'où la confusion. En deux temps trois mouvements la cadence du travail s'en fut à vau-l'eau, le rythme de la houe se transforma en distraction honteuse, et Maria Adelaide ne fait pas autrement que les autres, la voici le nez en l'air, curieuse, elle ressemble à un lièvre qui vient de flairer un journal, dirait son oncle António Mau-Tempo, que s'est-il passé, que s'est-il passé, mais le contremaître ne joue pas ici le rôle de héraut, il n'est pas payé pour ça, mais pour surveiller et conduire l'équipe. Eh là, vous autres, vous travaillez ou quoi, et comme il n'y a pas d'autres nouvelles, les houes se remettent à piocher, et ceux qui prêtent attention à ce genre d'histoires se souviennent par-devers eux qu'il y a tout juste un mois les soldats étaient sortis de Caldas da Rainha et que finalement tout ça avait fait long feu. L'après-midi se poursuit et prend fin et si d'autres nouvelles sont arrivées, leur crédit n'a pas varié. En cet endroit du latifundium, si loin du Carmo à Lisbonne, on n'a pas entendu un seul coup de feu et les gens ne parcourent pas la campagne en poussant des cris, il n'était pas facile de comprendre ce qu'est une révolution ni comment on la fait, et si nous nous lancions dans des explications de mots, il est plus que certain que quelqu'un dirait, s'exclamerait d'un air incrédule, Ah, c'est donc ça une révolution.

Toutefois, il est sûr et certain que le gouvernement a été renversé. Quand l'équipe se réunit dans son cantonnement, lequel est un abri et un logement civil, pas un cantonnement militaire, tous en savent déjà beaucoup plus qu'ils ne l'imaginaient, au moins maintenant ils ont une petite radio, un de ces postes à piles ressemblant à des flûtes fendues, tout en sort avec des couinements, à deux empans des oreilles personne ne saisit les mots, mais ça n'a pas d'importance, des uns on déduit les autres et alors la fièvre est devenue générale, tout le monde est nerveux, on parle beaucoup, Et maintenant, qu'est-ce qu'on fait, ce sont les grandes hésitations et les angoisses des personnes dans les coulisses qui s'apprêtent à entrer en scène, et s'il est vrai que certaines sont contentes, d'autres, qui ne sont pas tristes non plus, ne savent que penser, si ça semble bizarre à certains, imaginez-vous dans le latifundium sans voix ni certitudes et après vous me direz quel effet ça fait. La nuit avança encore de quelques heures et les choses furent enfin expliquées, on a toujours besoin d'une explication, c'est aussi une façon de parler, on savait ce qui était fini, on ne savait pas ce qui avait commencé, voilà. Alors les voisins avec qui se trouvait Maria Adelaide, le mari, la femme et la fille aînée, ils s'appelaient Geraldo, décidèrent de retourner le lendemain à Monte Lavre, appelons ça un caprice si nous n'acceptons pas leurs bonnes raisons, ils voulaient être chez eux, ils perdaient le salaire de deux ou trois jours, mais ils pourraient mieux suivre les événements, ici c'était comme s'ils se trouvaient en exil, les Geraldo demandèrent à Maria Adelaide si elle souhaitait les accompagner, après tout elle leur avait été confiée, Ton père serait même content et ce fut dit sans intention de dire autre chose, de Manuel Espada ils savaient seulement que c'était un brave homme, travailleur, et quant à d'autres soupçons, seulement ceux qui sont naturels dans les petits villages où l'on devine toujours ce qu'on ignore. D'autres aussi décidèrent de revenir dans leur village, ce serait juste un aller et retour, et ils furent si nombreux que le contremaître dut céder à contrecœur. L'ennui fut qu'au milieu de nouvelles qui semblaient justement les meilleures de toutes la radio devint brusquement rauque, un enrouement affreux qui empêchait de distinguer le moindre mot sensé, il fallait que cette saloperie se détraque justement aujourd'hui. Pendant toute cette nuit-là le cantonnement allait faire figure d'île perdue dans cette mer latifundiaire, avec un pays tout autour qui refusait d'aller au lit, qui accumulait nouvelles et rumeurs, rumeurs et nouvelles, comme d'habitude en pareil cas, et n'ayant plus rien à attendre de l'appareil en panne, chacun se dirigea vers sa natte et s'endormit comme il put.

Le lendemain, les voyageurs se mirent en chemin de bon matin pour rejoindre la route à une bonne lieue d'ici, demandant aux puissances célestes qui décident de ces questions de s'arranger pour qu'il y ait des places libres dans l'autocar et quand celui-ci apparut ils constatèrent que c'était le cas, ceux qui ont l'habitude s'en aperçoivent aussitôt à la densité des têtes et à une certaine complaisance indéfinissable du volant. C'est l'autocar qui va à Vendas Novas, les Geraldo et Maria Adelaide sont les seuls à monter, deux ou trois qui sont aussi de Monte Lavre n'ont pas voulu venir, peut-être parce qu'ils ne sont pas amateurs de feux d'artifice ou parce qu'ils craignent de se compromettre, ou alors pour des raisons d'argent, ils en ont encore moins que les autres. Ceux qui ont des destinations différentes sont restés sur la route, on ne sait rien de ce qui leur sera arrivé, des bonnes choses qu'ils attendaient et ont obtenues. La circulation est à qui passera le premier, le voyage ne dure pas longtemps, les angoisses les plus pressantes diminuent, l'unanimité se fait entre le contrôleur, le chauffeur et les passagers, le gouvernement a été déboulonné, c'est fini pour Tomás, c'est fini pour Marcelo, et qui donc commande à présent, l'accord général se défait sur

346

ce point-là, on ne sait pas trop bien, quelqu'un a parlé d'une junte, mais les autres sont sceptiques, junte n'est pas un nom de gouvernement, junte c'est bon pour une paroisse ou pour les produits de l'élevage, pour le blé, il y a sûrement une confusion. L'autocar entre dans Vendas Novas, il y a tellement de monde qu'on dirait un jour de fête, le klaxon doit s'égosiller pour se frayer un chemin dans la rue étroite et quand nous débouchons enfin sur la place, on ne sait pourquoi, mais la troupe, à la voir si martiale, on en a la chair de poule, et pour Maria Adelaide, qui est jeune et a les rêves de son âge et de sa condition, c'est comme si on lui avait coupé les jambes, elle regarde par la fenêtre du véhicule les soldats là-bas devant la caserne, les canons recouverts de branches d'eucalyptus, et les Geraldo lui disent, Alors, tu ne viens pas, c'est comme si elle avait toujours vécu les yeux fermés et que maintenant enfin elle les ouvrait, elle doit d'abord savoir ce qu'est la lumière, ce sont des choses qui prennent toujours plus de temps à expliquer qu'à ressentir, la preuve c'est qu'en arrivant à Monte Lavre et en embrassant son père elle découvrira qu'elle savait tout de la vie de celui-ci, bien qu'à la maison on n'en eût parlé qu'à mots couverts. Où est parti papa, Il a dû aller traiter certaines affaires au loin, il ne passera pas la nuit à la maison, et, quand il était de retour, ce n'était pas la peine de poser des questions, d'abord parce que les filles n'interrogent pas leurs parents, ensuite parce que quand les mystères se passent hors de la maison il vaut mieux qu'ils restent dehors. Le narrateur a envie de raconter au fur et à mesure que les faits se produisent et il ne le peut pas, par exemple, un instant plus tôt Maria Adelaide était collée à sa banquette, elle semblait avoir le mal de mer, et soudain nous la retrouvons sur la place, elle a été la première à descendre, ce que c'est que d'être jeune. Et comme, bien qu'elle ait été confiée aux Geraldo, elle ne vit pas sous leur aile, elle est maîtresse de sa liberté pour traverser la rue et aller voir de plus près les soldats, les saluer d'un geste, et la troupe la remarque, atténue la nervosité propre à ceux qui ripostent avec des armes et peuvent en être tenus pour responsables, et comme la bataille a été gagnée et que la discipline s'est relâchée, l'armée répond aux saluts, d'autant plus qu'on ne voit pas tous les jours des yeux d'un tel azur.

Pendant ce temps-là Geraldo père est allé louer un transport pour Monte Lavre, démarche qui aurait été difficile un autre jour, mais aujourd'hui, si seulement ça pouvait continuer ainsi, nous sommes en pays d'amis rencontrés, il y a là une petite fourgonnette, ils sont serrés, mais qui fait attention à des incommodités aussi mineures, c'est un peuple habitué à dormir sur une ridelle de charrette et un oreiller de ciste, il faudra juste payer le gazole, ou même pas, Acceptez ça, vous boirez un verre à ma santé, J'accepte pour ne pas vous faire injure, après, si Maria Adelaide se met à pleurer, ne vous étonnez pas, elle pleurera cette nuit même en entendant dire à la radio, Vive le Portugal, ce sera à ce même instant, ou peut-être déjà avant, aux premières nouvelles d'hier, ou quand elle a traversé la rue pour aller regarder les soldats de plus près, ou quand ils lui ont adressé des signes ou quand elle a sauté au cou de son père, elle ne sait pas elle-même, elle sent que la vie a changé et ce sera elle qui dira, J'aurais tellement aimé que grand-père, elle ne peut pas ajouter un seul mot, c'est le désespoir face à l'irrémédiable.

N'allons pas croire cependant que tout le latifundium soit en train de chanter les louanges de la révolution. Souvenons-nous de ce qu'a dit le narrateur à propos de cette méditerranée avec ses barracudas et ses autres dangers, et aussi ses habituelles onctions de poisson-prêcheur. Toute la dynastie de Lamberto Horques est réunie en assemblée ou assise autour de ses tables rondes, le sourcil froncé, l'œil torve, les moins courroucés lancent des phrases dubitatives et circonspectes, si, nonobstant, toutefois, en dépit de, peut-être, on voit ici la grande unanimité du latifundium, Quelle est votre opinion, monsieur le curé Agamedes, voici une question qui généralement ne reste jamais sans réponse, laquelle convient toujours, mais la prudence de l'église est infinie, le père Agamedes, tout en étant l'humble serviteur de Dieu pour le latifundium et envoyé pour évangéliser les âmes, en connaît un sacré bout en matière de prudence et d'église, Notre royaume n'est pas de ce monde, donnez à César ce qui appartient à César et à Dieu ce qui appartient à Dieu, le semeur est allé dans le champ, ne vous formalisez pas, quand la question est problématique le père Agamedes extravague un peu, il parle par paraboles, c'est juste pour gagner du temps en attendant les ordres de l'évêque, mais on peut compter sur lui. Celui sur qui malheureusement on ne peut pas compter c'est Leandro Leandres, mort l'an passé, décédé dans son lit et ayant au préalable reçu les sacrements comme il le méritait, et il appert que ses nombreux successeurs, associés et frères ou supérieurs ont été arrêtés dans tout le pays, ceux qui ne se sont pas enfuis, et qu'à Lisbonne il y a même eu des coups de feu avant qu'ils ne se rendent, des gens sont morts, j'aimerais bien savoir ce qu'on va leur faire maintenant. De la garde on ne sait pas grand-chose, sinon qu'elle est discrète, courtoise et attend les ordres, le caporal Tacabo est allé chez Norberto lui dire ça très précisément, honteux, se contorsionnant comme s'il était nu et il est sorti comme il était entré, les yeux à terre, y cherchant le visage qu'il devait arborer pour traverser Monte Lavre, ces hommes qui le regardent et le suivent de loin, non pas qu'il ait peur, un caporal de la garde n'a jamais peur, c'est que soudain l'air du latifundium est devenu irrespirable, on dirait qu'il va y avoir de l'orage.

Et alors on commence à parler du premier mai, c'est une conversation qui se répète tous les ans, mais maintenant l'effervescence est publique, les gens se souviennent que l'an passé encore ils se cachaient pour se concerter, pour organiser, il fallait constamment revenir au début, contacter ceux à qui on pouvait se fier, encourager les indécis, rassurer les apeurés, et même aujourd'hui il y en a encore qui ne croient pas que la fête du premier mai puisse avoir lieu au grand jour comme disent les journaux, quand l'aumône est généreuse, le pauvre se méfie. Ce n'est pas du tout une aumône, déclarent Sigismundo Canastro et Manuel Espada en dépliant un journal de Lisbonne, Il est écrit ici que le premier mai sera fêté librement, c'est un jour férié dans tout le pays, Et la garde alors, insistent ceux qui ont bonne mémoire, Cette fois-ci la garde nous regardera défiler, qui eût cru que pareille chose nous arriverait un jour, la garde tranquille et silencieuse pendant que tu cries vive le premier mai.

Et comme par-dessus ce qui nous est autorisé nous devons

toujours ajouter ce que nous imaginons, sinon nous ne mériterions pas le pain que nous mangeons, on commença à dire que tout le monde devait étendre des courtepointes aux fenêtres et les décorer de fleurs, comme si c'était le jour de la procession de la Fête-Dieu, un peu plus et on aurait balayé les rues et badigeonné les maisons à la chaux, tant les marches du contentement sont faciles à gravir. Toutefois les drames humains sont ainsi, c'est une exagération de les qualifier de drames, mais indéniablement les gens sont perplexes, que vais-je faire à présent puisqu'il n'y a pas de courtepointes chez moi, ni de jardin d'œillets et de roses, qui donc a eu cette idée. Maria Adelaide partage cette anxiété, mais comme elle est jeune et pleine d'espoir, elle dit à sa mère qu'elles ne seront pas en reste, puisqu'elles n'ont pas de courtepointe une nappe fera l'affaire, une étoffe d'une blancheur éclatante suspendue au volet de la porte, drapeau de paix dans le latifundium, le civil qui passera par là devra se découvrir respectueusement et le garde ou le militaire se mettre au garde-à-vous devant la porte de Manuel Espada, travailleur et brave homme. Et ne vous faites pas de souci pour les fleurs, madame ma mère, car j'irai à la source de l'Amieiro cueillir les fleurs sauvages qui en ce temps de mai tapissent les vallées et les collines et comme les orangers sont fleuris j'en apporterai des branches et notre volet sera décoré comme un balcon d'alcazar, nous ne serons pas inférieurs aux autres, car nous sommes autant qu'eux.

Alors Maria Adelaide descendit à la source, elle ne sait même pas pourquoi elle a choisi ce lieu, puisque elle-même a dit que vallées et collines étaient tapissées de fleurs, elle s'y rend par le chemin creux entre des fossés, et même là il lui suffirait de tendre la main, cependant elle ne le fait pas, ce sont des déterminations anciennes qui coulent dans son sang, elle ne veut de fleurs que celles cueillies dans cet endroit frais, avec ses fougères luxuriantes, et un peu plus loin, sur un sol lisse où donne le soleil, des marguerites sauvages qui ont changé de nom depuis qu'António Mau-Tempo en a apporté à sa nièce, cette même Maria Adelaide, le jour de sa naissance. Elle a déjà une brassée de verdure, une constellation de soleils à cœur jaune, maintenant elle remontera le chemin, elle cueillera par-dessus les murs des rameaux fleuris d'oranger, mais soudain elle est prise d'une étrange faiblesse, je ne sais pas ce que je ressens, non pas que je sois malade, je ne me suis jamais sentie aussi bien, aussi heureuse, serait-ce à cause du parfum des fougères serrées contre ma poitrine, serrées, douce violence faite à elles par moi et par elles à moi. Maria Adelaide s'est assise sur le muret de la source comme si elle attendait quelqu'un. Son giron était rempli de fleurs mais personne n'est venu.

Ces histoires de sources enchantées sont belles, avec des mauresques dansant au clair de lune et des chrétiennes agressées gémissant sur les fougères, celui qui ne les apprécie pas a perdu la clé de son propre cœur, c'est le moins qu'on puisse dire. Toutefois, peu de temps après avril et mai, les rigueurs connues reprirent dans le latifundium, pas celles de la garde ni de la PIDE, l'une a pris fin et l'autre se cantonne à l'intérieur du poste, regardant la rue par la fenêtre fermée ou, si elle doit sortir en cas de besoin extrême, elle passe en rasant les murs, ni vu ni connu. Les rigueurs sont autres, les habituelles, ça donne envie de revenir en arrière dans ce récit et de répéter ce qui a déjà été dit, Le blé était mûr et on ne l'a pas moissonné, on ne permet pas qu'il soit moissonné, les champs sont à l'abandon et quand les hommes vont demander du travail, Il n'y a pas de travail, qu'est-ce donc que cela, quelle sorte de libération est-ce là, ne dit-on pas que la guerre va finir en Afrique et celle du latifundium n'a pas de fin. On a tellement parlé de changement et d'espoir, les soldats sont sortis des casernes, les canons ont été couronnés de branches d'eucalyptus et d'œillets écarlates, dites rouges, madame, dites rouges, maintenant c'est permis, la radio et la télévision prêchent la démocratie et toutes sortes d'égalités, et moi je veux travailler, or je n'ai pas où travailler, qui m'expliquera quelle sorte de révolution c'est là. Déjà la garde se prélasse au soleil, comme les chats quand ils aiguisent leurs griffes, finalement ce sont les mêmes qui continuent à faire la loi dans le latifundium afin que ce soient les mêmes qui la respectent, moi Manuel Espada, moi António Mau-Tempo, moi Sigismundo Canastro, moi José Medronho avec ma cicatrice sur le visage, moi Gracinda Espada et ma fille Maria Adelaide qui pleurait en entendant dire, Vive le Portugal, moi homme et femme de ce latifundium, héritier de rien d'autre que d'outils de travail, s'ils ne sont pas déjà usés ou cassés avant, comme cassé et usé je deviens, la désolation est revenue dans les campagnes de l'Alentejo, le sang recommencera à couler.

On voit enfin qui est le plus fort, dit Norberto à Clariberto, si nous ne leur donnons pas de travail, il n'y aura qu'à laisser passer le temps tout doucement et reviendra le jour où ils recommenceront à nous manger dans la main, ce sont là les paroles de mépris et de rancœur de qui a eu très peur et a passé un certain temps claquemuré tranquillement dans sa coquille domestique, à chuchoter avec sa femme et sa parentèle au sujet des nouvelles effrayantes venant de Lisbonne à propos de la révolution, la populace dans la rue, des manifestations pour un oui pour un non, des drapeaux, et dès le premier jour la police s'entendant intimer l'ordre de restituer ses armes, la pauvre, une insulte grave à l'honneur d'une corporation qui avait rendu tant de services et qui pourrait en rendre encore bien d'autres, mais c'est comme la houle de la mer, il ne faut pas l'affronter en raidissant le corps, ça semblerait du courage et c'est de la bêtise, baisse-toi le plus possible et elle passera presque sans te remarquer, elle a glissé, elle n'a pas trouvé par où t'attraper et maintenant tu as dépassé la ligne de déferlement, l'écume et le courant, ce sont des termes de pêcheur, mais combien de fois faudra-t-il dire que le latifundium est une mer intérieure, avec ses barracudas, ses piranhas, ses pieuvres géantes, et si tu as des travailleurs, renvoie-les, garde seulement l'homme qui s'occupe des porcs et des brebis, ainsi que le gardien de la propriété afin que le respect ne se perde pas.

On connaît déjà le destin des champs de blé, tout est par terre, et comme le temps des semailles n'est pas loin, que fera Gilberto, allons chez lui et posons-lui la question, nous vivons dans un pays libre et nous devons tous rendre des comptes, Dites à votre patron que plusieurs personnes sont venues savoir ce qu'il compte faire, les premières pluies sont tombées, il est temps de semer, et la servante étant partie s'informer de la réponse nous restons à la porte, car on ne nous fait pas entrer et sur ces entrefaites la servante revient de mauvaise humeur, plaise au ciel que ce ne soit pas l'Amélia Mau-Tempo dont il a été déjà fait mention dans ce récit, elle dit, Le patron vous fait dire qu'il n'a rien à voir avec tout ça, la terre lui appartient, et que si vous revenez ici, il fera appeler la garde, elle a à peine fini de débiter son message qu'elle nous claque la porte au nez, on n'agirait pas ainsi même avec un vagabond car ces gens-là ont une peur bleue des vagabonds et de leur couteau dissimulé. Inutile de poser d'autres questions, Gilberto ne sème pas, Norberto ne sème pas, et si quelqu'un portant un autre nom sème c'est parce qu'il craint encore que les soldats viennent demander, Alors, qu'est-ce qui se passe, mais il y a d'autres façons de tuer ces mouches, feindre, sourire, sembler de bonne composition, allons voyons, mais bien entendu, et faire le contraire, perfectionner l'intrigue, retirer ses fonds de la banque et les envoyer à l'étranger, il ne manque pas de personnes ici pour s'en charger en échange d'une commission raisonnable, ou alors on aménage des cachettes dans l'automobile, la frontière ferme les yeux, les pauvres, comme s'ils allaient perdre leur temps à ramper sous la voiture, ils ne sont plus des gamins, ou à démonter les garde-boue, ce sont des fonctionnaires méritants, ils ne doivent pas salir leur uniforme, et s'en vont ainsi cinq millions d'escudos, ou dix, ou vingt, ou les bijoux de famille, l'argenterie et l'or, ce que vous voudrez, ne vous gênez surtout pas. Les travailleurs qui, voyant les oliviers crouler sous les olives bien noires et bien mûres, luisantes comme si de l'huile s'en écoulait déjà, s'en furent les cueillir, après avoir réfléchi et discuté, qu'est-ce qu'on fait, comment on fait, retinrent le salaire journalier qui leur revenait en fonction de la rémunération de l'époque et remirent le reste au patron, se conduisant en idiots résignés. Qui vous a autorisés, dommage que la garde ne soit pas passée par là, vous vous seriez chopé un pruneau pour vous apprendre à vous mêler de ce qui ne vous regarde pas, Patron, l'oliveraie était prête pour la cueillette, attendre plus longtemps c'était tout perdre, voici les olives qui restent après avoir prélevé notre salaire, c'est plus que la part que nous avons prise pour nous, le compte est juste, Mais je ne vous ai pas donné l'autorisation et je ne vous l'aurais pas donnée si vous l'aviez demandée, Nous nous sommes autorisés nous-mêmes. Ce fut là un exemple, le signe d'un changement dans les vents, toutefois comment sauver le fruit de la terre puisque Adalberto avait fait passer les machines au-dessus des champs de blé, puisque Angilberto avait nourri le bétail de blé, puisque Ansberto avait mis le feu au blé, tant de pain perdu, tant de faim aggravée.

Du haut du donjon, ses mains de guerrier et de conquérant rendues calleuses par le pommeau de l'épée posées sur les créneaux, Norberto contempla son œuvre et la trouva bonne et comme il s'était perdu dans le décompte des jours il ne se reposa pas, Les démons de Lisbonne peuvent bien dévaster l'héritage que nos aïeux nous ont légué, ici dans le latifundium nous avons une autre façon de respecter la sainte patrie et la foi sacrée, faites entrer le sergent Armamento, Les choses prennent meilleure tournure, faites entrer le père Agamedes, Père Agamedes, vous avez une mine superbe, on dirait que vous avez rajeuni, Ce sera parce que j'ai tellement prié pour la santé de votre excellence et pour la conservation de notre terre, De ma terre, monsieur le curé, Oui, monsieur, de la terre de votre excellence, c'est ce que dit aussi monsieur le sergent de la garde ici présent, C'est vrai, ce furent les ordres que j'ai reçus de sa majesté dom João le Premier et que j'ai transmis intacts à toutes les générations de sergents, et tandis que cet échange a lieu dans le manoir, l'hiver est venu et a mordu les travailleurs, qui n'en souffrirent pas moins pour y être habitués, Qu'allons-nous faire, c'est la même misère que jadis, Les patrons sont les maîtres de la terre et de ceux qui la travaillent, Nous sommes encore moins que les chiens du manoir et des manoirs, eux mangent tous les jours, on leur apporte un chaudron bien rempli, personne n'aurait le cœur de laisser un animal avoir faim, Qui est incapable de s'occuper de ses bêtes ferait mieux de ne pas en avoir, Mais avec les hommes c'est différent, je ne suis pas un chien et je n'ai pas mangé depuis deux jours, et cette équipe d'hommes venue ici pour parler est une meute de chiens, nous aboyons depuis si longtemps, un de ces jours nous nous tairons et nous mordrons, comme font les fourmis à tête rouge, prenons exemple sur elles, ce sont elles qui lèvent la tête comme des chiens, remarquez leurs tenailles, si je n'avais pas la peau aussi dure, tannée par la poignée de la faucille, elle serait déjà tout en sang.

C'est dit du bout des lèvres et si ça soulage, ça n'est pas un remède, maintenant peu m'importe de chômer ou non, par exemple, ces gens-là vont travailler et à quoi ça leur sert-il, le régisseur approche avec un air rusé qu'il ne cherche pas à dissimuler et il dit, Cette semaine il n'y a pas d'argent, patience, patience, nous verrons si la semaine prochaine, mais dans sa poche les pièces de monnaie à l'effigie de dona Maria la Première et de dom João le Second font un duo, et la semaine suivante le refrain n'a pas changé, et patati, et patata, et qui dit une semaine, dit deux et trois et quatre et six semaines, toujours pas l'ombre ni l'odeur de l'argent, Le patron est désargenté, le gouvernement n'autorise pas à sortir de l'argent des banques, personne ne peut croire ce régisseur, ce sont des siècles de mensonges qui n'ont plus besoin d'être imaginatifs, mais le gouvernement devrait venir ici fournir des explications, inutile de les donner dans les journaux, les gens ne les comprennent pas, à la télévision tout passe si vite, on n'a pas encore saisi un mot que déjà cent autres se bousculent, qu'est-ce qu'ils ont dit, et à la radio on ne voit pas la tête des gens, je ne peux pas croire ce que tu dis si je ne vois pas ton visage.

Alors, dans un quelconque endroit du latifundium, l'histoire prendra soin de préciser lequel, les travailleurs ont occupé une terre. Pour avoir du travail, rien de plus, que ma main droite se couvre de lèpre si ce n'est pas vrai. Puis les travailleurs ont pénétré dans une autre propriété et ont dit, Nous venons travailler. Et ce qui s'est passé ici s'est passé là-bas, c'est comme au printemps, une marguerite sauvage éclot, et si Maria Adelaide ne va pas la cueillir aussitôt, des milliers de ses pareilles naissent en un seul jour, où est la première, toutes sont blanches et tournées vers le soleil, on dirait les fiançailles de cette terre. Pourtant, il ne s'agit pas de cette blancheur, ce sont des gens à la peau sombre, une fourmilière qui s'éparpille dans le latifundium, la terre est pleine de sucre, jamais on n'avait vu autant de fourmis à la tête levée, De mauvaises nouvelles m'arrivent de mes cousins et d'autres parents, monsieur le curé Agamedes, finalement Dieu n'a pas entendu vos prières, suis-je arrivé à l'âge que j'ai pour assister à un aussi grand malheur, cette épreuve m'était-elle réservée, voir la terre de mes aïeux aux mains de ces voleurs, c'est la fin du monde quand on attaque la propriété, fondement divin et profane de notre civilisation matérielle et spirituelle, Votre excellence veut dire laïque, c'est plus exact que profane, votre excellence me pardonnera de la corriger, Alors disons profane, ces gens-là profanent, vous verrez que la même chose qu'à Santiago do Escoural va encore se passer, c'est un crime qu'ils devront payer un jour, L'autre jour encore nous en parlions, qu'allons-nous devenir, Nous devons avoir de la patience, dona Clemência, une patience infinie, qui sommes-nous pour pénétrer les desseins du Seigneur et ses voies détournées, lui seul sait écrire droit sur des lignes tordues, qui sait s'il ne nous rabaisse pas pour mieux nous relever demain, qui sait si après cette punition ne viendra pas la récompense terrestre et céleste, chacune en son temps et lieu, Amen.

Avec des mots différents, mais un sens identique, Lamberto s'expliquait avec le caporal Tacabo, qui n'était plus que l'ombre du personnage martial que nous connaissions, Il semble impossible que la garde assiste à ces événements apocalyptiques, qu'elle laisse envahir des propriétés qu'elle a le devoir de défendre pour moi sans remuer le petit doigt, sans tirer, sans donner un coup de pied, un coup de poing, un coup de crosse, sans envoyer un chien s'accrocher au fond de culotte de ces vauriens, à quoi vous servent donc des chiens aussi chers, d'importation, est-ce pour ça que nous payons nos impôts, que pour ma part j'ai d'ailleurs cessé de verser, tout s'en va à vau-l'eau, je vais partir d'ici, aller à l'étranger, au Brésil, en Espagne, en Suisse, qui a une neutralité bien agréable, loin de ce pays qui me fait honte, Vous avez bien raison, monsieur Lamberto, mais la garde dont je suis le caporal a les mains liées, sans ordres que pouvons-nous faire, nous sommes habitués à recevoir des ordres et en ce moment nous ne recevons pas ceux dont nous avions l'habitude, avec votre excellence je peux parler, vous êtes une personne de confiance, le général commandant est de mèche avec les ennemis, je sais bien que je viole la discipline en parlant ainsi, peut-être qu'un jour je serai fait sergent pour mes mérites, et alors ils me paieront tous ces mauvais tours ensemble et avec intérêts, je le jure à votre excellence. Ce sont des menaces virtuelles, elles ne changent rien, mais elles soulagent, n'oublions pas cependant la gymnastique matinale, le maniement des armes, Comment trouvez-vous mon cœur, docteur, Défectueux, Encore heureux.

Dans la mer intérieure du latifundium, les vagues se succèdent sans interruption. Un jour Manuel Espada alla parler à Sigismundo Canastro, tous deux s'en furent voir António Mau-Tempo, tous trois Justo Canelas, il faut que nous ayons une conversation, puis ce fut le tour de José Medronho, et quand ils furent six il y avait aussi Pedro Calção, et ce fut leur première conversation à tous. Lors de la deuxième conversation, quatre autres voix vinrent s'adjoindre, deux d'hommes, Joaquim Caroço et Manuel Martelo, et deux de femmes, Emília Profeta et Maria Adelaide Espada, qui est le nom qu'elle préfère, et tous parlèrent en secret, et comme il fallait un responsable du groupe c'est Manuel Espada qui fut choisi. Les deux semaines suivantes les hommes, comme si de rien n'était, firent le tour indispensable des propriétés et, appliquant les méthodes connues, laissaient tomber un mot ici, un autre plus loin, ils discutèrent et mirent au point leur plan, à chacun ses guerres, ne leur en voulons pas pour leur vocabulaire, après quoi ils passèrent à la seconde phase, qui consista à convoquer les contremaîtres des exploitations où l'on travaillait encore pour leur dire, c'était un soir de cet été torride, Demain à huit heures, tous les travailleurs, où qu'ils se trouvent, monteront sur des charrettes et se dirigeront vers le domaine des Mantas, nous l'occuperons et, les contremaîtres ayant donné leur assentiment, chacun avait été contacté à tour de rôle, et un grand nombre de ceux qui allaient faire office de soldats principaux dans cette bataille ayant été prévenus, chacun s'en fut dormir son dernier sommeil de prisonnier.

Ce soleil est un soleil de justice. Il incendie et enflamme la grande sécheresse des chaumes, ce jaune d'os lavé ou ce tannage de vieux champ de blé brûlé par des chaleurs excessives et des eaux déréglées. De tous les lieux de travail affluent des machines, la grande avancée des blindés, ah, ce langage guerrier, que ne peut-on l'oublier, ce sont des tracteurs qui avancent, ils progressent lentement, il faut rejoindre ceux qui viennent d'ailleurs, ceux-là sont déjà arrivés, des cris s'échangent de part et d'autre, et la colonne a grossi, elle est encore plus compacte là-bas devant, les charrettes sont chargées, certains marchent à pied, ce sont les plus jeunes, pour eux c'est une fête, ils arrivent alors au domaine des Mantas, il y a là cent cinquante hommes qui arrachent le liège, tous s'unissent à tous et dans chaque propriété qu'ils occuperont un groupe de responsables restera sur place, la colonne est déjà constituée par plus de cinq cents hommes et femmes, six cents, ils seront bientôt mille, c'est une fête populaire, un pèlerinage qui parcourt à nouveau le chemin du martyre, les stations de cette croix.

Après les Mantas, ils vont à Vale da Canseira, à Relvas, à Monte da Areia, à Fonte Pouca, à Serralha, à Pedra Grande, dans toutes les exploitations et dans tous les domaines ils prennent les clés et dressent des inventaires, nous sommes des travailleurs, nous ne sommes pas venus pour voler, il n'y a finalement là personne pour affirmer le contraire, car de tous ces lieux parcourus et occupés, exploitations, salles, chais, étables, écuries, paillers, bercails, coins, recoins, cachettes, porcheries et poulaillers, citernes et réservoirs pour l'irrigation, ne parlant ni ne chantant, ni muets ni en pleurs, les Norberto et les Gilberto sont absents, où donc sont-ils allés, Dieu seul le sait. La garde ne sort pas du poste, les anges balaient le ciel, c'est jour de révolution, combien sont-ils.

Le milan passe et compte, un millier, sans parler des invisibles, la cécité des hommes vivants incapables de dénombrer exactement les auteurs de ce haut fait est une fatalité, mille vivants et cent mille morts, ou deux millions de soupirs qui se sont élevés du sol, n'importe quel nombre fera l'affaire et tous seront petits si on les additionne de loin, les morts s'accrochent aux ridelles, ils regardent à l'intérieur de la charrette pour voir s'ils connaissent quelqu'un qui leur soit plus proche de corps et de cœur, et s'ils ne découvrent pas ceux qu'ils cherchent ils se joignent à ceux qui vont à pied, mon frère, ma mère, ma femme et mon homme, voilà pourquoi il est si naturel que nous reconnaissions Sara da Conceição dans cette femme qui avance là-bas avec une bouteille de vin et un chiffon, et Domingos Mau-Tempo avec la trace de la corde autour de son cou, et maintenant passe Joaquim Carranca qui est mort assis à la porte de chez lui, et Tomás Espada qui donne enfin la main à sa femme Flor Martinha, tu as tant tardé, comment ces vivants ne s'aperçoivent-ils de rien, ils croient être seuls, ils pensent se rendre à leur travail d'êtres vivants, celui qui est mort on l'enterre, pensent-ils, or souvent les morts reviennent, tantôt les uns, tantôt les autres, mais il est des jours, rares, certes, où tous sortent, et aujourd'hui qui pourrait les retenir, résignés dans leur tombe, alors que les tracteurs assourdissent le latifundium et que les mots ne se taisent plus, Mantas et Pedra Grande, Vale da Canseira, Monte da Areia, Fonte Pouca, grande faim, Serralha, personne n'est à la hauteur, par monts et par vaux, et ici au détour de ce chemin João Mau-Tempo sourit, attend-il quelqu'un ou est-il incapable de bouger, il est mort avec des jambes paralysées, est-ce pour cette raison, nous emportons dans notre mort tous nos maux et aussi les derniers, mais nous nous sommes trompés en pensant cela, João Mau-Tempo retrouve ses jambes de jeune homme et maintenant il bondit, il est un danseur qui s'envole et il va s'asseoir à côté d'une vieille sourde très âgée, Faustina, ma femme qui a mangé avec moi du pain et du saucisson un soir d'hiver et ta jupe est restée toute mouillée, quelle nostalgie.

João pose son bras de fumée invisible sur l'épaule de Faustina qui n'entend rien ni ne sent rien, mais qui se met à chanter, hésitante, un air de danse ancien, c'est sa partition dans le chœur, elle se souvient du temps où elle dansait avec son mari João, décédé il y a trois ans, qu'il repose en paix, c'est le vœu erroné de Faustina, comment pourrait-elle savoir. Et nous qui regardons de plus loin, de plus haut, d'aussi haut que le milan, nous pouvons apercevoir Augusto Pintéu, mort avec ses mules la nuit de l'orage, et derrière lui, presque cramponnée à lui, sa femme Cipriana, et aussi le garde José Calmedo, venu d'ailleurs et en civil, et d'autres dont nous ne savons pas les noms, mais dont nous connaissons la vie. Ils sont tous là, les vivants et les morts. Et en tête, bondissant et courant comme il sied à sa condition, il y a le chien Constante, comment aurait-il pu être absent en ce jour essentiel de soulèvement.

Du même auteur

Le Dieu manchot
Albin Michel/A.-M. Métailié, 1987
et « Points », n° P174

L'Année de la mort de Ricardo Reis
Seuil, 1988
et « Points », n° P574

Le Radeau de pierre
Seuil, 1990

Quasi Objets
Salvy, 1990
et « Points », n° P802

Histoire du siège de Lisbonne
Seuil, 1992
et « Points », n° P619

L'Évangile selon Jésus-Christ
Seuil, 1993
et « Points », n° P723

L'Aveuglement
Seuil, 1997
et « Points », n° P722

Tous les noms
Seuil, 1998
et « Points », n° P826

Manuel de peinture et de calligraphie
Seuil, 2000
et « Points », n° P968

Le Conte de l'île inconnue
Seuil Jeunesse, 2001
et livre-audio, Alexandre Stanké, 2007

La Caverne
Seuil, 2002
et « Points », n° P1117

Pérégrinations portugaises
Seuil, 2003

L'Autre comme moi
Seuil, 2005
et « Points », n° P1554

La Lucidité
Seuil, 2006
et « Points », n° P1807

Les Intermittences de la mort
Seuil, 2008
et « Points », n° P2089

Le Voyage de l'éléphant
Seuil, 2009
et « Points », n° P2458

Caïn
Seuil, 2011
et « Points », n° P2778

RÉALISATION : IGS-CP À L'ISLE-D'ESPAGNAC (16)
IMPRESSION : NORMANDIE ROTO IMPRESSION S.A.S. À LONRAI
DÉPÔT LÉGAL : SEPTEMBRE 2012. N° 14046 (123373)
– *Imprimé en France* –